中國古典文學名家選集

陸游選集

朱東潤　選注

圖書在版編目(CIP)數據

陸游選集 / 朱東潤選注. —上海：上海古籍出版社，2013.10（2024.7 重印）
（中國古典文學名家選集）
ISBN 978-7-5325-6900-7

Ⅰ.①陸… Ⅱ.①朱… Ⅲ.①宋詩-詩集②古典散文-散文集-中國-宋代 Ⅳ.①I214.422

中國版本圖書館 CIP 數據核字（2013）第 151228 號

中國古典文學名家選集

陸游選集

朱東潤　選注

上海古籍出版社出版發行
（上海市閔行區號景路 159 弄 1-5 號 A 座 5F　郵政編碼 201101）
（1）網址：www.guji.com.cn
（2）E-mail：guji1@guji.com.cn
（3）易文網網址：www.ewen.co
上海中華商務聯合印刷有限公司印刷
開本 890×1240　1/32　印張 10.5　插頁 5　字數 293,000
2013 年 10 月第 1 版　2024 年 7 月第 9 次印刷
印數：11,801—12,600
ISBN 978-7-5325-6900-7
I·2692　定價：52.00 元
如有質量問題，請與承印公司聯繫

出 版 説 明

　　上海古籍出版社及其前身中華書局上海編輯所一向重視中國古典文學的普及工作，早在二十世紀六十年代，在出版《中國古典文學作品選讀》等基礎性普及讀物的同時，又出版了兼顧普及與研究的中級選本。該系列選本首批出版的是周汝昌先生選注的《楊萬里選集》和朱東潤先生選注的《陸游選集》。

　　一九七九年，時值百廢俱舉，書業重興，我社爲滿足研究者及愛好者的迫切需要，修訂重印了上述兩書，并進而約請王汝弼、聶石樵、周振甫、陳新、杜維沫、王水照等先生選輯白居易、杜甫、李商隱、歐陽修、蘇軾等唐宋文學名家的作品，略依前書體例，加以注釋。該套選本規模在此期間得以壯大，叢書漸成氣候，初名“古典文學名家選集”。此後，王達津、郁賢皓、孫昌武等先生先後參與到選注工作中來，叢書陸續收入王維、孟浩然、李白、韓愈、柳宗元、杜牧、黃庭堅、辛棄疾等唐宋文學名家的選本近十種，且新增了清代如陳維崧、朱彝尊、查慎行等重要作家的作品選集，品種因而更加豐富，并最終定名爲“中國古典文學名家選集”。

　　本叢書的初創與興起得到學界和讀者的支持。叢書作品的選注者多是長期從事古典文學研究的名家，功力扎實，勤勉嚴謹，選輯精當，注釋、箋評深淺適宜，選本既有對古典文學名家生平、作品特色的總論，又或附有關名家生平簡譜或相關研究成果，所以推出伊始即深受讀者喜愛，很快成爲一些研究者的重要參考用書，在海内外頗獲好評。至上世紀九十年代，本叢書品種蔚然成林，在業界同類型選集作品中以其特色鮮明而著稱：既可供研究者案頭參閱，也可作爲古典文學愛好者品評賞鑒的優秀版本。由於初版早已售罄，部分品種雖有重印，但印數有限，不成規模，應讀者呼籲，今特予改版，重新排印，并稍加修訂。此叢書將以全新的面貌展現在讀者面前。

上海古籍出版社

二〇一二年十二月

序

陸游是十二世紀有名的詩人、詞人、文人、書法家和史學家。有時他自認爲是戰略家，這一點還没有得到歷史的證實。總之，他在學術上，尤其文學藝術的各方面，是一位卓有成就的人物。在他的作品裏，我們看到積極浪漫主義的光輝，但是他主要是一位現實主義的富有愛國思想的文學家。這一切都和他的時代有着緊密的聯繫。

十二世紀的二十年代，我國北方新興的女真族，以排山倒海的氣勢，向南衝擊。趙宋皇朝，經過不斷的新舊黨派鬥爭，内部矛盾已經發展到無可調和的階段，而統治階級又爲長期以來表面繁榮的假象所迷惑，正沉醉在歌舞昇平當中。因此，女真族南下以後，通過兩個戰役，拿下了汴京，俘虜了北宋的最後兩個皇帝，同時對於北中國的文化成就，給與了無情的破壞。在艱難的歲月裏，康王趙構逃到南方，建立新的政權，發出反抗的呼聲，獲得人民的擁護。雖然由於他的不爭氣，和部分高級官吏戰鬥意志的不堅決，這樣的反抗，有時墮落到對敵屈服、割地請和的局面，但是維持南宋政權的存在，就能阻止女真族進一步南征的企圖。什麼力量在那裏堅持呢？是人民忠誠耿耿、不甘屈服的力量。南宋前期的文學作品正表現着這樣的力量，也正因此成爲現實主義的作品。無論在詩、

1

在詞、在駢散文,乃至在話本、劇作方面,都看到現實主義的存在。作者們指出失敗的癥結所在,鞭策當時的政府,而又對於政府寄與極大的希望。由於時代的限制和大多數作者階級出身的局限,他們不可能看到改造政權的必要,但是他們一般都憧憬着如何使這個政府更符合他們愛國愛人民的深切願望。這是南宋前期的文學情況。陸游是在這個時代出生和成長的;在他的中年以後,社會情況除了統治階級加深腐朽、需要更沉重的鞭撻以外,基本上沒有變化,因此他的成就,是和他的時代分不開的;而他的熱情和努力,無疑使他能夠最全面地代表他的時代。

從詩、詞、文三個方面考慮,因爲陸游的詩繼承前人的優秀傳統,同時又能開創符合時代要求的新道路,一般特別重視他的詩的成就。這是正確的。陸游從曾幾學詩,走的江西詩派的道路,終於成就爲自己的詩。他一邊提出學習曾幾,自言"親從夜半得玄機"(《劍南詩稿》卷二《追懷曾文清公呈趙教授趙近嘗示詩》);一邊又說"我昔學詩未有得"(《劍南詩稿》卷二十五《九月一日夜讀詩稿有感走筆作歌》)。究竟他的學習江西詩派,是有所得呢,還是無所得?這是陸游作品給我們的一個難題。現代人論及江西詩派,多數說他們是形式主義的,反現實主義的。是不是如此,還有待於進一步研究,纔能做出全面的結論,但是北宋後期的詩人,如黃庭堅、陳師道,他們爲一時的假象所迷惑,看不清存在的問題,有時又因爲一些偶發的挫折,削弱了鬥爭的勇氣,於是在作品中,把所有的力量側重到煉字煉句方面,這是事實。他們是江西詩派的第一代。在洶涌的民族鬥爭狂流中,詩人們不可能漠視當前的現實,也不容漠視當前的現實。因此在一一二五年以後,女真族的統治階級不斷發動南侵戰爭的當中,陳與義、呂本中、曾幾的詩中都發出反抗的呼聲。他們要求反抗,也準備貢獻自己的力量,我們能說他們是形式主義的,或是反現實主義的嗎?不能的,因爲這樣說不符合客觀的事實。但是陳與義等這幾位詩人畢竟還是從煉字煉句的基本功中訓練出來的。在反映現實的時候,他們不會忘去藝術標準的要求,而且作爲文學理論而出現的時候,呂本中的《童蒙訓》和他給曾幾討論詩歌的書札,有時會把藝術標準放在第一位。理論落在行動的後面,在中國文學理論批評發展的過程中,這不是一件稀有的例證。他們代表了江西詩派的第二代。到了曾幾的學生陸游,這是第三代了。時代已經從北宋、南宋之交,進而爲南宋的前期,可是時代的本質,基本上沒有變化。是不是完全沒有變化呢?也不盡然。第二代江西詩人所看到的女真族的入侵,是狂飆,是洪流,他們憤恨萬端,但是又感到束手無策,因此他們的詩歌是蒼白色的,力量不夠,更不能表現人民的力量。陸游的時代不同了。他已經看到女真族並不是堅強無比、不能摧毁的,他們逐步地趨向腐化,因此也就顯得脆弱,是應當擊潰,而且可以擊潰的。他從曾幾那裏學到的本領,使他更能充分發揮他的能力。既有高度的思想價值,又有完美的藝術價值,因此陸游自然地成爲時代歌手。舊時提到南宋前期的詩人,通常説“尤、楊、范、陸”,其實陸游的成就,遠出尤袤、楊萬里、范成大之上,這是可以從作品的具體分析得出結論的。在認識上,陸游也還有不全面的地方。他看到女真族統治者的腐朽脆弱,因此可以擊潰,但是他沒有看到南宋統治者的更加腐朽,更加脆弱,因此面對着應當擊潰、可以擊潰的敵人,終於無力擊潰,甚至淪於被人擊潰的地位。陸游自負爲戰略家,可是他只能知彼而不能知己,因此他不得不陷入失望。乾道八年他在王炎的領導下,在南鄭布置了收復長安的局面,他們失敗了。開禧二年,韓侂冑布置了全面反攻的局面,陸游予以熱烈的支持,這一次又失敗了。陸游所看到的衹是一次又一次的失敗。但是他始終沒有喪失對於勝利的信心。他的詩歌所表現的,不是失敗的情緒,而是一次勝利接着一次勝利。八十五歲的衰翁,在病榻上咽着最後一口氣的時候,還盼望着"王師北定中原日"。他的報國信念,始終不渝,表現了強烈的愛國主義思想。

劉克莊對於陸游的詞作出評價,他說:"放翁長短句,其激昂感慨者,稼軒不能過;飄逸高妙者,與陳簡齋、朱希真相頡頏;流麗綿密者,欲出晏叔原、賀方回之上,而歌之者絕少。"他又說:"放翁、稼軒,一掃纖豔,不事斧鑿,但時時掉書袋,要是一癖。"劉克莊是南宋後期的一位有名的詞人,他的評論,值得我們重視;掉書袋之癖,在辛棄疾作品裏,是比較顯著的,在陸游作品裏,情形並不如此。清代馮煦說:"劍南屏除纖豔,獨往獨來,其逋峭沉鬱之概,求之有宋諸家,無可方比。《提要》以爲'詩人之言,終爲近雅,與詞人之冶蕩有殊',是也。至謂'游欲驛騎東坡、淮海之間,故奄有其勝,而皆不能造其極',則或非放翁之本意歟?"馮煦強調陸游的特點,而否認他徘徊蘇軾、秦觀兩家之間的本意。對於陸游詞作出正確的估價,不是一件容易的事。"小李白"之稱,在當時既有公論;"詩家三昧"之探索,陸游亦自言獨得其秘。作爲詩人,陸游的地位是不可動搖的。作爲詞人,是不是也一樣呢?"歌之者絕少",說明一般人對於他的估價;而以陸詩九千二百餘首和陸詞一百三十首相比,也證實陸游自己對於詞的重視不够。但是我們不能因此貶低陸游詞的價值。南宋前期的詞人,辛、陸並稱,由來已久,他們各有某些局限,無可諱言,但是他們的成爲大家,也是無可否認的。首先他們都把詞的地位提高了,詞不僅是專談風月的文學樣式,而是同樣地可以敘述國家的興廢,個人的感慨,沉鬱頓挫的詞句,保證了大家的地位。可是在他們手裏,詞還是詞,並不是一味粗豪,因此"詞中別調"的評語,對於他們,實際都安不上。在這方面,辛棄疾和陸游是一致的。但是他們却有所不同。在蘇軾大踏步開創新路的時候，秦觀還徘徊在南唐、北宋這一條路上，辛、陸之間的距離也是如此。這樣説不是指出他們是在亦步亦趨地學習蘇、秦；在南宋前期，民族矛盾和政治鬥爭都是非常尖鋭，時代的號角響遍文學藝術的各個角落，詞當然不是例外，辛棄疾必然大大不同於蘇軾，陸游也必然大大不同於秦觀，但是辛、陸之間的距離，是和蘇、秦之間的距離比較類似的。倘使更具體些，還可以指出辛棄疾的沉鬱，有時更發展而成爲怨憤。《摸魚兒》的“更能消幾番風雨，匆匆春又歸去”，固然祇點出遭遇的不幸，可是“休去倚危欄，斜陽正在，烟柳斷腸處”，更把個人的不遇，提高到時代的悲哀。陸游却不同了。他從南鄭調往成都的當中，眼見到宣撫司收復長安的策劃都成泡影的時候，在《清商怨》裏，止説“鴛機新寄斷錦，嘆往事不堪重省，夢破南樓，綠雲堆一枕”。他不可能没有怨憤，但是却寫得非常纏綿。這是陸游和辛棄疾不同之處。在開創道路的方面，他和辛棄疾是有距離的，但是一邊反映時代的要求，一邊還維護着婉約的特點，陸游確有一定的貢獻。

陸游不僅是詩人、詞人，同時也是一位有名的文人。明代茅坤撰集《唐宋八大家文鈔》的時候，因爲認識的不足，没有提到陸游。其實陸游的同時人，是把他作爲重要的文人看待的。主要的證明在於他多次參加國史、實錄和聖政的撰述。古代對於文人的衡量，常常根據他是否具有史才作爲評判的標準。司馬遷、班固、范曄、沈約、魏收、李百藥、韓愈、歐陽修，乃至司馬光的成就，都是具體的證明。除了參加官書的撰述以外，陸游的《南唐書》，雖然祇是一部私人著作，但是從它的取材、持論看，不但應當列入述作之林，而且是具有重大政治意義的作品。在東京陷落、南宋偏安的時候，女真族占有中原的廣大地區，當時西夏政權，甚至南宋王朝，都向他們屈服,他們久已自視爲中國的正統。陸游的這部《南唐書》,指出中原的梁、唐、晉、漢、周,儘管擁有廣大的地區,充實的兵力,但是不是正統,而偏安東南的南唐,即使統治者曾經向周世宗屈服,止要他們繼續存在,他們依然是維繫人心的正統。在這一點上,陸游對於南宋的政治地位,作出巨大的貢獻。除《南唐書》以外,我們還可以指出他的《老學庵筆記》和《入蜀記》。從《西京雜記》以來,文人的隨手雜録,常常表現爲既自由又精錬的文學樣式。宋人的這一類著作,流傳下來的較多,《老學庵筆記》是其中的一部。這裏有一些涉及身邊瑣事,但是更多的却關涉到當代時政和文學評論。常常在新鮮活潑的筆調中,透露出作者敏鋭的認識。《入蜀記》六卷收入《渭南文集》,其實是一部獨立的著作,記載乾道五年十二月六日陸游的夔州通判發表以後,他於次年閏五月十八日自山陰啟行,至十月二十七日直抵夔州的經過。這是他的一部旅行日記,也是他的自傳式記載的一部分。這裏叙述了他沿途的所見所聞。我們看到鎮江的形勝,建康的重要,九華山的“修纖”,荆州的黄茅彌望,尤其是三峽的景色,得到盡情的刻畫。在日記中他提出對於梅堯臣詩句,歐陽修古文的評價;也提到軍人“獲狐兔,皆繫鞍上,割鮮藉草而飲”;又指出一位招頭(舵工)因爲“失職快快”,“發狂投水”。《入蜀記》的好處,在於寫得自然,沒有做作,有議論見解,有時還很安詳地流露作者的感情。陸游文,除了這三部著作以外,主要見於《渭南文集》,平心而論,他的成就,遠在蘇洵、蘇轍之上。他的議論文是不多的,最有價值的還是他討論詩歌的幾篇。他是一位有名的詩人,有獨特的見解,因此他的議論更能中肯。在叙記文中,他的成就較爲突出,有些寫得平靜坦適,尤其透露出作者晚年的心情。題跋文是宋人的特長,他們能在少則二三十字,多則百餘字的小品中寫出對於作者的正確估價,同時又能披露自己的思想感情。

蘇軾、黄庭堅在這裏,都有卓著的成績,陸游的造就,尤其顯著。當然,這不是説他不善於寫作長篇的文字。集中《曾文清公墓誌銘》,長達二千八百字,敘述曾幾的立身大節,以及他和陸游的關係;對於曾幾的堅持對敵作戰,反對屈服,尤其有詳盡的敘述,而布置井井,條理秩然,不得不推爲大手筆。《渭南文集》所收,除散文外,還有應用的四六文。宋代作者一般都能駢散兼長,陸游也是如此。他常能以排偶之體,運用單行之神。因此在讀他的四六文的時候,我們覺得和散文没有不可逾越的界限。

這本選集的進行,是從詩選開始的,後來再從事詞選、文選。在體例方面,也有些不同。詩選是按照《劍南詩稿》作出的,因此每篇作品都按年代編次,對於認識作者的思想感情,有一定的幫助。詞選、文選是按照《渭南文集》作出的,在《文集》編定時,不是按年代而是按詞牌或是文體編次的,據爲標準,對於作者的思想感情的理解,幫助必然不大。當然,此中若干詞、若干文是可以考定年代的,但是對於有些作品,止能得到假定的年代,不一定很正確,而更多的作品,是無法考定年代的。與其强不知以爲知,武斷從事,不如仍按《文集》的編次,以待將來再作進一步的探討。每篇之後,我也提出自己的看法,以供讀者的參考。

在篇目的選定方面,根據"突出重點,照顧一般"的原則,目的在於反映陸游的特點,同時也顧到他的一般成就。《南唐書》本來以專著的形式出現,這裏不再收入。《老學庵筆記》是以隨筆的性質記録的,各條之間没有内在的聯繫,本書録存九則,略見一斑。《入蜀記》六卷原見《渭南文集》,在選録時,是不是可以挑選某些月日的記載呢?這樣可能打亂日記的體裁,看不到先後的連貫。因此僅收入第六卷,這一卷專記入峽的經過,主題思想很明確,前後連貫,而且藉此可以看到祖國河山的壯麗,對於讀者是有用處的。

　　關於陸游的生平,在拙著《陸游傳》、《陸游研究》裏,已經作過一些介紹,本書有《陸游簡歷》一篇以供參考。版本方面,詩選部分用中華書局《四部備要》本《劍南詩稿》,詞選、文選部分用涵芬樓影印明華氏活字本《渭南文集》,《老學庵筆記》用崇文書局本,《放翁逸稿》用汲古閣本。選集的目的,只供一般人閱覽,同時又限於編者的學力,因此不及深入。在這本書以前,同類的撰述已有多種,值得仔細學習,我在選注的時候,有些主張和一般相同,可是也有一些不同的所在,正如劉勰所説的,“有同乎舊談者,非雷同也,勢自不可異也;有異乎前論者,非苟異也,理自不可同也”。這裏希望獲得同志們的諒解。

　　自己的政治水平和業務水平都很不夠,書中的錯誤和缺點,一定有很多自己沒有看清,因而不及訂正的,希望同志們詳細指示,給我一個修訂的機會。

　　　　　　　　　　　　一九六一年十二月　　朱東潤

目　　録

詞選

文選

詩選

夜 讀 兵 書

　　孤燈耿霜夕，窮山讀兵書，平生萬里心，執戈王前驅。戰死士所有，恥復守妻孥，成功亦邂逅，逆料政自疏。陂澤號飢鴻，歲月欺貧儒，嘆息鏡中面，安得長膚腴？

〔耿〕照明。　　〔窮山〕人迹罕到的深山。　　〔萬里心〕立功萬里以外的雄心。　　〔執戈王前驅〕拿起武器，參加君主的先遣部隊。戈，古代武器；前驅，先遣部隊。這裏是用《詩經·衛風·伯兮》的"伯也執殳，爲王前驅"的原意。　　〔妻孥〕妻室兒女。　　〔邂逅〕不期而遇。〔政〕同正。　　〔疏〕疏闊，不現實。　　〔陂澤〕窪地積水處。〔鴻〕大雁。飢鴻比喻飢餓的人民。　　〔膚腴〕肌膚豐滿，沒有衰老的景象。

　　這首詩大約是紹興二十六年（一一五六）陸游三十二歲時作的。作者看到中原淪陷，人民痛苦，決心獻出自己的生命，以保全妻室兒女爲恥辱；但是南宋的統治者執行對敵屈服的政策，自己沒有報國的機會，因此慨嘆成功是不期而遇的，事前的猜測都沒有把握。戰死四句正寫出一位愛國志士的堅強意志。

聞武均州報已復西京

白髮將軍亦壯哉,西京昨夜捷書來,胡兒敢作千年計,天意寧知一日回。列聖仁恩深雨露,中興赦令疾風雷,懸知寒食朝陵使,驛路梨花處處開。

〔武均州〕武鉅,任果州團練使,知均州,兼管內安撫使、節制忠義軍。果州故治在今四川省南充市。均州故治在今湖北省老河口市。 〔西京〕今河南省洛陽市。 〔白髮將軍〕指武鉅。 〔胡兒〕指金人。〔列聖〕宋朝已故的諸帝。 〔中興句〕收復失地,稱爲中興,全句指出赦令的頒布,和風雷一樣的迅速。 〔懸知〕預知。 〔寒食〕清明前一日爲寒食,古人多以此日掃墓。 〔朝陵使〕北宋諸帝陵墓,皆在西京,朝陵使指朝祭陵墓的使者。

紹興三十一年(一一六一)陸游三十七歲作此詩。那年九月,金主完顏亮發動了六十萬大軍向南侵略,前鋒直逼采石磯和瓜洲渡。十一月,金統治階級內部矛盾尖銳化,殺完顏亮,引兵北退。南宋的軍隊乘機收復失地,知均州武鉅派鄉兵總轄杜隱於十二月九日一度收復西京。這件事給作者莫大的鼓舞,他認爲一個鉅大的轉變正在形成中,預料次年寒食節,朝祭陵墓的使者將在梨花盛開中到達洛陽。詩句充滿了樂觀的氣氛,可以和杜甫《聞官軍收河南河北》相比。

劉太尉挽歌辭 二首

羌胡忘覆育,師旅備非常,南服更旄節,中軍鑄印章。

馳書諭燕趙,開府冠侯王,赫赫今何在? 門庭冷似霜。

〔劉太尉〕劉錡,官至太尉、威武軍節度使,淮南、浙西、江東西制置使。
〔羌胡〕指金人。 〔覆育〕撫養。 〔南服〕南方。劉錡由知荆南
府,調淮南、浙西、江東西制置使,指揮東南戰事,因此有南服二句。
〔旄節〕旗竿插有羽毛的大旗。 〔燕趙〕今河北省及山西省的部分地
區。劉錡就職後有告河北、河東(山西)等路書。 〔開府句〕指劉錡指
揮東南戰事。

堅壁臨江日,人疑制敵疏,安知百萬虜,銳盡浹旬餘?
智出常情表,功如定計初,云何媚公者,不置篋中書?

〔堅壁句〕完顏亮大軍南下後,劉錡在十月初和敵人在淮陰一帶相持,十
月十六日他得到消息,淮南西路宋將王權的軍隊已從盧州向後退却,因
此也從淮陰撤退。二十三日退至瓜洲,二十七日再退鎮江。 〔百萬
虜〕完顏亮南下時,大軍六十萬,分爲三十二軍。 〔浹旬〕滿十日。
十月二十三日完顏亮破揚州,十一月八日退和州,前後十五日。
〔媚〕音冒(mào),妒忌。 〔篋中書〕戰國時,魏文侯命樂羊子伐中山,
在樂羊子成功回國的時候,魏文侯把篋中的奏章給他看,這些都是在作
戰中對於樂羊子的誹謗。後代對於誹謗稱爲"篋中書"。

這二首詩是紹興三十二年(一一六二)閏二月劉錡死後作的。這一
年陸游三十八歲。劉錡是南宋初年的名將,和韓世忠、岳飛、吳玠等齊
名。紹興十年(一一四〇)劉錡以不足兩萬的軍隊,和金兀朮十萬大軍在
順昌府(故治在今安徽省阜陽市)作戰,打了一次漂亮的勝仗,歷史上稱
爲"順昌之捷"。在政治生活中,他遭到不少的挫折,但是在人民大衆中,
却享有很高的威望。宋人話本《碾玉觀音》指出他"從順昌大戰之後,閑
在家中,寄居湖南潭州湘潭縣。他是個不愛財的名將,家道貧寒,時常到
村店中吃酒"。紹興三十一年(一一六一)完顏亮大軍南下,南宋統治者

起用劉錡爲淮南、浙西、江東西制置使，實際上是由他擔任東南統帥，抵禦完顔亮的主力。這時劉錡的病很重，他日常止能喝一些稀粥，但是毅然地擔負起重大的責任。及至王權的軍隊從廬州潰退，劉錡止得把直轄部隊，向揚州一帶撤退，在皂角林(今揚州市南三十里)打了一個勝仗以後，退守鎮江。完顔亮始終未能渡江，劉錡不能説没有牽掣的功勞。總的説來，劉錡在這一年的成就，是不能滿足當時的期望的。作者考慮到劉錡的威望，和他的健康情况，這兩首詩，給這一位愛國將領做出恰如其分的結論。第二首有見識，有議論，有批評，也有惋惜，更充分地抒寫作者的心境。

遊 山 西 村

　　莫笑農家臘酒渾，豐年留客足雞豚，山重水複疑無路，柳暗花明又一村。簫鼓追隨春社近，衣冠簡朴古風存，從今若許閑乘月，拄杖無時夜叩門。

〔臘酒〕臘月所造之酒。　　〔春社〕古代以立春後第五個戊日爲春社日，於此日祭社神。　　〔閑乘月〕趁月明之時出外閑遊。　　〔無時〕不定時。

　　乾道二年(一一六六)七月，陸游調隆興府(故治在今江西省南昌市)通判，不久即回山陰。詩中説到春社，因此可能是乾道三年(一一六七)作的。作者在這首詩裏寫到山陰的風景，同樣也描繪出農民的生活。

聞 雨

　　慷慨心猶壯，蹉跎鬢已秋，百年殊鼎鼎，萬事祇悠悠。

不悟魚千里，終歸貉一丘，夜闌聞急雨，起坐涕交流。

〔蹉跎句〕時光易過，兩鬢已白。古人以四時配五色，秋爲白色。 〔鼎鼎〕怠緩，有一事無成之意。 〔魚千里〕《養魚經》言魚行千里則易肥，此句指一生的努力。 〔貉一丘〕貉音盒(hé)，獸名，似貍。貉一丘即一丘之貉，指同居一丘，沒有多大的差別。 〔闌〕盡。夜闌兩句暗用《詩經·鄭風·風雨》"風雨如晦"句的原意。

這首詩大約是乾道四年(一一六八)陸游四十四歲時作的。作者身在故鄉，對於個人的前途，感覺到茫然，中間四句，不免流露頹唐的情緒。但是篇首"慷慨心猶壯"，說出思想的出發點，完全爲的國家，而最後兩句，更指出在急雨的夜闌，自己掉眼淚，止是爲的時光已過，還沒有對於國家作出應有的貢獻。前後八句結合起來，正看出一位愛國志士的熱情和苦悶。

投 梁 參 政

浮生無根株，志士惜浪死。雞鳴何預人，推枕中夕起。游也本無奇，腰折百僚底，流離鬢成絲，悲咤淚如洗。殘年走巴峽，辛苦爲斗米。遠衝三伏熱，前指九月水，回首長安城，未忍便萬里。袖詩叩東府，再拜求望履，平生實易足，名幸污黃紙，但憂死無聞，功不挂青史。頗聞匈奴亂，天意殄蛇豕，何時嫖姚師，大刷渭橋恥？士各奮所長，儒生未宜鄙，覆氈草軍書，不畏寒墮指。

〔梁參政〕梁克家自乾道五年至八年，任參知政事。參政即參知政事的簡稱,官僅次於丞相。 〔浮生〕指人生一世,如水上浮萍,因此下言“無根株”。 〔浪死〕没没無聞地死去。 〔雞鳴〕用祖逖聞雞起舞的故事。晉代志士祖逖中夜聽到雞鳴的聲音,即起舞,見《晉書·祖逖傳》。雞鳴二句指雞鳴原與人事無關,但是志士聽到以後,推枕起舞,做出不斷的努力。 〔百僚〕百官。事前陸游做過敕令所删定官、大理司直、樞密院編修官、鎮江府通判、隆興府通判等官,都是不重要的官位,因此説“腰折百僚底”。 〔鬢成絲〕與“鬢已秋”相同。 〔悲咤〕悲嘆,咤音乍(zhà)。 〔殘年〕衰年,是年陸游四十六歲。 〔巴峽〕長江水道,自巫山至巴東爲巴峽。陸游將往夔州(故治在今重慶市奉節縣)擔任通判的職務。 〔斗米〕用陶潛的故事。陶潛爲彭澤令,上級派督郵(檢查員)前來,小吏和他説應當束帶出見,陶潛説:“吾不能爲五斗米折腰。” 〔三伏〕夏至後第三庚日爲初伏,第四庚日爲中伏,立秋後第一庚日爲末伏。 〔九月水〕陸游估計,九月中可由水路到達夔州。〔長安城〕漢、唐皆以長安爲首都,後世因此借稱首都爲長安城,此指臨安。 〔東府〕指中書省,當時丞相及參知政事的衙門。 〔望履〕古人以祭山川爲望,見《漢書·郊祀志》注。又以所踐履之界爲履,見《左傳》僖公四年注。望履指負責治理的範圍。 〔黄紙〕古代皇帝的文告,用黄紙書寫。 〔匈奴〕我國北方古族,此指金人。 〔殄〕音腆(tiǎn),滅絶。 〔蛇豕〕指金人。 〔嫖姚〕漢霍去病爲嫖姚將軍,出兵擊潰匈奴。 〔渭橋恥〕西渭橋在陝西省咸陽市西南。唐代宗廣德元年(七六三)十月,吐蕃二十餘萬入侵,度便橋,即西渭橋,代宗逃往陝州。何時二句希望南宋能出兵破金人,洗刷靖康元年(一一二六)金人破東京,擄去徽宗趙佶、欽宗趙桓的恥辱。 〔鄙〕輕視。 〔覆氈二句〕陸游提出從軍參加文書工作的志願。

　　乾道五年(一一六九)陸游四十五歲,奉命爲夔州通判,次年六月初自臨安出發。這是他在出發以前投給參知政事梁克家的詩。他坦率地説明他的出仕,是爲了生活,但是他也鄭重地指出作爲愛國志士,他的志願是參加軍事工作,爲國家報仇雪恥。南宋初期對金的作戰計劃,側重四川，張浚即主張由興元（今陝西省南鄭縣）出兵，收復西安。因此陸游對於入川，寄與很大的希望，後來他果然參加了前線的軍事工作。

黃　州

局促常悲類楚囚，遷流還嘆學齊優，江聲不盡英雄恨，天意無私草木秋。萬里羈愁添白髮，一帆寒日過黃州，君看赤壁終陳迹，生子何須似仲謀。

〔黃州〕故治在今湖北省黃岡市。　〔楚囚〕春秋時楚人鍾儀在作戰中被晉人俘虜，稱爲“楚囚”，見《左傳》成公九年。　〔齊優〕古代以樂工爲優人，孔子在魯國做官的時候，齊人送女樂給魯國，孔子認爲樂工來了以後，政治沒有清明之望，辭官而去。《史記·樂書》稱爲“自仲尼不能與齊優遂容於魯”。陸游借用此事，説自己從山陰到夔州，和齊優自齊至魯相同。　〔赤壁〕周瑜、諸葛亮大破曹操處，地在今湖北武漢市江夏區西。蘇軾作《赤壁賦》，以黃州赤鼻磯爲赤壁，陸游用其説。　〔生子句〕曹操看到孫權的能幹，説“生子當類孫仲謀”。仲謀即孫權。

乾道六年（一一七〇）陸游四十六歲，八月十八日過黃州，作此詩。江聲兩句流露了歲月蹉跎，壯志未成的感慨。

晚泊松滋渡口　二首録一

此行何處不艱難，寸寸強弓且旋彎，縣近歡欣初得

菜,江回徙倚忽逢山。繫船日落松滋渡,跋馬雲埋灩澦
關,未滿百年均是客,不須數日待東還。

〔松滋渡〕在今湖北省松滋縣。 〔寸寸句〕寫江中船行的迂回。
〔徙倚〕迂回曲折。 〔灩澦關〕灩澦音宴預(yànyù)。四川省奉節
縣瞿唐峽口有灩澦堆,瞿唐關在其附近。全句中跋馬二字係想象之
辭,瞿唐地勢極高,相去尚遠,故稱雲埋。 〔數日〕數音暑(shǔ),
計算。

　　乾道六年十月三日陸游船過松滋渡,二十六日始至灩澦堆,泊瞿唐
關下。縣近句寫途中荒寂之狀,江回句寫巴峽山回水轉之狀。未滿二句
指出既然到處作客,用不到計算東歸的日期。陸游入川,充滿了心理的
矛盾,在情緒低落時曾經說起"少年亦慕宦游樂,投老方知行路難"(《滄
灘》);但是在情緒高漲時,也會提出到處為家,不須東還的主張。一切都
流露了詩人的複雜的心理鬥爭。

入瞿唐登白帝廟

　　曉入大谿口,是為瞿唐門,長江從蜀來,日夜東南奔。
兩山對崔嵬,勢如塞乾坤,峭壁空仰視,欲上不可捫。禹
功何巍巍,尚覿鑱鑿痕,天不生斯人,人皆化魚黿。於時
仲冬月,水各歸其源,灩澦屹中流,百尺呈孤根。參差層
顛屋,邦人祀公孫,力戰死社稷,宜享廟貌尊,丈夫貴不
撓,成敗何足論。我欲伐巨石,作碑累千言,上陳躍馬壯,
下斥乘驘昏,雖慚豪偉辭,尚慰雄傑魂。君王昔玉食,何
至歆雞豚,願言采芳蘭,舞歌薦清尊。

〔瞿唐〕峽名,在重慶市奉節縣東三十里。　〔白帝廟〕祭祀公孫述的廟宇。陸游《入蜀記》記十月二十六日晚,至瞿唐關,謁白帝廟,"氣象甚古,松柏皆數百年物"。公孫述於東漢建武元年(二五)據四川稱帝。自以爲"五德之運,黃承赤而白繼黃,金據西方爲白德,而代王氏,得其正序"。這是説他根據五行相代的傳説,認爲漢代以赤色爲貴,王莽代漢,以黃色代赤色,自己在西方的四川稱帝,以白色代黃色,符合正常的秩序。後世因此稱公孫述爲白帝。他在建武十二年(三六)兵敗身死。〔大谿口〕在瞿唐峽附近。《入蜀記》:"二十六日,發大谿口,入瞿唐峽。兩壁對聳,上入霄漢,其平如削成。仰視天,如疋練,然水已落,峽中平如油盎。"　〔蜀〕廣義指四川,狹義指四川的西部。這裏用的狹義。〔崔嵬〕高而不平。　〔乾坤〕天地。　〔禹功二句〕贊美古代傳説中夏禹治水的功勞。　〔鐫〕音捐(juān),刻。　〔斯人〕指大禹。〔黿〕音元(yuán),大鼈。　〔仲冬月〕十一月,陸游至夔州,在十月二十六日,作此詩當在十一月。　〔水各句〕水已落。　〔灩澦〕見前首詩注。　〔屹〕音意(yì),高聳。　〔參差〕不齊。廟在山巔,前後不齊。　〔力戰句〕公孫述稱帝,是東漢光武帝劉秀的強大的敵人。劉秀屢次招降,公孫述不受,及劉秀發兵進攻,經過激烈的戰爭以後,光武的大將吳漢進圍成都,公孫述説"男兒當死中求生",自率數萬人進攻吳漢,在馬上被刺,墮馬而死。社稷指國家,公孫述爲了他的國家而死,故有此句。　〔廟貌〕立廟塑像。陸游認爲公孫述是一位死在戰場的英雄,應當享受立廟塑像的尊榮。　〔撓〕屈。　〔躍馬壯〕指公孫述。左思《蜀都賦》"公孫躍馬而稱帝",指出公孫述的英雄形象。　〔乘騾昏〕劉備在四川稱帝,死後,其子劉禪嗣位,景耀六年(二六三)乘騾車,向敵將鄧艾投降,見《三國志》裴松之注引《晉諸公贊》。　〔玉食〕珍美之食。　〔歆〕音辛(xīn),被祭祀者對於祭品的享受。　〔願言句〕言字是詩中的虛詞,沒有意義,願言即是願意。　〔薦〕供奉。　〔清尊〕清潔的酒尊。

乾道六年十一月詩。前十六句寫出瞿唐峽的險要。後十六句敘述公孫述的英雄形象，指出國家的領導人物，應當在馬上作戰，寧可死在戰場，不當乘驛投降，作一個亡國的昏君。陸游在這首詩裏批評了宋高宗對敵屈服請降的失策，同時也對當時的孝宗寄與期望，鼓勵他對敵作戰。公孫述在東漢初年，止是霸佔一方的人物，沒有什麽博得人民崇敬的功績。陸游因爲他死於戰場給與表揚，這裏更看到陸游的戰鬭的人生觀。

<h1 style="text-align:center">記　夢</h1>

夢裏都忘困晚途，縱橫草疏論遷都。不知盡挽銀河水，洗得平生習氣無？

〔晚途〕晚年。　〔草疏〕上書。隆興元年（一一六三）陸游三十九歲，任樞密院編修官、兼編類聖政所檢討官，有《上二府（中書省及樞密院）論都邑劄子》略謂：“車駕駐蹕臨安，出於權宜，本非定都，以形勢則不固，以餽餉則不便，海道逼近，懍然常有意外之憂。”他主張遷都建康（今江蘇省南京市），作爲收復淪陷區的初步計劃，其後未能實現。　〔銀河〕天河。

乾道七年（一一七一）陸游四十七歲時詩。陸游多記夢詩，清趙翼《甌北詩話》曾説：“核記全集共九十九首，人生安得有如許夢？此必有詩無題，遂託之於夢耳。”此詩自稱即使晚年（陸游八十五歲始死，實際上此時不能稱爲晚年）困苦，但是習氣猶在，夢中上書，重新提出遷都建康，收復失地的計劃。

晚晴聞角有感

暑雨初收白帝城,小荷新竹夕陽明,十年塵土青衫色,萬里江山畫角聲。零落親朋勞遠夢,凄涼鄉社負歸耕,議郎博士多新奏,誰致當時魯二生?

〔白帝城〕在重慶市奉節縣東白帝山。　〔角〕古代樂器,長五尺,形如竹筒,本細末大,有畫紋,又稱畫角。　〔負歸耕〕陸游在夔州爲官,不得歸耕。負有違背的意義。　〔議郎句〕議郎、博士,都是秦漢官名,議郎掌議論;博士掌通古今。　〔魯二生〕漢高祖稱帝以後,叔孫通定朝儀,徵求魯國儒生三十餘人參加工作,有二人不肯行,他們認爲天下初定,死者未葬,傷者未起,不是定朝儀的時代。

乾道七年詩。陸游在夔州通判任內,生活上感到空虛,同時也感到新置之官雖多,但是沒有能夠起用有氣節的人物。

飯三折鋪鋪在亂山中

平生愛山每自嘆,舉世但覺山可玩,皇天憐之足其願,著在荒山更何怨。南窮閩粵西蜀漢,馬蹄幾歷天下半,山橫水掩路欲斷,崔嵬可陟流可亂。春風桃李方漫漫,飛棧凌空又奇觀,但令身健能強飯,萬里只作遊山看。

〔三折鋪〕在夔州至梁山道中。　〔閩粵〕今指福建、廣東二省。紹興二十八年(一一五八)陆游任福州寧德縣主簿,次年至福州,始終未至廣東,此處係泛用。　〔蹏〕同蹄。　〔陟〕登高。　〔亂〕水中横渡。〔飛棧〕山路崎嶇,架木爲路以通行人者稱爲棧道,多在四川北部。因其架空,又稱飛棧。　〔凌〕跨越。

乾道八年(一一七二)陸游四十八歲,調任四川宣撫使司幹辦公事、兼檢法官。那時四川宣撫使司在南鄭,是西北的重鎮。這一次調動,使得陸游有機會接近前線,給了他極大的鼓舞。春初自夔州出發,經過萬縣、梁山、岳池、南充、廣元、寧羌,直至南鄭,一路有詩。這是初出夔州的第一首。但令二句寫出他的樂觀的戰鬬精神。

蟠龍瀑布

遠望紛珠纓,近觀轉雷霆,人言水出奇,意使行人驚。人驚我何得?定非水之情。水亦有何情?因物以賦形,處高勢趨下,豈樂與石争?退之亦隘人,強言不平鳴。古來賢達士,初亦願躬耕,意氣或感激,邂逅成功名。

〔蟠龍瀑布〕蟠龍山在重慶市梁平縣東二十里,下有二洞,洞中有二石龍,首尾相蟠。旁有噴霧崖。　〔遠望二句〕上句遠望見其形狀,下句近觀聽其聲音。紛珠纓即珠纓紛紛,水珠相連之狀。　〔賦形〕成形。〔退之二句〕韓愈字退之,作《送孟東野序》,首稱“大凡物不得其平則鳴”。隘人,心境狹隘之人。　〔意氣二句〕指出賢達之士,儘管願意躬耕,但遭遇亂世,激于救國救民的責任感,不得不以天下爲已任,有時不期而遇地功成名就。

乾道八年詩。此詩先説瀑布，隨即指出水落石上，聲若雷霆，實際没有什麽不平之鳴。最後四句透出自己志在躬耕，但是因爲意氣激動，可能不期而遇地功成名就。作者坦率地提出自己赴南鄭前線的心理狀態。

鼓樓鋪醉歌

書生迫飢寒，一飽輕三巴，三巴未云已，北首趨褒斜。匆匆出門去，裘馬不復華，短帽障赤日，烈風吹黄沙，俶裝先晨雞，投鞭後昏鴉。壯哉利閬間，崖谷何谽谺，地荒多牧卒，往往聞蘆笳。我行春未動，原野今無花，稚子入旅夢，挽鬚勸還家。起坐不能寐，愁腸如轉車，四方丈夫事，行矣勿咨嗟。

〔鼓樓鋪〕在南充至廣元道中。　　〔書生二句〕此言書生爲飢寒所迫，祇求一飽，不惜遠至三巴。東漢末年，劉璋在四川，分巴郡爲巴郡、巴東、巴西三郡。巴東故治在今重慶市奉節縣，巴郡故治在今重慶市巴南區，巴西故治在今四川省閬中市。　　〔北首句〕北首，向北而行。褒斜道南口曰褒，今陝西省勉縣北；北口曰斜，今陝西省周至縣西南。　　〔裘馬句〕裘已敝，馬已羸，不復華美，借以襯托自己的衰頹。　　〔俶裝〕整裝。　　〔投鞭句〕在黄昏鴉噪以後，始能投鞭休息。　　〔利閬〕利州，故治在今四川省廣元市；閬州，故治在今四川省閬中市。　　〔谽谺〕音憨呀(hānyā)，谷口張開之狀。　　〔蘆笳〕樂器，以蘆竹爲管。　　〔我行二句〕陸游以春初出發，此時已春末，因此説"原野今無花"。　　〔稚子二句〕陸游北行時，眷屬未行。稚子句用杜甫《北征》詩："生還對童稚，似欲忘飢渴，問事競挽鬚，誰能即嗔喝。"　　〔愁腸句〕用古歌"心事不能言，腸中車輪轉"。　　〔四方句〕指出丈夫志在四方，要建立功名。

　　乾道八年詩。陸游南鄭之行，有他的複雜情緒。他出任夔州通判，由於生活的艱苦，一家十餘口，依此爲生。乾道八年，他看到通判任期將滿，失業的危險迫在眼前，這纔想起上書丞相虞允文，經過一番周旋，調任南鄭，解決了生活問題，而更重要的是獲得了報國的機會。因此一邊是中夜不寐，愁腸萬轉，一邊又是決心報國，奮勇直前。這首詩質樸地提出入川的動機，道路的辛苦，其次指出内心的心理鬬争，終於爲國家建立功名的念頭戰勝了一切。

山　南　行

　　我行山南已三日，如繩大路東西出，平川沃野望不盡，麥隴青青桑鬱鬱。地近函秦氣俗豪，鞦韆蹴鞠分朋曹，苜蓿連雲馬蹄健，楊柳夾道車聲高。古來歷歷興亡處，舉目山川尚如故，將軍壇上冷雲低，丞相祠前春日暮。國家四紀失中原，師出江淮未易吞，會看金鼓從天下，却用關中作本根。

〔山南〕終南山之南。　　〔我行句〕陸游自廣元北上，過大巴山，途經大安、金牛(今陝西省寧強、勉縣兩縣境内)，望見南鄭，時已三日。　　〔函秦〕指渭水平原。秦都咸陽，函即函谷關，皆在渭水流域，時已淪陷。南鄭接近前線，將士有殺敵報國之心，故曰"氣俗豪"。　　〔蹴鞠〕古代軍中的運動，與現代之足球運動類似。蹴音促(cù)，和踢意義相同；鞠，以皮革爲毬，中實以羽毛。　　〔分朋曹〕分隊。　　〔苜蓿〕音目宿(mùxu)，豆科植物，可以飼馬，江南人稱爲金花菜。　　〔將軍壇〕南鄭城南有拜將壇，相傳爲漢高祖拜韓信爲大將處。　　〔丞相祠〕漢丞相諸葛亮祠，在今勉縣北。　　〔四紀〕十二年爲一紀。宋建炎元年(一一二七)高宗即位,中原爲金人侵佔,至此中原淪陷已四十六年。　〔師出江淮〕當時收復淪陷地區的策略。乾道元年辛棄疾上《美芹十論》,主張出兵江淮,先行收復山東。他説:"不得山東,則河北不可取;不取河北,則中原不可復。"　〔關中〕指陝西。陸游向四川宣撫使王炎建議,主張"經略中原,必自長安始"。他建議出兵山南,先行收復關中。

乾道八年詩。當時軍中有主管機宜文字和幹辦公事等官,相當於後代的秘書、參議。陸游擔任幹辦公事的職務,在這首詩中提出他的主張。他認爲收復中原,必先收復關中。這和辛棄疾收復中原必先收復山東的主張,正是相反相成的。南宋初期,一邊扼守江淮,一邊控制西北,其原因亦在此。

和高子長參議道中二絶 録一

梁州四月晚鶯啼,共憶扁舟罨畫溪,莫作世間兒女態,明年萬里駐安西。

〔高子長〕陸游表叔的女婿,任四川宣撫使司參議。　〔梁州〕古代九州之一,約當今陝西省南部及四川省一帶地區。　〔罨畫溪〕罨音掩(yǎn),掩蓋的意義。陸游和高子長都是東南人,所以有共同的追憶。〔安西〕唐有安西都護府,故治在今新疆吐魯番市西二十里。

乾道八年詩。這裏看到陸游的戰鬥的人生觀和他的樂觀主義的精神。他指出在收復失地的戰爭發動以後,可以取得決定性的勝利,收復遙遠的國土。

太　　息 宿青山鋪作　二首録一

　　太息重太息,吾行無終極,冰霜迫殘歲,鳥獸號落日,秋砧滿孤村,枯葉擁破驛。白頭鄉萬里,墮此虎豹宅,道邊新食人,膏血染草棘。平生鐵石心,忘家思報國,即今冒九死,家國兩無益。中原久喪亂,志士淚橫臆,切勿輕書生,上馬能擊賊。

〔青山鋪〕在四川省昭化至閬中道中。　　〔冰霜句〕冰霜指艱苦;迫有逼近的意義;殘歲指晚年(其實是年陸游四十八歲,不得稱爲晚年)。全句言晚年遭遇到艱苦。　　〔秋砧句〕砧音珍(zhēn),擣衣石。古代洗衣多在石上擣擊,秋天滿村都是擣衣的聲音。　　〔鄉〕同向。　　〔鐵石心〕心的堅決可與鐵石相比。　　〔九死〕無數次死亡的危險。〔臆〕音意(yì),胸。

　　乾道八年詩。陸游南鄭軍中的生活不是沒有苦悶的,秋間因事到閬中,他感到時局的沉悶,生活的沒有出路。切勿兩句透露出沒有得到足夠的重視,以致殺身報國的志願無從實現。

遊錦屏山謁少陵祠堂

　　城中飛閣連危亭,處處軒窗臨錦屏,涉江親到錦屏上,却望城郭如丹青。虛堂奉祠子杜子,眉宇高寒照江水,古來磨滅知幾人,此老至今元不死。山川寂寞客子迷，草木搖落壯士悲，文章垂世自一事，忠義凜凜令人思。夜歸沙頭雨如注，北風吹船橫半渡，亦知此老憤未平，萬竅爭號泄悲怒。

〔錦屏山〕在四川省閬中市南，上有杜甫祠堂。　〔少陵〕在今陝西省西安杜陵東南。唐詩人杜甫曾居其地，自號“杜陵布衣”，又號“少陵野老”。　〔飛閣〕高閣。　〔危亭〕高聳之亭。　〔軒窗〕高大之窗。〔臨錦屏〕面對錦屏山。　〔丹青〕指圖畫。　〔虛堂〕空堂。〔子杜子〕尊稱杜甫曰“杜子”，再加“子”字於上曰“子杜子”，表示特別尊崇。　〔眉宇〕指容顏、風貌。　〔高寒〕高古清寒。　〔江水〕指嘉陵江水。　〔客子〕〔壯士〕指杜甫。杜甫《恨別》：“洛城一別四千里，胡騎長驅五六年，草木變衰行劍外，兵戈阻絕老江邊。”　〔垂世〕流傳世間。　〔凜凜〕可敬畏之狀。　〔沙頭〕陸游宿處。　〔此老〕指杜甫。　〔萬竅爭號〕無數空穴奮發呼號，形容風大。用《莊子·齊物論》：“夫大塊噫氣，其名爲風，是唯無作，作則萬竅怒號。”

　乾道八年詩。陸游過閬中，遊杜甫祠堂，想起這位唐代詩人，艱苦寂寞，但是忠義凜凜，令人深思。他寫着杜甫，同時也正寫着自己。這裏看到陸游心中的苦悶。

嘉川鋪得檄遂行中夜次小柏

　黃旗傳檄趣歸程，急服單裝破夜行，蕭蕭霜飛當十月，離離斗轉欲三更。酒消頓覺衣裘薄，驛近先看炬火迎，渭水函關元不遠，着鞭無日涕空橫。

〔嘉川鋪〕在四川省廣元市東。　〔次〕停宿。　〔小柏〕地名,在嘉
川鋪附近。　〔黄旗〕宣撫司使者的旗。　〔檄〕音昔(xí),公文。
〔趣〕同促。　〔蕭蕭〕速速。　〔離離〕歷歷。　〔斗〕北斗星。
〔酒消句〕酒醒以後,頓感寒冷。　〔渭水句〕渭水、函谷關,皆在敵人
境内,相距不遠。　〔着鞭無日〕着鞭即舉鞭,此言出兵無日。

　　乾道八年詩。陸游因公出差,途中奉命仍回南鄭。他想起可能内部
發生變化,出兵無日,中心傷痛。這首詩完全揭出心底的悲哀。

劍門道中遇微雨

　　衣上征塵雜酒痕,遠遊無處不消魂。此身合是詩人
未,細雨騎驢入劍門!

〔劍門〕在四川省劍閣縣北。　〔征塵〕旅行中衣上所蒙的灰塵。
〔消魂〕神情恍惚。

　　乾道八年詩。十一月陸游調任成都府安撫司參議官。對於一位有
志殺敵的愛國志士,這是一個打擊。他感到幻想的破滅,在痛苦中惟有
飲酒解悶。他此時騎驢入境,因此嘲笑自己,説"今日騎驢,恰和唐代詩
人鄭棨那樣,詩思在灞橋風雪中驢子背上,那嗎我也許能算是詩人吧!"

即　　事

　　渭水岐山不出兵,却攜琴劍錦官城,醉來身外窮通

小，老去人間毀譽輕。捫蝨雄豪空自許，屠龍工巧竟何成？雅聞嶓下多區芋，聊試寒爐玉糝羹。

〔岐山〕在陝西省鳳翔縣，和渭水同在敵人境内。　〔錦官城〕成都城。古代成都織錦最有名，有錦官主持其事，故稱錦官城。　〔醉來句〕窮指懷才不遇，通指宦途順利。一醉以後，窮通都不足計較。　〔老去句〕年齡漸衰，對於人間的毀謗和表揚都不加重視。　〔捫蝨〕王猛事。永和十年(三五四)東晉的大將桓温北征，大戰關中，王猛來見，一邊捫蝨，一邊縱談當時的國家大事。　〔自許〕自我評定。　〔屠龍〕《莊子·列禦寇》記古代朱泙漫知道支離益懂得屠龍的方法，向支離益求教，費去千金的代價，學會了屠龍的技術，但是因爲無龍可屠，無法實施。〔雅聞〕正聽説。　〔嶓〕同岷。　〔區芋〕區田之芋，猶言田中之芋。〔玉糝羹〕糝音散(sǎn)，玉糝，白色米粒。此言芋羹形同米粒所作之羹。

　　乾道八年詩。陸游從前線調到成都，眼見得出兵無望了，自己攜着一琴一劍，到成都作一位無關得失的閒官。平時自比捫蝨談兵的王猛，却不料學會了屠龍的技巧，竟是一無成就。他在痛苦失望之中，止想起到岷山下，喝一碗芋羹。這裏寫盡了英雄託足無門的悲哀。

三月十七日夜醉中作

　　前年膾鯨東海上，白浪如山寄豪壯，去年射虎南山秋，夜歸急雪滿貂裘。今年摧頽最堪笑，華髮蒼顔羞自照，誰知得酒尚能狂，脱帽向人時大叫。逆胡未滅心未平，孤劍床頭鏗有聲，破驛夢回燈欲死，打窗風雨正三更。

〔前年句〕膾音快(kuài)，細切。紹興三十年(一一六〇)陸游三十六歲，在福州泛海，有《航海》、《海中醉題》兩詩。"膾鯨"言細切鯨魚，是加強形容之語。　　〔射虎南山〕陸游詩記在南鄭射虎事者不止一處，當是實事。　　〔摧頹〕摧喪頹廢。　　〔華髮句〕頭髮華白，面上也是蒼白色，對鏡自照感到羞恥。　　〔脫帽〕古人興奮時則脫帽。〔逆胡〕指金人。　　〔鏗〕音坑(kēng)，金屬物撞擊之聲。　　〔燈欲死〕燈欲滅。

　　乾道九年(一一七三)陸游四十九歲作。這年春間，他代理蜀州(故治在今四川省崇慶縣)通判，曾因事至成都，作此詩。他想到從前到過東海，去年到過南鄭，生活都有意義，可是今年衹能在殘破的驛舍中，度這淒風苦雨的一夜。廣大的淪陷區還在敵人手中，床頭孤劍躍躍欲動，發出撞擊的聲音，但是自己衹能借酒澆愁。無限的悲憤涌現紙上。

驛舍見故屏風畫海棠有感

　　厭煩只欲長面壁，此心安得頑如石，杜門復出嘆習氣，止酒還開嬾定力。成都二月海棠開，錦繡裹城迷巷陌，燕宮最盛號花海，霸國雄豪有遺迹。猩紅鸚綠極天巧，疊萼重跗眩朝日，繁華一夢忽吹散，閉眼細思猶歷歷。憂樂相尋豈易知，故人應記醉中詩，夜闌風雨嘉州驛，愁向屏風見折枝。

〔面壁〕面對牆壁。　　〔杜門句〕杜門即封門，因習氣難改，復行出門，所以可嘆。　　〔止酒句〕止酒即戒酒，定力即決心。決心不大，戒酒以後，又開戒復飲，因此懷嬾。　　〔錦繡句〕成都又號錦官城，故點出錦繡襄城。陌音末(mò),巷陌即街巷。海棠開遍全城,繁同錦繡,以致道路曲折亦不易知,故稱爲"迷巷陌"。　〔燕宮〕成都有燕王宮。五代時後蜀孟貽鄴,封燕王,見《太平廣記》卷二七九引《野人閑話》。　〔霸國〕自公孫述以後,劉備、王建、孟知祥等,皆據成都稱帝。他們霸占一方,故稱霸國。　〔猩紅鸚綠〕海棠花紅得像猩猩的血,葉綠得像鸚鵡的毛羽。　〔疊萼句〕萼音鄂(è),花瓣;跗音膚(fū),花下的子房。總言重重疊疊的海棠花,在早晨的陽光裏眩耀。　〔憂樂相尋〕憂愁和歡樂相繼而來。　〔夜闌〕見四頁《聞雨》注。　〔嘉州〕故治在今四川省樂山市。

乾道九年詩。夏天陸游奉命權知嘉州,他在嘉州驛舍看到古老的屏風上,畫折枝海棠,想起在成都的歡樂。成都以下六句,寫海棠的嬌豔;繁華二句寫此時的追憶。

凌雲醉歸作

峨嵋月入平羌水,嘆息吾行俄至此,謫仙一去五百年,至今醉魂呼不起。玻璨春滿琉璃鍾,宦情苦薄酒興濃,飲如長鯨渴赴海,詩成放筆千觴空。十年看盡人間事,更覺麴生偏有味,君不見蒲萄一斗換得西涼州,不如將軍告身供一醉。

〔凌雲〕山名,在四川省樂山市城東,中隔岷江,上有凌雲寺。　〔峨嵋〕山名,在四川省峨眉山市西南。　〔平羌〕江名,又稱青衣江,源出四川省蘆山縣,至樂山市,會大渡河入岷江。　〔俄〕不久。　〔謫仙〕謫音折(zhé),流放之意。唐詩人李白至長安,賀知章看到他的詩文,稱他爲流放人間的仙人。李白《峨嵋山月歌》:"峨嵋山月半輪秋,影入平羌江水流,夜發青溪向三峽,思君不見下渝州。"陸游此詩作於一一七三年,去李白約五百年。　〔醉魂〕李白好飲酒,時已死,故有此稱。　〔玻瓈春〕陸游自注:"玻璃春,眉州酒名。"　〔琉璃鍾〕半透明器物,作爲酒杯,稱爲琉璃鍾。　〔宦情〕作官之情趣。　〔苦薄〕苦薄即病薄,以薄爲病,甚薄之意。　〔觴〕犀牛角製成的酒器。　〔麴生〕酒的別名爲麴生。　〔蒲萄句〕東漢末年,宦官(太監)當權,孟佗以葡萄酒一斛獻給宦官張讓,張讓以佗爲涼州刺史。　〔將軍告身〕告身即任命狀。唐朝大亂以後,官品極濫,物價飛漲,當時人以大將軍告身換得一醉。

乾道九年詩。陸游在嘉州,州治即今樂山市。他在凌雲寺飲後作此詩。從前線調後方,更没有殺敵報國的機會,他止有以酒澆愁,壓下心中的苦悶。

九月十六日夜夢駐軍河外
遣使招降諸城覺而有作

殺氣昏昏橫塞上,東並黄河開玉帳,晝飛羽檄下列城,夜脱貂裘撫降將。將軍櫪上汗血馬,猛士腰間虎文鞬,階前白刃明如霜,門外長戟森相向。朔風卷地吹急雪,轉盼玉花深一丈,誰言鐵衣冷徹骨,感義懷恩如挾纊。腥臊窟穴一洗空,太行、北嶽元無恙;更呼斗酒作長歌,要遣天山健兒唱。

〔河外〕黄河以外,古代通指黄河以西,陸游詩中有時包括黄河東北而言。

〔並〕音傍(bàng)，並黃河即依傍黃河。　　〔玉帳〕主將所在之帳幕。〔羽檄〕檄書上插鳥羽，最急的公文書。　　〔貂裘〕貂音刁(diāo)，動物名。貂裘，以貂皮製成之衣。　　〔撫〕安慰。　　〔櫪〕音立(lì)，馬房。　　〔汗血馬〕古稱大宛國有天馬，汗從前肩髆出，色紅如血，能一日行千里。　　〔虎文韔〕韔音倡(chàng)，弓套。虎文韔畫有虎文的弓套。　　〔戟〕古代武器，上有兩枝旁出。　　〔森〕寒威森嚴。〔朔風〕北風。　　〔轉盼〕動目。轉盼即轉目。　　〔玉花〕雪花。〔挾纊〕纊音曠(kuàng)，綿絮。古代作戰中，最高指揮者撫慰將士，大寒中，"三軍之士，皆如挾纊"，見《左傳》宣公十二年，指出他們踴躍作戰，忘去嚴寒。　　〔腥臊窟穴〕指淪陷區金人的統治機構。　　〔太行、北嶽〕太行，山名，在河北、河南、山西三省交界處。北嶽，恒山，在河北、山西二省北部。　　〔無恙〕安全。　　〔天山〕山名，在新疆維吾爾自治區。

　　乾道九年詩。陸游在嘉州任內，無法實現他的希望，祇有把收復失地的意圖，寄託給不能實現的幻夢。他夢到收復河北的太行山、恒山和河西走廊，一直到天山的地區，把敵人的政治機構一掃而空，讓西北的健兒高唱凱歌。我們必須從歡樂中理解他的悲哀，同時也必須從他的幻夢中玩味他的理想。

聞虜亂有感

　　前年從軍南山南，夜出馳獵常半酣，玄熊蒼兕積如阜，赤手曳虎毛毿毿。有時登高望鄠杜，悲歌仰天淚如雨，頭顱自揣已可知，一死猶思報明主。近聞索虜自相殘，秋風撫劍淚汍瀾，雒陽八陵那忍說，玉座塵昏松柏寒。

儒冠忽忽垂五十,急裝何由穿袴褶,羞爲老驥伏櫪悲,寧作枯魚過河泣?

〔虜亂〕金國內部的動亂。宇文懋昭《大金國志》卷十七記,乾道八年:"時河東、河北大飢,流人相枕,死於道。冀、莫(二州地在今河北省)、澤、潞、絳、解(四州地在今山西省,即上文之河東)賊盜大起,嘯聚山谷,散而復合,有連十數村屠之,戮及無辜,而強壯迸逸,竟不能制。"這是說金國內部,因爲貴族統治者的無情剝削,災荒遍及河北、山西各地,人民爲了生存,揭出起義的大旗,中間雖曾受到敵人的血腥鎮壓,但是他們還是不斷地繼續反抗。　　〔玄熊蒼兕〕黑熊和青色的野牛。兕音似(sì)。〔阜〕小山。　　〔氉氉〕氉音三(sān),毛長的形狀。　　〔鄠〕音戶(hù),陝西省戶(鄠)縣。　　〔杜〕即杜陵,在陝西省西安市東南,古代爲杜伯國,漢宣帝葬此,因稱杜陵。　　〔頭顱句〕自揣年齡已老,報國的時機不多。　　〔索虜〕索即髮辮,古代北方民族多有髮辮,自南朝起即稱爲"索虜",此指金人。　　〔撫〕撫摩。　　〔汍瀾〕淚多的形狀。〔雒陽八陵〕雒陽即洛陽。北宋的君主:宣祖(太祖、太宗的父親,追號皇帝,稱爲宣祖)太祖、太宗、真宗、仁宗、英宗、神宗、哲宗的陵墓都在洛陽附近。　　〔玉座〕指陵寢中的御座。　　〔垂五十〕將近五十,陸游作此詩時,年四十九歲。　　〔急裝〕戰爭中的裝束。　　〔袴褶〕統指古代的軍裝。褶音習(xí),長袍。　　〔羞爲句〕曹操《步出夏門行》:"老驥伏櫪,志在千里。"原意是說衰老的良馬,伏在馬房裏,還想到以前一日千里的雄姿。陸游認爲止能空談,不能實行,是一種恥辱。　　〔寧作句〕陸游原注:"《古樂府‧枯魚》詩云:'枯魚過河泣,何時復還入?作書與魴鱮,相教謹出入。'"原意是說枯魚過河的時候,自己懊恨當日出水,以致爲人所獲,成爲枯魚,因此勸告舊日的伴侶,要他們謹慎,不要輕易出水。陸游句中的"寧作"是問語,承上"羞爲"句,自言哪會同枯魚一樣,追悔從前的出水?

　　乾道九年詩。金國內部大動亂,民不聊生,起義的號角,響遍了河北和山西,從乾道八年一直延長到乾道九年。陸游想起自己衰老了,從前綫調到後方,眼看到敵人有機可乘,自己沒有收復失地的機會,止能在後方數說從前的歷史,這是極大的恥辱。他提出從軍出征,至死不悔的決心。

十月一日浮橋成以故事宴客凌雲

　　陰風吹雨白晝昏,誰掃雲霧升朝暾?三江水縮獻洲渚,九頂秀色欲塞門。西山下竹十萬箇,江面便可馳車轅,巷無居人亦何怪,釋耒來看空山村。竹枝宛轉秋猿苦,桑落瀲灩春泉渾,衆賓共醉忘燭跋,一徑却下緣雲根。走沙人語若潮卷,爭橋炬火如星繁,肩輿睡兀到東郭,空有醉墨留衫痕。十年萬事俱變滅,點檢自覺惟身存,寒燈夜永照耿耿,臥賦長句招覊魂。

〔浮橋〕嘉州城與凌雲山中隔岷江,冬季水落以後,以竹索爲橋,浮水面,上覆木板,可通行人,此風至今猶存。　　〔暾〕音吞(tūn),日光。〔三江〕大渡河和岷江會合處稱爲三江口。　　〔獻洲渚〕渚音主(zhǔ),水中沙灘大的稱爲洲,小的稱爲渚,水落以後,沙灘露出水面。　　〔九頂〕凌雲山附近的山峯。　　〔下竹十萬箇〕砍伐十萬根竹竿。〔轅〕音元(yuán),大車旁的兩根直木。　　〔巷無居人〕居人都從巷中出來。　　〔耒〕音壘(lěi),農具柄。　　〔竹枝句〕以竹爲索,故曰宛轉;竹林既空,秋猿因無所依靠而悲苦。　　〔瀲灩〕音斂灧(liǎnyàn),充滿四溢的形狀。　　〔春泉渾〕此言酒渾,和春天發水以後的水色相似。　　〔跋〕燭芯。燭盡見芯曰燭跋。　　〔一徑句〕緣凌雲山而下的形狀。　　〔肩輿〕轎。　　〔睡兀〕倦極曰兀兀。倦極而睡曰"睡兀兀"或"睡兀"。　　〔招覊魂〕古代對於生人亦可招魂。《楚辭》有《招魂》篇,相傳爲宋玉招屈原的魂。久客不歸曰羈。陸游久在四川,不得還鄉,自行招魂。

乾道九年詩。寫嘉州浮橋,凌雲夜歸的情狀,爲前人所未有。這裏也看到陸游內心的痛苦。從乾道九年(一一七三)上溯十年爲隆興元年(一一六三),那年春天陸游在臨安,任樞密院編修官、兼編類聖政所檢討官,五月調鎮江軍府通判。在這一段時間之內,南宋充滿了收復失地的決心,陸游請求遷都建康作爲進兵的策源地。但是十年以來,一切都變了,收復失地的決心已經冷却,自己也是流落西南。此詩最後四句完全寫出陸游的心境。

觀大散關圖有感

上馬擊狂胡,下馬草軍書,二十抱此志,五十猶癯儒。大散陳倉間,山川鬱盤紆,勁氣鍾義士,可與共壯圖。坡陁咸陽城,秦漢之故都,王氣浮夕靄,宮室生春蕪。安得從王師,汛掃迎皇輿,黃河與函谷,四海通舟車,士馬發燕趙,布帛來青徐,先當營七廟,次第畫九衢! 偏師縛可汗,傾都觀受俘,上壽大安宮,復如正觀初。丈夫畢此願,死與螻蟻殊,志大浩無期,醉膽空滿軀。

〔大散關〕在陝西省寶雞市西南,當時宋人與金人相持的陣地。 〔狂胡〕指金人。 〔草軍書〕草擬軍中的文書。 〔癯〕音區(qū),瘦。〔陳倉〕在陝西省寶雞市南。 〔鬱〕樹木茂盛的形狀。 〔盤紆〕屈曲迂回。 〔鍾〕貫注。 〔義士〕指前線的將士。 〔壯圖〕偉大的計劃,指收復失地的策略。 〔坡陁〕高低不平。 〔咸陽〕陝西省咸陽市。　〔秦漢句〕秦都咸陽;漢都長安,今陝西省西安市,與咸陽相近。　〔王氣二句〕古人因都城所在,氣勢雄壯,稱爲王氣,應當在這裏建都。靄音矮(ǎi),夕靄,日暮的烟霧。春蕪,春天的草。這兩句是説長安的宮室,生滿了春草,飄蕩着日暮的烟霧,生氣蓬勃,正是帝王的都城。　〔王師〕指南宋的正規軍。　〔汛掃〕灑掃。　〔皇輿〕皇帝的大駕。　〔士馬〕軍士和馬,指修建京都的隊伍。　〔燕趙〕見《劉太尉挽歌辭二首》注。　〔青徐〕古州名,青州在今山東省,徐州在今蘇北和皖北。　〔營〕建築。　〔七廟〕指宋王朝的七個祖廟。〔九衢〕九條大道。　〔偏師〕部分的軍隊。　〔可汗〕音克寒(kèhán),古代北方民族稱君主爲可汗。這裏指金國君主。　〔上壽〕進酒稱賀。　〔大安宮〕唐有大安宮,借指宋主的宮殿。　〔正觀〕即貞觀,唐太宗年號(六二七—六四九)。　〔畢此願〕完成這個志願。〔死與句〕即是死去,也和螻蟻完全不同了。　〔志大句〕志願甚大,浩茫得沒有完成的日期。　〔醉膽句〕滿身是膽,祇有終日沉醉,無所成就。

乾道九年詩。陸游看到大散關作戰的地圖,想象到收復長安,修建京都,發動東南的財力和東北的人力來完成這一番事業。他要俘虜敵人的君主,讓長安的人民看到。他認爲惟有這樣,人的一生,纔不至同螻蛄和螞蟻一樣,但是一切都是幻想,安慰自己的,祇有終日沉醉。這首詩正寫出一位愛國志士的願望和他的悲哀。

金 錯 刀 行

　　黃金錯刀白玉裝,夜穿窗扉出光芒,丈夫五十功未立,提刀獨立顧八荒。京華結交盡奇士,意氣相期共生死,千年史策恥無名,一片丹心報天子。爾來從軍天漢

濱,南山曉雪玉嶙峋。嗚呼楚雖三户能亡秦,豈有堂堂中
國空無人!

〔金錯刀〕刀身嵌有黄金紋。　　〔白玉裝〕刀柄嵌有白玉。　　〔扉〕門
扇。　　〔八荒〕八方荒遠之地。　　〔史策〕即史册。　　〔天漢濱〕漢
水濱。　　〔玉嶙峋〕色白如玉,層次堆積的形狀。嶙峋音林旬(línxún)。
〔嗚呼句〕古代楚國受到秦國的摧殘,終於亡國,人民懷念自己的祖國和
不肯屈節而死的君主,發出這樣的預言:"楚雖三户,亡秦必楚。"這是説
即使楚國衹剩得三户人家,但是最後一定能殲滅敵人。

　　乾道九年詩。在這首詩裏,陸游提出自己的志願,同時也指出摧毀
敵人的信心。

言　懷

　　蘭碎作香塵,竹裂成直紋,炎火燬崑岡,美玉不受焚,
孤生抱寸志,流離敢忘君!釀桂餐菊英,潔齋三沐熏,孰
云九關遠,精意當徹聞。捐軀誠有地,賈勇先三軍,不然
齎恨死,猶冀揚清芬。願乞一棺地,葬近要離墳。

〔蘭碎二句〕此處有經歷艱難困苦,本質不變的意義。　　〔燬〕焚。
〔崑岡〕崑山山脊。　　〔美玉句〕《書經·胤征》説:"火炎崑岡,玉石俱
焚。"原義指在崑岡被焚的時候,不分玉、石,都受到災害。陸游此句指出
美玉不甘心於被焚的命運。　　〔孤生〕孤立的人,陸游自指。　　〔寸
志〕中心的志願。　　〔流離〕流落。　　〔敢忘君〕反句,猶言不敢忘
君。　　〔釀桂句〕以桂爲酒。以菊花爲食。此句用《楚辭·九歌》:"奠

桂酒兮椒漿”,及《離騷》:“夕餐秋菊之落英。”大意是説飲食都用芳香的
東西。　　〔潔齋句〕潔身齋戒,沐浴熏香各三次。　　〔九關〕指宮前
的九道守衛。　　〔徹聞〕通聞。　　〔捐軀〕犧牲生命。　　〔賈勇句〕
出賣勇力,在三軍之先。　　〔不然〕否則。　　〔齎恨死〕抱恨而死。
齎音基(jī)。　　〔冀〕希望。　　〔清芬〕好的聲名。　　〔乞〕給予。
〔要離〕古代吳國的勇士。東漢名士梁鴻死後,葬要離墳附近。當時人
説:“要離烈士,梁鴻清高,可令相近。”

　　乾道九年詩。陸游説他經過艱難困苦,但是本質不變。沐浴熏香,
一誠上達,止要給他作戰的機會,願意身先士卒,犧牲生命,最後能夠葬
在要離的附近,於願已足。這樣的祈戰死的精神是詩歌中少有的。

胡　無　人

　　鬚如蝟毛磔,面如紫石稜,丈夫出門無萬里,風雲之
會立可乘。追奔露宿青海月,奪城夜蹋黃河冰,鐵衣度磧
雨颯颯,戰鼓上隴雷慿慿。三更窮虜送降欵,天明積甲如
丘陵,中華初識汗血馬,東夷再貢霜毛鷹。羣陰伏,太陽
昇,胡無人,宋中興,丈夫報主有如此,笑人白首蓬窗燈。

〔《胡無人》〕《古樂府》詩篇名。　　〔鬚如二句〕磔,直立之貌。稜,瘦勁
之貌。二句畫出英雄的形象。　　〔無萬里〕不以萬里爲遠。　　〔風雲
之會〕《易·繫辭》:“雲從龍,風從虎。”龍得雲而昇天,虎長嘯而風起,因
此風雲遇合,是最難得的機會。　　〔追奔〕追逐奔逃的敵人。　　〔蹋〕
同踏。　　〔鐵衣〕鐵甲。　　〔磧〕沙石。　　〔颯颯〕風雨之聲。
〔隴〕山名,在陝西、甘肅兩省交界處。　　〔慿慿〕堅勁的響聲。

〔降欵〕降書。　〔汗血馬〕見《九月十六日夜夢駐軍河外遣使招降諸城覺而有作》注。　〔霜毛鷹〕白鷹。　〔羣陰〕陰，敵人；羣陰，各方敵人。敵人送出降書，故曰"羣陰伏"。　〔笑人句〕蓬，草名。書生伏處寒窗之下，蓬蒿滿目，孤燈夜讀，一事無成，深覺可笑。笑人，立功報主的丈夫笑寒窗夜讀的書生。

乾道九年詩。陸游想象北伐成功的景況。他指出爲國家建功立業的可貴和寒窗讀書的可笑。

長　門　怨

寒風號有聲，寒日慘無暉，空房不敢恨，但懷歲莫悲。今年選後宮，連娟千蛾眉，早知獲譴速，悔不承恩遲。聲當徹九天，淚當達九泉，死猶復見思，生當長棄捐。

〔《長門怨》〕《古樂府》詩篇名。陳皇后爲漢武帝所廢，退居長門宮，憂愁哀怨，後人作《長門怨》，叙述陳皇后被遺棄的悲哀。　〔號〕讀上聲，號哭。　〔空房句〕既被遺棄，皇帝不來，所以稱爲空房。　〔歲莫〕即歲暮，年尾稱爲歲暮，借指老年，或憂怨的生活。　〔後宮〕皇帝宮中的妃子。　〔連娟〕細長的形狀。　〔千蛾眉〕《詩經·碩人》篇形容女人之美爲"蟓首蛾眉"，認爲她的額角和知了一樣，眉毛和蠶蛾一樣，是一種樸素而鮮明的比擬。"千蛾眉"指女子被選入宮的人數。　〔獲譴〕譴音遣（qiǎn），獲得責罰。　〔悔不句〕受到皇帝的寵愛，稱爲承恩。此句懊恨被遺棄之苦，自言不如遲一些得寵。　〔徹九天〕通到最高之處。　〔九泉〕地下深處有泉，九泉，最深之處。　〔當〕應當，此處帶有承認現實而又深感痛苦的意義。

乾道九年詩。因爲遭遇的不幸把自己比擬爲失寵的后妃,在中國古典作家中是一種常套,不一定有深刻的意義。但是陸游的這一篇和他同時期所作的《長信宮詞》、《銅雀妓》,都是比較深刻的。紹興三十一年到隆興二年(一一六一——一一六三),他在臨安,雖然祇是一個不甚重要的小官,但是慷慨激昂,請求北伐,曾經得到政府的重視;乾道八年(一一七二)他在南鄭,參加前線的工作,也準備爲國家做出一番事業,可是現在祇落得調到後方的嘉州,更沒有建功立業的機會,這就使他痛苦地寫出這樣的幾首"宮怨"詩。他所關心的是國家的事業而不是個人的名位,這是他所不同於一般詩人的。

曉　嘆

一鴉飛鳴窗已白,推枕欲起先嘆息,翠華東巡五十年,赤縣神州滿戎狄。主憂臣辱古所云,世間有粟吾得食!少年論兵實狂妄,諫官劾奏當竄殛,不爲孤囚死嶺海,君恩如天豈終極? 容身有祿愧滿顏,滅賊無期淚橫臆,未聞含桃薦宗廟,至今銅駝没荆棘。幽并從古多烈士,悒悒可令長失職? 王師入秦駐一月,傳檄足定河南北,安得揚鞭出散關,下令一變旌旗色。

〔翠華〕皇帝的旗。《漢書・司馬相如傳》:"建翠華之旗。"建炎元年(一一二七)十月,高宗趙構自南京(今河南省商丘市)逃往揚州,此後常在臨安,至陸游作此詩時,近五十年。　　〔赤縣神州〕中國。戰國時鄒衍稱中國爲"赤縣神州",見《史記・孟子荀卿列傳》。　　〔主憂臣辱〕《史記・平準書》記齊相卜式上書:"臣聞主憂臣辱。"他的意思是説君主有了憂愁,是臣子的恥辱。　　〔古所云〕古人所説。　　〔世間句〕《論語》

記孔子和齊景公談了君臣父子的道理,景公説:"善哉,信如君不君,臣不臣,父不父,子不子,雖有粟,吾得而食諸!"大意是説這種情況之下,即使有了糧食,還是無從生存。　〔少年論兵〕指紹興三十一年至隆興二年間事。　〔諫官句〕乾道二年(一一六六)陸游改隆興府通判,《宋史·陸游傳》記"言者論游交結臺諫,鼓唱是非,力説張浚用兵,免歸。"〔竄殛〕音篡吉(cuànjí),流放和殺戮。　〔嶺海〕從五嶺到南海。宋代政治上的失敗者常有貶竄嶺南或海南島的遭遇。　〔賊〕指敵人。〔無期〕没有實現的日期。　〔臆〕音意(yì),胸。　〔含桃〕櫻桃。《禮記·月令》記仲夏之月,天子"羞(進)以含桃,先薦(獻)寢廟"。古代君主於五月間,在寢廟中,以櫻桃祭祀祖先。當時東京和洛陽都已經陷落,因此就無從按照常規致祭。　〔銅駝荆棘〕西晉將亡的時候,索靖指洛陽宮門的銅駝説:"將來會在荆棘之中看到。"見《晉書·索靖傳》。没,埋没的意義。　〔幽并〕古代二州名,今河北、山西二省及遼寧部分地區,金人入侵,中原淪陷以後,北方的愛國志士,在太行山中,不斷地和金人作戰,始終没有屈服。陸游此詩直言其事。　〔悒〕音邑(yì)。悒悒,不樂。　〔失職〕不能完成任務。　〔入秦〕進入長安。　〔傳檄〕宣布公文。檄音昔(xí)。　〔散關〕見《觀大散關圖有感》注。〔一變旌旗色〕以宋旗代替金旗。旌音京(jīng),旗竿之上有羽毛的稱爲旌。

　　淳熙元年(一一七四)陸游從嘉州調回蜀州通判任。中間曾至成都,這是他在成都時作的,年五十歲。他因收復失地没有實現的日期,感到深切的悲哀。他指出只要收復長安,布告一出,河北、山西等地的愛國之士,立刻發動起來,可以摧毀敵人。

蒸暑思梁州述懷

宣和之末予始生,遭亂不及遊司并。從軍梁州亦少慰，土脈深厚泉流清，季秋嶺谷浩積雪，二月草木初抽萌。
夏中高涼最可喜，不省舉手驅蟊蝱，藏冰一出賣滿市，玉
璞堆積寒崢嶸。柳陰夜臥千駟馬，沙上露宿連營兵，胡笳
吹墮漾水月，烽燧傳到山南城。最思出甲戍秦隴，戈戟徹
夜相摩聲。兩年劍南走塵土，肺熱煩促無時平，荒池昏夜
蛙閣閣，食案白日蠅營營。何時王師自天下，雷雨潰洞收
欃槍？老生衰病畏暑溽，思卜鄠杜開柴荊。

〔蒸暑〕溽熱。　　〔宣和二句〕陸游生於宣和七年（一一二五）十二月，
金人分兩路向中國進攻。次年爲靖康元年，金人圍東京。晉時有司州，
故治在今河南省洛陽市。古代并州，約當今山西省。“不及遊司并”指不
及游山西、洛陽等地。　　〔梁州〕見《和高子長參議道中二絕》注。從軍
梁州指乾道八年陸游在南鄭軍中事。　　〔季秋〕九月。　　〔浩〕廣
大。　　〔不省〕省音醒（xǐng）。不省，不考慮。　　〔蟊〕同蚊。
〔蝱〕同虻，昆蟲雙翅類，長約一寸，好吸人畜的血液。　　〔玉璞句〕玉
在石中爲璞，玉璞指冰的顏色。崢嶸音爭戎（zhēngróng），高聳的形狀。
〔千駟馬〕四馬爲駟，共四千匹馬。　　〔胡笳句〕胡笳，軍中樂器，木管，
三孔。漾音快（yàng），漢水上游稱爲漾水。南鄭軍中，終夜都有胡笳之
聲。　　〔烽燧〕烽火。燧音遂（suì）。　　〔出甲〕出兵。　　〔戍〕保
衛。　　〔兩年劍南〕乾道八年（一一七二）冬間，陸游從南鄭調成都，至
作此詩時約兩年。劍南，劍閣以南。　　〔荒池二句〕此二句寫實，但是
也可能是諷刺。古人以無理取鬧者爲蛙，以好進讒言者爲蠅。閣閣，蛙
聲；營營，蠅聲。　　〔潰洞〕洶涌的形狀。潰音哄（hǒng）。　　〔欃槍〕
彗星。古代的迷信，認爲彗星一出，便有戰爭發動。收欃槍，結束戰爭之
意。欃音摻（chān）。　　〔卜〕卜卦定居。　　〔鄠杜〕見《聞虜亂有感》
注。　　〔柴荊〕柴或荊製成的門。

淳熙元年詩。陸游從夏季的溽熱，想到南鄭和鄠杜的天高氣爽，因

此更渴念出兵，收復關中。

秋　　聲

　　人言悲秋難爲情，我喜枕上聞秋聲，快鷹下韝爪觜健，壯士撫劍精神生。我亦奮迅起衰病，唾手便有擒胡興，弦開雁落詩亦成，筆力未饒弓力勁。五原草枯苜蓿空，青海蕭蕭風捲蓬，草罷捷書重上馬，却從鑾駕下遼東。

〔悲秋〕古代詩人宋玉曾經指出秋天使人傷感。他在《楚辭·九辯》説："悲哉秋之爲氣也。"　　〔難爲情〕情感不能控制。　　〔韝〕音鉤（gōu），養鷹的人臂上所帶的皮套。　　〔觜〕同嘴。　　〔唾手〕舊時人在勞作前，在手上先吐唾液。　　〔擒胡興〕俘虜金人的興趣。　　〔筆力句〕筆力和弓力同樣地堅強。未饒，不讓。　　〔五原〕漢時有五原郡，治所在今内蒙古自治區五原縣。　　〔苜蓿〕見《山南行》注。〔青海〕湖名，在今青海省東北部。　　〔蕭蕭〕風聲。　　〔草〕起稿。〔捷書〕勝利的報告。　　〔鑾駕〕皇帝的大駕。鑾音鸞（luán）。　　〔遼東〕今遼寧省東南部地區。

　　淳熙元年詩。古代詩人認爲秋天使人傷感。宋玉的《九辯》，漢武帝的《秋風辭》，杜甫的《秋興八首》，都是這樣。陸游不是如此，他認爲秋天是作戰的季節，是打垮敵人、收復失地的季節。這首詩充滿了堅強、勇敢的戰鬭氣氛；結尾一句，把戰爭推向遼東，具備有餘不盡的意致。

觀長安城圖

　　許國雖堅鬢已斑，山南經歲望南山，橫戈上馬嗟心在，穿塹環城笑虜孱。日莫風烟傳隴上，秋高刁斗落雲間，三秦父老應惆悵，不見王師出散關。

〔許國雖堅〕獻身給祖國的志願雖然堅定。　　〔穿塹句〕陸游自注："諜者言虜穿塹三重，環長安城。"塹音欠（qiàn），城濠。孱音纏（chán），弱。諜音蝶（dié）。諜者，暗探。　　〔日莫〕同日暮。下仿此。　　〔刁斗〕軍中用具，日間用以炊飯，夜間倒懸，擊之以警夜。　　〔落雲間〕屯兵高處，因此刁斗之聲，像自雲間落下。　　〔三秦〕指關中一帶。項羽入關以後，分秦地爲三，以章邯爲雍王，司馬欣爲塞王，董翳爲翟王，總稱三秦。此時三秦之地都已淪陷。　　〔散關〕見《觀大散關圖有感》注。

　　淳熙元年詩。陸游在蜀州任內，追憶乾道八年在南鄭軍中的感想。他在山南一年，望着終南山，儘管自己有橫戈上馬的決心，敵人有日暮途窮的孱相，但是軍隊始終沒有出關收復失地，辜負了三秦父老爭取解放的渴望。

龍眠畫馬

　　國家一從失西陲，年年買馬西南夷，瘴鄉所産非權奇，邊頭歲入幾番皮，崔嵬瘦骨帶火印，離立欲不禁風吹。

圉人太僕空列位,龍媒汗血來何時? 李公太平官京師,立
仗慣見渥洼姿,斷縑歲久墨色暗,逸氣尚若不可羈。賞奇
好古自一癖,感事憂國空餘悲,嗚呼安得毛骨若此三千
疋,銜枚夜度桑乾磧。

〔龍眠〕宋李公麟,字伯時,號龍眠山人。十一世紀後期畫家。 〔陲〕
音垂(chuí)。西陲,西邊,指陝西省終南山以北及甘肅等地。 〔西南
夷〕西南少數民族地區。 〔瘴鄉〕西南流行惡性瘧疾,古人認爲由於
瘴氣,稱其地爲瘴鄉。 〔權奇〕奇譎非常。 〔邊頭〕指西南邊境。
〔幾番皮〕極言邊馬之瘦。番一作數。 〔崔嵬〕高而不平的形狀。
〔火印〕烙印。 〔離立句〕馬散立,幾乎經不起風吹。 〔圉人〕養
馬之人。 〔太僕〕養馬之官。 〔龍媒〕古稱良馬爲龍媒。漢武帝
《天馬歌》:“天馬俠兮龍之媒。”俠同來。 〔汗血〕見《九月十六日夜夢
駐軍河外遣使招降諸城覺而有作》注。 〔李公〕指李公麟。 〔立
仗〕唐代皇帝儀仗隊有立馬,稱爲立仗馬。 〔渥洼〕音沃蛙(wòwā),
水名,在今甘肅省安西縣。漢時其地出良馬,稱爲天馬。 〔縑〕音兼
(jiān),絲織物,古人於縑上作畫,歲久斷裂,稱爲斷縑。 〔逸氣〕獨來
獨往的姿態。 〔羈〕音基(jī),約束。 〔銜枚〕銜同唧;枚,竹箸。
古代作戰,於夜中進行襲擊時,口唧竹箸,禁止發聲,稱爲銜枚。 〔桑
乾磧〕桑乾河名,在河北省,一名渾河,又名永定河。秋冬水涸,惟見沙
石,故稱桑乾磧。乾音甘(gān)。

　　淳熙元年詩。陸游從一幅名畫中想到北宋時代的良馬,再從良馬想
到中夜唧枚,發動對敵的襲擊。處處看到他對於敵人的痛恨和殺敵的
決心。

長　歌　行

　　人生不作安期生，醉入東海騎長鯨，猶當出作李西平，手梟逆賊清舊京。金印煌煌未入手，白髮種種來無情，成都古寺臥秋晚，落日偏傍僧窗明。豈其馬上破賊手，哦詩長作寒螿鳴？興來買盡市橋酒，大車磊落堆長缾。哀絲豪竹助劇飲，如鉅野受黃河傾，平時一滴不入口，意氣頓使千人驚。國讎未報壯士老，匣中寶劍夜有聲，何當凱還宴將士，三更雪壓飛狐城。

〔安期生〕相傳爲古代仙人。　　〔李西平〕唐李晟，德宗時平朱泚，收復長安，封西平王，事在興元元年（七八四）。晟音成（chéng），泚音此（cǐ）。〔手梟句〕梟音消（xiāo），斬首高掛。逆賊指朱泚，詩中借指金人；舊京指長安，詩中借指東京。　　〔種種〕髮短的形狀。　　〔螿〕音江（jiāng），寒螿即寒蟬。　　〔磊落〕衆多之貌。磊音壘（lěi）。　　〔缾〕同瓶。〔哀絲豪竹〕絲指弦樂器，如琵琶；竹指管樂器，如簫、笛。　　〔鉅野〕古代大湖，在今山東省鉅野縣境內。　　〔凱還〕同凱旋。　　〔飛狐城〕古代關隘，在今河北省淶源縣。

　　淳熙元年詩。陸游時在成都，生活中的苦悶，使他衹有終日沉醉。他認爲一位馬上殺敵的將士，轉變爲呻吟的詩人，是一種痛苦和無聊。他的希望是收復失地，直到河北境內，大宴部下。詩句極生動活躍。

江上對酒作

　　把酒不能飲，苦淚滴酒觴，醉酒蜀江中，和淚下荆揚。

樓櫓壓溢口，山川蟠武昌，石頭與鍾阜，南望鬱蒼蒼。戈船破浪飛，鐵騎射日光，胡來即送死，詎能犯金湯？汴洛我舊都，燕趙我舊疆，請書一尺檄，爲國平胡羌。

〔江上〕陸游在成都作此詩，當指錦江，源出郫縣流經成都，到雙流縣合郫江，爲岷江支流。　　〔醉酒〕疑當作醉灑。　　〔樓櫓〕城上和船上的瞭望臺，作戰中可以窺伺敵人。櫓音魯(lǔ)。　　〔溢口〕溢水入江之處。今江西省九江市西有溢口城，古代軍事重地。溢音盆(pén)。〔石頭〕山名，在江蘇省江寧區西。鍾阜，即紫金山，在江蘇省南京市。〔戈船〕載武器之船。此句指南宋水軍，下句指馬軍。　　〔金湯〕金城湯池。《漢書・蒯通傳》：“皆爲金城湯池，不可攻也。”意謂城堅如金，池(城濠)沸如湯，敵人無從進犯。　　〔汴洛〕宋東京開封及西京洛陽。〔燕趙〕見《劉太尉挽歌辭二首》注。

　　淳熙元年詩。陸游從眼淚滴入酒盃，酒盃傾入江水，寫到東南的形勝，敵人的不能進犯。這裏我們必須從詩人的思想飛躍，逐步發展，體會他的高漲的愛國情緒。

暮歸馬上作

　　石筍街頭日落時，銅壺閣上角聲悲，不辭與世終難合，惟恨無人粗見知。寶馬俊遊春浩蕩，江樓豪飲夜淋漓，醉來剩欲吟《梁父》，千古隆中可與期。

〔石筍街、銅壺閣〕皆在成都。　　〔粗見知〕比較瞭解。　　〔《梁父》〕《古樂府》篇名，諸葛亮好作《梁父吟》。　　〔隆中〕在湖北省襄陽市西二十里,諸葛亮少時隱居之處。

淳熙元年詩。陸游以諸葛亮自比,但是始終没有得到足夠的重視。"寶馬俊遊"、"江樓豪飲",寫陸游當時的生活,實際上却是悲哀的表現,這一切都從"角聲悲"裏逗出。

涉白馬渡慨然有懷

我馬顧影嘶,忽涉白馬津,雖非黄河上,撫事猶悲辛。太行之下吹虜塵,燕南趙北空無人,袁曹百戰相持處,犬羊堂堂自來去。

〔白馬渡〕即白馬津,陸游赴青城山渡河處。 〔燕趙〕見《劉太尉挽歌辭二首》注。 〔袁曹百戰〕袁紹、曹操相持於黄河渡口。紹進軍黎陽,遣顏良攻劉延於白馬,爲關羽所殺。白馬縣故城在今河南省滑縣東二十里。 〔犬羊〕指敵人。

淳熙元年詩。陸游赴青城山,路經白馬渡,想起太行山下的戰場,也稱爲白馬,是古代英雄會戰的勝地,但是目前却由犬羊一樣的異族,堂堂來去,感到無限的悲痛和辛酸。

登灌口廟東大樓觀岷江雪山

我生不識柏梁建章之宫殿,安得峨冠侍遊宴;又不及身在滎陽京索間，擐甲橫戈夜酣戰。胸中迫隘思遠遊，泝江來倚崌山樓，千年雪嶺闌邊出，萬里雲濤坐上浮。禹跡茫茫始江漢，疏鑿功當九州半，丈夫生世要如此，齎志空死能無嘆！白髮蕭條吹北風，手持卮酒酹江中："姓名未死終磊磊，要與此江東注海。"

〔灌口廟〕在今四川省都江堰市。　　〔崌〕同岷。　　〔柏梁〕臺名。〔建章〕宮名，和柏梁臺同爲漢武帝所建。　　〔峩冠〕高冠。　　〔滎陽〕故城在今河南省鄭州市西。　　〔京〕故城在今河南省滎陽市東南。〔索〕今河南省滎陽市。三地都是漢高祖劉邦和項羽作戰之地。〔擐〕音換(huàn)，貫。貫甲就是著甲。以上四句，自恨不及生在漢武帝的時代，參加遊宴；又恨不及生在漢高祖的時代，參加作戰。　　〔迫隘〕窄隘。　　〔泝〕音素(sù)，逆水而上。　　〔闌〕同欄。　　〔禹〕古代君主，治水有功，相傳禹自岷山導江。　　〔九州〕古代中國分爲九州，"功當九州半"，全國水利工程的一半。　　〔齎〕音基(jī)，帶去。〔卮〕音之(zhī)，酒杯。　　〔酹〕音淚(lèi)，把酒潑下致祭。　　〔磊磊〕俊偉的形狀。此下二句，提出自己的誓言。"要與此江東注海"，堅決地表示意志堅定，沒有絲毫的遊移。

　　淳熙元年詩。陸游上青城山，路經灌口李冰廟大樓，想到古代治水的大功，安定了中國的一半，他立下決心，要向古人學習，爲國家建立大功。

彌牟鎮驛舍小酌

　　郵亭草草置盤盂，買果煎蔬便有餘，自許白雲終醉死,不論黃紙有除書。角巾墊雨蟬聲外,細葛含風日落初,行遍天涯身尚健,卻嫌陶令愛吾廬。

〔彌牟鎮〕在今四川省新都縣。　〔郵亭〕即驛舍。古代公路,每數十里皆置驛站。有公事任務的可以在此住宿,稱爲驛舍,又稱郵亭。〔盂〕安置飲食的器具。　〔自許白雲〕自比陶弘景。弘景有答齊高帝詩:"山中何所有?嶺上有白雲。只可自怡悦,不堪持贈君。"　〔除書〕任命的文書。古代皇帝任命的文書,都寫在黃紙上。　〔角巾墊雨〕墊音店(diàn),折下。後漢郭泰(字林宗)周遊各地,在陳、梁之間遇雨,折下頭巾的一角。一般人因爲佩服他的人品,也故意把頭巾折下一角,稱爲"林宗巾",見《後漢書·郭泰傳》。　〔細葛〕杜甫詩:"細葛含風軟。"此指葛衣。　〔陶令〕陶潛詩:"衆鳥欣有託,吾亦愛吾廬。"

　淳熙二年(一一七五)陸游五十一歲,調任成都府路安撫司參議官、兼四川制置司參議官。六月間,曾至漢州(今四川廣漢市),路經彌牟鎮,作此詩。他對於參議官的工作,認爲不能完成報國的志願,但是他對於生活的前途,没有悲觀失望的情緒;相反地,他認爲陶潛的"吾亦愛吾廬"是不足取的。"卻嫌"二字,下得很重,陸游是反對專爲個人打算的。

花時遍遊諸家園 十首録一

　爲愛名花抵死狂,只愁風日損紅芳,緑章夜奏通明殿,乞借春陰護海棠。

〔諸家園〕不止一家之園。　〔抵死〕拚命。　〔緑章〕古代迷信,上書神道,寫在青紙上的稱爲青詞,寫在緑紙上的稱爲緑章。　〔通明殿〕古代相信天上玉皇大帝所住之地有通明殿。

　　淳熙三年(一一七六)陸游五十二歲作,時在成都。此詩在《劍南詩稿》中頗有名,雖然沒有提到憂時愛國,但是透露了對於自然景色的深厚感情。

中夜聞大雷雨

　　雷車駕雨龍盡起,電行半空如狂矢,中原腥羶五十年,上帝震怒初一洗。黃頭女真褫魂魄,面縛軍門爭請死,已聞三箭定天山,何啻積甲齊熊耳。捷書馳騎奏行宮,近臣上壽天顏喜,閤門明日催賀班,雲集千官摩劍履。長安父老請移蹕,願見六龍臨渭水,從今身是太平人,敢憚安西九千里!

〔雷車駕雨〕古代相傳雷部有推車之女阿香。《後搜神記》説永和中(三四五—三五六)義興人姓周,日暮至一小屋,有一女子,周因求寄宿。夜中聽到小兒道:"阿香,公家喊你推雷車。"女子出門,夜中遂大雷雨。　〔矢〕箭。　〔腥〕魚腥。　〔羶〕音山(shān),羊臊氣。　〔五十年〕靖康元年(一一二六)金人進攻東都。東都陷落,至陸游作此詩時,恰好五十年。　〔黃頭女真〕女真的一個部落。　〔褫〕音痴(chī),喪失。　〔面縛〕把兩手縛在後面,稱爲面縛。　〔三箭定天山〕唐薛仁貴征回紇九姓部落,發三矢,連殺三人,敵軍請降。軍中作歌:"將軍三箭定天山,壯士長歌入漢關。"見《唐書·薛仁貴傳》。　〔熊耳〕山名,在河南省宜陽縣西。漢光武破赤眉,劉盆子、樊崇等降,積甲與熊耳山齊。　〔上壽〕見《觀大散關圖有感》注。　〔閤門〕官名。宋有東上閣門使,西上閣門使,主管朝會宴賀之事。　〔雲集句〕千官像雲彩一樣的集會,佩劍和履(朝靴)接觸。　〔請移蹕〕請皇帝移都。蹕音畢(bì),皇帝出宮,禁止行人,稱爲"蹕"。　〔六龍〕馬高八尺稱爲龍。皇帝出宮,由六匹高頭大馬拖車,稱爲"六龍"。　〔敢憚〕那敢畏懼。憚音旦(dàn),畏懼。　〔安西〕見《和高子長參議道中二絶》注。

淳熙三年詩。陸游在春天的雷雨中,想到敵人的大崩潰。他希望移都長安,願意擔負戍守安西的重任。從豐富的想象和激昂的詩句中,我們看到詩人活躍的精神面貌。

三月一日府宴學射山

北出昇仙路少東,據鞍自笑老從戎,百年身世酣歌裏,千古功名感慨中。天遠僅分山髣髴,霧收初見日曈曨,橫空我欲江湖去,誰借泠然禦寇風?

〔府宴〕四川制置司的宴會。　〔學射山、昇仙路〕都在成都。　〔從戎〕從軍。　〔天遠句〕成都附近無山,所以說僅能髣髴分到一些山的遠景。　〔曈曨〕音童龍(tónglóng),太陽初出的光輝。　〔泠然禦寇風〕列禦寇又稱列子,古代傳說中的人物,相傳他能乘風而行,見《莊子·逍遙遊》。泠音伶(líng),泠然,輕妙之貌。

淳熙三年詩。陸游在四川制置司參議官任内,他和制置使范成大是舊交,生活感到安定,但是因爲壯志的無從實現,也感到痛苦。第三、第四兩句,完全寫出他的複雜的情感。最後的兩句,更透露他的生活的無聊。

題醉中所作草書卷後

胸中磊落藏五兵，欲試無路空崢嶸，酒爲旗鼓筆刀槊，勢從天落銀河傾。端溪石池濃作墨，燭光相射飛縱橫，須臾收卷復把酒，如見萬里烟塵清。丈夫身在要有立，逆虜運盡行當平，何時夜出五原塞，不聞人語聞鞭聲！

〔磊落〕衆多貌。　〔五兵〕古代的五種武器：戈、殳、戟、酋矛、夷矛。〔槊〕音朔(shuò)，矛長一丈八尺爲槊。　〔端溪〕在廣東省高要市東南爛柯山西麓，產硯石，世稱端硯。　〔五原塞〕在内蒙古自治區五原縣。

淳熙三年詩。陸游是南宋著名書法家，自己也很自負。他説胸中藏有種種不同的兵器，但是没有殺敵的機會，因此把上馬作戰的意圖，完全從書法中透露出來。"如見萬里烟塵清"，正寫出那橫掃敵人、心滿意得的神態。最後更從正面提出他的志願。

松　驥　行

驥行千里亦何得，垂首伏櫪終自傷；松閲千年棄澗壑，不如殺身扶明堂。士生抱材願少試，誓取燕趙歸君王。閉門高臥身欲老，聞雞相蹴涕數行，正令咿嚶死牀簀，豈若橫身當戰場！半酣浩歌聲激烈，車輪百轉盤愁腸。

〔驥〕音寄(jì)，良馬。　〔壑〕音禍(huò)，山溝。　〔明堂〕古代天子的宮殿。　〔燕趙〕見《劉太尉挽歌辭二首》注。　〔聞雞相蹴〕劉琨、祖逖同宿，夜半聽到雞叫，祖逖踢了劉琨一下說：“這聲音很不壞。”說着，他就拔劍起舞。見《晉書·祖逖傳》。　〔咿嚶〕音伊嬰(yīyīng)，小兒啼哭之聲。　〔簀〕音責(zé)，牀板。　〔橫身當戰場〕死在戰場。〔車輪句〕古歌：“心事不能言，腸中車輪轉。”這裏是說愁苦的心腸像車輪一樣，論百次地在轉動。

淳熙三年詩。這完全是一首祈戰死的歌。陸游認爲老在櫪中的良馬，是一個悲哀的結局，老在山谷的松樹，不如砍伐下來，建築皇家的宮殿；因此啼啼哭哭地死在牀板的人，遠不如死在戰場。一位願意爲國家收復失地的英雄，現在止能閉門高臥，這是無可比擬的悲哀。

病 起 書 懷 二首録一

病骨支離紗帽寬，孤臣萬里客江干，位卑未敢忘憂國，事定猶須待闔棺。天地神靈扶廟社，京華父老望和鑾，《出師》一表通今古，夜半挑燈更細看。

〔支離〕散漫。　〔紗帽寬〕病後瘦損，故感到紗帽寬鬆。　〔江干〕江邊。　〔事定句〕闔音合(hé)，蓋。此處用《晉書·劉毅傳》事。劉毅說：“大丈夫蓋棺事方定。”他認爲一個人的成就，必須待到死後纔能論定。　〔廟社〕宗廟社稷。　〔京華〕京師，此指東京。　〔和鑾〕車鈴。在車前伏手橫木上的爲和，在車轅橫木上的爲鑾。和鑾指皇帝的車駕。 〔《出師》一表〕漢建興五年(二二七)丞相諸葛亮伐魏,北駐漢中,臨行時上後主劉禪一表,後人稱爲《出師表》。 〔挑燈〕古人用油燈,燈暗時把燈芯挑動一下,燈光復明。

淳熙三年詩。陸游病中沒有沮喪的情緒,所以一經起床,隨即提出"蓋棺論定"的決心,認爲未死以前,還有無限的前途。五六兩句指出時代對於愛國志士的要求;七八兩句看到陸游自比諸葛亮的志願。

夏夜大醉醒後有感

少時酒隱東海濱,結交盡是英豪人,龍泉三尺動牛斗,《陰符》一編役鬼神。客遊山南夜望氣,頗謂王師當入秦,欲傾天上河漢水,净洗關中胡虜塵。那知一旦事大謬,騎驢劍閣霜毛新,卻將覆氈草檄手,小詩點綴西州春。素心雖願老巖壑,大義未敢忘君臣,雞鳴酒解不成寐,起坐肝膽空輪囷。

〔酒隱〕不願做官而好飲酒的稱爲酒隱。 〔龍泉三尺〕龍泉,寶劍名。古代的劍一般都長三尺左右,所以稱爲"三尺劍",簡稱"三尺"。 〔動牛斗〕牛、斗是天空的兩個星座。相傳西晉時雷煥看到牛、斗兩個星座之間,紫氣焕發,知道江西豐城縣獄下有寶物,掘地四丈餘,得寶劍二柄,一曰龍泉,一曰太阿。見《晉書·張華傳》。 〔《陰符》〕古代兵書,相傳爲呂望所作。 〔役鬼神〕指揮鬼神。誇大之詞。 〔客遊山南〕指乾道八年在南鄭從軍事。 〔望氣〕相傳古代有望氣術,望着雲氣,能够預見吉凶。 〔天上河漢〕銀河。 〔事大謬〕事大變。指八年冬間調任成都安撫司參議官事。 〔覆氈草檄〕馬背覆氈,伏在氈上起草軍事文書。　〔西州〕成都。　〔素心二句〕素心,平時的心境。陸游把個人的愛好和國家的事業對比,指出自己雖然願意老在山溝裏,但是不敢忘去自己對於國家的責任。　〔輪囷〕龐大貌。囷音君(jūn)。

　淳熙三年詩。這裏看到陸游離開前敵以後內心的痛苦。他沒有想到自己這樣一個決必殺敵的志士,竟然成爲點綴風雅的詩人。儘管從個人着想,他甘心老在山溝裏,但是他不能忘去對於國家的責任。

客自鳳州來言歧雍間事悵然有感

　表裏山河古帝京,逆胡數盡固當平,千門未報甘泉火,萬耦方觀渭上耕。前日已傳天狗墮,今年寧許佛貍生! 會須一洗儒酸態,獵罷南山夜下營。

〔鳳州〕故治在今陝西省鳳縣。　〔歧雍間〕今陝西省鳳翔縣地,時已淪陷。　〔表裏山河〕《左傳》僖公二十八年子犯說:“晉國表裏山河。”表是外表,指晉國內有太行山,外有黃河。這裏是借用,指關中關內有山,關外也有黃河。　〔甘泉火〕漢有甘泉宮,在陝西省三原縣甘泉山,去長安二百里。火指烽火。甘泉宮接近匈奴邊界,敵情緊急時放起烽火,長安可見。千門,指長安宮殿。　〔萬耦〕耦音偶(ǒu),二人並耕爲耦。《詩經·噫嘻》說:“亦服爾耕,十千維耦。”指兩萬人在渭水平原耕田的事。　〔前日句〕陸游自注:“去年十一月天狗墮長安,聲甚大。”天狗,星名,相傳天狗墮,見則千里破軍殺將。見《史記·天官書》。陸游舉此以爲金人大敗的預兆。　〔寧許〕那許。　〔佛貍〕北魏太武帝拓跋燾小名,借指金國君主完顏雍。　〔儒酸〕書生的寒酸。

淳熙三年詩。陸游聽到北邊來客説到敵人的内部情況，重新喚起勝利的憧憬。他認爲敵人的氣運正在結束中，太平有望。三四兩句預指太平的景象，五六兩句指出敵人崩潰的必然性。結句更寫出軍中大獵而後的雄偉場面。

和范待制秋興 三首録一

策策桐飄已半空，啼螀漸覺近房櫳，一生不作牛衣泣，萬事從渠馬耳風。名姓已甘黃紙外，光陰全付綠尊中，門前剥啄誰相覓？賀我今年號放翁。

〔范待制〕范成大字致能，號石湖居士，吳郡人。他是陸游的舊友，淳熙二年(一一七五)六月以敷文閣待制、四川制置使來成都。　〔策策〕落葉聲。　〔桐飄〕桐葉下墜。　〔房櫳〕房屋的總稱。櫳音龍(lóng)。〔牛衣泣〕牛衣，亂蔴或草編成的織物，遮在牛上，用以禦寒。《漢書·王章傳》，王章欲上奏彈劾權貴，妻説："人當知足，你記不得我們躺在牛衣中對泣之時嗎？"王章毅然地説："這是婦女們不會理解的。"　〔馬耳風〕李白詩："世人聞此皆掉頭，有如東風吹馬耳。"　〔剥啄〕叩門聲。〔號放翁〕淳熙三年(一一七六)九月，諫官彈劾陸游，説他代理嘉州的時候"燕飲頹放"。游因此罷官，此後自號放翁。

淳熙三年詩。陸游遭遇彈劾，這是政治鬥争中的一個波瀾，在政治生活中遭到這樣的打擊，他索性自號"放翁"。一生以下四句正寫出一個不甘屈服的人，在受到打擊以後的戰鬥態度。

融州寄松紋劍

　　十年學劍勇成癖，騰身一上三千尺，術成欲試酒半酣，直躡丹梯削青壁。青壁一削平無蹤，浩歌却過蓮花峯，世人仰視那得測，但怪雪刃飛秋空。老胡畏誅奉約束，假息漁陽連上谷，願聞下詔遣材官，恥作腐儒常碌碌。

〔融州〕故治在今廣西融安縣西南。　　〔躡〕音聶(niè)，踏。　　〔蓮花峯〕華山有蓮花峯。　　〔假息〕偷生。　　〔漁陽〕古郡，在今河北省北部。　　〔上谷〕古郡，在今河北省西北部。　　〔材官〕初級武官。〔碌碌〕無能貌。

　　淳熙三年詩。前八句言劍術，我們可以從誇大的詞句中，看到浪漫的氣息。老胡二句虛寫金人失敗後的情況。最後兩句正面提出自己的願望。

歲　　晚

　　歲晚城隅車馬稀，偷閑聊得掩荊扉，征蓬滿野風霜苦，多稼連雲雁鶩肥。報國有心空自信，結茅無地竟安歸？浣花道上人誰識，華表千年老令威。

〔多稼〕好莊稼。　　〔鶩〕音務(wù)，水鴨。　　〔結茅〕蓋茅屋。〔浣花〕唐詩人杜甫在成都時，居浣花溪，在城西五里。　　〔華表〕古代

道旁的石柱。　　〔老令威〕《搜神後記》言漢有道士丁令威,學道於靈虛山,後化鶴歸遼,自言:"有鳥有鳥丁令威,去家千年今始歸,城郭如故人民非,何不學仙冢纍纍?"這是古代的神話,極言人生的無常。

　　淳熙三年詩。陸游遭到打擊,感覺政治上的沒有出路。三四兩句是寫景,同時也是寫情;上句說自己的流離,下句說小人的得志。浣花兩句把自己和杜甫等同齊來,自言生活的艱苦,正和杜甫一樣,好比丁令威的重來。在蕭瑟的詩句中,報國有心四字,寫出愛國志士的抱負,頓覺全篇精神振奮,不同凡俗。

關　山　月

　　和戎詔下十五年,將軍不戰空臨邊,朱門沉沉按歌舞,厩馬肥死弓斷弦。戍樓刁斗催落月,三十從軍今白髮,笛裏誰知壯士心,沙頭空照征人骨。中原干戈古亦聞,豈有逆胡傳子孫,遺民忍死望恢復,幾處今宵垂淚痕。

〔《關山月》〕漢《樂府》橫吹曲名。　　〔和戎〕原意爲對於異民族的和平相處,《左傳》襄公十一年記魏絳和戎事。宋人借此爲對外屈服的別稱。隆興元年(一一六三),宋孝宗以王之望爲金國通問使,進行議和。至此前後共十五年。　　〔朱門〕古代達官貴人,門户皆用朱漆。　　〔沉沉〕深遠貌。　　〔厩〕音救(jiù),馬房。　　〔戍樓〕警衛所在之樓。戍音恕(shù)。　　〔笛〕橫吹曲皆用笛。　　〔忍死〕不死以待。

　　淳熙四年(一一七七)陸游五十三歲,作此詩,時在成都。他用守邊兵士的口吻寫出十五年來,宋人對金屈服,將軍們止知歡娛歌舞,馬死了,武器朽了,兵士的頭髮白了,戰友的白骨橫在沙場,但是壯士火熱的愛國心情却被埋没了。最後他更指出敵人的命運不會長久,淪陷區的人民正含着眼淚,盼望收復。陸游在這首詩裏痛斥統治階級的對外屈服,同時也指出淪陷區人民的渴望。

樓 上 醉 書

　　丈夫不虛生世間,本意滅虜收河山,豈知蹭蹬不稱意,八年梁益凋朱顏。三更撫枕忽大叫,夢中奪得松亭關,中原機會嗟屢失,明日茵席留餘潸。益州官樓酒如海,我來解旗論日買,酒酣博簺爲歡娛,信手梟盧喝成采。牛背爛爛電目光,狂殺自謂元非狂,故都九廟臣敢忘?祖宗神靈在帝旁。

〔蹭蹬〕音 cèngdèng,失勢之貌。　　〔八年句〕梁,指陝西。益,古州名,今四川省。陸游於乾道五年(一一六九)奉命,次年入川,至此先後共八年。凋朱顏,顏色憔悴。　　〔松亭關〕在今河北省遷安市西北,時已淪陷。　　〔明日句〕明日即作夢之次日。茵音因(yīn),座墊。潸音山(shān),涕淚。　　〔益州句〕益州指成都。宋代實行酒專賣制度,官樓指出賣官酒的酒樓。　　〔解旗〕酒樓賣酒時懸酒旗,又稱酒帘。陸游能飲,獨包一日,不再接待他客,因此说“解旗論日買”。　　〔博簺〕古代的一種博戲。行棋相塞,故稱爲博簺。簺音賽(sài)。　　〔梟盧〕古代的一種博戲,賭具的點數不同,梟爲么,盧爲六。其制和近代的骰子類似。〔牛背句〕言坐在車中,目光遠出牛背上。用《世説新語》王戎事。爛爛,光明貌。裴楷説王戎“眼爛爛如巖下電”,見《世説新語》。　　〔故都九廟〕故都,指東京;九廟,皇帝供奉九代祖宗之廟。　　〔祖宗〕宋代君主的列祖列宗。 〔帝旁〕上帝的旁邊,暗用《詩經‧文王》"文王陟降,在帝左右"原意。

淳熙四年詩。陸游提出收復淪陷區的志願,不斷地遭到挫折,止能在狂飲縱博中消磨歲月。雖然如此,他的愛國的意志,沒有因此動搖,篇終更向宋代的列祖列宗提出誓言,不敢忘去自己的志願。

送范舍人還朝

平生嗜酒不爲味,聊欲醉中遺萬事,酒醒客散獨悽然,枕上屢揮憂國淚。君如高光那可負,東都兒童作胡語,常時念此氣生癭,況送公歸覲明主。皇天震怒賊得長?三年胡星失光芒,旄頭下掃在旦莫,嗟此大議知誰當?公歸上前勉畫策,先取關中次河北,堯舜尚不有百蠻,此賊何能穴中國!黃扉甘泉多故人,定知不作白頭新,因公併寄千萬意,早爲神州清虜塵。

〔范舍人〕范成大曾官中書舍人,故稱范舍人。淳熙四年六月,成大奉旨東歸,陸游送至眉州(故治在今四川省峨眉山市),作此詩。 〔平生句〕嗜是愛好,這裏是説愛酒,不是爲的酒味。 〔遺〕忘却。 〔高光〕高指漢高祖,光指後漢光武帝。當時君主爲宋孝宗趙眘,即位之初,是南宋惟一的有志收復淪陷區的君主,陸游對他的推崇是有意的。〔東都句〕東都指汴京,陷落已五十餘年。 〔癭〕音郢(yǐng),頸部腫瘤。古人認爲憤鬱則生癭。 〔覲〕音僅(jǐn),朝見。 〔旄頭〕星座名,又名昴(音卯[mǎo])星,即胡星。胡星下掃,古代以爲異族失敗的象徵。 〔旦莫〕同旦暮。 〔嗟此句〕大議指討伐金人的主張。知誰當,誰人敢擔當此事? 〔上前〕君主之前。 〔有百蠻〕容許百蠻的存在。 〔黃扉〕扉音非(fēi),門。丞相所居,以黃色塗門上,故曰黃扉。 〔甘泉〕漢宮名,借指宋宮殿。 〔白頭新〕古諺"白頭如新",是說没有深交的人,即在相識很久以後,還當新交一樣看待。

淳熙四年詩。陸游因爲范成大的還朝,希望他倡議北伐,收復失地。這裏他提出自己的計劃,同時也希望在朝的舊友,共同提倡。

江　樓

急雨洗殘瘴,江邊閑倚樓,日依平野没,水帶斷槎流。擣紙荒村晚,呼牛古巷秋,腐儒憂國意,此際入搔頭。

〔槎〕同楂(chá),水中浮木。

淳熙四年詩。陸游作此時,已自眉州回成都。日依兩句,寫自然景色,語極單純而意極渾樸。擣紙二句寫鄉村生活,語極有味。最後仍透出愛國的心情。

登　城

我登少城門,四顧天地接,大風正北起,號怒撼危堞。九衢百萬家,樓觀爭岌嶪,臥病氣壅塞,放目意頗愜。永懷河洛間,煌煌祖宗業,上天祐仁聖,萬邦盡臣妾。橫流

始靖康,趙魏血可蹀,小胡寧遠略?爲國恃剽劫。自量勢
難久,外狠中已懾,籍民備勝廣,陛戟畏荆聶。誰能提萬
騎,大呼擁馬鬣,奇兵四面出,快若霜掃葉。植旗朝受降,
馳驛夜奏捷,豺狼一朝空,狐兔何足獵?遺民世忠義,泣
血受汙脅,繫箭射我詩,往檄五陵俠。

〔少城〕成都舊有太城、少城,少城在西。　〔天地接〕登城遠望,天地
好像接連在一處。　〔撼〕音漢(hàn),動搖。　〔危堞〕高城。堞音
蝶(dié),城上有垛口的女牆。　〔觀〕同館。　〔岌業〕音吉業
(jíyè),高聳貌。　〔愜〕音窃(qiè)。愜意,滿意。　〔河洛間〕黃河、
洛水之間,指東西二京。　〔仁聖〕宋仁宗趙禎在位四十一年,宋人以
爲太平盛世,實則那時因爲統治階級的腐朽,已經爲後來的大崩潰埋下
種子。　〔橫流〕崩潰。　〔靖康〕宋欽宗趙桓年號,這一年金人進
兵侵略,東京淪陷。　〔趙、魏〕古代趙國都邯鄲,今河北省邯鄲市;魏
都大梁,今河南省開封市,就是宋代的東京。　〔蹀〕音蝶(dié),踏。
當時金人進攻,南宋軍民大量遭到屠殺,因此說河北、河南一帶,所踐踏
的都是血液。　〔寧遠略〕那有遠大的計劃。　〔剽劫〕搶掠。
〔外狠句〕陸游指出金人在這時已經到了中衰的時期,外貌雖然兇悍,内
心已經怯弱。懾音社(shè),膽怯。　〔籍民〕登記戶口。　〔勝廣〕
陳勝、吳廣,秦二世時農民暴動的領導者。　〔陛戟〕陛音敝(bì),宮殿
的臺階。這裏說宮殿的階下,陳列了執戟的武士。　〔荆聶〕荆軻、聶
政,戰國時代的刺客。　〔鬣〕音列(liè),馬頸長毛。　〔奏捷〕報
捷。　〔豺狼〕指敵人中的統治者。　〔狐兔〕指敵人中的平民。
〔遺民〕淪陷區的人民。　〔汙脅〕汙辱和威脅。　〔五陵俠〕漢代總
稱長陵、安陵、陽陵、茂陵、平陵爲五陵,皆在長安附近。五陵俠指淪陷區
的愛國志士。

　　淳熙四年詩。陸游控訴金人對於南宋軍民的屠殺,同時也指出敵人

外強中幹的窘態。淳熙四年正是金主完顏雍的大定十七年。金國内部民族間的矛盾已經尖銳化,完顏雍的政策是團結女真部族,打擊漢民族。陸游的提示是完全正確的。誰能提萬騎八句寫大軍一出,摧枯拉朽的聲勢,真可鼓舞人心。

獵罷夜飲示獨孤生 三首

客途孤憤只君知,不作兒曹怨別離,報國雖思包馬革,愛身未忍貨羊皮。呼鷹小獵新霜後,彈劍長歌夜雨時,感慨却愁傷壯志,倒瓶濁酒洗餘悲。

〔獨孤生〕名策,字景略,河中人。工文章,善騎射,陸游和他在蜀中相識,認爲當世奇士。　　〔馬革〕東漢馬援説:"男兒要當死於邊野,以馬革裹尸還葬耳。"見《後漢書·馬援傳》。　　〔羊皮〕百里奚,春秋時虞人,爲楚人所虜,秦穆公以五張黑羊皮把他贖去。見《史記·秦本紀》。〔彈劍〕戰國時齊人馮諼在孟嘗君門下,因爲没有得到重視,彈劍而歌。見《戰國策》。

關輔何時一戰收,蜀郊且復獵清秋,洗空狡穴銀頭鶻,突過重城玉腕騮。賊勢已衰真大慶,士心未振尚私憂,一樽共講平戎策,勿爲飛鳶念少游。

〔關輔〕漢時於長安及其附近置京兆、左馮翊、右扶風三郡,總稱關中三輔,在今陝西省渭水流域。　　〔狡穴〕狡兔的巢穴。　　〔銀頭鶻〕鶻音骨(gǔ),又名隼,猛禽類,捕食小動物。頭有白毛的稱爲銀頭鶻。〔玉腕騮〕黑鬣赤身的良馬稱爲騮。玉腕,謂馬足潔白如玉。　　〔飛鳶〕

鳶,老鷹。 〔少游〕馬少游,馬援堂弟。馬援談起在作戰的艱苦中,看到天上的飛鳶,一隻一隻地落下來,因此懷念起堂弟少游這一位甘居田園、不願進取的人物。馬少游代表着安分守己的思想,見《後漢書·馬援傳》。

　　白袍如雪寶刀横,醉上銀鞍身更輕,帖草角鷹掀兔窟,憑風羽箭作鴟鳴。關河可使成南北,豪傑誰堪共死生?欲疏萬言投魏闕,燈前攬筆涕先傾。

〔帖草〕俯到草地上。　　〔角鷹〕猛禽類,鷙之一種,捕食小動物。
〔鴟〕音痴(chī),鴟鷹。　　〔魏闕〕指天子門闕。

　　淳熙四年詩。陸游九月間到漢州(故治在今四川省廣漢市),和獨孤策一同打獵,作此詩。在這裏有牢騷,有悲慨,甚至還有些感傷的情緒。但是從每首看、從三首一貫看,基本上還是振作的。報國兩句,指出自己報國有志,但是不能委曲遷就,出賣自己,喪失做人的立場。賊勢兩句指出金人雖然已經削弱,但是宋人還沒有破敵的決心,不能不引爲私憂,下面更説明應當共同策劃打擊敵人,不應當和馬少游一樣,安分守己,但求衣食粗足。關河兩句更逼緊,他問出爲什麼讓中國分爲兩個,不能統一?他又問哪一位豪傑可以同生同死,爲國家做出一番事業來?這三首詩正看到獨孤策也和陸游一樣,是一位愛國志士,因此他們中間起了共鳴,訴説愛國的懷抱。

秋晚登城北門

　　幅巾藜杖北城頭,卷地西風滿眼愁,一點烽傳散關信,兩行雁帶杜陵秋。山河興廢供搔首,身世安危入倚樓,橫槊賦詩非復昔,夢魂猶繞古梁州。

〔城北門〕成都北門。　〔幅巾〕不著冠,以全幅縑絲裹頭。　〔藜杖〕藜,一年生草本植物,其莖可以爲杖。　〔杜陵〕見《聞虜亂有感》注。　〔山河兩句〕此言念及山河興廢,國家和人民受到敵人的迫害,不得不連續搔首,而自己在倚樓之時,也不斷地懷念到個人和時代所遭遇的艱苦。安危二字,偏義複辭。　〔橫槊賦詩〕四字原文見蘇軾《赤壁賦》,指曹操在軍中賦詩的情況,陸游借指自己在南鄭軍中的生活。〔梁州〕見《和高子長參議道中二絕》注。

　　淳熙四年詩。陸游時在成都。他離開南鄭已經五年,但是不斷懷念軍中的生活。三四兩句從想象和現實中所看到的烽火和秋雁,認爲這是從前線和淪陷區來的消息,因此加深了自己對於國家民族前途的關切。最後兩句完全寫出他的愛國熱忱。

秋　興

　　成都城中秋夜長,燈籠蠟紙明空堂,高梧月白繞飛鵲,衰草露溼啼寒螿。堂上書生讀書罷,欲眠未眠偏斷腸,起行百匝幾嘆息,一夕綠髮成秋霜。中原日月用胡曆,幽州老酋著柘黃,滎河溫洛底處所,可使長作旃裘鄉?百金戰袍鵰鶻盤,三尺劍鋒霜雪寒,一朝出塞君試看,且發寶雞莫長安。

〔燈籠蠟紙〕籠,動詞。此言以蠟紙安排在燈的周圍。　〔匝〕音扎

(zā)，周回。　〔一夕句〕一夕黑髮變白。　〔中原句〕中原用金的年號。　〔幽州老酋〕酋，落後民族的君主。此指金的君主。　〔柘黃〕柘，木本植物，其木可以染黃赤色。柘黃，皇帝的服色。　〔榮河溫洛〕《尚書中候》記"帝堯即政，榮光出河，休氣四塞"。又《易‧乾鑿度》記"帝聖德之應，洛水先溫"。四字總指中原之地，古代帝王所都。〔底〕什麼。　〔旃裘鄉〕旃同氈。北方民族常著旃裘，此言成爲北方民族的鄉土。　〔鶻鵰盤〕戰袍上刺繡的樣色。　〔寶雞〕今陝西省寶雞市。

　　淳熙四年詩。陸游在這首詩裏，指出中原之地，整個陷落，落後的異族統治者成爲中國的統治者。他願意到前線作戰，一鼓作氣，直擣長安。

遣　　興

　　耆舊日凋謝，將如此老何？懣拈如意舞，狂叩唾壺歌。郡縣輕民力，封疆恃虜和，功名莫看鏡，吾意已蹉跎。

〔耆舊〕耆音其(qí)，老輩。　〔此老〕陸游自指。　〔懣〕音悶(mèn)，悶。　〔如意〕器物名，以竹木爲之，可搔背癢，因名如意。《晉書‧王敦傳》言敦"以如意打唾壺爲節，壺邊盡缺"。　〔郡縣句〕宋代統治者對於人民的剝削，南渡以後，更加煩重。四川因爲擔負南鄭前線的給養，和高級將領的靡費，賦稅更重於東南。　〔封疆句〕此言當時的統治者不主張對敵作戰，止是倚賴屈服的政策，保恃邊境。　〔蹉跎〕失時。

　　淳熙四年詩。陸游從失望中，感覺到衰老了。三四兩句、七八兩句都透露他的牢騷。五六兩句痛切地指出川中郡縣官對於人民剝削的嚴重和統治者對敵屈服的無恥。

晚 登 子 城

　　江頭作雪雪未成，北風吹雲如有營，驅車出門何所
詣？一放吾目登高城。城中繁雄十萬戶，朱門甲第何峥
嵘，錦機玉工不知數，深夜窮巷聞吹笙。國家自從失河
北，烟塵漠漠暗兩京，胡行如鬼南至海，寸地尺天皆苦兵。
老吳將軍獨護蜀，坐使井絡無欃槍，名都壯邑數千里，至
今不聞戎馬聲。安危自古有倚伏，相持默默非敵情，棘門
灞上勿兒戲，犬羊豈憚渝齊盟。

〔營〕經營。　　〔詣〕音意(yì)，往。　　〔甲第〕一級住宅。　　〔胡行
句〕杜甫《塞蘆子》詩“胡行速如鬼”，極言敵人行動的迅速。建炎三年(一
一二九)冬，金兀朮破臨安，宋高宗趙構乘船出海。四年(一一三〇)正
月，金人破明州(今浙江省寧波市)，高宗逃温州，準備再逃福州。二月金
人退出臨安。所謂南至海者指此。　　〔老吳將軍〕宋將吳玠於紹興元
年(一一三一)大敗金兀朮於和尚原，四年(一一三四)又敗金兵於仙人
關。官至四川宣撫使。　　〔井絡〕井，星座名，二十八宿之一。絡指區
域所在。古人以爲四川與井宿區域相應。左思《蜀都賦》言“遠則岷山之
精，上爲井絡”。　　〔倚伏〕《老子》：“禍兮福所倚，福兮禍所伏。”言禍中
有福，福中有禍，正如安中有危，危中有安，有互相聯繫的意義。　　〔相
持句〕指明敵人不會雙方相持，默默不動，有隨時發動攻勢的可能。
〔棘門灞上〕漢文帝後六年(前一五八)，匈奴向中國進攻，文帝以宗正劉
禮爲將軍，駐灞上(今陝西省西安東)；以祝茲侯徐厲爲將軍，駐棘門(今
陝西省咸陽市東北)；以河内守周亞夫爲將軍，駐細柳(今陝西省咸陽市

西南）。後來文帝看到劉禮、徐厲的軍隊止懂得儀仗整齊，遠不如周亞夫細柳營的紀律森嚴，他說：“這纔是真將軍，前時灞上、棘門兩枝軍隊止是兒戲。”見《史記·絳侯世家》。　〔犬羊〕指金的統治者。　〔憚〕畏懼。　〔渝齊盟〕違反共同的誓言。

　　淳熙四年詩。陸游從成都的繁富，想到敵人有隨時進攻的可能，因此提出警告，認爲敵人不會堅守和約，必須隨時警惕，準備作戰。

醉中出西門偶書

　　古寺閑房閉寂寥，幾年躭酒負公朝，青山是處可埋骨，白髮向人羞折腰。末路自悲終老蜀，少年常願從征遼，醉來挾箭西郊去，極目寒蕪雉兔驕。

〔躭〕音丹(dān)，愛好。　〔負公朝〕貽誤公家的事業。　〔青山句〕用蘇軾《御史獄中遺子由》詩：“是處青山可藏骨。”　〔折腰〕用陶潛不爲五斗米折腰事。　〔寒蕪〕衰草。

　　淳熙四年詩。五句感到生活的沒有出路，六句追寫少時的志願，七八兩句精力飽滿。

大風登城

　　風從北來不可當，街中橫吹人馬僵。西家女兒午未妝，帳底爐紅愁下牀；東家喚客宴畫堂，兩行玉指調絲簧；
錦繡四合如垣牆，微風不動金猊香。我欲登城望大荒，勇
欲爲國平河湟，才疏志大不自量，西家東家笑我狂。

〔畫堂〕有壁畫之堂。　　〔兩行玉指〕兩排伎樂。　　〔垣〕音元(yuán)，
牆。　　〔金猊〕猊，獸名。金猊，以金屬爲之，中可焚香。　　〔湟〕水
名，出青海省，經甘肅省入黃河。

　　淳熙四年詩。陸游提出自己的志願，是和東家西家那些大官僚、貴
婦人完全不同的。從對立中，看到統治階級的無聊墮落和愛國志士的忠
勇奮發。

嘆　　息

　　國家圖籙合中興，嘆息吾寧粥飯僧？賣劍買牛衰可
笑，壞裳爲袴老猶能。曉過射圃雲藏壘，夜讀兵書雨灑
燈，安得龍媒八千騎，要令窮虜畏飛騰。

〔圖籙〕古代預言的記錄。　　〔合〕應當。　　〔粥飯僧〕飽食終日，無
所用心的僧人。　　〔賣劍買牛〕漢龔遂爲渤海太守，使民賣劍買牛，見
《漢書·龔遂傳》。賣劍買牛，原意指解除武裝，努力農作，此處指止知種
田，不知作戰。　　〔壞裳爲袴〕裳，下衣，平民的服裝；袴，軍人的服裝。
宋劉穆之壞布裳爲袴，見《南史·劉穆之傳》。　　〔龍媒〕見《龍眠畫
馬》注。

　　淳熙四年詩。陸游從預言裏，強調宋人中興的信念。他說出止知種

田不知作戰的衰顏可笑,自稱即使年齡已老,隨時可改軍裝。他早晨習射,晚讀兵書,希望帶騎兵八千,討伐金人。

感　　興 二首

少小遇喪亂,妄意憂元元,忍飢臥空山,著書十萬言。賊亮負函貸,江北煙塵昏,奏記本兵府,大事得具論。請治故臣罪,深絕衰亂根,言疎卒見棄,袂有血淚痕。爾來十五年,殘虜尚遊魂,遺民淪左衽,何由雪煩冤。我髮日益白,病骸寧久存,常恐先狗馬,不見清中原。

〔憂元元〕以人民之事爲憂。　　〔賊亮〕金主完顏亮。　　〔負函貸〕忘去国家對他寬大優容的好意。　　〔江北句〕紹興三十一年(一一六一),完顏亮發兵侵略,主要的矛頭指向江北。　　〔奏記句〕紹興三十二年,陸游上書樞密院。宋人以樞密院掌兵事,故稱“本兵府”。　　〔請治句〕故臣指楊存中。《宋史·陸游傳》言“時楊存中久掌禁旅,游力陳非便,上嘉其言,遂罷存中”。作此詩時,存中已死,故稱“故臣”。　　〔袂〕音妹(mèi),袖。　　〔遺民〕淪陷區的人民。　　〔左衽〕衽音刃(rèn),衣襟。衣襟向左,稱爲左衽,古代一些民族的裝束。　　〔先狗馬〕死在能爲人服務的狗馬之前。《史記·公孫弘傳》:“恐先狗馬填溝壑。”

高帝王蜀漢,天下豈易圖,幡然用其鋒,項羽不支梧。嗟予昔從戎,久戍南鄭墟,登高望夕烽,咫尺咸陽都。羣胡本無政,剽奪常自如,民窮訴蒼天,日夜思來蘇。連年況枯旱,關輔尤空虛,安得節制帥,弓刀肅馳驅。父老上牛酒,善意不可孤,諸將能辦此,機會無時無。

〔高帝句〕高帝,劉邦。項羽分封十八王的那一年(前二〇六),封劉邦爲漢王,都南鄭,領有巴、蜀、漢中三郡,今四川省及陝西省漢中一帶。
〔幡然〕翻然。　　〔支梧〕又作枝梧。不支梧即不能抗拒。　　〔墟〕音虛(xū),古代城市所在之地。　　〔咫尺句〕咫音止(zhǐ),八寸。極言咸陽不遠,相距不過八寸或一尺。　　〔羣胡句〕金人佔有中原後,進行大量掠奪中原人民的土地,分配給女真族。　　〔來蘇〕古代商湯討伐夏桀的時候,夏桀統治下的人民,因爲受不了夏桀的迫害,歡迎商湯的來臨,他們説:“徯我后,后來其蘇。”(等待我們的君主啊,君主到來,我們就可以復生了。)這是古代部落戰爭中的一種傳説,可能有些誇大。見《書經·仲虺之誥》。　　〔關輔〕見《獵罷夜飲示獨孤生三首》注。　　〔上牛酒〕獻上牛、酒,表示歡迎之意。　　〔孤〕辜負。

　　淳熙四年詩。第一首陸游從回憶裏,追溯十五年之前,對於時局的建議。時光過了,自己老了,但是敵人還在,淪陷區還照舊。在第二首,他再從歷史證明可以從南鄭出兵,争取天下。他認爲淪陷區的人民,受到敵人的迫害,日夜希望南宋軍隊的出擊。他指出機會時時都有,只要將軍們能掌握時機,發動對敵的攻勢。

枕　　上

　　枕上三更雨,天涯萬里遊,蟲聲憎好夢,燈影伴孤愁。報國計安出,滅胡心未休,明年起飛將,更試北平秋。

〔飛將〕西漢將軍李廣,北擊匈奴,匈奴稱爲“飛將軍”。　　〔北平〕李廣曾爲右北平太守。右北平,漢郡,今河北省東北部,及遼寧省部分地區,故治在今遼寧省凌源市。

淳熙四年詩。陸游在失眠中想到自己雖有殺敵的決心，但是沒有殺敵的機會，希望明年再到前線，參加對敵作戰。

次韻季長見示

倚遍南樓十二欄，長歌相屬寓悲歡，空懷鐵馬橫戈意，未試冰河墮指寒。成敗極知無定勢，是非元自要徐觀，中原阻絕王師老，那敢山林一枕安。

〔季長〕張季長，名縯，陸游在南鄭幕府相識的朋友。此時二人同在廣都縣看梅花。廣都在今四川省雙流縣東南。　　〔寓悲歡〕充滿悲哀和歡樂的複雜情緒。

淳熙四年十二月間，陸游在廣都作此詩。最後提出自己時時準備出動的熱忱。

遊諸葛武侯書臺

沔陽道中草離離，臥龍往矣空遺祠，當時典午稱猾賊，氣喪不敢當王師。定軍山前寒食路，至今人祠丞相墓，松風想象《梁甫吟》，尚憶幡然答三顧。《出師》一表千載無，遠比管樂蓋有餘，世上俗儒寧辦此，高臺當日讀何書？

〔諸葛武侯書臺〕諸葛亮爲丞相,封武鄉侯,死後謚忠武侯。相傳曾在成都北築讀書臺。　〔沔陽道中〕今陝西省沔縣北有丞相祠。陸游《山南行》:“丞相祠前春日暮”,指此。　〔離離〕長貌。　〔典午〕古人借指司馬。陸游此句指司馬懿。　〔定軍山〕在沔縣東南,有諸葛亮墓。〔寒食〕見《聞武均州報已復西京》注。　〔松風句〕松風有聲,想象諸葛亮當日所誦的《梁甫吟》。　〔遠比句〕諸葛亮在隆中自比管仲、樂毅。蓋有餘,陸游認爲諸葛亮的成就超過二人。

　　淳熙五年(一一七八)陸游五十四歲,在成都,作此詩。詩從沔縣的丞相祠墓説起,最後指出諸葛亮的成就遠出一般人之上,那麼諸葛亮又讀些什麼書呢?

楚　　城

　　江上荒城猿鳥悲,隔江便是屈原祠,一千五百年間事,只有灘聲似舊時。

〔楚城〕在今湖北省秭歸縣東。

　　淳熙五年春間,陸游奉命東歸,五月初過秭歸作此詩。

小雨極涼舟中熟睡至夕

　　舟中一雨掃飛蠅,半脱綸巾臥翠藤,清夢初回窗日晚，數聲柔艣下巴陵。

〔綸巾〕以青絲綬爲之，一名諸葛巾。綸音關（guān）。　　〔翠藤〕指藤牀。　　〔巴陵〕今湖南省岳陽市。

淳熙五年夏，陸游過岳陽，作此詩。

將至金陵先寄獻劉留守

梁益羈遊道阻長，見公便覺意差強，別都王氣半空紫，大將牙旗三丈黃，江面水軍飛海鶻，帳前羽箭射天狼，歸來要了浯溪頌，莫笑狂生老更狂。

〔金陵〕當時稱建康府，今江蘇省南京市。　　〔劉留守〕劉珙，知建康府、江東安撫使、行宮留守。　　〔梁益〕見《樓上醉書》注。　　〔別都〕建康。　　〔牙旗〕軍前大旗。　　〔鶻〕鳥類猛禽類，捕鳥兔爲食。〔天狼〕星名。《晉書・天文志》言"天狼一星在東井南，爲野將，主侵掠"。古人認爲天狼星是代表侵掠的，陸游借指金的統治者。　　〔浯溪〕在湖南省祁陽縣南五里。唐肅宗收復長安及洛陽，元結作《大唐中興頌》，在浯溪刻石。

淳熙五年秋初，陸游將至建康，作此詩。末二句提出對於中興的渴望。

冬夜聞雁有感

　　從軍昔戍南山邊，傳烽直照東駱谷，軍中罷戰壯士閑，細草平郊恣馳逐。洮州駿馬金絡頭，梁州毬場日打毬，玉杯傳酒和鹿血，女真降虜彈箜篌。大呼拔幟思野戰，殺氣當年赤浮面；南遊蜀道已低摧，猶據胡牀飛百箭。豈知蹭蹬還江邊，病臂不復能開弦，夜聞雁聲起太息，來時應過桑乾磧。

〔駱谷〕在陝西省盩厔（今改爲周至）縣西南。盩厔音周至(zhōuzhì)。〔洮州〕故治在今甘肅省臨潭縣。　〔梁州〕見《和高子長參議道中二絕》注。　〔箜篌〕音空侯(kōnghóu)，古代樂器。　〔幟〕音志(zhì)，旗。　〔已低摧〕已經低首摧折。　〔胡牀〕通稱太師椅。　〔桑乾磧〕見《龍眠畫馬》注。

　　淳熙五年冬，陸游家居山陰，中夜聽到雁聲，想起南鄭的生活。往年立志爲國殺敵，可是現在衰老了，連開弓也不能，只有太息。他從雁聲中，默念雁來的時候，經過河北平原桑乾水的沙磧，那裏正有千百萬淪陷區的人民，等待解放，一切都加深了他的痛苦。

建 安 遣 興 六首録一

　　綠沉金鎖少時狂，幾過秋風古戰場，夢裏都忘閩嶠遠，萬人鼓吹入平涼。

〔建安〕在今福建省建甌市。 〔綠沉句〕綠沉、金鎖,指長鎗及鎖子甲。杜甫《重遊何氏》:"雨抛金鎖甲,苔臥綠沉鎗。"少時狂,指早年有志從軍作戰。 〔閩嶠〕嶠音轎(jiào),高山。閩嶠,福建省的高山。〔平涼〕今甘肅省平涼市。

淳熙六年(一一七八)陸游五十五歲,在建安,作此詩。陸游去秋奉命提舉福建常平茶鹽公事。歸山陰後,歲暮到建安就職。詩中指出自己的夢想,止是爲國家破敵立功,收復失地。

前有樽酒行 二首録一

綠酒盎盎盈芳樽,清歌嫋嫋留行雲,美人千金織寶裙,水沉龍腦作燎焚。問君胡爲慘不樂,四紀妖氛暗幽朔,諸人但欲口擊賊,茫茫九原誰可作? 丈夫可爲酒色死? 戰場橫屍勝牀笫,華堂樂飲自有時,少待擒胡獻天子。

〔盎盎〕酒滿的形狀。 〔清歌句〕嫋音鳥(niǎo)。嫋嫋,漫長的形狀。歌聲悠揚悅耳,使天空行雲都停下來傾聽。這裏暗用《列子・湯問》:"秦青撫節悲歌,聲振林木,響遏行雲。" 〔水沉〕沉香。 〔龍腦〕龍腦香。 〔燎〕火把。 〔妖氛〕指金的殘酷統治。 〔幽朔〕幽,古州名,今河北省及遼寧省等地;朔,泛指北方,時已全部淪陷。 〔諸人句〕此言時人空喊殺敵,沒有採取實際行動。口擊賊用朱伺事。《晉書・朱伺傳》記朱伺說:"諸人以舌擊賊,伺惟以力耳。" 〔九原可作〕《禮記・檀弓下》:"趙文子與叔譽觀乎九原,曰:'死者如可作也,吾誰與歸?'"九原是古代晉國大夫的墓地,趙文子問道:"倘使死者復生,我應當跟哪一位走?"諸人兩句是説現代人既然止是説空話,那麼把哪一位古人作爲榜樣呢? 〔第〕音子(zǐ),牀上竹製的墊席。

淳熙六年詩。陸游指出當時的統治者沉醉於靡爛的生活,但是愛國志士,不應當沉湎酒色;死在戰場纔是光榮的死。他説明生活可以過得更好一些,但是必須首先擊潰敵人,爲國立功。

雨夜不寐觀壁間所張魏鄭公砥柱銘

疾風三日横吹雨,竹倒荷傾可憐汝,空堂無人夜向中,臥看牀前燭花吐。壯懷耿耿誰與論?搘床老龜不能語,世間豈無一好漢,叱咤喑嗚氣吞虜!壁間三丈《砥柱銘》,貞觀太平如更覩。何當鼓吹渡河津,下馬觀碑馳馬去!

〔魏鄭公〕魏徵,唐太宗時名臣,封鄭國公。 〔砥柱〕山名,又名三門山,在山西省平陸縣東五十里,黄河中流。今三門峽水庫所在地。
〔疾風〕急風。 〔可憐汝〕汝指竹、荷。 〔夜向中〕將近中夜。
〔耿耿〕不寐貌。 〔搘床句〕搘音之(zhī),支撐。《史記·龜策列傳》記:"南方老人用龜支牀足,行二十餘歲,老人死,移牀,龜尚生不死。"連上句極寫中夜失眠,左右無人,止有支牀的老龜作伴,可是龜又不能説話。 〔叱咤喑嗚〕音斥乍音烏(chìzhàyīnwū)。叱咤,口發怒聲;喑嗚,心懷怒氣。《史記·淮陰侯列傳》:"項王喑嗚叱咤,千人皆廢。"四字極力描繪項羽的英雄形象。 〔貞觀〕唐太宗年號(六二七—六四九)。
〔何當〕合當。 〔河津〕黄河渡口。

淳熙六年詩。陸游在失眠中，看到魏徵所寫的《砥柱銘》，想起北方淪陷，太平無日，希望能夠擊潰敵人，收復失地。英雄好漢，正是他給自己描繪的形象。

婕 妤 怨

妾昔初去家，鄰里持車廂，共祝善事主，門户望寵光。一入未央宮，顧盼偶非常，稺齒不慮患，傾身保專房。燕婉承恩澤，但言日月長，豈知辭玉陛，翩若葉隕霜。永巷雖放棄，猶慮重謗傷，悔不侍宴時，一夕稱千觴。妾心剖如丹，妾骨朽亦香，後身作羽林，爲國死封疆。

〔婕妤〕音結御(jiéyú)，漢宮女官名。 〔未央宮〕漢代皇帝所居的宮殿。 〔顧盼〕目光流動。 〔稺齒〕幼年。 〔傾身句〕傾身伺候皇帝，使皇帝止愛自己一人。 〔燕婉〕安順。 〔但言句〕止認爲可以不斷地延長。 〔玉陛〕玉石造成的皇宮臺階。 〔翩〕音偏(piān)，飛動。 〔永巷〕漢代宮中長巷，以幽閉失寵的妃子。 〔重〕音蟲(chóng)，繼續。 〔稱〕舉。 〔羽林〕皇帝的禁衛軍。

淳熙六年詩。這是一首宮怨詩。少女入宮，偶然得到皇帝的寵愛，内心高興，認爲這樣的生活，可以不斷地延長下去。但是謗言來了，皇帝的心變了，自己終於到冷宮裏，度這殘酷的歲月。陸游借喻自己曾經有過明朗的政治生活，但是受到不斷的打擊，終於到建安城裏，做這個没有前途的官職。最後四句指出自己爲國爲人民的忠誠，至死不悔，但願後身能作一名禁衛軍士，在戰場上爲國家獻出自己的生命。

憶　山　南 二首録一

　　貂裘寶馬梁州日，盤槊橫戈一世雄，怒虎吼山爭雪刃，驚鴻出塞避雕弓。朝陪策畫青油裏，莫醉笙歌錦幄中，老去據鞍猶矍鑠，君王何日伐遼東？

〔梁州〕見《和高子長參議道中二絕》注。　　〔盤槊〕猶舞槊。　　〔怒虎句〕雪刃，刃白如雪。此言虎在山中怒吼，和白刃相爭，指在山南刺虎事。　　〔雕弓〕柄上有刻鏤文的弓。　　〔青油〕古代將帥置幕府，幕以青油布爲之。　　〔莫醉〕同暮醉。　　〔幄〕音沃(wò)，大帳。〔矍鑠〕音決朔(juéshuò)，顧盼自雄、目光灼灼之意。《後漢書·馬援傳》："矍鑠哉是翁也。"

　　淳熙六年詩。陸游回憶南鄭的生活，最後指出自己準備隨時從征，希望君主早日出兵。

鵝湖夜坐書懷

　　士生始墮地，弧矢志四方，豈若彼婦女，齪齪藏閨房。我行環萬里，險阻真備嘗，昔者戍南鄭，秦山鬱蒼蒼。鐵衣臥枕戈，睡覺身滿霜，官雖備幕府，氣實先顏行。擁馬涉沮水，飛鷹上中梁，勁酒舉數斗，壯士不能當。馬鞍挂狐兔，燔炙百步香，拔劍切大肉，哆然如餓狼。時時登高望,指顧無咸陽。一朝去軍中,十載客道旁,看花身落魄,對酒色淒涼。去年忝號召,五月觸瞿唐,青衫暗欲盡,入對衰涕滂。今年復詔下,鴻雁初南翔,俯仰未閱歲,上恩實非常。夜宿鵝湖寺,槁葉投客牀,寒燈照不寐,撫枕慨以慷。李靖聞征遼,病億更激昂;裴度請討蔡,奏事猶衷創。我亦思報國,夢繞古戰場。

〔鵝湖〕山名,在江西省鉛山縣北稍東十五里,上有鵝湖寺。　〔弧矢〕《禮記·內則》:“國君世子生,射人以桑弧蓬矢六,射天地四方。”原注:“桑弧蓬矢,本太古也;天地四方、男子所有事也。”這是說上古在男子出生的時候,由射箭的人用桑枝做的弓,蓬幹做的箭,向天地四方射出,作爲男子有志四方的象徵。　〔齪齪〕局促的形狀。齪音錯(chuò)。〔鐵衣〕鐵甲。　〔備幕府〕陸游曾爲四川宣撫使司幹辦公事。〔先顏行〕《管子·輕重甲篇》:“士爭前戰爲顏行。”顏,額角。額在前,因此戰士在前列者曰顏行。　〔沮水〕水名,源出陝西省留壩縣,入沔水。〔中梁〕山名,在陝西省南鄭附近。　〔燔炙〕音煩質(fánzhì),用火炙熟。　〔哆〕音侈(chǐ),張口。　〔指顧句〕咸陽時已淪陷,陸游認爲隨時可以奪回。　〔落魄〕飄泊失所。　〔忝〕音殄(tiǎn),慚辱。全句言去年奉命出川,感到慚愧。　〔瞿唐〕見《入瞿唐登白帝廟》注。〔入對句〕指淳熙五年在臨安召對之事。衰涕滂,老淚落。　〔今年二句〕淳熙六年九月,陸游奉召北上,至衢州,得旨改朝請郎,提舉江南西路常平茶鹽公事。　〔閱歲〕經歲。　〔李靖二句〕李靖,唐太宗時名將,病億仍不忘征遼軍事。　〔裴度二句〕裴度,唐憲宗時丞相,吳元濟據蔡州,裴度請討蔡,刺客擊之,中其首。衷創,裏傷。

　　淳熙六年,陸游奉旨提舉江南西路常平茶鹽公事,冬間至鵝湖寺,作此詩。他懷念過去的生活,感激當前的待遇,更指出他願意和李靖、裴度一樣,在戰場上殺敵報國。官雖備幕府以下十二句寫軍中生活,字字飛動。

弋陽道中遇大雪

我行江郊莫猶進，大雪塞空迷遠近，壯哉組練從天來，人間有此堂堂陣。少年頗愛軍中樂，跌宕不耐微官縛，憑鞍寓目一悵然，思爲君王掃河洛。夜聽簌簌窗紙鳴，恰似鐵馬相磨聲，起傾斗酒歌《出塞》，彈壓胸中十萬兵。

〔弋陽〕江西省弋陽縣。　〔組練〕古代戰士的服裝。乘車的戰士用闊的帶子(組)綴甲，稱爲“組甲”，步行的戰士用白縑(練)綴甲，稱爲“練甲”。組練連稱，指白色服裝的軍隊，用以譬喻大雪。　〔堂堂〕壯大貌。　〔少年句〕陸游自言少時情況。　〔跌宕〕放縱。　〔簌簌〕窗紙響動的聲音。簌音速(sù)。　〔鐵馬〕被鐵甲的戰馬。　〔《出塞》〕漢《橫吹曲》名。　〔彈壓句〕彈壓，猶壓制。陸游自言胸中好像有十萬大軍，時時欲動，止有飲酒高歌，纔能把這種報國的激情壓制下去。

淳熙六年，陸游道過弋陽詩。他從大雪想到大軍，從大軍想到自己年少時爲國家掃平河洛的大志。夜深了，簌簌的窗紙，令人喚起戰場上鐵馬衝突的戰聲。

五月十一日夜且半夢從大駕親征盡復漢唐故地見城邑人物繁麗云西涼府也喜甚馬上作長句未終篇而覺乃足成之

天寶胡兵陷兩京，北庭安西無漢營，五百年間置不問,聖主下詔初親征。熊羆百萬從鑾駕,故地不勞傳檄下,築城絕塞進新圖,排仗行宫宣大赦。岡巒極目漢山川,文書初用淳熙年,駕前六軍錯錦繡,秋風鼓角聲滿天。苜蓿峯前盡停障,平安火在交河上,涼州女兒滿高樓,梳頭已學京都樣。

〔且半〕將近一半。　　〔西涼府〕宋初以涼州爲西涼府,後陷於西夏。故治在今甘肅省武威縣。　　〔天寶句〕天寶,唐玄宗年號。十四載(七五五)安禄山起兵,東都洛陽及長安兩地,先後陷落。　　〔北庭、安西〕唐有北庭都護府,故治在今新疆維吾爾自治區吉木薩爾縣。安西見《和高子長參議道中二絕》注。貞元(七八五—八〇四)中兩地皆爲吐蕃陷落。　　〔五百年〕自天寶十四載(七五五)至淳熙七年(一一八〇)共四百二十六年,略稱爲五百年。　　〔熊羆〕羆音疲(pí),哺乳類食肉類動物,似熊而大,長約六七尺,俗稱人熊。熊羆借喻戰士。　　〔故地〕涼州原爲中國的土地。　　〔絕塞〕絕遠的邊塞。　　〔排仗句〕排仗指排列儀仗。天子在外所居之處曰行宫。　　〔六軍〕古代天子有六軍。　　〔錯錦繡〕行大禮時,戰士著錦繡所製的軍服,五色相錯,故曰錯錦繡。　　〔苜蓿峯〕在今甘肅省及新疆維吾爾自治區邊境。〔停障〕當作亭障,守邊的碉堡。　　〔平安火〕唐制每三十里置一烽候,每日初夜舉烽一炬以報平安,稱爲平安火。　　〔交河〕縣名,在新疆維吾爾自治區吐魯番縣西,唐置安西都護府於此。　　〔京都〕指東都。

　　淳熙七年(一一八〇)陸游五十六歲,在撫州(江西省撫州市臨川區)江南西路提舉常平茶鹽公事任内,作此詩。陸游在夢寐之中,想到收復漢唐以來的失地。詩末兩句更寫出涼州人民,歡欣鼓舞地投入祖國的懷抱。

夏日晝寢夢游一院闃然無人簾影滿堂惟燕蹴筝絃有聲覺而聞鐵鐸風響璆然殆所夢也邪因得絶句

桐陰清潤雨餘天,簷鐸搖風破晝眠,夢到畫堂人不見,一雙輕燕蹴筝絃。

〔闃然〕静貌。闃音去(qù)。　　〔鐸〕音掇(duó),大鈴。　　〔璆然〕玉器撞擊之聲。璆音求(qiú)。

淳熙七年詩。陸游詩中所寫的夢境,常是他的想象,這一首却是實寫。後二句夢境依稀,令人回味。

中夜起登堂北小亭

幽人曳杖上青冥,掠面風輕宿醉醒,朱户半開迎落月,碧溝不動浸疏星。禽聲格磔頻移樹,花影扶疏自滿庭,嘆息明年又安往,此身何啻似浮萍。

〔幽人〕幽居之人,陸游自稱。　　〔青冥〕高遠的地方。　　〔格磔〕鳥鳴的聲音。　　〔扶疏〕枝葉繁茂的形狀。　　〔何啻〕何止。啻音翅(chì)。

淳熙七年詩。禽聲兩句寫宿鳥移樹,花影滿庭,反映自然界的情態,極爲流麗。

秋　思

黄落梧桐覆井牀，莎根日夜泣寒螿，老生窺鏡鬢成雪，俊鶻掣鞲天欲霜。破虜誰持白羽扇，從軍曾擁綠沉槍，壯心自笑何時豁，夢繞祁連古戰場。

〔井牀〕井口的四圍。　〔莎〕音唆(suō)，莎草科植物，地下的塊根稱香附子。　〔老生〕陸游自稱。　〔掣〕音徹(chè)，牽引。　〔白羽扇〕諸葛亮以白羽扇指揮三軍，見裴啓《語林》。　〔豁〕音獲(huò)，開。　〔祁連〕山名，在甘肅省張掖市西南。

淳熙七年詩。三句自嘆年已衰老，常恐時不我待。四句有躍躍欲試之意。下半首更把平生的志願，直捷寫出。

北　窗

白首微官只自囚，青燈明滅北窗幽，五更風雨夢千里，半世江湖身百憂。壯志已孤金鎖甲，倦遊空攬黑貂裘，灞陵夜獵猶堪樂，敢恨將軍老不侯！

〔黑貂裘〕蘇秦到秦國游説，歷時甚久，成功無望，所著的黑貂裘也弊舊了,見《戰國策》。　　〔灞陵二句〕灞陵即霸陵,在陝西省西安東。漢名將李廣罷官後,嘗夜獵,至霸陵亭。亭長不許他通過,部下和亭長説:"這是從前的李將軍。"亭長説:"現任的將軍也不許夜間出行,何況是從前的!"竟不許通過。

　　淳熙七年詩。五更兩句寫出自己對於國家的關切,壯志兩句寫出流離失所,無從實現平生的願望。最後更説自己和李廣一樣,年歲衰老,沒有得到重視,因此不會有封侯的希望。灞陵一句更是對於自己的調侃,認爲即使受到小人的玩弄,夜中打獵,也還是可樂的。陸游在這首詩裏充滿了怨憤,但是出之以詼諧,使人更感到他報國無路的痛心。

小　　園 四首

　　小園煙草接鄰家,桑柘陰陰一徑斜,臥讀陶詩未終卷,又乘微雨去鋤瓜。

　　歷盡危機歇盡狂,殘年惟有付耕桑,麥秋天氣朝朝變,蠶月人家處處忙。

〔麥秋〕陰曆四月麥熟,稱爲麥秋。《禮記・月令》:"孟夏,麥秋至。"

　　村南村北鵓鴣聲,水刺新秧漫漫平,行遍天涯千萬里,却從鄰父學春耕。

〔鵓鴣〕音勃姑(bōgū),鳥名,又名鵓鳩。

少年壯氣吞殘虜，晚覺丘樊樂事多，駿馬寶刀俱一夢，夕陽閑和《飯牛歌》。

〔丘樊〕古代八家爲井，四井爲邑，四邑爲丘。樊就是藩籬。《詩經·青蠅》：“營營青蠅，止於樊。”　〔《飯牛歌》〕齊甯戚未遇，欲見齊桓公，無以自達，作《飯牛歌》。見《淮南子》。

淳熙八年（一一八一）陸游五十七歲。七年十月自江西回山陰，八年正月到家。小園四首寫出他自己如何向農人學習，過着農村生活。但是他始終不能忘去爲國家做一番事業。

聞蟬思南鄭

昔在南鄭時，送客褒谷口，金覊叱撥駒，玉盌葡萄酒。醉歸涉漾水，鳴蟬在高柳，回鞭指秦中，所懼壯心負。人生豈易料，踸踔十年後，蟬聲怳如昔，而我已白首。逆胡亡形具，輿地淪陷久，豈無好少年，共取印如斗！

〔褒谷〕在陝西省褒城縣北。　〔金覊句〕覊音基(jī)，馬絡頭。以黃金裝飾的絡頭爲金覊。良馬又稱叱撥。《紀異錄》記天寶中大宛國進汗血馬六匹，一曰紅叱撥，二曰紫叱撥，三曰赤叱撥，四曰黃叱撥，五曰丁香叱撥，六曰桃花叱撥。　〔盌〕同碗。　〔漾水〕見《蒸暑思梁州述懷》注。　〔所懼句〕惟恐辜負了收復失地的雄心。　〔怳〕音恍(huǎng)，恍惚。　〔逆胡句〕金人必亡的形勢已經具備。　〔輿地〕大地。　〔印如斗〕《晉書》記周顗謂左右曰：“今年殺諸賊奴，取金印如斗大繫肘後。”

淳熙八年詩。陸游懷念南鄭軍中的生活，認爲敵人必亡的形勢已經具備，縱使自己衰老，但是少年人儘有建立功名的機會。

書　悲 二首

今日我復悲，堅臥脚踏壁，古來共一死，何至爾寂寂。秋風兩京道，上有胡馬跡，和戎壯士廢，憂國清淚滴。關河入指顧，忠義勇推激，常恐埋山丘，不得委鋒鏑。立功老無期，建議賤非職，賴有墨成池，淋漓豁胸臆。

〔堅臥〕躺着不起。　〔爾寂寂〕如此寂寞。　〔和戎句〕屈服以後，戰士得不到任用。　〔關河句〕關中及黄河流域，都在指手顧盼之中，隨時可以收復。　〔推激〕推動和激勵。　〔埋山丘〕病死後埋於山丘之下。　〔委鋒鏑〕鋒指刀鋒，鏑音狄（dí），箭鏃。委鋒鏑，把生命交給刀鋒和箭鏃。　〔賤非職〕因爲（建議）不在卑官的職權以内，受到輕視。　〔賴有二句〕所賴筆墨酣暢，淋漓盡致，可以打開胸中的愁悶。

丈夫孰能窮，吐氣成虹霓，釀酒東海乾，累麴南山齊。平生搴旗手，頭白歸扶犁，誰知蓬窗夢，中有鐵馬嘶。何當受詔出，函谷封丸泥，築城天山北，開府蕭關西。萬里掃塵烟，三邊無鼓鼙，此意恐不遂，月明號荒雞。

〔丈夫二句〕丈夫氣壯，吐出來和天上的虹霓一樣。雨後天空有七色彩虹，内環曰虹，外環曰霓。霓音尼（ní）。孰能窮言其氣壯，不是任何人壓得倒的。　〔麴〕音曲（qū），酒母。　〔搴旗〕拔取，搴音千（qiān）。

〔嘶〕音斯(sī),馬鳴。　　〔函谷句〕函谷,關名,在河南省靈寶市西南一里。《東觀漢記》記王元對隗囂説:“元請以一丸泥爲大王封函谷關。”〔天山〕山名,此指祁連山。　　〔開府句〕開府,建立高級將領指揮機構。蕭關,關名,在寧夏回族自治區固原市東南。　　〔三邊句〕三邊指東、北、西三邊。鼙音披(pí),小鼓。　　〔遂〕完成。

淳熙八年詩。陸游過着農村生活,還是不斷地懷念戰場。他唯恐死在窗下,没有機會走上戰場。他的希望是奪取關中和西北,扼守函谷關,截斷敵人支援的路線。

湖村月夕 四首録一

金尊翠杓猶能醉,狐帽貂裘不怕寒,安得驊騮三萬疋,月中鼓吹渡桑乾。

〔翠杓〕嵌翡翠的挹酒器。杓音勺(sháo)。　　〔驊騮〕駿馬。　　〔桑乾〕見《龍眠畫馬》注。

淳熙八年詩。

冬夜不寐至四鼓起作此詩

秦吴萬里車轍遍,重到故鄉如隔生,歲晚酒邊身老大,夜闌枕畔書縱横。殘燈無燄穴鼠出,槁葉有聲村犬行，八十將軍能滅虜，白頭吾欲事功名。

〔隔生〕隔世。　　〔槁葉〕枯葉。　　〔八十將軍〕指唐初大將李勣，因屢建奇功，封英國公，後年事已高，仍親臨征戰。

　　淳熙八年詩。三四兩句寫生活單純，五六兩句寫鄉村寂寞。最後提出即使到八十歲，自己還抱定擊潰敵人的志願。陸游是年僅五十七歲，但是意志堅定，直到最後的一日。

日 出 入 行

　　吾聞開闢來，白日行長空，扶桑誰曾到，崦嵫不可窮。但見旦旦升天東，但見莫莫入地中，使我倏忽成老翁，鏡裏衰鬢成霜蓬。我願一日一百二十刻，我願一生一千二百歲，四海諸公常在座，綠酒金尊終日醉，高樓錦繡中天開，樂作畫鼓如春雷。勸爾白日無西頹，常行九十萬里胡爲哉？

〔開闢〕此處同開闢。　　〔扶桑〕相傳爲日出處。　　〔崦嵫〕音淹滋(yānzī)，山名，相傳爲日入處。　　〔倏忽〕疾速。倏音殊(shū)。〔霜蓬〕老人髮白如霜，亂如蓬，故曰霜蓬。　　〔我願一日句〕古代以一晝夜爲百刻。一百二十刻，願其延長。　　〔畫鼓〕鼓上有圖案者曰畫鼓。　　〔西頹〕西下。頹音 tuí。　　〔九十萬里〕《地說書》："日照地四十五萬里。"一晝夜倍之，爲九十萬里。皆古人想象之辭。

　　淳熙八年詩。陸游少年時，人稱爲"小李白"。從這首詩，看到他的浪漫主義的寫法,和李白很類似。

十月二十六日夜夢行南鄭道中既覺恍然攬筆作此詩時且五鼓矣

孤雲兩角不可行,望雲九井不可渡,嶓冢之山高插天,漢水滔滔日東去。高皇試劍石爲分,草没苔封猶故處。將壇坡陀過千載,中野疑有神物護。我時在幕府,來往無晨莫,夜宿沔陽驛,朝飯長木鋪,雪中痛飲百榼空,蹴踏山林伐狐兔。眈眈北山虎,食人不知數,孤兒寡婦讎不報,日落風生行旅懼。我聞投袂起,大嘑聞百步,奮戈直前虎人立,吼裂蒼崖血如注。從騎三十皆秦人,面青氣奪空相顧。國家未發渡遼師,落魄人間傍行路,對花把酒學醞藉,空辱諸公誦詩句。即今衰病臥在牀,振臂猶思備征戍。南人孰謂不知兵,昔者亡秦楚三户。

〔孤雲、兩角〕皆山名,在陝西省漢中市北,褒斜道中。 〔望雲、九井〕皆灘名,在四川省廣元市北、嘉陵江上游。 〔嶓冢〕音波蒙(bōzhǒng),山名,在陝西省寧強縣北。 〔高皇句〕高皇即漢高祖。嶓冢山有高皇試劍石,截然中分。 〔草没苔封〕試劍石爲草所掩没,長滿青苔。 〔將壇〕見《山南行》〔將軍壇〕注。 〔坡陀〕不平貌。 〔神物〕鬼神。 〔沔陽驛〕在今陝西省勉縣。 〔長木鋪〕在勉縣附近。 〔榼〕音柯(kē),酒器。 〔眈眈〕借作眈眈,音丹丹(dāndān),虎視貌。 〔嘑〕同呼。 〔奮戈句〕奮戈直前,陸游自寫;虎人立,虎在受傷以後,直立挣扎,和人一樣。 〔吼裂蒼崖〕虎大聲怒吼,好像山上的青崖都被震裂。〔面青氣奪〕面無人色,呼吸幾于停頓。〔渡遼師〕漢昭帝以范明友爲度遼將軍,擊遼東烏桓。這裏借指討伐金人的軍隊。〔對花句〕醞藉音運介(yùnjiè),溫雅。這裏説自己對花把酒,裝作溫雅。〔南人句〕倒裝句,猶言"孰謂南人不知兵"。宋人南渡以後,大將多西北人,陸游爲南方人,故有此句。〔楚三户〕見《金錯刀行》注。

淳熙八年詩。陸游回憶在南鄭軍中刺虎的故事,自言即在病中還能隨時奮起,爲國家擊潰敵人。刺虎四句,寫自己和虎的鬭爭,也寫到從者的驚悚,神態畢見,活躍紙上。

五月十四日夜夢一僧持詩編過予有暴雨詩語頗壯予欣然和之聯巨軸欲書未落筆而覺追作此篇

黑雲塞空萬馬屯,轉盼白雨如傾盆,狂風疾雷撼乾坤,壯哉澗壑相吐吞。老龍騰拏下天閽,鱗間火作電腳奔。巨松拔起千年根,浮槎斷梗何足論。我詩欲成醉墨翻,安得此雨洗中原,長河衮衮來崑崙,鸛鷒下看黄流渾。

〔萬馬屯〕形容黑雲堆積的樣式。〔轉盼〕轉眼。〔澗壑相吐吞〕山澗和山溝相互灌注。〔騰拏〕騰移牽掣。拏音拿(ná)。〔天閽〕天門。閽音昏(hūn)。〔槎〕音碴(chá),折斷的樹枝。〔醉墨〕醉中書寫,故墨稱醉墨。〔衮衮〕同滾滾。〔鸛〕音貫(guàn),鳥類涉禽類,形似鶴。

淳熙九年(一一八二)陸游五十八歲,家居山陰,作此詩。前八句寫風雨驟至,雷電交作,是形象化的寫法。後四句提出收復中原的渴念。

醉　　歌

　　往時一醉論斗石,坐人飲水不能敵,橫戈擊劍未足豪,落筆縱橫風雨疾。雪中會獵南山下,清曉嶙峋玉千尺,道邊狐兔何曾問,馳過西村尋虎跡。貂裘半脱馬如龍,舉鞭指麾氣吐虹,不須分弓守近塞,傳檄可使腥羶空。小胡逋誅六十載,狺狺獪子勢已窮,聖朝好生貸孥戮,還爾舊穴遼天東。

〔往時〕指在南鄭軍中時。　　〔一醉論斗石〕淳于髡對齊威王説:"臣飲一斗亦醉,一石亦醉。"見《史記·滑稽列傳》。　　〔玉千尺〕冰雪高聳的形狀。　　〔傳檄〕發布軍事文書。　　〔腥羶〕羊臊氣。　　〔逋誅〕謂僥幸逃亡的罪人。　　〔狺狺〕音銀(yín),犬聲。　　〔獪子〕獪音志(zhì)。狂犬稱爲獪犬,小的稱獪子。　　〔貸孥戮〕貸音代(dài),免。孥音奴(nú),妻子。貸孥戮,免去全家的死罪。

　　淳熙九年詩。陸游醉中想起南鄭軍中的豪飲。那時敵人在掌握之中,隨時可以消滅。

閉　　門

　　寂寂雲山千萬重,閉門不忍嘆塗窮,高秋酒熟雪浮甕,中夜劍歸雷吼空。近報犬羊逃漠北,豈無貔虎定關中,君王猶記孤忠在,安得英豪共此功。

〔雪浮甕〕白酒滿缸。甕音 wèng。　　〔中夜句〕古人關於劍的傳說很多。《異苑》記晉惠帝元康三年(二九三)武庫失火,所藏漢高祖斬白蛇的劍"穿屋飛去,莫知所向"。雷吼空,指劍歸時的聲音。　　〔犬羊〕指敵軍。　　〔貔虎〕貔音疲(pí),猛獸類豹屬。貔虎,指南宋的戰士。

　　淳熙九年詩。二句指出不爲個人計較得失,四句指出不能忘情國家大局。下半首提出敵人必亡的形勢已成。孤忠自指,末句有與當世英豪共同殺敵的願望。

草　書　歌

　　傾家釀酒三千石,閒愁萬斛酒不敵,今朝醉眼爛巖電,提筆四顧天地窄。忽然揮掃不自知,風雲入懷天借力,神龍戰野昏霧腥,奇鬼摧山太陰黑。此時驅盡胸中愁,搥牀大叫狂墮幘,吳牋蜀素不快人,付與高堂三丈壁。

〔傾家〕把家貨全部拿出來。　　〔閒愁句〕通常以五斗爲斛,閒愁萬斛共五千石,即使飲酒三千石,還不能把閒愁壓下來。　　〔爛巖電〕見《樓上醉書》注。　　〔風雲句〕此句提出精神振奮,好像自然界借力的形態。〔神龍二句〕直寫草書騰拏的姿態。太陰,月。　　〔幘〕音責(zé),包髮的頭巾。　　〔吳牋蜀素二句〕這裏指出興致勃發的時候,吳地的紙,蜀地的素絹,都不能使人快意,只有付與高堂上三丈的高壁,才能發揮筆力。

淳熙九年詩。中間四句寫書家提筆縱橫的意境。書法是中國特有的藝術，草書馳驟揮灑，更能發抒書家的不平之氣。陸游此詩極能深入。

野飲夜歸戲作

　　青海天山戰未鏖，即今塵暗舊戎袍。風高乍覺弓聲勁，霜冷初增酒興豪，未辦大名垂宇宙，空成慟哭向蓬蒿，灞亭老將歸常夜，無奈人間兒女曹。

〔鏖〕音敖(áo)，拚命血戰。　　〔風高〕秋高風勁。王維《觀獵》詩：“風勁角弓鳴。”　　〔大名垂宇宙〕杜甫《詠懷古跡》：“諸葛大名垂宇宙。”〔灞亭句〕用《史記·李廣列傳》，李廣夜獵，霸陵亭長不許夜行事。見《北窗》注。　　〔曹〕輩。

　　淳熙九年詩。首句透出南鄭軍中，按兵不戰事。五六兩句有奇功未建，埋首蓬窗之感。末句歇後語，言李廣夜獵，無奈小輩給他囉唆。

夜 泊 水 村

　　腰間羽箭久凋零，太息燕然未勒銘，老子猶堪絕大漠，諸君何至泣新亭！一身報國有萬死，雙鬢向人無再青，記取江湖泊船處，臥聞新雁落寒汀。

〔腰間句〕杜甫《丹青引》：“猛將腰間大羽箭。”　　〔太息句〕燕然，山名，在今蒙古國。後漢和帝永元元年（八九）車騎將軍竇憲擊北匈奴，至燕然山，班固作銘，紀功勒石。　〔老子句〕老子，陸游自指。絕，橫度。陸游言自己還能橫度沙漠，追擊敵人。　〔諸君句〕新亭，在江蘇省南京市南。東晉南渡後，中原各地相繼淪陷。過江士大夫在新亭宴飲，周顗說：“風景不殊，舉目有山河之異。”在座者相對涕泣。王導說：“當共戮力王室，克復神州，何至作楚囚對泣耶？”見《晉書·王導傳》。　〔無再青〕沒有回到青黑色的事。　〔新雁〕新秋南來之雁。　〔汀〕音廳（tīng），水邊平地。

淳熙九年詩。陸游不斷地懷念到時光易過，功名未立，三四句用力寫出對於勝利的信心。

讀　書

讀書四更燈欲盡，胸中太華蟠千仞，仰呼青天那得聞，窮到白頭猶自信。策名委質本爲國，豈但空取黃金印，故都即今不忍說，空宮夜夜飛秋燐。士初許身輩稷契，歲晚所立慚廉藺，正看憤切詭成功，已復雍容託觀釁。雖然知人要未易，詎可例輕天下士，君不見長松臥壑困風霜，時來屹立扶明堂！

〔胸中句〕太華山在陝西省渭南市。八尺曰仞。這句詩說鬱積之氣，同八千尺高的太華山蟠屈在胸中一樣。　〔策名委質〕見《左傳》僖公二十三年。策名是把姓名記在名册（同策）。委質，是獻上初次見面的禮物。古代武士初見獻雉，表示忠心耿介的意義。質音志（zhì）。　〔輩稷契〕輩是等同的意義。稷、契都是堯、舜時的名臣。契音泄（xiè）。杜甫詩：

"許身一何愚,竊比稷與契。" 〔歲晚句〕晚年的成就比廉、藺有愧色。
廉頗、藺相如是戰國時趙國的名臣。他們爲了國家的利益,消除了二
人間原有的意見,成爲好友。 〔正看句〕杜甫詩:"東胡反未已,臣
甫憤所切。"詭有出奇成功的意義。這是説因爲對於敵人,憤恨切至,
有出奇成功的可能。 〔已復句〕雍容,有威儀。觀釁,伺候缺點。
《左傳》宣公十二年:"觀釁而動。"這裏指出已經威風十足地託詞伺候
敵人的缺點。

淳熙九年詩。在這首詩裏,陸游寫出在南鄭前線事敗垂成的傷感。
士初以下四句,指出有共同主張的大臣,爲了個人的前途,不能顧全國家
利益,以至一邊纔有出奇成功的可能,一邊卻在託詞伺候敵人的缺點不
願作戰。此處疑指虞允文、王炎的關係。二人最初都主張對金作戰。後
來關係壞了,王炎自請罷職。周必大《省齋文稿》卷十四《王炎除樞密使
御筆跋》言:"炎與宰相虞允文不相能,屢乞罷歸。"同卷《改左右丞相御筆
並御批詔草録跋》又言:"允文獨相久之,言恢復,寢不驗,且以專政,稍失
衆心。"皆可證。篇終指出即使在困頓之中,自己還準備爲國家立功。

哀　北

太行天下脊,黃河出崑崙,山川形勝地,歷世多名臣。
哀哉六十年,左衽淪胡塵,抱負雖奇偉,没齒不得伸。老
夫實好義,北望常酸辛,何當擁黃旗,徑涉白馬津。窮追
殄犬羊,旁招出鳳麟,努力待傳檄,勿謂吳無人。

〔哀北〕哀悼北方淪陷區的人民。 〔何當〕合當。 〔白馬津〕在河
南省滑縣北。 〔殄〕音腆(tiǎn),滅盡。 〔犬羊〕指金的統治者。

〔鳳麟〕指淪陷區優秀的人民。

　　淳熙九年詩。陸游對於北方淪陷區的人民，表示極度的關懷。

悲　秋

　　秋燈如孤螢，熠熠耿窗户；秋雨如漏壺，點滴連早莫。我豈楚逐臣，慘愴出怨句，逢秋未免悲，直以憂國故。三軍老不戰，比屋困征賦，可使江淮間，歲歲常列戍？

〔熠熠〕光明貌。熠音意(yì)。　　〔漏壺〕古代計時的器具，把水放在銅壺裏，底穿一孔，從水的不斷滴下，測定時刻。　　〔楚逐臣〕指屈原。　　〔逢秋句〕宋玉作《九辯》首稱"悲哉秋之爲氣也"。　　〔比屋〕挨家。　　〔征賦〕征指徵收實物，賦指賦稅。　　〔列戍〕安排防邊的軍隊。

　　淳熙九年詩。陸游考慮人民的負擔太重，認爲必須對敵作戰，纔有減輕賦稅的可能。詩中也指出了對敵屈服的錯誤。

軍　中　雜　歌　八首録四

　　三受降城無壅城，賊來殺盡始還營，漠南漠北静如掃，清夜不聞胡馬聲。

〔三受降城〕唐張仁愿築三受降城,皆在今内蒙古自治區境内。中城在包頭市西北,東城在托克托縣地,西城在杭錦後旗。　〔甕城〕大城外的小城。

　　秦人萬里築長城,不如壯士守北平,曉來磧中雪一丈,洗清羶腥春草生。

〔壯士守北平〕漢以名將李廣爲右北平太守。匈奴號之曰"漢飛將軍",數歲不敢入侵。右北平,見《枕上》注。

　　漁陽兒女美如花,春風樓上學琵琶,如今便死知無恨,不屬番家屬漢家。

〔漁陽〕見《融州寄松紋劍》注。

　　北庭茫茫秋草枯,正東萬里是皇都,征人樓上看太白,思婦城南迎紫姑。

〔北庭〕唐有北庭都護府,故治在今新疆維吾爾自治區吉木薩爾縣。〔太白〕《漢書·天文志》:"太白,兵象也。行疾,用兵疾;行遲,用兵遲。"古人相信太白星的行動,象徵地面軍事的行動,因此軍人(征人)在樓上看太白星的行動,以卜軍事發動的遲速。　〔思婦句〕杜甫詩:"城南思婦愁多夢。"丈夫出征,他的愛人稱爲思婦。古人於正月十五日迎紫姑神,占卜一年的雜事。

　　淳熙十年(一一八三)陸游五十九歲,家居山陰,作此詩。陸游在這裏寫出戰士鬭志的高昂,和勝利以後人民的歡樂。

秋雨漸涼有懷興元 三首録一

清夢初回秋夜闌，牀前耿耿一燈殘，忽聞雨掠蓬窗過，猶作當時鐵馬看。

〔興元〕府名，治所在南鄭。

淳熙十年詩。

秋　風　曲

秋風吹雨鳴窗紙，壯士不眠推枕起，牀頭金盡酒尊空，櫪馬相看淚如洗。鴻門霸上百萬師，安西北庭九千里，帳前畫角聲入雲，隴上鐵衣光照水。橫飛渡遼健如鶻，談笑不勞投馬箠，堂堂羽檄從天下，夜半斫營屠可鄙。拾螢讀書定何益，投筆取封當努力，百斤長刀兩石弓，飽將兩耳聽秋風。

〔櫪馬句〕相看，壯士和馬房的馬對看。作戰無期，故淚下如洗。　〔鴻門句〕鴻門在今陝西臨潼東。霸上，在陝西省西安市東。楚漢戰爭中項羽兵四十萬在鴻門，劉邦兵十萬在霸上。　〔安西句〕兩地皆在新疆，去長安約稱九千里。　〔談笑句〕此句説談笑之間，和鶻鳥一樣地橫渡遼水，用不到把馬鞭投下。箠音垂(chuí)，馬鞭。此處反用苻堅故事。三

91

八三年符堅舉兵伐晉,説:"吾之衆投鞭於江,足斷其流。"見崔鴻《十六國春秋》。　　〔拾螢句〕晉車胤好學,家貧不常得油,夏日用練囊盛螢火,以夜繼日。見《續晉陽秋》。　　〔投筆取封〕東漢班超投筆嘆曰:"大丈夫當立功異域,以取封侯,安能久事筆研(硯)間乎!"見《後漢書·班超傳》。　　〔兩石弓〕用二百斤力能開之弓。

　　淳熙十年詩。前四句言停戰以後戰士落拓的痛苦。中八句極言宋的軍威,從誇張的語氣中看到作者對於國家的熱愛。後四句更提出作者的心願。全詩熱烈激切,充滿積極的情緒。從陸游看,秋風帶來的不是悲觀消極,而是立功報國的時光。

後 春 愁 曲 并序

　　　　予在成都作《春愁曲》,頗爲人所傳,偶見舊稿,悵然有感,作《後春愁曲》。

　　六年成都擅豪華,黃金買斷城中花,醉狂戲作《春愁曲》,素屛紈扇傳千家。當時説愁如夢寐,眼底何曾有愁事,朱顔忽去白髮生,真墮愁城出無計。世間萬事元悠悠,此身長短歸山丘,閉門堅坐愈生愁,未死且復秉燭遊。

〔《春愁曲》〕"庖羲至今三十餘萬歲,春愁歲歲常相似,外大瀛海環九州,無有一州無此愁。我願無愁但歡樂,朱顔綠鬢常如昨,金丹九轉徒可聞,玉兔千年空擣藥。蜀姬雙鬟婭姹嬌,醉看恐是海棠妖,世間無處無愁到,底事難過萬里橋。"這是淳熙元年(一一七四)陸游五十歲時作的。正如他在這首詩裏自己提出的批評,"當時説愁如夢寐"。　　〔素屛紈扇句〕這首詩寫在千家的屛風和扇面上。　　〔長短〕早遲。　　〔歸山丘〕埋葬。　　〔秉燭〕李白《春夜宴桃李園序》：“古人秉燭夜遊。”

　　淳熙十年詩。陸游在兩首《春愁曲》裏，表現兩種不同的人生態度。前曲還有及時行樂的意味，後曲對於消極情緒，堅強地提出反抗。

舒　悲

　　嗜酒苦猖狂，畏人還齷齪，老病始悔嘆，天下無此錯。管葛逝已久，千古困俗學，捫蝨論大計，使我思景略。中原失枝梧，胡塵暗河洛，天道遠莫測，士氣伏不作。煌煌東觀書，無乃太寂寞。丈夫不徒死，可作一丘貉！歲晚計愈疏，撫事淚零落。

〔齷齪〕音握輟（wòchuò），局促。　　〔管葛〕管仲、諸葛亮。　　〔俗學〕陸游指僅知讀書，不知國家大事的學問爲俗學。　　〔景略〕王猛字景略。捫蝨句，見《即事》注。　　〔枝梧〕同支吾，失枝梧，不能抵抗的意思。　　〔東觀〕東漢時宮中藏書之所。　　〔徒死〕無意義的死亡。

　　淳熙十年詩。首四句指出早年有時猖狂縱酒，有時小心局促，都是走錯了道路。中間十二句提出自己的志願，要作管仲、諸葛亮、王猛，不能作東觀讀書的俗儒，不願和他們成爲“一丘之貉”。他所痛苦的是無法完成自己的志願，“歲晚計愈疏”，指此。

感　憤

　　今皇神武是周宣，誰賦南征北伐篇？四海一家天曆數，兩河百郡宋山川。諸公尚守和親策，志士虛捐少壯年，京洛雪消春又動，永昌陵上草芊芊。

〔今皇〕宋孝宗。　　〔周宣〕周宣王（前八二七—前七八八在位），西周中興的君主。　　〔南征北伐篇〕周宣王北伐玁狁，有《六月》篇；南征荊蠻，有《采芑》篇；平淮夷，有《江漢》篇；平徐戎，有《常武》篇：這四首詩是當時詩人所作，見《詩經》。陸游說宋孝宗的英武和周宣王一樣，但是沒有人作出歌頌孝宗英武的詩篇；言外也有孝宗雖號稱英武，沒有做出顯著的事蹟來，因此詩人就無從歌頌的意味。　　〔四海句〕意謂敵患消除，失地收復，天下成爲一家，這是天數所肯定的。　　〔兩河句〕作者在這裏再次提到黃河南北兩岸的許多地方，都是宋的疆土。這些地方當時已經淪陷。郡是古代地方分區的單位，宋時廢去郡的名稱，這裏是借用。〔和親策〕西漢初年，在對匈奴作戰失敗以後，採取和親政策，以公主嫁匈奴單于，並奉獻金、繒、絮、帛等物，實際上是一種對外屈服的政策。宋孝宗雖然有對金人作戰的意圖，但是結果還是執行屈服的政策。諸公指當時的大臣。　　〔志士〕有志報國之士。　　〔虛捐〕浪費。　　〔京洛〕東京和洛陽。　　〔永昌陵〕宋太祖陵墓，在洛陽。　　〔芊芊〕草盛貌。芊音千（qiān）。

　　淳熙十年詩。陸游對於當時政府執行對外屈服的政策，極度不滿，最後指出永昌陵上的荒草芊芊，痛斥朝臣的誤國。

六　言 四首録一

功名正恐不免，富貴酷非所須，鐵馬未平遼碣，釣船且醉江湖。

〔酷〕音庫(kù)，甚。　　〔碣〕音劫(jié)，碣石，山名，在河北省昌黎縣。遼碣時已淪陷。

淳熙十年詩。陸游在這首詩裏指出自己的志願，是收復淪陷區；在沒有完成這個志願的時候，不妨醉游江湖。他的目標不在追求富貴，但是在於建立功名。

作雪未成自湖中歸寒甚飲酒作短歌

黑雲垂到地，飛霰如細礫，我從湖上歸，散髮醉吹笛。少年志功名，目視無堅敵，慘淡古戰場，往往身所歷。寧知事大謬，白首猶寂寂，淒涼武侯表，零落陳琳檄。報主知何時，誓死空憤激，天高白日遠，有淚無處滴。

〔霰〕音現(xiàn)，雪珠。天將雪，先有雪珠。　　〔礫〕音立(lì)，小粒砂石。　　〔目視句〕目中看不到堅強的敵人。　　〔寧知〕那知。〔武侯表〕諸葛亮《出師表》。　　〔零落句〕陳琳，東漢末文人，有《爲袁紹檄豫州》、《檄吳將校部曲文》各一首。

淳熙十年詩。陸游指出自己有志不遂，最後提到"天高白日遠"，更把一腔怨憤，完全寫出。杜甫《新安吏》："莫自使眼枯，收汝淚縱橫，眼枯即見骨，天地終無情。"所謂"天地終無情"，其實是説"皇帝終無情"。這首詩的"天高白日遠，有淚無處滴"，其實是説"天高皇帝遠，有淚無處滴"。對於最高統治者的怨憤，都在沒有指名的情形下，委曲透出。

春夜讀書感懷

　　荒林梟獨嘯，野水鵝羣鳴，我坐蓬窗下，答以讀書聲。悲哉白髮翁，世事已飽更，一身不自恤，憂國涕縱橫。永懷天寶末，李郭出治兵，河北雖未下，要是復兩京。三千同德士，百萬羽林營，歲周一甲子，不見胡塵清。賊酋實屢王，賊將非人英，如何失此時，坐待姦雄生！我死骨即朽，青史亦無名，此詩倘不作，丹心尚誰明？

〔梟〕音消(xiāo)，鳥類，猛禽類，入夜瞳孔放大，能見物，故夜中能捕食小動物。　　〔更〕經。　　〔恤〕音序(xù)，憂。　　〔永懷〕長遠懷念。〔天寶末〕天寶，唐玄宗年號，十四載(七五五)安祿山起兵。　　〔李郭〕李光弼、郭子儀，皆當時名將。　　〔兩京〕唐西京長安和東京洛陽。〔三千二句〕指宋的將領和軍隊。同德，指同心同德，有意志統一的將領。《書經·泰誓》："予有亂臣十人，同心同德。"又："予有臣三千，惟一心。"羽林營，皇帝的禁衛軍。　　〔一甲子〕六十年。　　〔賊酋〕金的最高統治者。　　〔人英〕人中的英雄。　　〔青史〕古代的史書寫在竹簡上，因此稱爲青史。　　〔丹心〕赤誠的心。

　　淳熙十一年(一一八四)陸游六十歲，家居山陰，作此詩。陸游指出唐代雖有天寶末年的兵禍，但是因爲李光弼、郭子儀出來，收復兩京。宋代有衆多的將領和戰士，但是自從金人入侵，至今六十年，始終沒有把他們打退。他說出金主完顏雍是一個懦夫，他的手下也沒有英才，惟恐及今不取，將來姦雄出來，便不易措手。全篇看到他的愛國的熱忱。

日晚散步湖上遇小雨

莫色蒼蒼日初落，寒聲策策風正作，湖邊倚杖隄上行，病起聊試遊山脚。平生出門輕萬里，老去謝客專一壑，風濤潝洞鮫鰐橫，閶闔崔嵬鬼神惡。春蕪二頃叱黃犢，老學爲農元不錯，兜鍪蟬冕俱掃空，雨笠香新織青篛。

〔謝客〕謝絕賓客。全句意謂老去還山，不接見賓客。　〔專一壑〕獨占一條山溝。王安石《偶書》："我亦暮年專一壑，每逢車馬便驚猜。"〔潝洞〕洶湧貌。潝音鬨(hòng)。　〔閶闔〕天門。　〔兜鍪〕音哇牟(dōumóu)，頭盔，武官之服。　〔蟬冕〕附有蟬形飾物的冠，文官之服。〔雨笠句〕篛音若(ruò)，竹皮。用青色的竹皮織成雨笠，有清香。

淳熙十一年詩。陸游這裏寫到對於朝政的不滿，因此參加農業生產。

初 冬 雜 題 六首録二

莫嫌風雨作新寒，一樹青楓已半丹，身在范寬圖畫裏,小樓西角剩憑闌。

〔范寬〕宋畫家。

風橫雲低雨腳斜,一枝柔艣莫咿啞,昏昏醉臥知何處,推起船篷忽到家。

〔艣〕音虜(lǔ),船的推進器。　〔咿啞〕音伊呀(yīyā),艣聲。

淳熙十一年詩。這首詩寫村居生活。

獨酌有懷南鄭

憶從嶓冢涉南沮,笳鼓聲酣醉膽粗,投筆書生古來有,從軍樂事世間無。秋風逐虎花叱撥,夜雪射熊金僕姑,白首功名原未晚,笑人四十嘆頭顱。

〔嶓冢〕山名,在陝西省寧強縣北。　〔南沮〕沮水出陝西省西部,經勉縣西境,入沔水,稱南沮,別於陝西省北部的沮水。　〔笳鼓〕軍中樂器。　〔投筆書生〕見《秋風曲》〔投筆取封〕注。　〔花叱撥〕天寶中,大宛國進六馬,其一名桃花叱撥,見《紀異錄》。此處借用。　〔金僕姑〕古代箭名,見《左傳》莊公十一年。亦借用。　〔白首功名〕年老方能建立功名。　〔笑人句〕有人四十歲時嘆息頭顱漸白,功名未立,覺得可笑。

淳熙十二年(一一八五)陸游六十一歲,家居山陰,作此詩。前六句追憶南鄭從軍之樂，後二句意氣振作，毫無衰颯的意味。這正是愛國精神充沛的表現。

夜　步

市人莫笑雪蒙頭，北陌南阡信脚遊，風遞鐘聲雲外寺，水搖燈影酒家樓，鶴歸遼海逾千歲，楓落吳江又一秋，卻掩船扉耿無寐，半窗落月照清愁。

〔北陌南阡〕《風俗通》：“南北曰阡，東西曰陌。河東以東西爲阡，南北爲陌。”此言北陌南阡，猶言鄉村道路。陌音莫（mò），阡音千（qiān）。　〔鶴歸句〕見《歲晚》注。　〔楓落句〕唐崔信明詩：“楓落吳江冷。”見《唐書·崔信明傳》。　〔扉〕音非（fēi），門扇。〔耿無寐〕失眠。

淳熙十二年詩。三四兩句寫鄉居聞見，遞字搖字尤爲靈活。

感　秋

秋堂露氣清，蕭爽入毛骨，葛裯耿無寐，坐待山月没。淫螢飛不起，熠熠依衰草，勁風西北號，落葉紛可掃。老生惜歲月，烈士志功名，登臨送將去，非復兒女情。懸知青海邊，殺氣横千里，良時不可失，胡行速如鬼。

〔裯〕音仇(chóu),單被。　〔老生〕老年之人。　〔登臨二句〕登山臨水,送正在逝去的時光,因爲時機一失,功名不可復建,不同於尋常兒女的情感。　〔青海〕見《秋聲》注。　〔胡行句〕原句見杜甫《塞蘆子》。陸游自注:"時聞虜酋自香山淀入秋山,蓋將去矣。"

淳熙十二年詩。陸游因時光的易過,認爲必須及早給敵人以沉重的打擊。

書　憤

早歲那知世事艱,中原北望氣如山,樓船夜雪瓜洲渡,鐵馬秋風大散關。塞上長城空自許,鏡中衰鬢已先斑,《出師》一表真名世,千載誰堪伯仲間。

〔早歲〕指隆興二年(一一六四)及乾道八年(一一七二)事。　〔中原句〕北望中原,收復失地的意志和山一樣地堅定。　〔樓船句〕指隆興二年四十歲在鎮江府通判任內所見。樓船,指南宋的兵艦。瓜洲渡,在鎮江對岸。　〔鐵馬句〕指乾道八年四十八歲在南鄭軍中所見。大散關,見《觀大散關圖有感》注。　〔塞上句〕陸游自比爲塞上長城,可以捍衛國家,抵禦敵人。南朝宋文帝將殺名將檀道濟,道濟憤怒,脫幘投地,説:"乃壞汝萬里長城。"見《南史·檀道濟傳》。　〔名世〕名傳後世。　〔伯仲間〕兄弟之間。

淳熙十三年(一一八六)陸游六十二歲,家居山陰,作此詩。前四句叙述早年在鎮江和南鄭軍中,看到祖國的軍隊,自己決心收復失地,意志堅定。五句叙述平生的志願,六句攬鏡自照,兩鬢斑白,有時機一失,不可復得的傷感。末兩句推崇諸葛亮，提出誰能和他以兄弟輩相處的問題，在全詩似覺意外生枝，實則作者以諸葛亮自比，因此前後八句，一氣呵成。

臨安春雨初霽

世味年來薄似紗，誰令騎馬客京華，小樓一夜聽春雨，深巷明朝賣杏花。矮紙斜行閒作草，晴窗細乳戲分茶，素衣莫起風塵嘆，猶及清明可到家。

〔世味〕對於人情世態的興味。　　〔京華〕京城，這裏指臨安。　　〔矮紙〕古代書家常在手卷上寫字。矮紙，卷面不高的紙。　　〔草〕草書。〔細乳〕《談苑》：“茶之精者，北苑名白乳頭。”宋代北苑茶又有石乳、滴乳等品。細乳是茶中的精品。　　〔分茶〕把茶分等。　　〔素衣二句〕陸機《爲顧彥先贈婦》詩：“京洛多風塵，素衣化爲緇。”他說京洛的風塵太多，把白的衣服都染成黑色了。原句有京洛生活不正常，使人受到不良影響的意味。陸游此二句指出自己清明可以到家，用不到抱着受到時代影響的顧慮。

淳熙十三年春間，陸游奉召至臨安，後來發表朝請大夫、權知嚴州軍州事。這首是他在臨安時作的。小樓一聯，詩家認爲句句，十四字一氣貫注，生動有致。

衰病不復能劇飲而多不見察戲作此詩

平生不持面看人，寧作五湖雲水身，忍窮閉門豈自苦,是中有味敵八珍。酒杯潋灩鼓吹作,我自悲吒人自樂,更闌坐睡不得去,如鷹在鞲虎遭縛。丈夫歡樂自有時,遇酒先怯非予衰,萬騎擊胡青海岸,此時意氣令君看。

〔劇飲〕多飲。　　〔平生句〕平生不仰面看人,不伺候人顏色。　　〔雲水身〕隱居湖中,身在雲水之間。　　〔八珍〕八種珍貴之味。　　〔吒〕音乍(zhà),怒叱。

淳熙十三年,陸游在嚴州任內作。

秋　懷

少時本願守墳墓,讀書射獵畢此生,斷蓬遇風不自覺,偶入戎幕從西征。朝看十萬閱武罷,莫馳三百巡邊行,馬踠度隴靁聲急,士甲照日波光明。興懷徒寄廣武嘆,薄福不挂雲臺名,頷鬚白盡愈落莫,始讀法律親笞榜。訟氓滿庭鬧如市,吏牘圍坐高于城,未嫌樵唱作野哭,最怕甜酒傾稀餳。平生養氣頗自許,雖老尚可吞司并,何時擁馬橫戈去,聊爲君王護北平。

〔守墳墓〕東漢馬少游說:“爲郡掾吏守墳墓,鄉里稱善人,斯可矣。”見《後漢書・馬援傳》。他認爲在故鄉做一位科員,照顧到祖宗墳墓,大家稱爲好人,這就够了。　　〔斷蓬句〕陸游説自己的生活,和折斷的蓬草一樣,隨風飄盪,不能掌握自己的命運。　　〔戎幕〕指四川宣撫使幕中。〔十萬〕十萬軍士。　　〔三百〕三百里。　　〔馬踠句〕踠同蹄。此句承上文暮馳句。雹聲指馬蹄聲。　〔士甲句〕承上文朝看句。波光，鐵甲反射的日光，人行動盪，因此反射的光也和波光的動盪相同。　〔廣武嘆〕廣武山在河南省滎陽市北，劉邦、項羽作戰處。三國魏詩人阮籍過此，嘆息説："時無英雄，遂使豎子成名。"他認爲當時没有項羽、劉邦這樣的英雄，因此司馬師、司馬昭兄弟這些庸才，遂得成名。陸游此句，有懷才不遇之感。　〔雲臺〕後漢明帝畫光武時名將二十八人於南宫雲臺。〔落莫〕冷落寂寞。　〔始讀句〕陸游在嚴州，兼理司法事，故有此句。笞榜音癡綁(chībǎng)，笞榜，打板子，古代對於刑事犯的處罰。　〔訟氓〕提起訴訟的百姓。　〔吏牘〕公文。　〔未嫌二句〕此時嚴州的地方情況。餳音形(xíng)，糖漿。他説樵夫的號子和哭聲一樣，這還罷了；酒倒出來，好比糖漿，那却甜得可怕。　〔養氣〕這是古代儒家的修養。孟子説："我善養吾浩然之氣。"陸游説自己在修養上，自認爲有把握。　〔司并〕見《蒸暑思梁州述懷》注。　〔護北平〕見《軍中雜歌》注。

　　淳熙十三年詩。陸游在嚴州任内，感到生活的苦悶，提出自己願爲國家抵禦外侮，收復失地。

燕堂獨坐意象殊憒憒起登子城作此詩

　　睡魔困衰翁，白日坐兀兀，忽然振衣起，目瞭尚如鶻。憑高望中原，佳氣未消歇，逆賊稽大刑，痛憤深至骨。新霜下昌陵，草有胡馬齕，羽林百萬士，何日聞北伐？賤臣官有守，不敢叫行闕，夢中涉黄河，太行高崿砠。天河未洗兵，封豕食上國，坐令河洛間，百郡暗荆棘。夷吾非王佐，尚足救左袵，中原消息斷，吾輩何安寢？世俗苦齷齪，誰與共此功,安知無奇士,悲歌燕市中。

〔燕堂〕休息室。　　〔憒憒〕昏昏。　　〔子城〕城内的小城。　　〔睡魔〕使人昏睡的魔鬼。　　〔衰翁〕陸游自稱。　　〔兀兀〕疲困之貌。〔瞭〕音聊(liáo),明。　　〔佳氣〕旺盛之氣。　　〔逆賊〕指金的統治者。　　〔稽大刑〕稽,延期。稽大刑,未及殺戮。　　〔昌陵〕即永昌陵,宋太祖的陵墓。　　〔胡馬〕敵人的馬。　　〔齕〕音盍(hé),嚙。〔賤臣句〕陸游自言受到任務的限制。　　〔叫行闕〕向行宫請願。〔涉〕渡水。　　〔硉矹〕音路兀(lùwù),崖石突兀之貌。　　〔天河句〕反用杜甫《洗兵馬》:"安得壯士挽天河,净洗甲兵長不用。"原意希望壯士挽回天河的水洗净武器,長遠不去用它。　　〔封豕〕大豬,指金的統治者。　　〔夷吾二句〕夷吾是管仲。孔子説:"微管仲,吾其被髮左衽矣。"微是没有,衽是衣襟。這是説"倘使没有管仲,我會和某些民族一樣,被着頭髮、衣襟偏左了。"陸游指出管仲雖然没有國家大臣(王佐)的才具,還能把人民從某些民族的侵擾中拯救出來。　　〔悲歌句〕戰國時奇士荆軻和高漸離在燕市中慷慨悲歌,見《史記·刺客列傳》。

　　淳熙十三年詩。陸游激切地指出北伐的重要,他認爲淪陷區的愛國之士,也會響應號召,痛擊敵人。

秋雨北榭作

　　秋風吹雨到江濱,小閣疏簾曉色分,津吏報增三尺水,山僧歸入萬重雲。飄零露井無桐葉,斷續烟汀有雁羣,了却文書早尋睡,檐聲偏愛枕間聞。

〔榭〕音謝(xiè)，高臺上的房屋。　〔江〕指浙江。　〔濆〕音墳(fén)，水濱。　〔烟汀〕水氣瀰漫的江面。　〔檐聲〕檐頭滴水之聲。

淳熙十三年詩。三四句入畫。

縱　筆 三首錄一

行省當年駐隴頭，腐儒隨牒亦西遊，千艘衝雪魚關曉，萬竈連雲駱谷秋。天道難知胡更熾，神州未復士堪羞，會須瀝血書封事，請報天家九世讎。

〔行省〕乾道七年七月以王炎爲樞密使、四川宣撫使。古代中央行政機構有尚書省、中書省、門下省，稱爲三省。王炎爲樞密使，官位極高，出使四川，故稱行省。　〔千艘句〕指由川江北上的糧船。魚關在南鄭附近。〔萬竈句〕指南鄭前線的軍營。駱谷，見《冬夜聞雁有感》注。　〔封事〕奏章。　〔天家〕皇帝的家庭。　〔九世讎〕春秋時代，齊襄公滅紀，復九世之讎。《公羊傳》説："九世猶可以復讎乎？雖百世可也。"宋徽宗趙佶、欽宗趙桓，都被金人虜去，死於金。宋人認爲大讎，所以陸游稱爲天家九世讎。

淳熙十三年詩。

夜登千峯榭

夷甫諸人骨作塵，至今黃屋尚東巡，度兵大峴非無策,收泣新亭要有人。薄釀不澆胸壘塊,壯圖空負膽輪困,危樓插斗山銜月,徙倚長歌一愴神。

〔夷甫〕王衍,西晉時人,官至司徒,好清談,後人謂爲清談誤國。 〔黄屋〕皇帝的住處。 〔大峴〕山名,在山東省臨朐縣東南一百五十里。南朝劉裕度兵大峴山,滅南燕慕容超。 〔收泣句〕收泣新亭事指王導,參見《夜泊水村》〔諸君句〕注。陸游説要有人,正指當時南宋没有王導這樣的人。 〔壘塊〕不平。 〔壯圖〕偉大的規劃。 〔危樓插斗〕高樓插入北斗星座,誇張的形容語。

淳熙十四年(一一八七)陸游在嚴州任内,遊千峯榭,作此詩。他痛恨庸臣誤國,造成南渡的國難,自言不是没有消滅敵人的策略,但是看不到主持北伐的大臣,因此胸中不平,無法消除。

聞皷角感懷

皷坎坎,角嗚嗚,四皷欲盡五皷初,老眼不寐如鰥魚,撫枕起坐涕泗濡。平生空讀萬卷書,白首不識承明廬,時多通材臣腐儒,妄懷孤忠策則疎。欲剖丹心奏公車,論罪萬死尚有餘,雷霆願復寬須臾,許臣指陳輿地圖。億萬遺民望來蘇,藝祖有命行天誅,皇明如日詎敢誣,拜手乞賜丈二殳。中原烟塵一掃除,龍舟泝汴還東都。

〔坎坎〕擊皷聲。 〔鰥〕音關(guān),魚名,睡不瞑目。 〔濡〕音如(rú),沾染。 〔承明廬〕漢代侍臣所居之所。 〔公車〕奉召所乘之車。 〔雷霆〕指君主的威嚴。 〔須臾〕片刻。 〔來蘇〕見《感興二首》注。　　〔藝祖〕宋太祖。　　〔殳〕音書(shū)，古代兵器名，長一丈二尺。　　〔泝〕音素(sù)，逆流而上。

淳熙十四年詩。

昔　日

　　昔日從戎日，身由許國輕，陣如新月偃，箭作餓鴟鳴，堅壁臨關守，連營並渭耕。至今悲義士，書帛報番情。

〔身由句〕因爲決心把自己貢獻給國家，將生命看輕。　　〔陣如句〕半圓形稱爲偃月。　　〔堅壁〕堅守營壘。　　〔並〕同傍。　　〔書帛句〕陸游自注：“予在興元日，長安將士以申狀至宣撫司，皆蠟彈，方四五寸絹，虜中動息必具報。”蠟彈，裹絹爲彈丸形，外塗蠟。

淳熙十四年詩。前六句叙當日從軍情況。

秋　郊　有　懷　四首録二

　　楚人固有孱，妄謂秋可悲，寧知河嶽間，氣俗樂此時。壯士鳴雕弓，健馬嚼枯萁，日馳三百里，榆關赴戰期。陣雲壓龍庭，殺氣搖參旗，熾火燎狐兔，倒瀉黃金巵。勒銘燕然石，千載鎮胡兒，安能空山裏，凍研哦清詩。

〔楚人句〕見《悲秋》〔逢秋句〕注。　　〔河嶽間〕黃河與恒山之間。〔鳴雕弓〕開弓有聲,稱爲鳴弓。　　〔其〕豆莖。　　〔榆關〕山海關。〔龍庭〕古代匈奴單于祭天之處。　　〔參旗〕參音申(shēn),星名。《晉書·天文志》:"參旗九星在參西,一曰天旗,一曰天弓。"　　〔勒銘燕然〕見《夜泊水村》注。

　　秋山瘦益奇,秋水淺可涉,出城西風勁,拂帽吹脱葉。新霜拆栗罅,宿雨飽豆莢,枯柳無鳴蜩,寒花有穿蝶。郊行得幽曠,頗覺耳目愜,斷雲北山來,欣然與之接。挂冠易事爾,看鏡嘆勳業,永懷桑乾河,夜渡擁馬鬣。

〔秋山句〕秋後樹葉盡落,故稱山瘦。　　〔罅〕音夏(xià),栗熟則罅裂。〔宿雨句〕經雨以後,豆莢飽滿。　　〔蜩〕音條(tiáo),知了。　　〔挂冠句〕《後漢書·逢萌傳》:"王莽殺其子宇,萌謂友人曰:'三綱絶矣,不去,禍將及人。'即解冠挂東都城門,歸將家屬浮海,客於遼東。"挂冠是把做官時戴的冠挂起,不再做官。　　〔看鏡句〕看鏡中衰老的形像,嘆息功業尚未建立。　　〔桑乾河〕見《龍眠畫馬》注。

　　淳熙十四年詩。陸游在這兩首詩裏,表現了積極的精神。他指出秋天是建立功業的季節,他不是不能挂冠而去,但是因爲功業未立,時時懷念北渡桑乾河,收復失地。

楚 宮 行

　　漢水方城一何壯,大路並馳車百兩,軍書插羽擁修門,楚王正醉章華上。璇題藻井窮丹青,玉笙寶瑟聲冥冥,忽聞命駕遊七澤,萬騎動地如雷霆,清晨射獵至中夜,蒼兕玄熊紛可藉。國中壯士力已殫,秦寇東來遣誰射?

〔方城〕山名,在河南葉縣南四十里。　〔車百兩〕車百乘。　〔軍書句〕軍中緊急文書,上插雞羽。修門,楚都門。　〔章華〕楚都有章華臺。　〔璇題〕璇,玉。椽頭稱爲題。璇題,以玉裝飾的椽頭。　〔藻井〕宮殿天花板上的裝飾。　〔七澤〕楚有七澤,見司馬相如《子虛賦》,澤是廣大的遊獵場地。　〔蒼兕〕青色的野牛。　〔紛可藉〕紛紛的可以足踏。　〔殫〕盡。

淳熙十四年詩。這是一首諷刺的詩。他指出最高統治者窮奢極侈,浪費人力和物力,待到敵人來了以後,無法抵抗。

縱　筆　二首録一

故國吾宗廟,羣胡我寇讎,但應堅此念,寧假用他謀?望駕遺民老,忘兵志士憂,何時聞遣將,往護北平秋?

〔故國〕東京,爲皇室宗廟所在之地。　〔此念〕指一二兩句。　〔寧假〕那須。　〔望駕句〕淪陷區的人民,年年盼望皇帝大駕的北伐,他們已經衰老。　〔忘兵〕忘去了出兵北伐。　〔護北平〕見《軍中雜歌》注。

淳熙十四年詩。陸游提出收復失地,共雪國恥的志願,但是因爲最高統治者的對敵屈服,無心作戰而感到深刻的失望。最後還希冀能指定將帥,出兵北伐。

秋 夜 有 感

候蟲何唧唧，歲晚聲出壁，不惟嬾婦驚，感此白頭客。壯年事征戍，萬里不得息，揚颿凌秋濤，策馬赴山驛。日照蛟鼉涎，雪印豺虎迹，誰知七尺軀，幸脫九死厄。前年補畿郡，入對瞻玉色，報恩無死所，再拜衰淚滴。即今故山歸，愈嘆老境逼，不眠中夜起，仰視星歷歷。中原何時定？銅駝臥荊棘，滅胡恨無人，有復不易識。

〔候蟲〕此處指絡緯，又稱絡絲娘。　〔唧唧〕蟲鳴之聲。唧音即(jī)。〔嬾婦驚〕古歌謠："絡緯鳴，嬾婦驚。"　〔白頭客〕陸游自稱。　〔揚颿〕同揚帆，指紹興二十九年任福州寧德縣主簿事。　〔策馬句〕指乾道八年赴南鄭軍中事。　〔日照句〕承上揚颿句。鼉音駝(tuó)，脊椎動物爬蟲類，一名豬婆龍。　〔雪印句〕承上策馬句。　〔七尺軀〕自指。　〔九死厄〕多次死亡的威脅。　〔畿郡〕古代以京城千里之內爲畿，此處指嚴州。　〔玉色〕皇帝的顏色。　〔銅駝荊棘〕見《曉嘆》注。　〔有復句〕即有滅胡的人才，也不易爲人所知。

　　淳熙十五年(一一八八)陸游六十四歲，七月間任滿還山陰，秋後作此詩。最後側重到北伐無人，同時也有懷才不遇之感。

夜 讀 兵 書

八月風雨夕，千載孫吳書，老病雖憊甚，壯氣頗有餘。

長纓果可請，上馬不躊躇，豈惟麞皋蘭，直欲封狼居。萬乘久巡狩，兩京盡丘墟，此責在臣子，憂愧何時攄？南鄭築壇場，隆中顧草廬，邂逅未可知，旄頭方掃除。

〔孫吳書〕兵書中有《孫子兵法》、《吳子兵法》各一卷。　〔憊〕音貝(bèi)，疲困。　〔長纓〕長的繩索。漢終軍請長纓，以繫南越王，獻到皇帝的闕下。見《漢書・終軍傳》。　〔皋蘭〕山名，在甘肅省蘭州市。〔封〕在山上積土爲壇。　〔狼居〕狼居胥山在内蒙古自治區五原縣西北。　〔萬乘句〕萬乘指宋皇帝，久巡狩指南渡事。　〔攄〕音書(shū)，抒釋。　〔南鄭句〕南鄭有韓信拜將壇。　〔隆中句〕指劉備在隆中三顧草廬聘請諸葛亮事。隆中在今湖北省襄陽西二十里。〔旄頭〕見《送范舍人還朝》注。

　　淳熙十五年詩。陸游以韓信、諸葛亮自比，他認爲金人將亡，自己還可能爲國家立功。

塞　上　曲 四首

　　秋風獵獵漢旗黃，曉陌霜清見太行，車載氈廬馳載酒，漁陽城裏作重陽。

〔獵獵〕風聲。　〔曉陌〕早晨的道路。　〔氈廬〕氈做的帳篷。〔漁陽城〕在今北京市。　〔作重陽〕慶祝重陽節。

　　將軍許國不懷歸，又見桑乾木葉飛，要識君王念征戍，新秋已報賜冬衣。

111

〔許國〕以生命貢獻國家。　　〔桑乾〕見《龍眠畫馬》注。

　　金鼓轟轟百里聲，繡旗寶馬照川明，王師仗義從天下，莫道南兵夜斫營。

　　老矣猶思萬里行，翩然上馬始身輕，玉關去路心如鐵，把酒何妨聽渭城。

〔翩然〕翻動的形狀。　　〔玉關二句〕玉關即玉門關，在陽關西北。渭城在今陝西省咸陽市東。唐詩人王維有《送元二使安西》詩：“渭城朝雨挹輕塵，客舍青青柳色新，勸君更盡一杯酒，西出陽關無故人。”唐人以陽關爲絕遠，因此在歌唱這首詩的時候，感到很大的痛苦。陸游的感情相反，他說自己的心堅如鐵，因此不妨聽這首詩。

　　淳熙十五年詩。這四首詩都充滿了積極的意義。第四首說到自己，提出立功萬里的志願。

北　　望

　　北望中原淚滿巾，黃旗空想渡河津，丈夫窮死由來事，要是江南有此人。

〔黃旗句〕黃旗指宋軍中的旗，河津指黃河渡口。　　〔此人〕率領宋軍渡河作戰的人。

　　淳熙十五年詩。陸游因南宋統治者的對外屈服而感到失望，他指出個人的窮死不足計較，但是江南畢竟還有準備渡河作戰的人。

估客有自蔡州來者感悵彌日 二首

洮河馬死劍鋒摧，綠髮成絲每自哀，幾歲中原消息斷，喜聞人自蔡州來。

〔估客〕商販。　〔蔡州〕故治在今河南省汝南縣，當時已經淪陷。
〔彌日〕經日。　〔洮河二句〕洮河源出甘肅省臨潭縣西北，流入黃河。洮河流域爲宋時產馬之地。陸游自言馬已死，劍已鈍，頭髮已白，因此感到悲哀。

百戰元和取蔡州，如今胡馬飲淮流，和親自古非長策，誰與朝家共此憂？

〔百戰句〕元和(八〇六—八二〇)，唐憲宗年號。吳元濟據蔡州，元和十年憲宗派裴度率大軍進攻，十二年破蔡州。

紹熙元年(一一九〇)陸游六十六歲，家居山陰，作此詩。

醉　　歌

讀書三萬卷，仕宦皆束閣；學劍四十年，虜血未染鍔。不得爲長虹，萬丈掃寥廓；又不爲疾風，六月送飛雹。戰馬死槽櫪，公卿守和約，窮邊指淮沘，異域視京雒！於乎此何心，有酒吾忍酌！平生爲衣食，斂版靴兩脚，心雖了是非，口不給唯諾。如今老且病，鬢禿牙齒落，仰天少吐氣，餓死實差樂。壯心埋不朽，千載猶可作。

〔束閣〕是“束之高閣”的縮短，不用的意義。全句指出做官以後，所讀的三萬卷書都棄置不用。　〔鍔〕音鄂(è)，刀口或劍口。　〔寥廓〕寬廣的意義，指天空。　〔窮邊二句〕窮邊，極遠的邊疆。當時的統治者把安徽的淮水、淝水，看成極遠的邊疆，又把東京和雒(同洛)陽，看成國外的地方。　〔於乎〕同嗚呼。　〔有酒句〕有酒吾不忍咽下。〔斂版句〕版是手版，以象牙、玉或木爲之，亦稱爲笏。古代官員朝會時皆執手版、斂之近身以示恭敬。靴兩脚，兩脚著靴的意義。　〔心雖二句〕了，明瞭；給，供應。唯諾，承認的聲音。心中對於是非的分別，雖然明瞭，可是口頭連“是、是”地承認，還來不及供應，不容許提出不同的看法。　〔差樂〕比較快樂。　〔壯心二句〕這是説自己即使埋葬以後，壯心還是不朽，千載之下，依然可以看到。

　　紹熙元年詩。陸游對於統治者屈服苟安的政策，感到極度的憤恨。他連提出抗議的機會都抓不到，因此非常憤懣，認爲與其做官，不如餓死。他相信千載之後，可以得到讀者的同感。

書　懷

老死已無日，功名猶自期，清笳太行路，何日出王師？

　　紹熙元年詩。陸游還存在着率領大軍，向太行山進兵的渴望。

覽　鏡

　　白頭漸覺黑絲多，造物將如此老何？三萬里天供醉眼，二千年事入悲歌。劍關曾蹴連雲棧，海道新窺浴日波，未頌中興吾未死，插江崖石竟須磨。

〔白頭句〕想象之詞。陸游因爲思想積極，感到年齡輕了，因此覺得頭髮由白逐漸變黑。　　〔造物〕指天。　　〔此老〕陸游自指。　　〔劍關〕劍門關。　　〔連雲棧〕高入雲端的棧道。　　〔海道句〕陸游自注：“比自三江航海至丈亭。”浴日波，太陽自海中昇起，稱爲浴波。　　〔插江句〕陸游準備作中興頌，刻在磨平的插江崖石上。

　　紹熙二年（一一九一）陸游六十七歲，家居山陰，作此詩。他認爲自己要看到中興，作中興頌刻石。這裏見到他的樂觀積極的思想。

懷南鄭舊遊

　　南山南畔昔從戎，賓主相期意氣中，渴驥奔時書滿壁，餓鷗鳴處箭凌風。千艘粟漕魚關北，一點烽傳駱谷東，惆悵壯遊成昨夢，戴公亭下伴漁翁。

〔南山〕終南山。　　〔賓主〕指王炎、陸游間的關係。　　〔渴驥二句〕上句指題詩時筆墨飛騰，如渴馬飲水；下句指學射時飛箭凌風，如餓鷗長鳴。　　〔魚關〕見《縱筆》注。　　〔駱谷〕見《冬夜聞雁有感》注。

〔戴公亭〕在山陰。

紹熙二年詩。

五更讀書示子

　　近村遠村雞續鳴，大星已高天未明，牀頭瓦檠燈煜煜爚，老夫凍坐書縱橫。暮年於書更多味，眼底明明見莘渭，但令病骨尚枝梧，半盞殘膏未爲費。吾兒雖戇素業存，頗能伴翁飽菜根，萬鍾一品不足論，時來出手蘇元元。

〔瓦檠〕陶器製成的燈臺。檠音景（jǐng）。　　〔煜爚〕音玉耀（yùyào），燦爛。　　〔眼底句〕莘渭指伊尹、呂望。伊尹耕於有莘之野，呂望釣於渭水。此句說看到伊尹、呂望二人的事業。　　〔戇〕音狀（zhuàng），愚直。　　〔素業〕舊業。　　〔萬鍾一品〕鍾，古代量器，相當於六斛四斗。萬鍾，古代高級官員的俸祿。一品，最高的官階。　　〔蘇元元〕救活人民。

紹熙二年詩。在這首詩裏，陸游提出自己的志願。

秋夜將曉出籬門迎涼有感 二首錄一

　　三萬里河東入海，五千仞嶽上摩天，遺民淚盡胡塵裏，南望王師又一年。

〔河〕指黃河。　　〔嶽〕東嶽泰山、北嶽恒山、中嶽嵩山、西嶽華山，當時皆已淪陷。

紹熙三年（一一九二）陸游六十八歲，家居山陰，作此詩。陸游在這首詩裏敘述了北方淪陷區人民對於南宋的渴念，同時也指出南宋統治者辜負了淪陷區愛國人士的願望。

九月一日夜讀詩稿有感走筆作歌

　　我昔學詩未有得，殘餘未免從人乞，力屈氣餒心自知，妄取虛名有慚色。四十從戎駐南鄭，酣宴軍中夜連日，打毬築場一千步，閱馬列厩三萬疋，華燈縱博聲滿樓，寶釵豔舞光照席，琵琶絃急冰雹亂，羯鼓手勻風雨疾。詩家三昧忽見前，屈賈在眼元歷歷，天機雲錦用在我，翦裁妙處非刀尺。世間才傑固不乏，秋毫未合天地隔，放翁老死何足論，《廣陵散》絕還堪惜。

〔餒〕饑餓。此指喪氣。　　〔四十〕陸游在南鄭時，年四十八歲。此處舉其整數。　　〔閱〕檢閱。　　〔華燈〕華麗的燈光。　　〔縱博〕盡情賭博。　　〔羯鼓〕形狀如桶，兩頭可擊。　　〔三昧〕佛經語，原意為正定。宋人文學批評中，用此以指詩文訣竅。　　〔屈賈〕屈原、賈誼，二人都是古代的辭賦家。　　〔歷歷〕分明。　　〔天機雲錦〕古代神話中織女所用的織機，和她織成的上有雲彩的錦緞。　　〔翦裁句〕翦裁得當，用不到尋常的刀尺。　　〔秋毫句〕秋毫是鳥獸秋天所生的細毛，此處有失之毫釐、差之千里的意義。　　〔《廣陵散》〕古琴曲名。三國時嵇康善為此曲，後為司馬昭所殺，臨刑時，索琴彈此曲，嘆道："《廣陵散》從茲絕矣。"後世因稱失傳的曲藝爲"廣陵散"。

　　紹熙三年詩。這是陸游對於自己的詩的評價。他指出在四十八歲以前，自己止是妄取虛名；到了南鄭以後，纔接觸到現實，從豐富的生活和戰爭的環境中，發現了詩的意義。他認爲屈原、賈誼的作品，正是從現實中得來的，自己獲得這個"三昧"，找到創作的源泉，惟恐身死以後，從此失傳。

夜讀范至能攬轡録言中原父老
見使者多揮涕感其事作絶句

　　公卿有黨排宗澤，帷幄無人用岳飛，遺老不應知此恨，亦逢漢節解沾衣。

〔范至能〕范成大，字致能，亦作至能。乾道六年(一一七〇)出使金國。〔《攬轡録》〕范成大出使時所作的日記。轡音配(pèi)。　　〔使者〕出使金國之人。　　〔公卿句〕建炎元年(一一二七)，宗澤任東京留守，屢請高宗出兵，收復失地。高宗和丞相黃潛善、汪伯彥等主張對敵屈服，不用其説。宗澤憂憤成疾，次年病死。　　〔帷幄句〕帷幄，軍帳。岳飛，南宋名將，以主張打擊敵人，紹興十一年(一一四一)爲主張投降的高宗趙構和秦檜所殺。　　〔遺老〕淪陷區的父老。　　〔漢節〕古代出使的人，手持旌節，節是懸掛旌旗的竹竿。此處借指范成大。　　〔解沾衣〕解，理解。懂得流下眼淚，沾溼衣服。

　　紹熙三年詩。陸游指出南宋内部的投降派得勢，把主戰派的大臣名將氣死或殺害，淪陷區的人民都爲之下淚。

十一月四日風雨大作 二首録一

僵臥孤村不自哀,尚思爲國戍輪臺,夜闌臥聽風吹雨,鐵馬冰河入夢來。

〔輪臺〕今新疆維吾爾自治區輪臺縣,漢武帝曾發兵守其地。

紹熙三年詩。陸游提出願意爲國家戍守邊疆。

稽 山 農 余作《避世行》以爲不可常也復作此篇

華胥氏之國,可以卜吾居;無懷氏之民,可以爲吾友。眼如巖電不看人,腹似鴟夷惟貯酒。周公禮樂寂不傳,《司馬兵法》亡亦久,賴有神農之學存至今,扶犁近可師野叟。粗繒大布以禦冬,黃粱黑黍身自春,園畦剪韭勝肉美,社甕撥醅如粥釀。安得天下常年豐,老死不見傳邊烽,利名畫斷莫挂口,子孫世作稽山農。

〔稽山〕即會稽山,在今浙江省紹興市。　〔華胥氏之國〕古代寓言中的國家。《列子‧黃帝篇》指出"其國無帥長,自然而已;其民無嗜欲,自然而已"。　〔卜吾居〕決定吾的住處。　〔無懷氏之民〕相傳無懷氏爲黃帝以前的君主,《路史‧禪通記》説其民"甘其食,樂其俗,安其居,而重其生意,形有動作,心無好惡,老死不相往來"。　〔鴟夷〕貯酒的皮囊,鴟音癡(chī)。　〔周公〕儒家相傳周公制禮作樂以致太平。〔《司馬兵法》〕古代有《司馬兵法》,見《史記·司馬穰苴列傳》。　〔神農之學〕相傳古代帝王有神農氏始制耒耜,教民稼穡。神農之學就是農業學。　〔繒〕絲織物。　〔畦〕音希(xī),五十畝爲畦。　〔瓮〕同甕。貯社酒的甕曰社甕。　〔醅〕音胚(pēi),沒有過濾的酒。

　　紹熙四年(一一九三)陸游六十九歲,家居山陰,作此詩。他提出世世在山陰務農的願望。"老死不見傳邊烽",不是厭戰,而是希望在收復失地以後能過太平的日子。"眼如巖電"用《世説新語》王戎的故事;這裏更可從"不看人"三字看到陸游不願結交權貴的思想。

春　陰

　　老境三年病,新春十日陰,孤舟鏡湖客,萬里玉關心。出岫雲多態,呼風鳥獨吟,讀書惟恐盡,傾酒却愁深。

〔鏡湖〕即鑑湖,在浙江省紹興市。　〔玉關〕見《塞上曲》注。　〔傾酒句〕病中不宜多飲,故有此句。

　　紹熙四年詩。陸游病中仍關心邊疆的時事。

憶　昔

　　憶昔西征日,飛騰尚少年,軍書插鳥羽,戍壘候狼烟。

渭水秋風夜，岐山曉雪天，金羈馳叱撥，繡袂舞嬋娟。但恨功名晚，寧知老病纏，虎頭空有相，麟閣竟無緣。壯士埋巴峽，孤身臥海壖，安西九千里，孫武十三篇。裘嘆蘇秦弊，鞭憂祖逖先，何時聞詔下，遣將入幽燕？

〔軍書句〕古代緊急軍書，上插鳥羽。　〔戍壘〕防守的碉堡。　〔狼烟〕古代邊塞軍事緊急，則焚狼屎，其烟直上，稱爲狼烟。　〔羈〕音畿(jī)，馬轡。裝有金屬裝飾品的曰金羈。　〔嬋娟〕美女。嬋音産(chán)。當時軍中有舞女。陸游《九月一日夜讀詩稿有感走筆作歌》中言"寶釵艷舞光照席"，指此。　〔虎頭句〕《東觀漢記·班超傳》記相士説班超"燕頷虎頭，飛而食肉，此萬里侯相也"。　〔麟閣〕漢宣帝作麒麟閣，畫功臣十一人。　〔壯士〕陸游自注："獨孤策。"陸游之友，時已死。　〔壖〕隙地。海壖，海濱。　〔安西〕見《和高子長參議道中二絕》注。　〔孫武〕春秋時名將，有《孫子兵法》十三篇。　〔裘嘆句〕見《北窗》〔黑貂裘〕注。　〔鞭憂句〕晉劉琨與祖逖友好，二人都要爲國立功。劉琨後與親舊書曰："吾枕戈待旦，常恐祖生先我著鞭耳。"見何法盛《晉中興書》。　〔幽燕〕古代幽州爲戰國燕地，即今河北、遼寧一帶地方。

紹熙四年詩。陸游追憶南鄭軍中的生活，現在衰老多病，但是還盼望宣布討伐金人收復失地的詔書。

秋夜感舊十二韻

冷螢綴蓬根，忽復照高樹，年光逝不留，百感集遲莫。往者秦蜀間，慷慨事征戍，猿啼鬼迷店，馬嚛飛石鋪。危嶺高入雲，朽棧劣容步，天近星宿大，江惡蛟鼉怒。意氣頗自奇，性命那復顧，最懷清渭上，衝雪夜掠渡。封侯細事爾，所冀垂竹素，兜鍪竟何成，豈獨儒冠誤？當時妄校尉，旗纛今照路，浩歌遂成章，聊慰老不遇。

〔冷螢句〕秋夜的螢火蟲掛在蓬草根脚。　　〔逝〕去。　　〔遲莫〕衰年。陸游時已六十九歲，自稱"遲暮"。　　〔往者句〕指乾道八年在南鄭軍中事。　　〔猿啼二句〕陸游自注："鬼迷店在大散關下，飛石鋪在小益道中。"小益，今四川省廣元市。噤音進(jìn)，不發聲。　　〔朽棧句〕棧道已朽者爲朽棧。劣，勉强。　　〔天近句〕山高故覺天更高，星宿更大。宿音秀(xiù)，星座。　　〔江惡句〕江指嘉陵江，出陝西省鳳縣東南嘉陵谷，南流入四川省，至重慶入大江。　　〔最懷二句〕渭水流域已經淪陷，陸游在南鄭軍中，雪夜襲擊渭水渡口。　　〔封侯〕古時功臣封侯。
〔所冀句〕所希望的是把姓名留在竹片和素絹製成的史書上。　　〔兜鍪二句〕兜鍪，戰士的鐵盔。儒冠，書生所戴的冠。杜甫詩："紈袴不餓死，儒冠多誤身。"杜甫説著綢袴的富家子弟不會餓死，戴冠的書生多是終身自誤。陸游更進一層，他説不但書生自誤，自己戴過鐵盔，衝鋒陷陣，現在有什麼成功？　　〔當時二句〕漢時名將李廣不得封侯，曾説："自從漢軍出擊匈奴以來，我沒有一次不在軍中。現在平凡的校尉，連中等的材能都沒有，可是以軍功封侯的有數十人。我不是落在人後，爲什麼沒有因功獲得封侯呢？"見《漢書·李廣傳》。妄，平凡。校尉，軍官。纛音毒(dú)，大旗。這兩句説當時平凡的軍官，現在他們的大旗照滿了大路，反映着自己的沒有成就。　　〔浩歌〕大聲歌唱。

　　紹熙四年詩。陸游追憶南鄭軍中的生活，指出自己不是希望封侯，而是希望名垂千古，現在一切落空，而平凡的軍官，反而旗纛照路，喧赫一時。表面上這裏有些比較地位高低的意義，但是實際上他是因爲沒有能夠摧毀敵人而感到憤慨。

谿 上 雜 言

谿上之丘吾可以休，谿中之舟吾可以游，一裘雖弊可度風雪虐，一簞雖薄未有旦夕憂。媿於此心鼎食其敢飽，負其所學蟬冕增吾羞。古人誰謂不可見，黃卷猶能覩生面，百穀薿薿知稷功，九州茫茫開禹甸。巍巍成功亦何有，治亂但如翻覆手，逢時皆可致唐虞，比身管樂寧非苟？樹桑釀酒蕃雞豚，是中端有王業存，一朝遇合得施設，千載始知吾道尊。

〔谿〕亦作溪，山澗。　〔簞〕音丹(dān)，置飯食的竹器。　〔媿於此心句〕於心有媿，即使對着盛席也不能飽食。鼎，金屬製成品，古代貴族烹煮用具。　〔負其所學句〕負，背叛，背叛自己的理想，即使做着大官，止能增加慚媿。蟬冕，古代大官所戴的冠冕，下垂金屬製成的蟬以作裝飾。　〔黃卷句〕黃卷，黃紙或黃綢所寫的書卷。此言書中猶能看到古人生動的面目。　〔百穀句〕稷，古人名，相傳稷開始教人民種糧食。薿薿，茂盛貌。薿音夷(yí)。　〔禹甸〕禹，古人名，相傳禹搞好水利工作，把中國分爲九州。甸音店(diàn)，禹甸，禹的區域。　〔巍巍二句〕巍巍，高大貌。陸游指出偉大的成功，不是不可能，一治一亂，止是時機的轉變，正同手的一反一正。　〔唐、虞〕相傳是中國古代的黃金時代。〔比身句〕管指管仲，輔助齊桓公成爲霸主；樂音悅(yuè)，指樂毅，輔助燕昭王打垮齊國。諸葛亮自比管仲、樂毅，後來輔助劉備，造成三分中國的形勢。陸游說自比管樂，豈不是太苟且了？應當樹立恢復中原的信心，不當止顧一隅。　〔蕃〕繁殖。　〔是中句〕端，正。此中正有統一中國的事業。

　　紹熙四年詩。陸游指出自己的内心生活。他認爲身在田野,生活簡單一些,可以休息,可以優游。他不願意背叛自己的理想。最後他指出應當樹立恢復中原的信心,栽桑釀酒,養雞養豬,使人民豐衣足食,由此導致中國的統一;他希望一有機會,完成他的措施。

將　軍　行

　　將軍入奏平燕策,持笏榻前親指畫,天山熱海在目中,下殿即日名烜赫。馳出都門雪初霽,直過黄河冰未拆,繡旗方掠桑乾渡,羽檄已入金臺陌。勇士如鷹健欲飛,孱王似兔何勞搦,戎服押俘獻廟社,正衙第賞頒詔册。端門賜酺天下慶,御觴尚恨滄溟迮,從來文吏喜相輕,聊遣濡毫書竹帛。

〔平燕策〕平定北方的戰略。　　〔榻前〕御榻之前。　　〔天山熱海〕皆在今新疆維吾爾自治區,借指北部的大後方。　　〔烜赫〕聲勢壯盛之貌。烜音宣(xuān)。　　〔霽〕音季(jì),雨雪已止。　　〔桑乾〕見《龍眠畫馬》注。　　〔羽檄句〕羽檄,軍中文書。古代燕昭王有黄金臺,在今河北省薊縣。陌,道路。　　〔孱王句〕孱音産(chán),弱。搦音諾(nuò),捉。　　〔戎服句〕戎服,軍裝。廟社,祖宗的廟宇。　　〔正衙句〕正衙,正殿。第賞,分等次給賞。　　〔端門〕皇城正門。　　〔賜酺〕古代禁止羣衆會飲;遇大慶特許會飲曰賜酺。　　〔御觴〕引杯。〔滄溟〕滄海。　　〔迮〕同窄。

　　紹熙四年詩。陸游在這首詩裏從想象中指出破滅金國以後的歡樂,是一首現實主義和樂觀浪漫主義結合的作品。

古 別 離

孤城窮巷秋寂寂，美人停梭夜嘆息，空園露溼荊棘枝，荒蹊月照狐狸迹。憶君去時兒在腹，走如黄犢爺未識，紫姑吉語元無據，況憑瓦兆占歸日！嫁來不省出門前，魂夢何因識酒泉，粉緌磨鏡不忍照，女子盛時無十年。

〔《古別離》〕“樂府”雜曲歌辭有《古別離》。　〔蹊〕小路。　〔憶君二句〕丈夫出征的時候，孩子還在腹中，現在行走敏捷和犢子一樣，但是父子還没有見面。　〔紫姑二句〕古時小兒女於正月十五日迎神占卜，神名紫姑，又稱厠坑三姑。瓦兆，把瓦打碎，觀其碎裂情狀以定吉凶。二句言紫姑的好話，固然没有根據，憑着瓦兆，斷定丈夫的歸期，更不可信。〔不省〕不知。　〔酒泉〕地名，今甘肅省酒泉市。　〔粉緌〕古時以銅爲鏡，用緌蘸粉加以摩拭。

紹熙四年詩。陸游寫丈夫出征，妻室懷念的痛苦。

小 出 塞 曲

全師出雁塞，百戰運《龍韜》，金絡洮州馬，珠裝夏國刀，度沙風破肉，攻壘雪平壕，明日受降處，甲齊熊耳高。

〔雁塞〕雁門關，在今山西省。　〔《龍韜》〕古代兵書有《六韜》，中有《龍韜》。韜音叨(tāo)。　〔洮州〕見《冬夜聞雁有感》注。　〔熊耳〕

見《中夜聞大雷雨》注。

紹熙四年詩。刻畫勝利後的情況。

冬夜讀書有感 二首録一

　　胸中十萬宿貔貅，皂纛黄旗志未酬，莫笑蓬窗白頭客，時來談笑取幽州。

〔貔貅〕音皮休(píxiū)，猛獸名。勇士亦可稱貔貅。陸游自言胸中策略可當勇士十萬。　　〔皂〕黑。　　〔時來句〕在時機到來的當中，可以在談笑之間，不費氣力地破滅金國。幽州見《前有樽酒行》注。

紹熙四年詩。

夏　　夜 二首録一

　　我昔在南鄭，夜過東駱谷，平川月如霜，萬馬皆露宿，思從"六月"師，關輔談笑復，那知二十年，秋風枯苜蓿。

〔東駱谷〕駱谷在今陝西周至(盩厔)縣西南，東駱谷當在其東。　　〔六月〕周宣王北伐玁狁，有《六月》詩。　　〔關輔〕見《獵罷夜飲示獨孤生》注。

紹熙五年(一一九四)陸游七十歲,家居山陰,作此詩。

看　鏡 二首録一

七十衰翁臥故山,鏡中無復舊朱顏,一聯輕甲流塵積,不爲君王戍玉關。

〔不爲句〕陸游自注:"馬正惠公喜功名,每曰:'幸未甚衰,若有邊警,願預征行,得良馬數疋、輕甲一聯足矣。'"馬正惠公即馬知節,宋真宗時拜宣徽南院使、知樞密院事。玉關,見《塞上曲》注。

紹熙五年詩。陸游自嘆年已漸衰,没有爲國家作戰的機會。

明　妃　曲

漢家和親成故事,萬里風塵妾何罪?掖庭終有一人行,敢道君王棄蕉萃!雙駝駕車夷樂悲,公卿誰悟和戎非,蒲桃宫中顏色慘,雞鹿塞外行人稀。沙磧茫茫天四圍,一片雲生雪即飛,太古以來無寸草,借問春從何處歸。

〔明妃〕即王嬙,字昭君。晉時避司馬昭諱,改稱明妃,後人相沿用此。漢元帝以王嬙嫁匈奴呼韓邪單于,對加強西漢王朝與匈奴的和好關係,起了一定作用。西漢和隋唐時,中原王朝對邊疆各族實行的和親政策,有時是主動採取的,有時則是被迫的,成爲一種屈辱的表現。陸游此詩,是從這一個角度出發的。　　〔掖庭〕皇帝的後宮。　　〔蕉萃〕同憔悴。〔夷樂〕異族的音樂。　　〔蒲桃宮〕漢宮名，在長安。　　〔雞鹿塞〕在內蒙古自治區杭錦後旗西。

紹熙五年詩。陸游在這首詩中，借題發揮，指出對外屈服政策的錯誤。

歲暮感懷以"餘年諒無幾休日
愴已迫"爲韻 十首録二

　　王師宿梁益，行臺護諸將，腐儒忝辟書，萬里至渭上。旌旗照關路，風雪暗戎帳，堂堂鐵馬陣，亹亹木牛餉。誰知骨相薄，空負心膽壯，回首二十年，撫事增悲愴。

〔餘年句〕兩句見韓愈《南溪始泛》第一首，原詩"諒"作"凛"，"迫"作"晚"。陸游此詩共十首，這是第八首，用"愴"字韻。次首是第九首，用"已"字韻。　　〔梁益〕見《樓上醉書》注。　　〔行臺句〕北魏時有尚書大行臺，領兵甲、屯田等軍國重事。陸游此詩指南鄭軍中事，時王炎爲樞密使、四川宣撫使，故稱爲行臺；統率諸將，故稱護諸將。　　〔腐儒句〕腐儒，陸游自稱。忝，辱。辟書，宣撫使司召用陸游的公文。　　〔亹亹句〕亹亹不斷前進之貌，亹音尾(wěi)。諸葛亮在蜀，以木牛流馬運餉。

紹熙五年詩。述南鄭軍中事。

　　在昔祖宗時，風俗極粹美，人材兼南北，議論忘彼此。誰令各植黨，更仆而迭起，中更夷狄禍，此風猶未已。臣不難負君，生者固賣死，儻築太平基，請自厚俗始。

〔誰令二句〕北宋仁宗時，呂夷簡、高若訥等指范仲淹、歐陽修、尹洙等爲黨。至神宗時，始有新舊黨之分。王安石等爲新黨，司馬光等爲舊黨。兩黨一進一退，故稱更仆迭起。　　〔中更二句〕中更，中經。夷狄禍指金人南下，汴京陷落之禍。南渡而後，新黨的革新精神已經不存在了，但是黨派還是存在的。　　〔賣死〕出賣已死的朋友。

　　紹熙五年詩。宋代的朋黨，從北宋起，經過汴京的陷落，直到南宋，繼續存在。除了王安石本人和他最接近的戰友，代表小地主階級提出革新的要求以外，其他都沒有鮮明的主張，主要地還是私人情感的結合，甚至完全是爲個人利益的打算，夠不上算是政黨，而黨派與黨派之間，更談不到以國家利益爲前提的結合。陸游此詩，正是針對這個情況而作的。紹熙五年六月太上皇帝（孝宗趙眘）死了，他的兒子光宗（趙惇）不肯成服，七月傳位給其子寧宗（趙擴）。實際上是爲了趙惇違反封建社會最基本的禮教，因此大臣趙汝愚通過了外戚韓侂胄，取得太皇太后的同意，把趙惇廢去，擁立他的兒子。這是一件大事，但是在當時是很得人心的。不久以後，趙汝愚和韓侂胄之間發生了矛盾。十月間，韓侂胄用內批（皇帝的手論）的名義，罷免趙汝愚的好友朱熹，認爲他們是朋黨；次年正月再罷免趙汝愚。陸游的這首詩作於紹熙五年歲暮，是和當時的政治背景密切結合的。陸游是朱熹的朋友，但是在韓侂胄主張北伐的時候，他也熱切擁護，這更看出他在政治漩渦中，從國家利益出發的立場。

雨 夜 書 感 二首録一

宦游四十年，歸逐桑榆暖，皇恩念黎老，一官猶置散。

春殘桃李盡，風雨閉空館，有懷無與陳，萬事付酒椀。近代固多賢，吾意終不滿，可憐杜拾遺，冒死明房琯。慷慨詎非奇，經綸恨才短，羣胡穴中原，令人嘆微管。

〔四十年〕陸游三十四歲除右迪功郎、福州寧德縣主簿，至此前後共三十八年，舉大數故言四十年。　　〔桑榆〕《淮南子》：“日西垂，景(同影)在樹端，謂之桑榆。”日暮稱爲桑榆，暮年亦稱爲桑榆。　　〔黎老〕古稱人民爲黎民。年老稱爲黎老，陸游自稱。　　〔一官句〕宋代對退職官加以提舉某某觀的名義，給以半俸，稱爲祠祿。陸游是年提舉冲祐觀，因爲沒有正式的任務，亦稱散官。　　〔可憐二句〕杜拾遺即唐代詩人杜甫，官至左拾遺。房琯少時和杜甫是朋友，後爲丞相。至德元載(七五六)，房琯和安禄山的部隊在陳濤斜作戰，用古代車戰法，大敗，死者四萬人。明年春房琯罷相。杜甫上書救房琯，也得到罷爲華州司功參軍的處分。杜甫《壯游》詩：“斯時伏青蒲，廷静守御牀，君辱敢愛死，赫怒幸無傷。”即指此事。　　〔慷慨句〕指杜甫。　　〔經綸句〕指房琯，也借指趙汝愚。房琯拘泥古法，用兵車作戰，固然是才短；趙汝愚應付韓侂胄不得法，造成矛盾，終於失敗，當時也認爲是才短。　　〔羣胡句〕羣胡指金人。穴，動詞；當時中原淪陷，故言金人以此爲巢穴。　　〔微管〕孔子説：“微管仲，吾其被髮左衽矣”，見《論語》。微，無。被髮左衽，蠻夷的服裝。孔子説倘使沒有管仲，整個中國會淪陷到大家都著上蠻夷的服裝。

　　慶元元年(一一九五)陸游七十一歲，家居山陰，作此詩。是年二月趙汝愚罷相，此詩作於三月間。陸游以房琯比趙汝愚，認識到汝愚的才短。他所關心的是中原淪陷，沒有管仲那樣的人出來挽救。

農　家　嘆

有山皆種麥，有水皆種秔，牛領瘡見骨，叱叱猶夜耕。

竭力事本業，所願樂太平，門前誰剥啄，縣吏徵租聲。一
身入縣庭，日夜窮笞榜，人孰不憚死，自計無由生。還家
欲具説，恐傷父母情，老人儻得食，妻子鴻毛輕。

〔秔〕同粳。　　〔本業〕農業。　　〔剥啄〕叩門聲。　　〔憚〕畏懼。
〔妻子句〕妻子在家庭的比重，同鴻毛一樣。

　　慶元元年詩。陸游出身於官僚地主階級，因此詩中言農家樂的不止
一首；但是農民的受到鞭撻以至求生不得、求死不可的慘狀，終於衝破他
的階級偏見，在這首詩裏充分反映出來。

感　　昔 二首録一

　　五丈原頭秋色新，當時許國欲忘身，長安之西過萬
里，北斗以南惟一人。往事已如遼海鶴，餘年空羨葛天
民，腰間白羽凋零盡，却照清溪整角巾。

〔五丈原〕在陝西省周至縣，諸葛亮與司馬懿作戰，屯兵五丈原，後死於軍
中。　　〔北斗句〕《唐書·狄仁傑傳》：“狄公之賢，北斗以南，一人而
已。”　　〔遼海鶴〕見《歲晚》注。　　〔葛天民〕相傳古代君主葛天氏
“不言而自信，不化而自行”。陶潛《五柳先生傳》：“銜觴賦詩以樂其志，
無懷氏之民歟？葛天氏之民歟？”　　〔白羽〕見《秋思》注。　　〔角巾〕
古代書生所戴的，又稱方巾。

　　慶元元年詩。在這首詩裏，陸游以諸葛亮自比，有時是説諸葛亮，有
時又説自己。上半首大體上是説諸葛亮，但是一句言作戰的區域，二句

言作戰中的抱負,都帶到自己,尤其是第三句,五丈原距長安不過二百里,此詩言萬里,借長安以指臨安,這就更是説自己了。下半首大體上是説自己,但是第七句的白羽扇用諸葛亮的故事。諸葛亮死於五丈原,但是陸游從南鄭歸山陰已二十餘年,所以有第八句。此詩變化錯綜,正看到陸游對於自己的估價。

初 冬 感 懷 二首録一

落葉掃還積,斷鴻飛更鳴,羸軀得霜健,老眼向書明。水瘦河聲壯,萁枯馬力生,竟爲農夫死,白首負功名。

〔羸〕音雷(léi),病瘦。

慶元元年詩。五六兩句指出這是出兵北伐的時期,七八兩句言自己竟以農夫終老,孤負了立功成名的期望。

讀 杜 詩

城南杜五少不羈,意輕造物呼作兒,一門醨法到孫子,熟視嚴武名挺之。看渠胸次隘宇宙,惜哉千萬不一施,空回英概入筆墨,《生民》《清廟》非唐詩。向令天開太宗業,馬周遇合非公誰?後世但作詩人看,使我撫几空嗟咨。

〔城南杜五〕杜甫的祖父初唐詩人杜審言,家住長安城東南的杜陵,故稱城南杜五。　〔意輕句〕杜審言恃才狂傲,將死的時候,詩人宋之問等問候他,他説:"甚爲造化小兒相苦,尚何言。"造化即造物,指自然的主宰。　〔熟視句〕杜甫和嚴武是朋友,相傳嚴武爲劍南節度使,杜甫醉後登嚴武牀上,熟視嚴武説:"嚴挺之乃有此兒。"古代當面稱人父名,是極不禮貌的事。　〔看渠句〕渠,他,指杜甫。胸次隘宇宙,極言其胸襟的寬大,故以宇宙爲窄隘。　〔空回句〕止能把他的英雄氣概寫到詩篇裏去。　〔《生民》句〕《生民》是《詩經·大雅》的一篇,《清廟》是《詩經·周頌》的一篇。陸游指出杜甫的詩,應當和《大雅》、《周頌》相提並論,和一般的唐詩是迥不相同的。　〔向令二句〕唐太宗時,馬周長於論事,拜監察御史,官至中書令。陸游指出倘使當時有太宗這樣的君主,開創國家,杜甫一定會得到馬周一樣的遭遇。　〔撫几〕拍案。〔嗟咨〕嗟嘆。

慶元元年詩。陸游指出杜甫不是尋常的詩人,遇到時機,他能創造出一番事業來。在這點上,陸游把杜甫比着自己。

小舟遊近村捨舟步歸 四首録二

數家茅屋自成村,地碓聲中晝掩門,寒日欲沉蒼霧合,人間隨處有桃源。

〔地碓〕埋在地面的碓臼,舂米的農具。碓音對(duì)。　〔蒼霧〕青霧。〔桃源〕陶潛有《桃花源記》叙述一所偏僻的地方,人民優游自得,不捲入政治的漩渦。

斜陽古柳趙家莊，負鼓盲翁正作場，死後是非誰管得，滿村聽説蔡中郎。

〔作場〕説唱故事、表演曲藝，都稱爲作場。　〔死後二句〕東漢蔡邕字伯喈，董卓執政時，以蔡邕爲左中郎將，故稱蔡中郎。南宋時盛行的南戲，寫蔡邕拋棄父母妻室，終爲天雷打死。和蔡邕的本事完全不符，因此陸游説："死後是非誰管得。"

慶元元年詩。

枕 上 偶 成

放臣不復望脩門，身寄江頭黄葉村，酒渴喜聞疏雨滴，夢回愁對一燈昏。河潼形勝寧終棄，周漢規模要細論，自恨不如雲際雁，南來猶得過中原。

〔放臣句〕放臣，流放之臣，古代稱屈原爲放臣。《楚辭·招魂》："魂兮歸來，入脩門些"，招屈原之魂，入楚都脩門。陸游説放逐之臣，沒有再入楚都的希望，意指自己退職，不能再望臨安。　〔河潼二句〕河，黄河。潼，潼關。西周、西漢，皆建都關中。

慶元元年詩。陸游懷念中原，認爲應當建都關中。

寒 夜 歌

陸子七十猶窮人，空山度此冰雪晨，既不能挺長劍以抉九天之雲，又不能持斗魁以回萬物之春，食不足以活妻子，化不足以行鄉鄰，忍饑讀書忽白首，行歌拾穗將終身，論事噴叱目若炬，望古踊躍心生塵。三萬里之黃河入東海，五千仞之太華摩蒼旻，坐令此地沒胡虜，兩京宮闕悲荆榛！誰施赤手驅蛇龍？誰恢天網致鳳麟？君看煌煌藝祖業，志士豈得空酸辛！

〔陸子〕陸游自稱。　〔抉〕穿出。抉九天之雲，猶言破除遮蔽天空的浮雲，有掃盡一切障礙的意義。　〔斗魁〕北斗七星，第一星至第四星爲斗魁，古代看到四時轉變，星座也跟着移動，説是因爲北斗的轉動，春夏秋冬都跟着變遷。回萬物之春，猶言使萬物得到新的生命。　〔化〕教化。　〔五千句〕太華，即華山。蒼旻，青天。旻音民(mín)。〔沒胡虜〕爲胡人所淪陷。　〔恢〕開張。　〔藝祖〕見《聞鼓角感懷》注。

慶元二年(一一九六)陸游七十二歲，家居山陰，作此詩。

懷　舊　六首録一

狼烟不舉羽書稀，幕府相從日打圍，最憶定軍山下路，亂飄紅葉滿戎衣。

〔狼烟〕古代邊塞烽火，用狼糞燒烟，凌風直上。　〔打圍〕圍場打獵。〔定軍山〕見《遊諸葛武侯書臺》注。

慶元二年詩。

感　　事　四首録二

雞犬相聞三萬里，遷都豈不有關中？廣陵南幸雄圖盡，淚眼山河夕照紅。

〔雞犬相聞〕《老子》：“鄰國相望，雞犬之聲相聞。”原意指古代小國的接近，陸游借用，指中國的富庶。　〔廣陵句〕廣陵，郡名，故治在今江蘇省揚州市。建炎元年(一一二七)五月高宗趙構在南京(今河南省商丘市)即位，十月南奔揚州。皇帝所至曰幸。

堂堂韓岳兩驍將，駕馭可使復中原，廟謀尚出王導下，顧用金陵爲北門。

〔韓岳〕韓世忠、岳飛。　〔驍將〕勇將。　〔廟謀〕古代國家大計必在祖廟商決，詩人因稱國家大計爲廟謀。　〔王導〕東晉時丞相，東晉元帝用王導計，建都建業，又稱金陵，今江蘇省南京市。　〔顧用句〕顧，反。反用金陵爲北門，意指不能把金陵作爲恢復中原的根據地；相反地，却從金陵再向南奔走，把金陵作爲北邊的疆界。建炎三年(一一二九)十月，高宗再奔臨安(今浙江省杭州市)。

慶元二年詩。陸游詩中，深恨當年南奔揚州，定都臨安的失策。

雨　　夜

北風吹雨亂疎鐘，薿薿燈花破碎紅，孤夢正行天一握,高城俄報鼓三通。衰遲空抱屠龍技,豪俊誰收汗馬功,但願輿圖早來復,白頭敢望起雲中?

〔蔌蔌〕落花貌。 〔燈花〕古代用油燈,燈心餘燼結成花形曰燈花。〔孤夢句〕陸游自注:"'孤雲、兩角,去天一握',蓋褒斜道上也。"孤雲、兩角,皆山名,去天一握,極言山高,去天只有一手。 〔屠龍技〕見《即事》注。 〔但願句〕但願早日收復中原。 〔白頭句〕陸游自言年已衰老,不敢再望如漢代魏尚那樣,重行起用爲雲中太守了。雲中,郡名,今山西省西北部及内蒙古自治區部分地區。魏尚事見《史記·馮唐傳》。

慶元二年詩。

村飲示鄰曲

七年收朝迹,名不到權門,耿耿一寸心,思與窮友論。憶昔西戍日,屠虜氣可吞,偶失萬户侯,遂來三家村。朱顏捨我去,白髮日夜繁,夕陽坐溪邊,看兒牧雞豚。雕胡幸可炊,亦有社酒渾,耳熱我欲歌,四座且勿喧。即今黄河上,事殊曹與袁,扶義孰可遣,一戰洗乾坤?西酹吳玠墓,南招宗澤魂,焚庭涉其血,豈獨清中原!吾儕雖益老,忠義傳子孫,征遼詔儻下,從我屬櫜鞬。

〔七年句〕朝迹,上朝的步伐。七年不再上朝。 〔西戍〕指從軍南鄭事。 〔偶失句〕因爲王炎罷免,不能出征立功,失去了封侯的機會。〔雕胡〕菰米。 〔即今二句〕曹操、袁紹二人在黄河邊上作戰,他們止

137

是私人間的矛盾,現在是中國和金人作戰,是民族間的矛盾。　〔酹〕音淚(lèi),置酒設祭。　〔吳玠〕南宋初大將,官至四川宣撫使,和金人屢次作戰,保全四川。　〔宗澤〕南宋初東京留守,金人畏之不敢南下。〔焚庭句〕古代匈奴的中央機構,稱爲龍庭。此言焚燒敵人的中央機構,踏着敵人的血跡。　〔征遼〕借指北伐金人。　〔屬櫜鞬〕帶着安放弓箭的用具。櫜鞬音高建(gāojiàn)。

　　慶元二年詩。陸游在村鄰會飲的當中,積極發動他們準備對敵作戰。

隴　頭　水

　　隴頭十月天雨霜,壯士夜挽綠沉鎗,臥聞隴水思故鄉,三更起坐淚數行。我語壯士勉自強,男兒墮地志四方,裹尸馬革固其常,豈若婦女不下堂。生逢和親最可傷,歲輦金絮輸胡羌,夜視太白收光芒,報國欲死無戰場。

〔《隴頭水》〕漢《橫吹曲》名。　〔隴頭〕隴山在今陝西省隴縣西北,北跨甘肅省。　〔綠沉鎗〕鎗幹漆作濃綠色。　〔隴水〕出甘肅省渭源縣西,入洮水。　〔裹尸馬革〕見《獵罷夜飲示獨孤生》注。　〔輦〕音捻(niǎn),車載。　〔夜視句〕太白星即金星。古代占卜,以爲太白星主中國。收光芒,指中國衰弱。

　　慶元二年詩。陸游在詩中指出對外屈服的可恥和報國無路的可悲。

北　望

　　中原墮胡塵，北望但莽莽，耆年死已盡，童稚日夜長。羊裘左其衽，寧復記疇曩，豈無豪俊士，憤氣塞穹壤。我欲友斯人，悲詫寄遐想，夢行黃河濱，雲開見仙掌。

　　〔耆年〕六十以上曰耆年。　　〔左衽〕衣襟向左，古代北方民族的服裝。衽音刃(rèn)。　　〔疇曩〕以前的時代。　　〔穹壤〕天地。穹音窮(qióng)。　　〔遐想〕遠想。　　〔仙掌〕仙人掌，太華山東峯。

　　慶元二年詩。自靖康元年(一一二六)東都陷落，至此已七十年，陸游顧慮到北方的人民，可能安心接受異族的統治，因此懷念忠義奮發，不甘屈服的豪傑。

長　歌　行

　　不羨騎鶴上青天，不羨峨冠明主前，但願少賒死，得見平胡年。一朝胡運衰，送死桑乾川，胡星澹無光，龍庭爲飛烟。西琛過葱嶺，東戍逾朝鮮，巍巍天王都，九鼎奠澗瀍，萬國朝未央，玉帛來聯翩。黃頭汝小醜，汙我《王會篇》，盡誅非無名，不足煩戈鋋，還汝以舊職，牧羊遼海邊。

139

〔《長歌行》〕樂府《平調曲》名。　　〔峨冠〕高冠。　　〔少賒死〕把死期稍爲推遲一些。　　〔桑乾〕見《龍眠畫馬》注。　　〔胡星〕辰星。〔龍庭句〕敵人的中央機構龍庭遭到毀滅。　　〔西琛〕西方來獻的珍寶，琛音嗔(chēn)。　　〔葱嶺〕在新疆維吾爾自治區西南境。　　〔九鼎句〕相傳禹作九鼎，古代帝王視爲寶物，都城所在，亦稱曰九鼎。奠，安。澗瀍，二水名，在洛陽附近。瀍音産(chán)。　　〔未央〕漢宮名。〔玉帛〕瑞玉和束帛，此指禮物。　　〔黄頭〕女真中有一部稱爲黄頭女真。　　〔《王會篇》〕《逸周書》篇名，記異族來朝事。　　〔鋋〕音延(yán)，小矛。

慶元二年詩。

書　志

往年出都門，誓墓志已決，況今蒲柳姿，俛仰及大耋。妻孥厭寒餓，鄰里笑迂拙，悲歌行拾穗，幽憤臥齧雪。千歲埋松根，陰風蕩空穴，肝心獨不化，凝結變金鐵。鑄爲上方劍，釁以佞臣血，匣藏武庫中，出參髦頭列。三尺粲星辰，萬里靜妖孽，君看此神奇，醜虜何足滅！

〔誓墓〕晉王羲之“稱病去郡，於父母墓前自誓”，見《晉書·王羲之傳》。陸游自言淳熙十六年(一一八九)罷職以後，自誓不再做官。　　〔蒲柳姿〕蒲柳即水楊；蒲柳姿言和水楊一樣，體質早衰。語見《晉書·顧悦之傳》。　　〔俛〕同俯。俛仰，時間不多。　　〔大耋〕八十歲。耋音蝶(dié)。　　〔妻孥〕妻子。　　〔上方劍〕上方同尚方，漢代内府官名，掌御府刀劍及玩好器物。　　〔釁〕塗血。　　〔佞臣〕諂媚之臣。

〔武庫〕兵器庫。　〔髦頭〕古代皇帝大駕出宮,武士被髮前驅者稱爲髦頭。　〔三尺句〕劍長三尺,燦爛和星辰一樣。　〔萬里句〕意謂敵患消除,萬里寧靜。

慶元三年(一一九七)陸游七十三歲,家居山陰,作此詩。這是一首現實主義和浪漫主義結合的作品。前八句言決心不再做官,生活困苦,悲歌幽憤。中四句言身死以後,埋於松下,陰風激盪,心肝凝爲金鐵。後八句言鐵爲上方劍,燦爛得和星辰一樣,用以掃蕩萬里的仇敵。他惟一的志願是殲滅敵人。

夜觀子虡所得淮上地圖

閉置空齋清夜徂,時聞水鳥暗相呼,胡塵漫漫連淮潁,淚盡燈前看地圖。

〔子虡〕陸游長子。虡音巨(jù)。　〔淮上〕南宋和金人以淮水爲界。〔徂〕往。　〔潁〕水名,出河南省登封市,至安徽省正陽關入淮水。

慶元三年詩。

感　　懷

老抱遺書隱故山,鏡中衰鬢似霜菅,規模肯墮管蕭亞,夢想每馳河渭間。竹帛竟孤千載事,江湖敢恨一生閑？殘功賴有吾兒續，把卷燈前爲破顏。

〔霜菅〕菅音肩(jiān)，草名，亦名白華。霜菅言鬢已全白。　〔管蕭亞〕管仲、蕭何二人之下。　〔竹帛〕指史書的記載。　〔破顏〕笑。

慶元三年詩。

雪 夜 感 舊

江月亭前樺燭香，龍門閣上馱聲長，亂山古驛經三折，小市孤城宿兩當。晚歲猶思事鞍馬，當時那信老耕桑，綠沉金鎖俱塵委，雪灑寒燈淚數行。

〔江月二句〕江月亭在小益道中。樺燭，以樺樹皮爲燭。龍門閣在四川省廣元市北。馱聲，運輸馬隊的聲音。　〔三折〕鋪名，見《飯三折鋪鋪在亂山中》注。　〔兩當〕舊縣名，在今甘肅省徽成縣。　〔綠沉金鎖〕見《建安遣興》注。

慶元三年詩。前四句指從軍南鄭，後四句指歸老山陰。

春 晚 感 事 二首録一

寒食梁州十萬家，鞦韆蹴鞠尚豪華，犢車轆轆歸城晚，爭碾平蕪入亂花。

〔寒食〕清明前一日。　　〔梁州〕見《和高子長參議道中二絕》注。此處指南鄭。　　〔蹴鞠〕打球。　　〔碾〕音捻(niǎn)，磨。

　　慶元四年(一一九八)陸游七十四歲，家居山陰，作此詩。追憶南鄭的生活。這裏看到南宋初年南鄭的富庶，也看到陸游對於從軍南鄭的念念不忘。

感　舊 六首錄四

　　要識梁州遠，南山在眼邊，霜郊熊撲樹，雪路馬蒙氈。慘淡遺壇側，蕭條古廟壖，百詩猶可想，嘆息遂無傳。

〔遺壇〕陸游自注：“拜韓信壇至今猶存。”　　〔古廟〕陸游自注：“沔陽有蜀後主所立武侯廟。”　　〔百詩〕陸游自注：“予山南雜詩百餘篇，舟行過望雲灘，墜水中，至今以爲恨。”

　　夜涉南沮水，朝過小益城，梯山天一握，度棧土微平。雨近秦雲暗，霜高隴月明，至今孤夢裏，喝馬有遺聲。

〔南沮水〕見《獨酌有懷南鄭》注。　　〔小益城〕見《秋夜感舊十二韻》注。　　〔梯山句〕梯山，登山。古諺：“孤雲、兩角，去天一握。”　　〔喝馬〕陸游自注：“喝馬皆七字韻語，聞之悲愴動人。”《雪夜感舊》詩“龍門閣上馱聲長”，即指此。

　　塵土暗貂裘，森然白髮稠，年光真衮衮，吾事竟悠悠。
馬宿平沙夜，烽傳絕塞秋，故人零落盡，追寫只添愁。

〔森然〕蕭瑟之貌。　　〔衮衮〕長流之貌。　　〔馬宿句〕陸游自注：“軍
中馬及廄卒，夏夜皆露宿沙上。”　　〔烽傳句〕陸游自注：“平安火並南山
來，至山南城下。”

　　凜凜隆中相，臨戎遂不還，塵埃《出師表》，草棘定軍
山。壯氣河潼外，雄名管樂間，登堂拜遺像，千載愧吾顏。

〔凜凜〕盛嚴之貌。　　〔隆中〕諸葛亮少時，隱居隆中，在今湖北襄陽縣
西二十里。　　〔臨戎句〕諸葛亮死於軍中。　　〔定軍山〕見《遊諸葛
武侯書臺》注。　　〔管樂〕見《谿上雜言》注。

　　慶元四年詩。在這幾首詩裏，陸游寫出對於往事的懷念和對於目前
的惆悵。凜凜一首，更看到他對於諸葛亮的嚮往。

感　秋

　　秋色關河外，秋聲天地間，壯士感此時，朝鏡凋朱顏。
一身寄空谷，萬里夢天山，噫嗚怒眥裂，憤激悲涕潸。古
來真龍駒，未必置天閑，長松倒澗壑，委棄同蓁菅。得志
未可測，談笑濟時艱，凜然《出師表》，一字不可刪。

〔朝鏡句〕早起對鏡，感覺到衰老漸至，朱顏凋謝。　　〔噫嗚〕怒叱之
聲。　　〔眥〕音字(zì)，目眶。　　〔潸〕流下。　　〔古來二句〕龍駒，

良馬。天閑,皇家馬房。　　〔蓁菅〕草棘。蓁音真(zhēn)。　　〔談笑句〕談笑之中,挽救時代的艱難。

慶元四年詩。秋色四句寫出時光流轉,壯士悲秋的感慨。壯士暗喻自己。一身四句寫寄身山陰,夢想立功塞外的悲憤。古來四句寫懷才不遇。得志四句直寫自己的抱負,要和諸葛亮一樣,拯救國難。

太　　息 四首録二

書生忠義與誰論,骨朽猶應此念存,砥柱河流仙掌日,死前恨不見中原。

〔骨朽句〕此身雖死,收復中原之念常在。　　〔砥柱〕見《雨夜不寐觀壁間所張魏鄭公砥柱銘》注。　　〔仙掌〕見《北望》注。

關輔堂堂墮虜塵,渭城杜曲又逢春,安知今日新豐市,不有悠然獨酌人。

〔關輔〕見《獵罷夜飲示獨孤生》注。　　〔渭城〕故城在今陝西省咸陽市東。　　〔杜曲〕在今陝西省西安市長安區南韋曲東。　　〔新豐〕在今陝西省臨潼縣東北。唐代名臣馬周未遇害太宗時,常獨酌於此。

慶元四年詩。陸游在詩中提出自己的悵恨和抱負。

病　雁

　　蘆洲有病雁，雪霜摧羽翰，不辭道路遠，置身湖海寬，稻粱亦滿目，鳴聲自辛酸。我正與此同，百憂雙鬢殘，東歸忽十載，四忝侍祠官，雖云幸得飽，早夜不敢安。乃知學者心，羞愧甚飢寒，讀我《病雁》篇，萬鍾均一簞。

〔《病雁》〕陸游自注："祠禄將滿，幸粗支朝夕，遂不敢復有請而作是詩。"　〔蘆洲〕蘆草叢生的沙洲。　　〔翰〕羽毛之長而堅強者。　　〔侍祠官〕宋代對退職官多給以提舉某某觀名義，賜半俸，稱爲祠禄，任期規定二年，任滿可以申請連任。陸游至此，凡連任祠官四次。　　〔乃知二句〕有修養的人，以無功食禄爲可恥。　　〔萬鍾句〕六斛四斗爲一鍾，古代以萬鍾爲高俸。簞，竹器，所以盛食物者。從有學問修養的人看，萬鍾不足貴，一簞不足憂，實際上是相同的。

　　慶元四年詩。在這首詩裏，陸游指出無功食禄的可恥，因此不再申請祠禄。詩中也反映了當時政治界的鬬爭。韓侂胄當權以後，趙汝愚、朱熹等一派的士大夫都受到貶斥和流放，陸游和趙、朱的關係較深，因此不願復請祠禄。

雨 夜 感 舊

　　雨來猛打窗，燈暗猶照壁，老人耿不寐，撫事悲夙昔。風生桔柏渡，馬病金牛驛，裊枝猿下飲，登樹熊自擲，危巢窺鶻栖，深夜見虎跡，至今清夜夢，猶想嶓山碧。廢棄謝功名，老疾輟行役，賦詩雖不工，聊用慰今夕。

〔夙昔〕以前的時代。　〔桔柏渡〕在今四川省廣元市。　〔金牛驛〕在今陝西省寧強縣東北六十里。　〔裊枝〕搖曳樹枝。裊音鳥(niǎo)。〔鶻〕音骨(gǔ)，猛禽。　〔嶓山〕嶓冢山在陝西省勉縣西南。〔輟〕音啜(chuò)，停止。

慶元四年詩。

龜堂獨酌 二首錄一

一榼蘭溪自獻酬，徂年不肯爲人留，巴山頻入初寒夢，江月偏供獨夜愁。越石壯心雞喔喔，子卿歸信雁悠悠，天生我輩初何用，病骨支離又過秋。

〔龜堂〕陸游所居堂名。　〔榼〕音柯(kē)，酒器。　〔蘭溪〕水名，在浙東，入錢塘江。此處指蘭溪所產之酒。　〔自獻酬〕自斟自飲。〔徂年〕已往之年。　〔巴山〕即大巴山，又稱巴嶺，在陝西省南境，綿延四川省東北部。　〔越石句〕劉琨字越石，用祖逖、劉琨聞雞起舞事。〔子卿句〕蘇武字子卿，漢武帝時出使匈奴，匈奴留武十九年，漢使至匈奴，言天子射上林中，得雁足，有帛書，言武等在某澤中。　〔支離〕零落。

慶元四年詩。陸游詩中借劉琨、蘇武事，自言不能見用，報國無所的苦悶。

作　雪　二首録一

雪雲寒不動，林鳥噤無聲，病起衰何劇，囊空醉不成。
中原亂方作，弱虜運將平，臺省多賢俊，常談媿老生。

〔噤〕音盡(jìn)，閉口。　　〔劇〕嚴重。　　〔臺省〕古代政權機構有尚
書省、中書省、門下省及御史臺。　　〔常談句〕自媿老生常談。

慶元四年詩。陸游對於政府當局無意北伐，深致不滿之意。

三山杜門作歌　五首録二

我生學步逢喪亂，家在中原厭奔竄，淮邊夜聞賊馬
嘶，跳去不待雞號旦，人懷一麨草間伏，往往經旬不炊爨。
嗚呼，亂定百口俱得全，孰爲此者寧非天！

〔三山〕在紹興縣西約九里，臨近鏡湖。陸游於乾道二年(一一六六)卜
築於此。　　〔杜門〕封門。　　〔我生句〕陸游生於宣和七年(一一二
五)，次年隨父陸宰居滎陽(今河南滎陽市)，四月間陸宰罷職，家居東
京，十一月金人再圍東京，這時，全家又沿淮河南下。　　〔厭〕用古
義，飽嘗的意思。　　〔跳〕用古義，與逃同。　　〔麨〕同餅。　　〔炊
爨〕音吹篡(chuīcuàn)，用火烹煮。　　〔百口〕一家百口，言家中人口
甚多。

中歲遠遊逾劍閣，青衫誤入征西幕，南沮水邊秋射虎，大散關頭夜聞角。畫策雖工不見用，悲吒那復從軍樂。嗚呼，人生難料老更窮，麥野桑村白髮翁。

〔中歲句〕指南鄭從軍事。　〔青衫〕古代書生的服色。　〔征西幕〕四川宣撫使王炎幕中。前代有征西將軍，四川在西，借用。　〔南沮水〕見《獨酌有懷南鄭》注。　〔大散關〕見《觀大散關圖有感》注。〔畫策二句〕指王炎罷免事。吒，音乍(zhà)，怒呼。

慶元四年詩。前首敘述遭逢金人南侵，全家逃亡的慘狀。後首敘述從軍南鄭，放棄不用的悲憤。

沈　園 二首

城上斜陽畫角哀，沈園非復舊池臺，傷心橋下春波綠，曾是驚鴻照影來。

〔沈園〕故址在紹興禹跡寺南。　〔驚鴻〕曹植《洛神賦》："翩若驚鴻"，指美女行動的綽約。

夢斷香消四十年，沈園柳老不吹綿，此身行作稽山土，猶弔遺踪一泫然。

〔綿〕柳絮。　〔稽山〕見《稽山農》注。　〔泫然〕淚水暗流之貌。泫音眩(xuàn)。

慶元五年(一一九九)陸游七十五歲,家居山陰,作此詩。這兩首詩是追懷他和唐琬在沈園重逢而作的。

讀 後 漢 書 二首録一

賃春老子吾所慕,垂世文章寧在多,詩不删來二千載,世間惟有《五噫歌》。

〔《後漢書》〕南朝時范曄作。 〔賃春老子〕後漢梁鴻至吳,居廡下,爲人賃春。賃春是代人春米。 〔詩不删〕相傳孔子删定古詩爲詩三百篇,後人稱爲《詩經》。 〔《五噫歌》〕梁鴻有《五噫歌》:"陟彼北芒兮,噫! 顧覽帝京兮,噫! 宮室崔嵬兮,噫! 人之劬勞兮,噫! 遼遼未央兮,噫!"這是對於統治者不顧人民疾苦,竭力建築宮殿的露骨的諷刺。後來他到吳下賃春,實際上是帶有逃亡性質的。

慶元五年詩。陸游讀史詩裏常有對於當代的諷刺,這是一個例子。同年陸游又有《秋思》一首,結句:"平生許國今何有,且擬梁鴻賦《五噫》!"正證明這一點。陸游歌頌梁鴻,實際上是寫自己的願望。韓侂胄當權以後,假借"僞黨""僞學"的名義,排斥異己,矛盾的尖銳化,不斷地暴露出來,陸游此詩由此而作。

五月中連夕風雨氣候如高秋枕上有賦

擁被微吟短鬢秋,孤燈殘漏共悠悠,雨聲不貸三更夢,酒力寧禁萬里愁。身寄湖山鄰剡曲,心游河嶽過關頭,世間可恨知多少,虛弊當年季子裘。

〔不貸〕不放過。貸音代(dài)。 〔剡曲〕剡溪,水名,在浙江省,曹娥江之上游。剡溪之曲爲剡曲。剡音善(shàn)。 〔季子裘〕蘇秦字季子,入關游説,"黑貂之裘弊"。

慶元五年詩。陸游從風雨聲中想到從軍南鄭,感覺到悵恨。

秋懷十首末章稍自振起亦古義也 十首録一

我昔聞關中,水深土平曠,涇渭貫其間,沃壤誰與抗?桑麻鬱千里,黍林高一丈,潼華臨黄河,古出名將相。淪陷七十年,北首增慘愴,猶期垂老眼,一覿天下壯。

〔涇渭〕二水流域皆在關中。 〔沃壤〕肥土。 〔黍林〕黍,小米,一般高三四尺。此詩極言土肥則黍高一丈,密切成林。 〔北首〕舉首北望。

慶元五年詩,《秋懷》末章。

北 望 感 懷

榮河温洛帝王州,七十年來禾黍秋,大事竟爲朋黨

151

誤,遺民空嘆歲時遒。乾坤恨入新豐酒,霜露寒侵季子裘,食粟本同天下責,孤臣敢獨廢深憂!

〔榮河温洛〕見《秋興》注。 〔朋黨〕南宋自建炎元年(一一二七)開始,至此凡七十三年。在這段時期中,主要的是主戰派與主和派之爭。寧宗即位以後,因爲趙汝愚和韓侂冑的分裂,又演成兩派,韓侂冑一派在朝,指趙汝愚等爲"僞黨",朱熹爲"僞學"。因爲矛盾的不斷尖鋭化,陸游遂有此句。 〔遒〕音囚(qiú),過盡。 〔乾坤二句〕上句用馬周醉飲新豐市中故事,下句用蘇秦游説秦國故事。

　　慶元五年詩。

書　感

　　壯歲功名妄自期,晚途流落鬢成絲,臨風畫角曉三弄,釀雪野雲寒四垂。金鎖甲思酣戰地,皂貂裘記遠遊時,此心炯炯空添淚,青史他年未必知。

〔三弄〕三支曲調。 〔皂貂裘〕即黑貂裘,蘇秦遊秦,"黑貂之裘弊"。〔炯炯〕不安。炯,音窘(jiǒng)。

　　慶元五年詩。

得建業倅鄭覺民書言虜亂自淮
以北民苦徵調皆望王師之至

邦命中興漢，天心大討曹，風雲助開泰，河渭蕩腥臊。
日避揮戈勇，山齊積甲高，煌煌祖宗業，只在馭羣豪。

〔建業倅〕建業即今江蘇省南京市，當時稱建康。倅，屬官。　〔民苦徵調〕北方淪陷區人民以統治者的徵兵徵糧爲苦。　〔討曹〕以曹操比金，討曹即討金。正同上句的中興漢，以漢人比宋。中興漢即中興宋。〔開泰〕由亂離轉入太平的現象。　〔河渭句〕黃河流域和渭水流域掃蕩敵人的腥臊。　〔日避句〕《淮南子·覽冥》：“魯陽公與韓搆難，戰酣日暮，援戈而撝之，日爲之反三舍。”相傳古代的勇士，在酣戰中，因爲日暮，把長戈一揮，日光因此倒轉，便於作戰。　〔山齊句〕用後漢初年，劉盆子投降，積甲與熊耳山齊的故事。參見《中夜聞大雷雨》注。〔馭〕同御。

慶元五年詩。

讀蘇叔黨汝州北山雜詩次其韻　十首錄一

吾幼從父師，所患經不明。何嘗效侯喜，欲取能詩聲？亦豈劉隨州，五字矜長城？秋雨短檠夜，掉頭費經營，區區宇宙間，捨重取所輕！此身儻未死，仁義尚力行。

153

〔蘇叔黨〕蘇過,字叔黨,蘇軾幼子,詩人。　〔侯喜〕唐詩人。韓愈《石鼎聯句詩》序:"有校書郎侯喜,新有能詩聲。"　〔劉隨州〕劉長卿,唐詩人,官至隨州刺史。長於五言詩,權德輿稱爲"五言長城"。矜音斤(jīn),自負。　〔檠〕音情(qíng),燈架。　〔捨重句〕捨去經學仁義之重而取詩句之輕。

　　慶元六年(一二○○)陸游家居山陰,作此詩。從這首詩中,我們更可看到陸游《讀杜詩》:"後世但作詩人看,使我撫几空嗟咨"的意義。陸游不願意做詩人,而願意做"經學""仁義"的事業,這就必須了解到南宋初期的"經學"指什麼。南宋初年,胡安國作《春秋傳》,特別強調復讎的意義,這是南宋初年的經學。對於敵人則強調復讎,對於國內則強調統一。陸游是安國的再傳弟子,正可從此探求。《讀杜詩》:"向令天開太宗業,馬周遇合非公誰?"陸游對於杜甫的推崇,也正是他對於自己的估價。

追 感 往 事 五首録一

　　諸公可嘆善謀身,誤國當時豈一秦? 不望夷吾出江左,新亭對泣亦無人。

〔一秦〕秦檜。　〔夷吾〕管仲字夷吾。東晉南渡,人稱王導爲"江左夷吾"。　〔新亭對泣〕見《夜泊水村》注。

　　嘉泰元年(一二○一)陸游七十七歲,家居山陰,作此詩。他指出宋人南渡以後,主張對外屈服,貽誤國家的不止秦檜一人,甚至眼見山河淪陷,相對流淚的負責當局也沒有。在政治漩渦中,陸游所強調的正是殺敵報仇這一點。

夏 日 雜 題 八首録二

憔悴衡門一秃翁，回頭無事不成空，可憐萬里平戎志，盡付蕭蕭莫雨中。

〔衡門〕橫木爲門。指簡陋之屋。

衰疾沉緜短鬢疏，淒涼圯上一編書，中原久陷身垂老，付與囊中飽蠹魚。

〔圯上一編書〕漢代張良於圯上遇老人授以《太公兵法》一編，老人説："讀此則爲王者師矣。"圯音夷(yí)。

嘉泰元年詩。

寓 言 三首録一

濟劇人才易，扶顚力量難，爲謀須遠大，守節要堅完。氣與秋天杳，胸吞夢澤寬，方知至危地，自有泰山安。

〔濟劇二句〕把繁重的工作擔負起來還是容易；在國事顚危之中，力圖匡救，最是困難。　〔氣與句〕杜甫《洗兵馬》："尚書氣與秋天杳。"極言其人氣概之高。　〔胸吞句〕司馬相如《子虚賦》："吞若雲夢者八九於其胸中，曾不蔕芥。"雲夢，古代大澤之名，在今湖北省長江兩岸。"曾不蔕芥”猶言曾不介意。蔕音蒂(dì)。蔕介，小小鯁塞之意。

嘉泰元年詩。寓言猶寓意。陸游指出拯救國難是一件大事，必須氣概極高，胸襟極寬，纔能在艱危之中，安然處置。

客去追記坐間所言

　　征西幙罷幾經春，嘆息兒音尚帶秦，每爲後生嘆舊事，始知老子是陳人。建隆乾德開王業，温洛榮河厭虜塵，倘得此生重少壯，臨危敢愛不貲身！

〔征西二句〕陸游從軍南鄭，參加四川宣撫使幕府時，家眷同去，因此兒子學會當地的方言，直到現在還保存着那裏的語音。　　〔陳人〕過去時代的人物。　　〔建隆〕九六〇至九六二。　　〔乾德〕九六三至九六七。宋太祖開國時的兩個年號。　　〔温洛榮河〕見《秋興》注。　　〔不貲〕價值無限。

嘉泰元年詩。從這一年開始，政治界露出了號召一致對外的萌芽。這個傾向到嘉泰二年便更加顯著了。所謂“坐間所言”可能是政府當局對陸游徵求意見。詩的第八句提供自己的諾言，但是却在第七句指出年齡的限制，陸游的態度是肯定的、積極的，但是却提得非常含蓄。

酒熟醉中作短歌

　　陸子壯已窮，百計不救口，蜀道如上天，十年厭奔走。

還鄉困猶昨，負郭無百畝，雖云飢欲死，亦未喪所守，虛名一畫餅，陳迹幾芻狗。但思從壯士，大獵雲夢藪，長戈白如霜，爛漫載牛酒，箭穿乳虎立，車轔蒼兕吼。歸來數禽獲，毛血灑户牖，人生貴適意，富貴安可苟？

〔厭〕飽經。　　〔負郭〕城區附近。　　〔喪所守〕喪失自己的立場。〔芻狗〕二字見《老子》："天地不仁，以萬物爲芻狗。"芻是飼料，大意是説天地無所用心，既不爲狗而生芻，也不爲芻而生狗。後世對於無所用心之事都稱爲芻狗。　　〔雲夢〕見《寓言》〔胸吞句〕注。　　〔藪〕音叟(sǒu)，藪澤，水草叢生之地。　　〔乳虎〕幼虎。　　〔轔〕音林(lín)，車輪所碾。　　〔禽獲〕打獵所得。禽同擒。　　〔牖〕音友(yǒu)，窗。

　　嘉泰元年詩。

壬戌正月十四日

　　老子居然健，上元如許晴，湖平波不起，天闊月徐行。散髮漁舟穩，臨風野笛清，安能擁笳鼓，萬里將幽并。

〔壬戌〕嘉泰二年。　　〔上元〕正月十五日。　　〔散髮〕自由散漫的裝束。　　〔笳鼓〕軍樂中的木管和鼓。　　〔幽并〕見《曉嘆》注。

　　嘉泰二年(一二○二)陸游七十八歲，家居山陰，六月中至臨安修國史及實録。此詩在山陰作。安能二句似疑問，又似期待。

雪後龜堂獨坐 四首録一

丈夫自重如拱璧，安用人看一錢值，簞食豆羹不虛受，富貴那可從人得？讀書萬卷行媿心，幽有鬼神爲君惜，龜堂樂處誰得知？紅日滿窗聽雪滴。

〔拱璧〕兩手拱抱的圓玉。　　〔豆〕木製的器具，以貯食品。

嘉泰二年詩。嘉泰前後共四年。這是一個政治轉變的時期，兩派鬥爭的時期結束了，提出一致對外的口號。和韓侂胄不合作的士大夫，有一部分開始和他合作，陸游也是其中的一個。這一個轉變對於他們是要經過一番內心鬥爭的。這是內心鬥爭中的一首詩。陸游指出自己有一定的主張，不是依附權貴，對於世人的毀譽，自己也用不着介意。紅日句正寫出光明磊落的心境。

書　　感

頭顱已可知，牙齒今復落，十步或再休，啜粥不及勺。身依一蒲團，壁挂兩芒屩，對客輒坐睡，有問莫能酢。念昔少壯時，心慕宦遊樂，初登平津館，晚入征西幕。雨暗駱谷烽，霜清散關柝，登高望中原，氣已吞雍雒。寧知事大謬，憔悴理征橐，單車去梁益，健席下沔鄂。還朝見故人，大馬黃金絡，後來固多士，鵷鷺照臺閣。婆娑郎吏間，祇自取嘲噱,歷思從來事,無鐵可打錯。幸得還故園,快若解束縛,閭里通有無,情厚不爲薄。泥行事春耕,日曝畢秋穫,隔牆喚鄰翁,濁酒聊共酌。

〔頭顱句〕頭髮已白,來日無多可以想見。　〔啜〕音輟(chuò),喝。〔勺〕一升的百分之一。　〔身依句〕坐時必依蒲團。　〔壁挂句〕芒屩,草鞋。平時不出行則草鞋挂壁。屩音决(jué)。　〔酢〕音作(zuò),對答。　〔平津館〕漢代公孫弘爲相,封平津侯,開東閣接見賓客。此句指隆興元年(一一六三)爲鎮江府通判事,當時張浚爲樞密使,都督江淮東西路軍馬,來往鎮江。　〔駱谷〕見《冬夜聞雁有感》注。〔散關〕見《觀大散關圖有感》注。　〔柝〕音拓(tuò),夜間所擊的木梆。〔雍雒〕雍,古州名,今陝西、甘肅二省。雒同洛,指洛陽。　〔征橐〕行裝。橐音駝(tuó)。　〔梁益〕見《樓上醉書》注。　〔健席〕強大的船帆。　〔沔鄂〕沔音免(miǎn),沔湖;鄂,鄂城,皆在湖北省。　〔後來二句〕上句言後輩之中,出了很多人物。鵷音淵(yuān),是鵷雛,鳳類。鷺,鳥名,古代大官,按次序分班,稱爲鷺序。唐代武則天改中書省爲鳳閣,門下省爲鸞臺。下句言中央機構,有很多高貴的大官。　〔婆娑句〕婆娑,周旋。娑音唆(suō)。陸游六十五歲爲禮部郎中。　〔噱〕音决(jué),大笑。　〔閭里〕里弄。　〔日曝〕秋穫(收)即畢,曝於日光之下。

嘉泰二年詩。

讀　夏　書

巨浸稽天日沸騰,九州人死若丘陵,一朝財得居平土，峻宇雕牆已遽興。

〔巨浸稽天〕大水接天。浸音盡(jìn)。　　〔財〕同纔。　　〔峻宇雕牆〕
見《夏書·五子之歌》，相傳爲夏王太康的五個兄弟譏刺太康的作品。峻
宇是高屋，雕牆是雕刻的牆壁。

　　嘉泰二年詩。陸游的内心鬥争，使他一面嚮往於一致對外，同時也
没有放棄對於最高統治者的諷刺。此詩前二句指金人進攻，中原淪陷，
人民死亡的慘狀，三四句指出纔得安定下來，統治者又是剥削人民，大興
土木，不顧民生的疾苦。

送襄陽鄭帥唐老

　　鄭侯骨相非復常，伏犀貫額面正方，聲名赫奕動天
子，家世富貴連椒房，武能防秋北平道，文合落筆中書堂。
畿西謀帥國大事，當宁久弄黄金章，一朝丹詔自天下，兩
班仰首看騰驤。鄭侯此行端可羨，繡旗皂纛戈如霜，三更
傳令出玉帳，平旦按陣來毬場。宿兵萬竈盡貔虎，牧馬千
羣皆驪騮，酒酣賦詩幕府和，縱橫健筆誰能當？雖然鄭侯
志意遠，虎視直欲吞北荒，榆林雁門塞垣紫，孟津砥柱河
流黄。出師有路吾能説，直自襄陽向洛陽。

〔鄭侯〕鄭唐老，時爲襄陽都統。　　〔伏犀貫額〕額角之骨稱爲犀角，額
骨隱隱聳出者爲伏犀貫額。　　〔赫奕〕光顯昭明。　　〔椒房〕皇帝後
宫。　　〔北平〕見《枕上》注。　　〔中書堂〕宋有中書省，落筆中書堂，
丞相的工作。　　〔畿西〕畿西指京西路，北宋後期又分爲京西北路、京

西南路;北路治河南府,南路治襄陽。　〔當宁句〕宁音注(zhù),宮廷中門屏之間稱爲宁,人君所立之處。此言君主在宮廷之中,久弄金印,不能速決。　〔兩班〕文武兩班。　〔皂纛〕黑大旗。纛音毒(dú)。〔平旦〕大早。　〔萬竈〕竈同灶,萬竈極言其多。　〔驌驦〕音肅霜(sùshuāng),駿馬。　〔榆林〕地名,在今陝西省北部。　〔雁門〕見《小出塞曲》注。　〔塞垣紫〕垣音元(yuán),城牆。塞垣紫,紫色的邊塞城牆。　〔孟津〕在今河南孟津縣。　〔砥柱〕見《雨夜不寐觀壁間所張魏鄭公砥柱銘》注。

　　嘉泰二年詩。在一致對外的口號下,韓侂胄正在佈置軍事。陸游此詩,結合當時情勢,結尾二句,揭出自己的激昂意志。

有懷梁益舊遊

　　土堠纍纍隻復雙,悠然殘夢對寒缸,亂出落日葭萌驛,古渡悲風桔柏江。虎印雪泥餘過迹,樹經野火有空腔,四方行役男兒事,常笑韓公賦下瀧。

〔梁益〕見《樓上醉書》注。　〔土堠〕古代記里用土堠,亦稱土墩。出城五里用單墩,十里用雙墩。　〔寒缸〕寒燈。油盞亦稱油缸。〔葭萌〕故城在今四川省廣元市西南。葭音加(jiā)。　〔桔柏江〕在今四川省廣元市。　〔空腔〕空幹。　〔常笑句〕韓公指韓愈。元和十四年(八一九)韓愈貶潮州刺史,作《瀧吏》:"往問瀧頭吏:'潮州尚幾里?行當何時到?土風復何似?'瀧吏垂手笑:'官何問之愚!譬官居京邑,何由知東吳?'"瀧音霜(shuāng),湍水。

嘉泰二年詩。

夢行小益道中 二首録一

　　棧雲零亂馱鈴聲，驛樹輪囷樺燭明，清夢不知身萬里，只言今夜宿葭萌。

〔小益道〕在今四川省廣元市。　〔輪囷〕壯大。　〔樺燭〕照明用的樺樹枝。　〔葭萌〕見前首詩注。

　　嘉泰三年(一二〇三)陸游七十九歲。是年在臨安，五月間回山陰。此詩爲回山陰後作。

感　　憤

　　形勝崤潼在，英豪趙魏多，精兵連六郡，要地控三河。慷慨鴻門會，悲傷《易水歌》，幾人懷此志，送老一漁蓑。

〔崤〕崤山，在河南省洛寧縣北。　〔趙魏〕古二國名，在今河北省南部及河南省東部。　〔六郡〕漢以京兆、馮翊、扶風、河東、河南、河內六郡爲畿輔。　〔三河〕河東、河內、河南三郡爲三河。　〔鴻門會〕劉邦項羽會於鴻門，在今陝西省臨潼縣東。　〔悲傷句〕悲傷，悲壯感慨之意。燕太子丹遣荆軻刺秦王，餞於易水之上，臨行，荆軻歌曰："風蕭蕭兮易水寒，壯士一去兮不復還。"其地在今河北省易縣。

嘉泰三年詩。一致對外的要求已經提出，但是還没有具體行動，陸游此詩有感而發。

送辛幼安殿撰造朝

稼軒落筆凌鮑謝，退避聲名稱學稼，十年高臥不出門，參透南宗牧牛話。功名固是券内事，且葺園廬了婚嫁，千篇昌谷詩滿囊，萬卷鄴侯書插架。忽然起冠東諸侯，黄旗皂纛從天下，聖朝仄席意未快，尺一束來煩促駕。大材小用古所嘆，管仲蕭何實流亞，天山挂旆或少須，先挽銀河洗嵩華。中原麟鳳争自奮，殘虜犬羊何足嚇，但令小試出緒餘，青史英豪可雄跨。古來立事戒輕發，往往讒夫出乘罅，深仇積憤在逆胡，不用追思灞亭夜。

〔辛幼安〕辛棄疾，字幼安，號稼軒，南宋愛國詞人。紹興三十一年(一一六一)在山東起義抗金，後歸南宋。他是當時有名的軍事領袖，歷任重要的軍政職務。嘉泰三年起知紹興府兼浙東安撫使。 〔殿撰〕棄疾曾任右文殿修撰、集英殿修撰，故稱殿撰。 〔造朝〕上朝。嘉泰四年召棄疾入朝，即此事。 〔凌鮑謝〕跨越鮑照和謝靈運兩位南朝詩人。〔退避句〕淳熙八年(一一八一)棄疾被劾罷，歸上饒，以稼名軒，自號稼軒居士。 〔十年句〕辛棄疾於紹熙五年(一一九四)在知福州兼福建安撫使任内，被劾罷職，退居上饒，至嘉泰三年起用，前後共十年。 〔參透句〕參透指體會深切。南宗，佛教禪宗的一派，以六祖惠能爲宗。《景德傳燈録》："慧藏禪師一日在廚作務次，(馬)祖問曰：'作什麽？'曰：'牧牛。'祖曰：'作麽生牧？'曰：'一迴入草去，便把鼻孔拽來。'祖曰：'子真牧牛師！'"牧牛比喻修行之事，一步放鬆不得。全句稱辛棄疾家居十年修養之事。　〔券內事〕券是契據,一式兩聯,立約人雙方各執其一,日後憑券索取。券內事指券中載明之事,有把握可以取得。　〔千篇句〕昌谷,地名,在今河南省宜陽縣西,唐詩人李賀嘗居於此。李賀常騎驢出門,一小僮背古錦囊隨行,偶得詩句即書投錦囊中。此句借言辛棄疾創作的豐富。　〔萬卷句〕李泌,唐德宗時宰相,封鄴侯。韓愈詩:"鄴侯家多書,插架三萬軸。"此句借言辛棄疾藏書之富。　〔忽然句〕指棄疾起知紹興府兼浙東安撫使。　〔黃旗皂纛〕指安撫使出行時的旗幟。〔仄席〕即側席,指皇帝側席,傾聽賢臣的言論。　〔尺一句〕漢代詔書都寫在高一尺一寸的木簡上,因此詔書亦稱尺一。東來,指皇帝下詔浙東,要棄疾起程。　〔流亞〕同等稱爲流,差不多的稱爲亞。陸游認爲棄疾的才能和管仲、蕭何同等或差不多。　〔天山二句〕天山在今新疆維吾爾自治區。斾,大旗。少須,稍待。嵩山、華山在今河南陝西兩省境內。陸游借用天山,指金統治者的根據地。他説要把大旗插到金統治者的根據地,也許還得稍遲一下:當前要先傾銀河,把河南、陝西受到金人玷污的嵩山、華山都洗乾淨。　〔中原麟鳳〕指淪陷區起義抗金的愛國志士。　〔何足嚇〕不值得威脅。　〔但令句〕小試,稍展才能。出緒餘,出其餘力。　〔跨〕超過。　〔輕發〕沒有經過鄭重考慮的舉動。　〔讒夫〕造謠生事的小人。　〔乘釁〕利用缺口進行破壞。釁音夏(xià),缺口。　〔深仇二句〕灞亭即霸陵亭。漢代名將李廣罷官家居後,一次夜過霸陵亭,霸陵亭的尉官不許李廣行動,把他扣留在霸陵亭過了一夜。後來李廣被任爲右北平太守,約霸陵尉同去,到了軍中把他斬去。參見《北窗》注。辛棄疾在做官的當中,屢次被劾罷官。陸游提醒他要認清金的統治者纔是深仇大敵,至於從前遇到的小小嫌怨,不必和人計較。

　　嘉泰四年(一二○四)陸游八十歲,家居山陰,作此詩。這一年北伐的大政方針已經決定,韓侂冑建議召辛棄疾入朝,正是準備重用棄疾。辛棄疾對於一致對外的主張,沒有堅決的表示,這裏可能是由於他對屢次罷免,還有些耿耿於懷。陸游是主張團結一致的,因此憑着他和辛棄疾的交誼,堅決地勸他前去。

聞虜亂次前輩韻

中原昔喪亂,豺虎厭人肉,輦金輸虜庭,耳目久習熟。不知貪殘性,搏噬何日足,至今磊落人,淚盡以血續。後生志撫薄,誰辦新亭哭,藝祖有聖謨,嗚呼寧忍讀。

〔輦金句〕紹興十一年(一一四一)宋高宗趙構用秦檜策,對敵屈服,和議成立,歲輸金人銀二十五萬兩,帛二十五萬匹。輦,用大車運載。
〔不知二句〕貪殘性指金統治者貪殘成性。搏音博(bó),擊。噬音氏(shì),咬。　〔磊落人〕胸懷坦白之人。磊音累(lěi)。　〔淚盡句〕用蔡威公事。劉向《説苑》:"蔡威公閉門而泣,三夜,泣盡而繼之以血,曰:'吾國且亡。'"此句言愛國之士,痛心國家之將亡,淚盡而繼之以血。　〔志撫薄〕志慮所接觸到的有限。　〔新亭哭〕見《夜泊水村》注。　〔藝祖句〕見《聞鼓角感懷》注。　〔聖謨〕指太祖遺訓,見下句原注。　〔嗚呼句〕陸游自注:"藝祖嘗爲'大宋一統'四字賜大臣,今藏秘閣。"

嘉泰四年詩。

壯士吟次唐人韻

士厭貧賤思起家,富貴何在髪已華,不如爲國戍萬里,大寒破肉風卷沙。誓捐一死報天子,兜鍪如箕鎧如水,男兒墮地射四方,安能山棲效園綺?塞雲漠漠黃河深,涼州新城高十尋,風飧露宿寧非苦,且試平生鐵石心。

〔髮已華〕髮已華白。 〔箕〕畚箕。 〔鎧如水〕鎧,鐵甲,寒得和水一樣。 〔男兒句〕見《鵝湖夜坐書懷》注。 〔園綺〕東園公、綺里季,皆漢初有名的隱士。 〔漠漠〕寂靜。 〔涼州〕今甘肅省武威市。 〔尋〕八尺爲尋。 〔風飧露宿〕風中進食,露下夜宿。飧音孫(sūn)。

嘉泰四年詩。

書 事 四首錄三

聞道輿圖次第還,黃河依舊抱潼關,會當小駐平戎帳,饒益南亭看華山。

〔輿圖〕疆土。 〔平戎帳〕平戎將軍的帳幕。 〔饒益句〕陸游自注:"饒益寺南亭盡得太華之勝。"

關中父老望王師,想見壺漿滿路時,寂寞西溪衰草裏,斷碑猶有少陵詩。

〔壺漿〕所以迎接王師的壺中的湯水。 〔寂寞句〕陸游自注:"華州西溪即老杜所謂'鄭縣亭子'者。"

鴨绿桑乾盡漢天，傳烽自合過祁連，功名在子何殊我，惟恨無人快着鞭。

〔鴨绿〕江名，在中國和朝鮮交界處。　〔桑乾〕見《龍眠畫馬》注。〔祁連〕山名，在今甘肅省。　〔何殊我〕和我有什麽不同。

　　嘉泰四年詩。戰事還没有發生，但是戰爭的形勢已經明顯了。陸游詩中透露戰爭的消息，抒寫他的迫不及待的情緒。功名兩句正看到他關心的止是戰爭的早日爆發，報仇雪恨，而不是從個人利益方面着眼。

書　　事

　　北征談笑取關河，盟府何人策戰多？掃盡烟塵歸鐵馬，剪空荆棘出銅馳。史臣歷紀平戎策，壯士遥傳《入塞歌》，自笑書生無寸效，十年枉是枕珥戈。

〔談笑取關河〕極言成功之易。　〔盟府〕古代有主持列國盟約之官，稱爲盟府。此處借指記載功勳的官吏。　〔策戰〕主持戰略。　〔烟塵〕混亂的局勢。　〔歸鐵馬〕倚靠披着鐵甲的騎兵。　〔剪空句〕晉代索靖預知天下將亂，曾指洛陽宫外的銅馳説："會見汝在荆棘中耳。"現在將從大亂回到太平，所以有此句。　〔《入塞歌》〕漢《橫吹曲》有《入塞曲》。　〔枕珥戈〕晉時愛國將領劉琨説："吾枕戈待旦，志梟逆虜。"枕戈是夜中以戈爲枕，不解除武裝的意義。戈上有玉製裝飾品的稱爲珥戈。

嘉泰四年詩。

秋　夕

承學雖云淺,初心敢自輕?飄零爲禄仕,蹭蹬得詩名。撫事悲長劍,懷人感短檠,不堪秋雨夕,鼓角下高城。

〔承學〕在學術的繼承方面。　　〔禄仕〕獲得俸禄的官職。　　〔不堪二句〕在秋雨的晚上,聽到高城飄下的鼓角之聲更感到不堪。

　　嘉泰四年詩。在這首詩裏,更看到陸游對於自己的估計。他是曾幾的學生,是胡安國的再傳弟子。他們的學術是經學,尤其重視《春秋》尊王攘夷、報仇雪恥的教訓。這樣的學術,和當時的政治局勢、民族危機都是結合的。胡安國不做詩,陸游做詩,但是不願僅以詩人得名,所謂"蹭蹬得詩名"者指此。北伐聲中,人人都在立功,自己衰老多病,不能從征,這是陸游所説的"不堪"。

感　昔　七首録一

曾從征西十萬師,白頭回顧只成悲,雲深駱谷傳烽處,雪密嶓山校獵時。

〔駱谷〕見《冬夜聞雁有感》注。　　〔嶓山〕見《雨夜感舊》注。

嘉泰四年詩。

風雲晝晦夜遂大雪

　　大風從北來，洶洶十萬軍，草木盡偃仆，道路瞑不分。山澤氣上騰，天受之爲雲，山雲如馬牛，水雲如魚黿。朝闇翳白日，莫重壓厚坤，高城岌欲動，我屋何足掀。兒怖牀下伏，婢恐堅閉門，老翁兩耳聵，無地着戚欣。夜艾不知雪，但覺手足皸，布衾冷似鐵，燒穅作微溫。豈不思一飲，流塵暗空樽，已矣可奈何，凍死向孤村。

〔洶洶句〕風勢洶洶，如十萬大軍。　〔偃仆〕倒臥。仆音鋪(pū)或赴(fù)。　〔瞑〕昏暗。　〔闇〕同暗。　〔翳〕音異(yì)，蔽。〔厚坤〕大地。　〔岌〕音汲(jí)，危。　〔掀〕音仙(xiān)，推翻。〔聵〕音愧(kuì)，聾。　〔戚欣〕憂喜。　〔艾〕音愛(ài)，久。〔皸〕音君(jūn)，皮膚破裂。　〔流塵句〕飄下的灰塵使空杯污暗。

　　嘉泰四年詩。陸游在這首詩中，竭力抒寫大風雪的情狀。

出塞四首借用秦少游韻

　　北伐下遼碣，西征取伊涼，壯士凱歌歸，豈復賦《國殤》。連頸俘女真，貸死遣牧羊，犬豕何足讎，汝自承餘殃。

〔遼碣〕遼指遼水流域,碣指碣石,在今河北省昌黎縣。　〔伊涼〕伊,
古州名,故治在今新疆維吾爾自治區哈密縣。涼,見《壯士吟次唐人韻》
注。　〔《國殤》〕《楚辭·九歌》中的一篇,追悼爲國犧牲的壯士。殤音
商(shāng)。　〔犬豕句〕指金統治者和犬豕一樣,不值得仇視。
〔承餘殃〕繼承了傳下的災禍。殃音央(yāng)。

　　煌煌藝祖業,土宇盡九州,當時王會圖,豈數汝黃頭!
今茲縛纛下,狀若觳觫牛,萬里獻太社,裨將皆通侯。

〔藝祖〕見《聞鼓角感懷》注。　〔土宇句〕疆土盡有古代九州之地。九
州諸說不同,一般指冀、兖、青、徐、揚、荆、豫、梁、雍。　〔王會圖〕外邦
向中國進貢的記載。　〔豈數句〕陸游自注:"所謂黃頭女真。"指金統
治者。　〔觳觫〕音胡素(húsù),恐懼貌。　〔太社〕太廟,祖宗的神
廟。　〔裨將〕部下將領。裨音疲(pí)。

　　符離既班師,北討意頗闌,志士雖有懷,開說常苦艱。
諸將初北首,易水秋風寒,黃旗馳捷奏,雪夜奪榆關。

〔符離句〕符離,宋縣名,在今安徽宿州市北二十五里符離集。隆興元年
(一一六三)宋人伐金,大敗於符離縣。班師,回軍。　〔闌〕停止。
〔北首〕北向推進。　〔易水句〕用古代荆軻事。見《感憤》〔悲傷句〕
注。　〔榆關〕見《秋郊有懷》注。

　　小醜盜中原,異事古未有,爾來閭左起,似是天假手。
頭顱滿沙場,餘戴飼豬狗,天網本不疏,貸汝亦已久。

〔爾來二句〕秦二世發閭左卒戍漁陽，陳勝、吳廣利用這個機會，發動了大規模的人民起義，推翻了秦的暴力統治。閭左是里弄左邊的居民。兩句説金的内部發生了人民起義，像是天要借人民之手，推翻金的統治。
〔胾〕音志(zhì)，大塊肉。　〔天網句〕《老子》：“天網恢恢，疏而不失。”這是説自然界的法則，雖然是寬大，但是即使網不細致，不會放走什麽。陸游反過來説：自然界的法則，本來不是不細致的，寬待你們的時期，已經太久了。

　　開禧元年(一二〇五)陸游八十一歲，家居山陰，作此詩。詩作於端午前，當時北征的大策已經決定，六月間密詔内外諸軍，準備動員。陸游的這四首詩，刻畫出當時踴躍用兵的情緒，鼓舞了決勝的信心。

秋夜思南鄭軍中

　　五丈原頭刁斗聲，秋風又到亞夫營，昔如埋劍常思出，今作閑雲不計程。盛事何由觀北伐，後人誰可繼西平？眼昏不奈陳編得，挑盡殘燈不肯明。

〔五丈原〕見《感昔》注。　〔亞夫營〕漢代名將周亞夫曾在細柳駐軍。細柳在陝西省咸陽市西南。　〔西平〕唐代名將李晟，封西平王。

　　開禧元年詩。在這首詩裏，看到陸游對於戰事尚未發動，迫不及待的焦急情緒。

客從城中來

客從城中來，相視慘不悅，引杯撫長劍，慨嘆胡未滅。我亦爲悲憤，共論到明發。向來醋鬥時，人情願少歇。及今數十秋，復謂須歲月，諸將爾何心，安坐望旄節！

〔明發〕天明。　〔向來句〕指符離之戰失敗後，宋人不能出兵。〔須〕等待。　〔旄節〕古代大將的儀仗。

開禧元年詩。大意同前首。

稽　山　行

稽山何巍巍，浙江水湯湯，千里亘大野，勾踐之所荒。春雨桑柘綠，秋風秔稻香，村村作蟹椴，處處起魚梁。陂放萬頭鴨，園覆千畦薑，春碓聲如雷，私債逾官倉。禹廟爭奉牲，蘭亭共流觴，空巷看競渡，倒社觀戲場。項里楊梅熟，采摘日夜忙，翠籃滿山路，不數荔枝筐，星馳入侯家，那惜黃金價？湘湖蓴菜出，賣者環三鄉。何以共烹煮？鱸魚三尺長，芳鮮初上市，羊酪何足當！鏡湖溢衆水，自漢無旱蝗，重樓與曲檻，瀲灩浮湖光。舟行以當車，小繖遮新粧，淺坊小陌間，深夜理絲簧。我老述此詩，妄繼古樂章，恨無季札聽，大國風泱泱。

〔稽山〕見《稽山農》注。　〔浙江〕即錢塘江。　〔湯湯〕水盛大的形狀。湯音商(shāng)。　〔千里句〕倒句。大野亘千里，廣大的原野，緜延千里。　〔勾踐〕春秋末年越國的君主。　〔荒〕開闢。　〔椴〕同籪，編插竹枝，橫在水中，在蟹爬上的時候，趁此取蟹，稱爲蟹籪。　〔陂〕音疲(pí)，池。　〔私債句〕私人放出的資金超過官倉的存儲，此句極言地主富農的殷實。　〔禹廟〕紹興有禹廟。　〔奉牲〕供獻豬、牛、羊等祭品。　〔蘭亭〕在紹興西南。　〔流觴〕觴音商(shāng)。有兩耳的角質酒杯，稱爲羽觴或流觴。晉代王羲之和友人在蘭亭宴飲，有流觴之樂。在曲水上游，把羽觴放在水面，隨流而去，待觴停下的時候，取觴飲酒，稱爲"曲水流觴"。　〔競渡〕五月五日賽龍船，稱爲競渡。　〔倒社〕一社之人全部出動，稱爲倒社。　〔項里〕在紹興西南。　〔星馳〕奔馳之急和流星一樣。　〔侯家〕封建貴族的家庭。　〔湘湖〕在浙江蕭山西二里。　〔蓴〕同蒓，生在湖沼中，鮮美可食。　〔鱸〕音盧(lú)，魚名，巨口細鱗。　〔羊酪〕羊乳所製之漿。酪音澇(lào)。　〔鏡湖〕即鑑湖，漢代會稽太守馬臻所修。潴納附近諸山之水，以資灌溉，因此鏡湖地區，自漢以來沒有旱災，也沒有因旱而起的蝗災。　〔小繖句〕繖同傘，山陰婦女游湖，多持小傘，故有此句。　〔淺坊〕短街。　〔小陌〕小巷。　〔絲簧〕指樂器。〔述〕敘述。　〔恨無二句〕春秋時吳國的公子季札，至魯國觀樂。魯國樂工奏到《齊風》的時候，他說："美哉，泱泱乎大風也哉，表東海者其太公乎，國未可量也。"陸游說山陰的風俗和古代的齊國一樣，是大國的泱泱之風，可恨沒有季札那樣的人善於評論，指出這一點。

　　開禧元年詩。陸游在這首詩裏，敘述了山陰的土地的美、物產的富，人民的殷實和風俗的和樂。詩句平易自然，同時也簡單樸實。

二月一日夜夢

夢裏遇奇士，高樓酣且歌，霸圖輕管樂，王道探丘軻。

大指如符券,微瑕互琢磨,相知殊恨晚,所得不勝多。勝算觀天定,精忠壓虜和,真當起莘渭,何止復關河。陣法參奇正,戎旃相盪摩,覺來空雨泣,壯志已蹉跎。

〔霸圖二句〕輕視管仲、樂毅所成就的霸業,探求孔丘、孟軻所指示的王道。　〔大指二句〕極言奇士和我,二人的宗旨,和二聯單的相互符合一樣;兩人也有微小的缺點,可以相互批評,獲得糾正。　〔虜和〕對敵屈服的主張。　〔真當句〕和古代耕於莘野的伊尹,釣於渭水的呂望重來那樣。　〔關河〕指潼關、黃河,時已淪陷。　〔陣法句〕古代用兵布陣,有奇有正。　〔戎旃〕軍旗。旃音沾(zhān)。　〔雨泣〕淚如雨下。　〔蹉跎〕顛頓。

　　開禧二年(一二〇六)陸游八十二歲,家居山陰,作此詩。戰事已經迫在眉睫,但是還沒有發動,陸游詩中所寫的奇士,正是他自己的影子。

悲　歌　行

　　讀書不能遂吾志,屬文不能盡吾才,遠游方樂歸太早,大藥未就老已催。結廬城南十里近,柴門正對湖山開,有時野行桑下宿,亦或慟哭中途回。檀公畫計三十六,不如一篇《歸去來》;紫駝之峯玄熊掌,不如飯豆羹芋魁;腰間纍纍六相印,不如高臥鼻息轟春雷。安得寶瑟五十絃,爲我寫盡無窮哀!

〔大藥〕長生之藥。　〔桑下宿〕反用《後漢書·襄楷傳》:"浮屠不三宿桑下。"李賢注:"言浮屠之人,寄桑下者不經三宿,便即移去,示無愛戀之心也。”　〔慟哭〕用阮籍率意獨行,至窮途輒慟哭而回的故事。
〔檀公〕南朝宋大將檀道濟。當時有檀公三十六策,走爲上策之説。
〔《歸去來》〕東晉陶潛有《歸去來辭》。　〔飯豆羹芋魁〕以豆爲飯,以
芋魁爲羹。　〔六相印〕戰國時蘇秦佩六國相印。　〔寶瑟〕《史
記·封禪書》提到古代神話中的泰帝,使素女奏樂,用五十絃的瑟,聲音
悲哀。

開禧二年詩。

雜　感　六首録一

雨霽花無幾,愁多酒不支,淒涼數聲笛,零亂一枰棊。
蹈海言猶在,移山志未衰,何人知壯士,擊筑有餘悲。

〔蹈海〕戰國時,秦昭王強大,興兵圍趙都邯鄲。魏客新垣衍主張對秦屈
服,推秦昭王稱帝。齊人魯仲連反對這個主張,他説:“彼即肆然而爲帝,
過而爲政於天下,則連有蹈東海而死耳。”見《史記·魯仲連鄒陽列傳》。
〔移山〕愚公移山,見《列子》。　〔擊筑句〕筑音竹(zhú),古樂器名,以
竹尺擊之。荆軻使秦,燕太子丹及賓客送至易水,高漸離擊筑,荆軻和而
歌,見《史記·刺客列傳》。

開禧二年詩。在戰訊沉悶的當中,陸游提出他的感想。

觀邸報感懷

六聖涵濡壽域民,耄年肝膽尚輪囷,難求壯士白羽

箭,且岸先生烏角巾。幽谷主盟猿鶴社,扁舟自適水雲身,却看長劍空三嘆,上蔡臨淮奏捷頻。

〔邸報〕古代刊物,類似現代的報紙。邸音抵(dǐ)。　〔六聖句〕陸游身經徽宗趙佶、欽宗趙桓、高宗趙構、孝宗趙昚、光宗趙惇、寧宗趙擴六個朝代,故稱“六聖涵濡”。涵濡,愛養,濡音如(rù)。當時陸游年八十二,故稱“壽域民”。　〔耄年〕八十九十曰耄,音冒(mào)。　〔白羽箭〕將士的武器。杜甫《丹青引》:“猛將腰間大羽箭。”　〔岸〕高聳。　〔烏角巾〕處士所戴。杜甫《南隣》:“錦里先生烏角巾。”　〔幽谷二句〕幽谷獨居,與猿鶴爲伍,扁舟自往,在水雲之中,寫自己隱居的生活。　〔上蔡〕宋時上蔡縣在今河南汝州。　〔臨淮〕宋泗州臨淮縣在今安徽泗縣東南。

開禧二年詩。五月間戰事發動了,宋軍收復泗州及新息、褒信、潁上、虹縣,正式宣戰。這首詩是陸游看到捷報以後的作品。他感到勝利的歡樂,同時也感到自己的衰老,因此有第七句。

老 馬 行

老馬尩隤依晚照,自計豈堪三品料,玉鞭金絡付夢想,瘦稗枯萁空咀嚼。中原蝗旱胡運衰,王師北伐方傳詔,一聞戰鼓意氣生,猶能爲國平燕趙。

〔尩隤〕音灰推(陽平)(huītuí),衰病。　〔三品料〕古代有立仗馬,食三品料。立仗即現代的儀仗。食料有等級,三品是高級。
〔稗〕音敗(bài),粟類,子可磨麪。　〔燕趙〕見《劉太尉挽歌辭二

176

首》注。

　　開禧二年詩。詩中的老馬是詩人的自我寫照,極言雖屬衰老,但是抱着爲國家收復失地的雄心。

憶　昔

　　憶昔梁州夜枕戈,東歸如此壯心何?蹉跎已失邯鄲步,悲壯空傳《勅勒歌》。今日扁舟釣烟水,當時重鎧渡冰河,自憐一覺寒窗夢,尚想浯溪石可磨。

〔梁州夜枕戈〕指從軍南鄭事。　　〔邯鄲步〕《莊子・秋水》:"且子獨不聞夫壽陵餘子之學行於邯鄲與?未得國能,又失其故行矣。"古代的趙都邯鄲,是一個有名的文化都市,所以壽陵餘子到邯鄲學習舉步的姿態。〔《勅勒歌》〕北朝魏大將斛律金歌唱的詩句,詩中極言北方草原的廣大。勅音斥(chì)。　　〔浯溪〕見《將至金陵先寄獻劉留守》注。

　　開禧二年詩。

村舍得近報有感

　　莫謂山村僻,時聞詔令傳,寬民除宿負,募士戍新邊。霜重瓦欲裂,月明人少眠,殘年抱遺恨,終媿祖生鞭。

〔除宿負〕豁免歷年所欠的賦稅。 〔祖生鞭〕見《憶昔》〔鞭憂句〕注。

開禧二年詩。

聞西師復華州 二首錄一

青銅三百飲旗亭，關路騎驢半醉醒，雙鷺斜飛敷水綠，孤雲橫度華山青。

〔西師〕西邊的南宋軍隊。 〔華州〕故治在今陝西省渭南市。
〔青銅三百〕銅錢三百枚。 〔旗亭〕市樓。 〔敷水〕在陝西省渭南市。

開禧二年詩。陸游因爲收復華州的謠傳，想象旗亭酣飲的情況。

聞蜀盜已平獻馘廟社喜而有述

北伐西征盡聖謨，天聲萬里慰來蘇，橫戈已見吞封豕，徒手何難取短狐。學士誰陳《平蔡雅》？將軍方上取燕圖，老生自憫歸耕久，無地能捐六尺軀。

〔蜀盜已平〕開禧二年，四川宣撫副使吳曦向金統治者投降，金封曦爲蜀王。其後宋將安丙、楊巨源殺吳曦，繼續對金作戰。 〔獻馘廟社〕把左耳割下來，獻給太廟。馘音國(guó)。 〔天聲〕宋的威信。 〔來蘇〕陸游言宋軍到達以後,人民生氣勃發。　　〔封豕〕大豬,指吳曦。
〔短狐〕指吳曦的餘孽。　　〔學士句〕唐代討平淮西吳元濟,柳宗元有
《平蔡雅》。　　〔取燕圖〕破滅金國的策略。

開禧三年(一二〇七)陸游八十三歲,家居山陰,作此詩。

雨　晴

旱暵常思雨,沉陰却喜晴,放船蓮蕩遠,岸幘竹風清。
淮浦戎初遁,興州盜甫平,爲邦要持重,恐復議消兵。

〔暵〕音漢(hàn),乾旱。　　〔岸幘〕幘,頭巾。把頭巾推上去,露出額
角,稱爲岸幘。　　〔淮浦〕淮水邊。宋軍北伐,戰事不利,四月間,派方
信孺赴金,試探和議。戎初遁指金人開始從前線撤兵。　　〔興州〕唐州
名,故治在今陝西省略陽縣。此句指吳曦被殺,西方復行安定。　　〔消
兵〕停止戰爭。

開禧三年詩。戰事失敗,宋人又在試探和議。陸游警告宋的統治
者,國家大事必須持重,不能再作對敵屈服的嘗試。

秋　晚

雞聲喔喔頻催曉,木葉颼颼已變秋,憂患縱多終強
項,飢寒未至且優游。老羆尚欲身當道,乳虎何疑氣食

牛,但有一愁消未得,大兒白髮戍邊頭。

〔強項〕倔強。強音醬(jiàng)。　〔老羆當道〕北朝時西魏王羆爲華州刺史,東魏韓軌進兵,破城而入,王羆裸體執棒,大呼而出:"老羆當道臥,貉子那得過。"敵兵全部驚走。陸游言自己有志守邊。　〔乳虎句〕陸游自注:"時黑孫方生半年。"　〔大兒句〕陸游長子子虡,時在淮南做官。

　　開禧三年詩。在戰事不利的情況下,主戰的韓侂胄也不免動搖了,但是陸游還是堅持他一貫的對敵作戰的主張。

秋 日 村 舍 二首録一

　　會稽城南古大澤,霜晴水落烟波迮,寒風蕭蕭凋檪柳,暖日暉暉秀虌麥。傳聞新詔募新軍,復道公車納羣策,忠誠所感金石開,勉建功名垂竹帛。

〔迮〕音作(zuò),迫近。　〔檪〕落葉喬木,榆科。　〔虌〕同蕎,又作荍,蓼科。種子磨粉可作餅。　〔傳聞二句〕九月間,因和議不成,決計用兵,故有此二句。公車納策指入京應試的人都准許上書。　〔垂竹帛〕在史書上留下記載。

　　開禧三年詩。

雀 啄 粟

坡頭車敗雀啄粟，桑下餉來烏攫肉，乘時投隙自謂才，苟得未必爲汝福。忍飢蓬蒿固亦難，要是少遠彈射辱。老農輟耒爲汝悲，豈信江湖有鴻鵠。

〔餉〕送到田頭的飯食。　〔攫〕音決(jué)，奪。　〔投隙〕鑽空子。〔苟得〕乘機奪取。　〔彈射〕投彈、射箭，都是取得鳥、雀的方法。〔輟耒〕放下鋤柄。耒音累(lěi)。　〔鴻〕雁之最大者。　〔鵠〕天鵝。

開禧三年詩。十一月宋統治者的內部發生了新的矛盾。楊皇后和史彌遠主張對敵屈服，她們殺死韓侂胄，向金求和。侂胄死後，和他有關的人都遭到流放和貶斥。上半首是爲這些人寫的，下半首的鴻鵠，正是陸游的自我寫照。

書 感

褓負客淮潁，髫髦逢亂離，中原遂乖隔，北望每傷悲。泛渭題新賦，遊嵩續舊詩，死生雖異世，此意未應移。

〔褓負句〕褓負是在襁褓之中，負在肩上。淮、潁，水名，皆在皖北。陸游生於淮上，隨父至澤潞及東京，二歲時，冬間再至壽春。　〔髫髦〕垂髮。陸游三歲至九歲間，由壽春回山陰，再由山陰避亂，移居東陽，最後始還故居。髡音丹(dān)。　〔乖〕音怪(陰平)(guāi)，分。　〔泛渭二句〕陸游自注："《泛渭》賦、《遊嵩》詩，見白歐二集。"　〔死生句〕白居易、歐陽修已死，陸游尚生。

嘉定元年(公元一二○八)陸游八十四歲，家居山陰，作此詩。韓侂胄既死，對敵屈服成爲當時的國策，主戰派受到極大的打擊，但是陸游沒有動搖收復失地的信心。渭水嵩山，都在淪陷區，陸游始終不能忘懷。

感 事 六 言 八首録一

老去轉無飽計，醉來暫豁憂端，雙鬢多年作雪，寸心至死如丹。

嘉定元年詩。

書　感 二首録一

翟公冷落客散去，蕭尹譴死人所憐，輸與桐君山下叟，一生散髮醉江天。

〔翟公句〕漢代翟公作廷尉的時候，賓客盈門；失敗以後，門前冷落，可以張網捕雀。見《史記·汲鄭列傳》。　〔蕭尹句〕唐京兆尹蕭炅，爲楊國忠所陷，貶爲汝陰太守。炅音窘(jiǒng)。　〔桐君山〕在浙江省桐廬縣東二里。嚴光隱居於此。

　　嘉定元年詩。翟公、蕭尹指韓侂胄，桐君山下叟，陸游自指。侂胄
既死，當時指爲權奸誤國。《宋史》據此把他列入奸臣傳，和秦檜、賈似
道一樣，是對於歷史人物估價的失當。陸游在這首詩裏提出自己的
看法。

自　　貽 四首録一

　　退士憤驕虜，閑人憂旱年，耄期身未病，貧困氣猶全。

〔退士〕退居之士。

　　嘉定元年詩。這首詩充分地表現了陸游堅強到底的精神。

讀　　史

　　馬周浪迹新豐市，阮籍興懷廣武城，用捨雖殊才氣
似，不妨也是一書生。

〔馬周句〕馬周，唐名臣，未遇之時，常在新豐市飲酒。　　〔阮籍句〕見
《秋懷》〔廣武嘆〕注。

　　嘉定元年詩。陸游自比馬周、阮籍，同時也説出他對於當時在朝的

統治者的評價。

異　夢

　　山中有異夢，重鎧奮雕戈，敷水西通渭，潼關北控河。淒涼鳴趙瑟，慷慨和燕歌，此事終當在，無如老死何！

〔異夢〕陸游的夢想。　　〔重鎧〕雙層鎧甲。　　〔敷水〕見《聞西師復華州》注。

　　嘉定元年詩。陸游對敵作戰，收復失地的思想是永遠不會磨滅的，但是八十四歲的年齡也使他感到這個希望的不能及身實現。"此事終當在"一句，把希望推向身後。

秋　興

　　秋眠怯簟冷，晨飯喜蔬香，寧使衣百結，肯儲錢一囊！杜門雖局促，負氣尚軒昂，死去真無憾，曾孫似我長。

〔簟〕音店(diàn)，竹席。　　〔寧使二句〕表示甘心貧困，不求財富的決心。

　　嘉定四年詩。

示　子　遹

　　我初學詩日，但欲工藻繪，中年始少悟，漸若窺宏大。
怪奇亦間出，如石漱湍瀨，數仞李杜牆，常恨欠領會。元
白纔倚門，溫李真自鄶，正令筆扛鼎，亦未造三昧。詩爲
六藝一，豈用資狡獪，汝果欲學詩，工夫在詩外。

〔子遹〕陸游幼子。遹音月(yuè)。　　〔藻繪〕裝飾和圖畫。　　〔怪奇
句〕詩中有時出現了怪怪奇奇的作品。　　〔如石句〕倒句，如湍瀨漱
石。湍瀨音團(陰平)賴(tuānlài)，山間急流。漱音嗽(sòu)，沖盪。
〔數仞二句〕子貢說：“夫子之牆數仞，不得其門而入。”見《論語·子張》。
陸游說自己對於李白、杜甫這兩位詩人的作品，還恨身在門外，缺乏領
會。　　〔元白句〕陸游認爲元稹、白居易二人的作品，止能倚傍別人的
門戶，不能自立。　　〔溫李句〕陸游認爲溫庭筠、李商隱二人的作品，
不值得計較。鄶音快(kuài)，古國名，在今河南省密縣東北。春秋時吳
公子季札在魯國的時候，對某些國家的詩歌都有評論，但是對於鄶國
和其他的詩，他是“自鄶以下無譏焉”。“無譏”是不加批評，不值得計
較的意義。　　〔扛鼎〕舉鼎，氣力極大。　　〔造〕達到。　　〔六藝〕
古人以《詩》、《書》、《易》、《禮》、《樂》、《春秋》爲六藝，包括古代的全部
文化遺產。　　〔資〕供給。　　〔狡獪〕陸游自注：“晉人謂戲爲狡獪，
今閩語尚爾。”

　　嘉定元年詩。在這首詩裏，陸游提出對於詩的認識。他認爲詩是整
個文化的組成部分，不能追求辭藻，把詩看成一種兒戲。他對於李、杜、
元、白、溫、李，都給了應有的估價，同時也適當地估計了自己。他認爲真
正要學詩，必須在詩外做工夫。從這裏我們看到他是怎樣地重視詩的思

想性的部分。

聞新雁有感 二首録一

　　新雁南來片影孤，冷雲深處宿菰蘆，不知湘水巴陵路，曾記漁陽上谷無？

〔菰〕禾本科植物，生淺水中，又稱茭白。　　〔湘水、巴陵〕皆在今湖南省。巴陵即今湖南省岳陽縣。　　〔漁陽、上谷〕見《融州寄松紋劍》注。

　　嘉定元年詩。陸游提醒時人，不要忘去北方的淪陷區。

古　　意 二首

　　千金募戰士，萬里築長城，何時青塚月，却照漢家營？

〔青塚〕世傳王嬙至匈奴後，自殺，葬青塚。

　　夜泊武昌城，江流千丈清，寧爲雁奴死，不作鶴媒生。

〔雁奴〕雁羣夜宿，由孤雁警夜，稱爲雁奴。　　〔鶴媒〕鶴在受人豢養以後，長鳴以誘飛鶴的，稱爲鶴媒。

嘉定元年詩。前詩追悼開禧二年戰事的失敗，後詩指出自己甘心窮死不能向統治者屈服。

讀　史 二首録一

蕭相守關成漢業，穆之一死宋班師，赫連拓跋非難取，天意從來未可知。

〔蕭相〕蕭何。劉邦定三秦，以蕭何守關中，自己東出，和項羽作戰。
〔穆之〕劉穆之，晉尚書右僕射。義熙十三年(四一七)劉裕入關，穆之留守建康。穆之死，劉裕退還，關中爲赫連勃勃所得。後來劉裕稱帝，國號宋，因此陸游稱他的退還爲“宋班師”。　〔赫連拓跋〕在劉裕北伐的當中，佔有中國北部的統治者主要爲赫連勃勃、拓跋嗣二人。

嘉定二年(一二〇九)陸游八十五歲，家居山陰，作此詩。詩中指出敵人不是不能破滅的，止是因爲當前沒有蕭何、劉穆之這樣的人物。這裏也看到他對於韓侂冑的評價。

即　事

萬里山河拱至尊，羽林鐵騎若雲屯，羣公先正不復作，故國世臣誰尚存？河洛可令終左袵？蓬蒿何自達脩門？王師一日臨榆塞，小醜黃頭豈足吞！

〔拱至尊〕擁衛皇室。　〔羽林鐵騎〕皇帝親衛稱爲羽林軍。鐵騎,鐵甲騎兵。　〔羣公先正〕先朝名臣。　〔世臣〕世代的臣屬。〔河洛句〕北方的黃河流域豈可令其永遠淪於衣襟偏左的異族?　〔芻蕘〕指草野之人。　〔脩門〕楚國國都城門名,借指京都城門。〔榆塞〕榆關,即山海關。　〔黃頭〕黃頭女真。

　　嘉定二年詩。

即　事　八首録一

　　小閣憑欄望遠空,天河橫貫斗牛中,他年鼓角榆關路,馬上遙看與此同。

〔天河〕銀河。　〔斗牛〕北斗和牽牛星。　〔鼓角〕軍樂。　〔榆關〕見前首詩〔榆塞〕注。

　　嘉定二年詩。陸游在這首詩裏,寫出他年率兵北伐的雄心。

示　兒

　　死去元知萬事空,但悲不見九州同,王師北定中原日,家祭無忘告乃翁。

〔九州同〕古代中國分爲九州,九州同指全國統一。

　　嘉定二年詩。這是陸游臨死的一首詩，也是立場最鮮明的一首詩。這裏看到他的偉大的愛國主義精神，也看到他對於最後勝利的不可動摇的信念。

詞選

青　玉　案　與朱景參會北嶺

　　西風挾雨聲飜浪，恰洗盡黃茅瘴。老慣人間齊得喪，千巖高臥，五湖歸棹，替却凌烟像。　　故人小駐平戎帳，白羽腰間氣何壯。我老漁樵君將相，小槽紅酒，晚香丹荔，記取蠻江上。

〔朱景參〕名孝聞，時爲福州寧德縣縣尉。　　〔北嶺〕山名，在福州和寧德縣之間。　　〔聲飜浪〕飜同翻，聲音像浪濤翻滾一樣。　　〔黃茅瘴〕《投荒記》：“南方六、七月，芒茅黃枯時，瘴大發，土人呼爲黃茅瘴。”按《番禺雜編》謂八、九月爲黃茅瘴，與《投荒記》不同。據陸游《道院雜興》(《劍南詩稿》卷六十五)自注：“北嶺在福州，予少時與友人朱景參會嶺下僧舍，時晚秋，荔子獨晚紅在。”當以《番禺雜編》之説爲是。　　〔老慣人間句〕年齡老了，把人間的得失，看得一樣，無所動心。　　〔千巖高臥三句〕前兩句虛寫自己退隱的形象。唐太宗貞觀十七年(六四三)，詔畫功臣二十四人於凌烟閣。陸游指出自己願意退隱，不追求畫像凌烟閣。　　〔故人〕指朱景參。此下二句虛寫景參功成的形象。　　〔平戎帳〕軍帳。　　〔白羽〕箭名。唐太宗爲秦王時，以大白羽射中單雄信鎗刃，見《酉陽雜俎》。〔小槽〕壓酒的器具。李賀詩：“小槽酒滴珍珠紅。”　　〔晚香丹荔〕指晚紅，荔子的品種之一，熟時最遲。　　〔蠻江〕指閩江。

紹興二十八年(一一五八)陸游三十四歲,任福州寧德縣主簿時作。在這首詞裏,陸游由於看到光陰虛度,事業無成,因此流露了一些衰老之感。

水 調 歌 頭 多景樓

江左占形勝,最數古徐州。連山如畫,佳處縹渺著危樓。鼓角臨風悲壯,烽火連空明滅,往事憶孫劉。千里曜戈甲,萬竈宿貔貅。　　露霑草,風落木,歲方秋。使君宏放,談笑洗盡古今愁。不見襄陽登覽,磨滅遊人無數,遺恨黯難收,叔子獨千載,名與漢江流。

〔多景樓〕在江蘇省鎮江市北固山甘露寺內,宋時建。　　〔江左〕江東。〔古徐州〕古代九州之一。《禹貢》"海岱及淮惟徐州",其地在泰山以南,淮水以北。西晉之末,北方動亂,因此徐州寄治廣陵(今江蘇省揚州市),再移京口(今鎮江市)。陸游詞指此。　　〔縹渺〕恍惚有無之意。〔危樓〕高樓。　　〔鼓角〕戰鼓、號角。　　〔烽火句〕烽火,邊防報警之用。明滅,忽明忽昧的情況。南宋時代,與金人以長淮爲界。宋金作戰中,南宋常從江北撤兵,扼守長江,因此鎮江經常看到江北的烽火。〔孫劉〕三國時代的孫權、劉備,二人曾合兵破曹操。　　〔千里句〕千里指長江北岸廣大的平原。曜同耀,照耀。戈,長兵器。甲,盔甲。〔萬竈句〕竈,軍士炊飲食的所在,指營壘。貔貅,通常用爲戰士的別稱。　　〔使君〕古代對中央高級官吏奉命出使者的尊稱。此處指張浚,時以右丞相都督江淮路軍馬的名義,往來鎮江。　　〔宏放〕宏偉曠達。　　〔叔子〕羊祜,字叔子,晉武帝時以尚書左僕射、都督荊州諸軍事鎮襄陽。

隆興二年(一一六四)陸游四十歲,任通判鎮江軍府事時作。那年張浚正在準備北伐,往來鎮江,陸游以通家子的資格,爲張浚所賞識,且與幕府中人交游甚密,因有此作。上闋點出多景樓所在地,和鎮江在軍事行動中所起的作用。下闋以張浚比羊祜。南宋與金的對立,和西晉與吳的對立一樣,張浚的往來鎮江也與羊祜的鎮守襄陽一樣。最後指出襄陽遊人,磨滅無數,獨有羊祜功業,流傳千古,推崇張浚,最爲得體。

南 鄉 子

歸夢寄吳檣,水驛江程去路長。想見芳洲初繫纜,斜陽,烟樹參差認武昌。　　愁鬢點新霜,曾是朝衣染御香。重到故鄉交舊少,淒涼,却恐它鄉勝故鄉。

〔吳檣〕來往江南的船舶。　　〔芳洲〕指鸚鵡洲,在今湖北省武漢市西南長江中。唐詩人崔顥《黄鶴樓》:"芳草萋萋鸚鵡洲。"　　〔纜〕繫船的繩索。　　〔愁鬢句〕霜,白色。指出由於愁思所困,兩鬢漸白。　　〔曾是句〕陸游在入蜀以前,曾在中央爲樞密院編修官,因此點出朝衣。朝衣,上朝時所著的禮服。皇帝臨朝時,侍御執香爐以從。唐詩人王維《和賈至舍人早朝大明宮之作》"香烟欲傍袞龍浮",可證。

乾道六年(一一七○)陸游四十六歲入川,至淳熙五年(一一七八)五十四歲出川,中間在川中前後九年。這九年中,——尤其在乾道八年(一一七二)四十八歲以後,他不斷地懷念到故鄉。這是一首懷鄉之作,可能作於淳熙五年出川的前夕。下闋把懷鄉的熱情和胸中複雜的思緒,交織在一處,更覺深刻。

感　皇　恩

　　小閣倚秋空，下臨江渚，漠漠孤雲未成雨。數聲新雁，回首杜陵何處？壯心空萬里，人誰許！　　黃閣紫樞，築壇開府，莫怕功名欠人做。如今熟計，止有故鄉歸路，石帆山腳下，菱三畝。

〔小閣句〕小閣，小樓。秋空，秋天的長空。　　〔江渚〕江邊的沙洲。〔漠漠〕寂寞。　　〔杜陵〕見《聞虜亂有感》注。　　〔黃閣紫樞〕漢丞相聽事閣曰黃閣。唐開元中改中書省曰紫薇省，略稱紫樞。黃閣紫樞，指中央高級官府。　　〔築壇開府〕築壇拜大將，爲武官的最高榮譽。開府指中朝高官專制一方的地位。　　〔石帆山〕在山陰。

　　乾道八年（一一七二）陸游四十八歲，在南鄭任四川宣撫使司幹辦公事兼檢法官。他和四川宣撫使王炎正在計劃收復長安的當中，王炎調回臨安，陸游亦調官成都。這首詞是他調成都以後、出川以前的作品。數聲新雁兩句，可參陸游《秋晚登城北門》（《詩稿》卷八）："一點烽傳散關信，兩行雁帶杜陵秋。"陸游在這首詞裏寫出他報國無路的悵恨。

蝶　戀　花 離小益作

　　陌上簫聲寒食近，雨過園林，花氣浮芳潤。千里斜陽鐘欲暝，憑高望斷南樓信。　　海角天涯行略盡，三十年間,無處無遺恨。天若有情終欲問,忍教霜點相思鬢?

〔小益〕見《秋夜感舊十二韻》注。　　〔寒食〕冬至後一百五日,稱爲寒食節。　　〔芳潤〕帶着潤空氣的香味。芳字扣花,潤字扣雨。　　〔暝〕音名(míng),昏暗。　　〔南樓〕泛指,陸游赴南鄭之初,眷屬仍留夔州。南樓信可能止指家信。　　〔海角天涯兩句〕陸游自紹興二十八年(一一五八)出任福州寧德縣主簿後,歷任敕令所删定官、樞密院編修官,通判鎮江府事,通判隆興府事和通判夔州事,故有此語。自成年起至此前後約共三十年。

　　乾道八年(一一七二)陸游赴南鄭途中作。在這首詞裏,他只接觸到一些離情別緒,没有悲憤,也没有牢騷,充分地表現他詞作婉約的一面。

又

　　桐葉晨飄蛩夜語,旅思秋光,黯黯長安路。忽記横戈盤馬處,散關清渭應如故。　　江海輕舟今已具,一卷兵書,嘆息無人付。早信此生終不遇,當年悔草《長楊賦》。

〔蛩〕音窮(qióng),蟋蟀。　　〔長安路〕通向長安的道路。陸游在宣撫使幕中時,他們的主要目標,是收復長安。黯黯是昏黑的景色,加強悲觀失望的氣氛。　　〔散關清渭〕陸游在南鄭中,曾和金人作過遭遇戰。一次在渭河上強渡,他在《歲暮風雨》(《詩稿》卷二十六)説:"最懷清渭上,衝雪夜掠渡。"又一次在散關守關,他在《秋夜感舊二十韻》(《詩稿》卷二十七)説:"我昔從戎清渭側,散關嵯峨下臨賊,鐵衣上馬蹴堅冰,有時三日不火食。"　〔江海輕舟〕指回到山陰的船舶。　〔一卷兵書二句〕指作戰計劃,付託無人。　〔早信〕早料。　〔《長楊賦》〕長楊,漢宮名,在今陝西省周至縣東南。漢揚雄有《長楊賦》。成帝時,客有薦雄文似司馬相如者,因得召見,但其後在政治地位上,始終沒有進展。

　　乾道八年十月間,陸游在巡迴視察中,獲得王炎調臨安和自己調成都的消息,立即趕回南鄭;十一月二日,自南鄭出發,前往成都。這首詞可能是這個時期的作品。秋光二字,應當看得活動一些。他回憶到散關清渭盤馬橫戈的遭遇戰,可是他眼看到一切都落空了。黯黯長安路,正點出他的失望。可是他關心的不是個人的得失,而是國家的前途,因此有付託無人之感。

釵　頭　鳳

　　紅酥手,黃縢酒,滿城春色宮牆柳。東風惡,歡情薄,一懷愁緒,幾年離索,錯、錯、錯。　　春如舊,人空瘦,淚痕紅浥鮫綃透。桃花落,閑池閣,山盟雖在,錦書難託,莫、莫、莫。

〔黃縢酒〕黃縢,酒名。或引作黃藤。　〔宮牆〕南宋以紹興爲陪都,因此有宮牆。　〔離索〕離羣索居的簡括。《禮記·檀弓》:"吾離羣而索居,亦已久矣。"注:"索猶散也。"離索有離散的意義。　〔浥〕音邑(yì),溼。　〔鮫綃〕鮫人所織的絲絹。相傳古代,南海中有鮫人,水居如魚,不廢機織。見《述異記》。後世用作手帕的別稱。　〔池閣〕池上的樓閣。　〔山盟〕舊時常用山盟海誓,指對山立盟,指海起誓。　〔錦書〕寫在錦上的書信。唐詩人王勃《七夕賦》："上元錦書傳寶字。"

　　紹興二十五年（一一五五）陸游三十一歲時作。南宋周密《齊東野語》記："放翁娶唐氏，於其母夫人爲姑姪，伉儷相得，而弗獲於姑。既出而未忍絶之，則爲之別館，時時往焉。其姑知而掩之，雖先知挈去，然事不得隱，竟絶之。唐後改適宗子士程，嘗以春日出遊，相遇於禹跡寺南之沈氏園。唐以語趙，遣致酒肴，陸悵然久之，爲賦《叙頭鳳》一詞題壁間云。……實紹興乙亥歲也。"上闋點出二人的分離，下闋點出相思的痛苦。

清　商　怨 葭萌驛作

　　江頭日暮痛飲，乍雪晴猶凜，山驛凄涼，燈昏人獨寢。　　鴛機新寄斷錦，嘆往事不堪重省，夢破南樓，綠雲堆一枕。

〔葭萌〕見《有懷梁益舊遊》注。　〔乍雪〕初雪。　〔鴛機〕織錦的工具。　〔斷錦〕猶言斷織。《後漢書·列女傳》記樂羊子"遠尋師學，一年來歸，妻跪問其故。羊子曰：'久行懷思，無它異也。'妻乃引刀趨機而言曰：'此織生自蠶繭，成於機杼，一絲而累，以至於寸。累寸不已，遂成丈匹。今若斷斯織也，則捐失成功，稽廢時日。夫子積學，當日知其所亡，以就懿德，若中道而歸，何異斷斯織乎？'"鴛機全句表示決絶的意義。〔重省〕回顧。　〔綠雲〕指髮。

　　乾道八年（一一七二）陸游四十八歲，十一月自南鄭調往成都，途中作。這一年春間陸游自夔州赴南鄭，十一月自南鄭調成都。詞言"乍

雪”，知是十一月間作。上闋點出這一日葭萌驛中的凄涼情況。下闋暗
中提示當日南樓同枕，綠雲繚繞，海誓山盟，恩情欵洽，可是現在消息來
了，恩斷義絕，不堪回首。這首詞用詩的“比”法。指出當日王炎在南鄭，
佈置對長安的軍事行動，完全秉承朝中的意指，可是現在命令來了，王炎
調赴臨安，幕下星散，軍事佈置，都成畫餅。這是一首非常沉痛的作品。
陸游《自興元赴官成都》詩（《詩稿》卷三）言：“平生無遠謀；一飽百念已，
造物戲飢之，聊遣行萬里。梁州在何處，飛蓬起孤壘，憑高望杜陵，烟樹
略可指。今朝忽夢破，跋馬臨漾水，此生均是客，處處皆可死。劍南亦何
好，小憩聊爾爾，舟車有通塗，吾行良未止。”詩中的“杜陵”，正是《感皇
恩》的“杜陵”；詩中的“夢破”，也正是這首詞的“夢破”。從這首詞裏，我
們可以看到當時陸游的又悲憤，又傷感，又沉鬱，又婉約的複雜心情。

秋　波　媚 七月十六日晚
登高興亭望長安南山

　　秋到邊城角聲哀，烽火照高臺，悲歌擊筑，憑高酹酒，
此興悠哉。　　　多情誰似南山月，特地暮雲開，灞橋烟
柳，曲江池館，應待人來。

〔高興亭〕在南鄭子城西北，正對南山。見陸游《重九無菊有感》自注（《詩
稿》卷五十四）。南山即終南山。　　　〔烽火〕古代烽火，所以報警。軍事
緊急時，連舉三火；前線無事時，止舉一火，稱爲“平安火”。當時宋金雙
方，除遭遇戰外，一般都是平安無事。陸游《感舊》自注（《詩稿》卷三十
七）：“平安火並南山來，至山南城下”，可證。　　　〔悲歌擊筑〕見《雜感》
〔擊筑句〕注。悲的意義是音樂動人，不一定是悲哀，所以王充《論衡·自
紀》説：“悲音不共聲而皆悦於耳。”筑，古代弦樂器，有五弦、十三弦、二十

一弦不等,以竹擊之,故名筑。　〔酹酒〕以酒沃地祭神曰酹。酹音淚(lèi)。　〔灞橋句〕灞橋,橋名,今陝西省西安城東二十五里。唐代長安士人送別,多至灞橋,折柳枝爲贈。唐詩人劉禹錫詩:"長安陌上無窮樹,惟有垂楊綰別離。"　〔曲江〕池名,今陝西西安市東南,唐代以來,遊覽盛地。

乾道八年詞。七月間陸游在南鄭,那時四川宣撫使司正在計劃收復長安,進行順利。敵軍内部也有切實的聯繫。陸游《追憶征西幙中舊事》(《詩稿》卷四十八)曾説:"憶昨王師戍隴回,遺民日夜望行臺,不論夾道壺漿滿,洛筍河魴次第來。""關輔遺民意可傷,蠟封二寸絹書黃,亦知虜法如秦酷,列聖恩深不忍忘。"他們不但供給情報,同時還送來竹筍和魴魚。宣撫使司幙中充滿了勝利的預感。下閣灞橋烟柳三句跳動地傳達了作者喜悦的心情。

卜 算 子 詠梅

驛外斷橋邊,寂寞開無主,已是黃昏獨自愁,更著風和雨。　無意苦爭春,一任羣芳妬,零落成泥碾作塵,只有香如故。

〔詠梅〕一本有此二字。　〔碾〕音捻(niǎn),用碌碡碾磨。

此詞不知何年作。這首詞是詠物,同時也是言志。作者把梅花自比,指出經過任何挫折,芬芳的本質是不可能改變的。乾道九年(一一七三)陸游《言懷》(《詩稿》卷四)自言:"蘭碎作香塵,竹裂成直紋,炎火熾崑岡,美玉不受焚。"這是乾道八年調出南鄭以後的作品,正符合那時陸游的心境。可能這首詞是同一年作的。不過陸游平生所遇的挫折不止一次，而在任何挫折以後，他始終沒有屈節，因此這首詞也可能是其他的年份作的。

沁　園　春　三榮橫谿閣小宴

粉破梅梢，綠動萱叢，春意已深。漸珠簾低卷，筇枝微步，冰開躍鯉，林暖鳴禽。荔子扶疎，《竹枝》哀怨，濁酒一尊和淚斟。憑欄久，嘆山川冉冉，歲月駸駸。　　當時豈料如今，漫一事無成霜鬢侵。看故人強半，沙堤黃閣，魚懸帶玉，貂映蟬金。許國雖堅，朝天無路，萬里淒涼誰寄音。東風裏，有灞橋烟柳，知我歸心。

〔三榮橫谿閣小宴〕一本有此七字。橫谿閣在榮州(故治在今四川省榮縣)。淳熙元年(一一七四)陸游攝知榮州事，十一月到任，次年正月去成都。　　〔萱〕百合花，多年生草本。　　〔筇枝〕筇，華氏本誤作第。筇枝即筇杖；筇，竹名，出四川西昌，節高中實，可爲杖。　　〔荔子〕亦作荔枝，常綠喬木，高約一丈五尺。　　〔扶疎〕枝葉繁茂貌。　　〔《竹枝》〕一名《竹枝詞》，四川民歌的一種，又稱《巴渝詞》。　　〔冉冉〕漫漫。〔駸駸〕疾行貌。　　〔故人〕舊友。　　〔強半〕大半。　　〔沙堤〕唐代，凡宰相發表後，長安地方長官命人載沙鋪路，自私第至城東大街，稱爲沙堤。　　〔黃閣〕同黃閣。　　〔魚懸帶玉〕唐代高級官吏腰懸玉帶，佩玉魚，作爲進出宮廷的證件，稱爲魚符。　　〔貂映蟬金〕漢代侍中官冠上加黃金璫，狀如蟬，外加貂尾作爲裝飾。　　〔許國〕報國的志願。〔灞橋烟柳〕見《秋波媚》〔灞橋句〕注。

淳熙二年（一一七五）正月，陸游在榮州任內作此詞。下闋許國雖堅三句點出報國無路的悲哀。灞橋烟柳句和《秋波媚》不同。《秋波媚》的灞橋是實指，點出長安附近的地方，灞橋、曲江，都等待宋人大軍的收復。這裏是虛指，只說當年送別所在的柳樹，知道我對於故鄉的懷念。

漢　宮　春　初自南鄭來成都作

羽箭雕弓，憶呼鷹古壘，截虎平川。吹笳暮歸野帳，雪壓青氈。淋漓醉墨，看龍蛇飛落蠻牋。人誤許，詩情將略，一時才氣超然。　　何事又作南來，看重陽藥市，元夕燈山。花時萬人樂處，欹帽垂鞭。聞歌感舊，尚時時流涕尊前。君記取，封侯事在，功名不信由天。

〔呼鷹古壘〕打獵時用鷹尋找目的物。古壘，古代堡壘。　〔截虎平川〕截虎，截斷虎的去路。平川，平原。　〔野帳〕野外的營帳。　〔青氈〕覆在帳上的青色毛氈。　〔醉墨〕醉中的書法。　〔看龍蛇飛落蠻牋〕龍蛇指生動的草書。唐孫過庭《書譜》：“復有龍蛇雲露之流，龜鶴花英之類。”陸游草書頗有名，平生亦以此自負，故有此句。蠻牋，兄弟民族的紙張。　〔誤許〕誤稱。　〔詩情將略〕詩人的情感，將帥的戰略。　〔南來〕指南鄭至成都的道途。　〔重陽藥市〕重陽節日，成都的藥材會。　〔元夕〕元宵，舊曆正月十五夜。　〔欹帽垂鞭〕欹音期（qī），斜。全句説斜戴着帽，垂着馬鞭，從容而過。　〔尊前〕酒樽之前。

乾道九年（一一七三）陸游在成都時作。八年年底陸游抵成都，但詞中點出重陽，詞作必在九年重陽以後，因此初字應當活看。上闋記南鄭生活,下闋前五句實寫成都景況,此下聞歌感舊,直抒衆醉獨醒之感,因此尊前流涕,便不是無因而至。君記取以下三句,倔強兀傲,有人定勝天的抱負,這正是陸游詩詞的特點。

烏 夜 啼

紈扇嬋娟素月,紗巾縹渺輕煙,高槐葉長陰初合,清潤雨餘天。　　弄筆斜行小草,鈎簾淺醉閑眠,更無一點塵埃到,枕上聽新蟬。

〔紈扇句〕紈扇一稱宮扇,以細絹(紈)製成,形如滿月,故云素月。嬋娟,色態美好之意。嬋音纏(chán)。　　〔輕煙〕指紗巾的輕細。

此詞不知何年作。

夜 遊 宮　記夢寄師伯渾

雪曉清笳亂起,夢遊處不知何地。鐵騎無聲望似水,想關河,雁門西,青海際。　　睡覺寒燈裏,漏聲斷月斜窗紙。自許封侯在萬里,有誰知,鬢雖殘,心未死?

〔記夢寄師伯渾〕一本有此六字。　　〔鐵騎句〕鐵騎,裝甲騎兵。無聲言其肅靜,望似水言其整齊。　　〔雁門〕見《小出塞曲》注。　　〔青海際〕青海邊。唐詩人杜甫《兵車行》稱爲"青海頭",和上句的雁門關,都是古代經常作戰的地點。　　〔睡覺〕睡,名詞。覺,自動詞,猶言睡醒了。
〔漏聲斷〕古代用銅壺盛水,底穿一孔,壺中水以漏漸減,因此可知時刻。
漏聲斷則一夜將盡,天色欲明。　　〔封侯在萬里〕指立功萬里,榮膺封
侯事。東漢班超投筆從戎,出使西域,因建立功勛,官至西域都護,封定
遠侯。

　　此詞不知何年作。師伯渾名渾甫,蜀人(見《詩稿》卷三十八《感
舊》)。與陸游相識,當在乾道八年年底,陸游至成都以後。此詞當爲乾
道九年以後之作。上闋懷念南鄭軍中的生活,下闋點出鬢殘心在,還和
以前一樣地堅強。

夜 遊 宮 宮詞

　　獨夜寒侵翠被,奈幽夢不成還起。欲寫新愁淚濺紙,
憶承恩,嘆餘生,今至此。　　蕺蕺燈花墜,問此際報人
何事？咫尺長門過萬里,恨君心,似危欄,難久倚。

〔宮詞〕一本有此二字。　　〔獨夜〕孤獨的夜晚。　　〔翠被〕皇宮所
用的被,見《漢書・西域傳》。　　〔濺〕音賤(jiàn),灑。　　〔承恩〕
古代妃嬪得到皇帝的寵幸,稱爲承恩。　　〔問此際句〕古人用油燈,
燈芯餘燼結成花彩,稱爲燈花。相傳燈花可以報喜。妃嬪失寵以後,
無喜可報,故有此問。　　〔咫尺長門句〕八寸曰咫,長門,漢宮名,皇
帝所在處。此言長門近在咫尺,但失寵以後,不可復見,相隔不止
萬里。

　　此詞不知何年作。陸游從南鄭調成都以後,自比爲失寵的妃嬪,認

爲皇帝的心情驟變，不可久倚，隱指當日和王炎在南鄭布置作戰，曾得君主的同意，誰知君意反復，只落得紛紛調出的處分。末三句頗有怨意。乾道九年，陸游有《長門怨》、《長信宮詞》、《銅雀妓》三首（《詩稿》卷四）。和這首詞的命意相似，因此這首詞可能是同時作的，而因爲語氣的更加激切，也可能是略早一些時作的。

漁 家 傲 寄仲高

東望山陰何處是？往來一萬三千里。寫得家書空滿紙，流清淚，書回已是明年事。　　寄語紅橋橋下水，扁舟何日尋兄弟。行徧天涯真老矣，愁無寐，鬢絲幾縷茶煙裏。

〔寄仲高〕一本有此三字。仲高名升之，陸游的同曾祖兄弟，長於游十二歲。在政治上，升之和秦檜接近，因此得到提拔。檜死後，升之亦罷歸，死於淳熙元年（一一七四）。　　〔紅橋〕橋名，在山陰。　　〔扁舟〕小舟。　　〔愁無寐〕愁中失眠。　　〔鬢絲句〕鬢絲指鬢髮衰白蕭疏的形狀。茶煙，烹茶時的水氣。

乾道九年（一一七三）或淳熙元年（一一七四）陸游在川作。他和升之的政治立場不同，但是因爲出身於封建家庭，私人間的關係還不壞。在這首詞裏，看到他和升之的私人感情，但是更明顯地看到他心中的苦悶。

桃源憶故人 題華山圖

　　中原當日三川震，關輔回頭煨燼。淚盡兩河征鎮，日望中興運。　　秋風霜滿青青鬢，老却新豐英俊。雲外華山千仞，依舊無人問。

〔題華山圖〕一本有此四字。華山一名太華山，在陝西省渭南縣，當時爲金人侵佔。　　〔三川〕指伊水、洛水、河水。靖康元年(一一二五)金人向東京進攻，撤退後次年再進，東京陷落。中原句指此。　　〔關輔〕見《獵罷夜飲示獨孤生》注。　　〔煨燼〕灰燼。煨音威(wēi)，盆中火。

〔兩河〕黃河南北。　　〔征鎮〕魏、晉以後官制，有征東、征西、征南、征北將軍，及鎮東、鎮西、鎮南、鎮北將軍，合稱征鎮。兩河征鎮指黃河南北的軍事領袖；在陸游寫這首詩的時代，特別指敵人後方的起義將士。〔中興〕復興。　　〔新豐英俊〕唐馬周少時在新豐旅舍，爲人所輕，太宗用爲監察御史，後官至中書令。陸游詩中常以馬周自比。《太息》(《詩稿》卷三十七)詩中兩絕句："早歲元于利欲輕，但餘一念在功名，白頭不試平戎策，虛向江湖過此生。　　關輔堂堂墮虜塵，渭城杜曲又逢春，安知今日新豐市，不有悠然獨酌人。"此詞所言，正與《太息》相合，自言秋風起後，愈感衰老。

　　這首詞是乾道八年以後的作品。上闋言敵人後方的起義軍將士，渴望祖國的復興。下闋言自己愈感衰老，也沒有人考慮到收復華山的行動。從詞中所言起義軍將士情況看，可能和《追憶征西幙中舊事》詩相關，因此這首詞的寫成，去乾道八年陸游調回成都當不甚久。

極　相　思

江頭疎雨輕煙，寒食落花天，飜紅墜素，殘霞暗錦，一段凄然。　　惆悵東君堪恨處，也不念冷落樽前。那堪更看，漫空相趁，柳絮榆錢。

〔飜紅墜素兩句〕極寫落花的形形色色。紅、霞都指紅花，素指白花，錦指彩色花。　　〔東君〕春神。　　〔相趁〕相互追逐。　　〔柳絮榆錢〕柳樹種子上的柔毛和榆筴。

此詞不知何年作。上半闋言落花。下半闋因落花而怨及東君，尤其花落以後，看到柳絮榆錢的漫空相趁，更使他悵恨。通首是比而出之以凄婉，這是陸游的特點。詩中如慶元元年（一一九五）的《雨夜書感》（《詩稿》卷三十二），因爲趙汝愚的罷黜，説起"春殘桃李盡，風雨閉空館"。這是指在韓侂胄和趙汝愚的鬥爭中，把和汝愚接近的人，斥逐殆盡。陸游此詞，當爲同時之作。

鵲　橋　仙

華燈縱博，雕鞍馳射，誰記當年豪舉？酒徒一一取封侯，獨去作江邊漁父。　　輕舟八尺，低篷二扇，占斷蘋洲烟雨。鏡湖元自屬閑人，又何必君恩賜與？

〔雕鞍〕有雕刻圖案的馬鞍。　　〔當年豪舉〕指乾道八年在南鄭軍中事。 〔酒徒〕飲酒的同伴。 〔占斷〕獨占。 〔蘋〕多年生草本,生淺水中。蘋洲,產生蘋草的沙灘。 〔鏡湖〕見《春陰》注。〔君恩賜與〕唐詩人賀知章請爲道士還鄉里,玄宗許之,賜以鏡湖剡川一曲。

　　此詞不知何年作,當在淳熙十六年(一一八九)陸游罷歸山陰以後。上闋寫今昔對比,稍陳感慨;下闋寫鄉居生活,篇末二句,委曲傳出對於君主的不滿。

鵲　橋　仙 夜聞杜鵑

　　茅簷人靜,蓬窗燈暗,春晚連江風雨。林鶯巢燕總無聲,但月夜常啼杜宇。　　催成清淚,驚殘孤夢,又揀深枝飛去。故山猶自不堪聽,況半世飄然羈旅。

〔夜聞杜鵑〕一本有此四字。 〔林鶯巢燕〕林中之鶯,巢中之燕,都有自己的家室。 〔杜宇〕即杜鵑,相傳爲古代蜀帝杜宇之魂所化,故曰杜宇。亦稱子規。常夜啼,啼聲淒厲,能動旅客歸思,因此又稱爲思歸鳥。 〔故山〕故鄉。 〔況半世句〕陸游自指。羈同羈。

　　乾道九年以後陸游在川中作。上闋寫杜鵑;下闋寫聽杜鵑的感受,末二句點清自己所在的地點,富有道路辛苦,身世蒼茫之感。

訴 衷 情

當年萬里覓封侯，匹馬戍梁州。關河夢斷何處，塵暗舊貂裘！　胡未滅，鬢先秋，淚空流。此生誰料，心在天山，身老滄洲。

〔萬里覓封侯〕見《夜遊宮》"自許封侯在萬里"句注。陸游到南鄭，固然是爲了生活，同時也是爲了事業。他把收復失地和立功封侯結合起來。〔梁州〕見《和高子長參議道中二絶》注。此處指南鄭。　〔關河句〕潼關黃河的所在，夢中捉摸不到了。　〔貂裘〕用蘇秦到秦游説，黑貂裘弊的故事，見《戰國策》。此句指出自己在南鄭的不得意。　〔胡〕指金的統治者。　〔鬢先秋〕就是鬢先白。　〔滄洲〕水濱之地，隱者所居。

此詞不知何年作，當在淳熙十六年陸游罷歸山陰以後。

謝 池 春

壯歲從戎，曾是氣吞殘虜，陣雲高狼烽夜舉。朱顔青鬢，擁雕戈西戍。笑儒冠自來多誤。　功名夢斷，却泛扁舟吳楚，漫悲歌傷懷弔古。煙波無際，望秦關何處，嘆流年又成虛度。

〔壯歲〕三十歲曰壯。此句指隆興元年（一一六三）陸游通判鎮江府事發

表的那一年。　〔殘虜〕殘餘的敵人。　〔朱顔青鬢〕紅潤的臉,黑
的鬢髮。　〔西戍〕防守西邊,指乾道八年從軍南鄭事。　〔儒冠〕
見《秋夜感舊十二韻》注。　〔功名夢斷〕參看《訴衷情》詞:"關河夢斷
何處。"　〔漫〕徒然。　〔秦關〕指函谷關,在河南省靈寶縣西南,戰
國時秦人所建,故稱秦關。

　　此詞不知何年作。當在淳熙十六年陸游罷歸山陰以後。上闋點出
鎮江及南鄭兩度從軍事。下闋點出罷歸山陰的生活。流年虛度一句,有
躍躍欲試的意味。陸游對敵作戰的意圖,到老沒有衰退。

水　龍　吟　春日遊摩訶池

　　摩訶池上追遊路,紅綠參差春晚。韶光妍媚,海棠如
醉,桃花欲暖。挑菜初閒,禁烟將近,一城絲管。看金鞍
爭道,香車飛蓋,爭先占,新亭館。　　惆悵年華暗換,闇
銷魂雨收雲散。鏡奩掩月,釵梁折鳳,秦箏斜雁。身在天
涯,亂山孤壘,危樓飛觀。嘆春來只有,楊花和恨,向東
風滿。

〔春日遊摩訶池〕一本無春日二字。摩訶池在四川省成都城内。訶音呵
(hē)。　〔追遊路〕路一作客。　〔韶光〕春光。　〔妍〕美。
〔挑菜〕舊曆二月二日爲挑菜節。　〔禁烟〕指寒食節。　〔香車飛
蓋〕貴婦人所乘之車曰香車,疾馳故車蓋飛舞。　〔鏡奩〕鏡匣。奩音
連(lián)。鏡形圓,掩鏡亦稱掩月。　〔釵梁〕釵上的橫梁,金鳳垂梁
下,故稱折鳳。　〔秦箏〕弦樂器,十三弦。古代秦人所作曰秦箏。弦
下有柱,作斜行一字形,稱爲斜雁。　〔飛觀〕高觀,觀同館。

　　詞見《放翁逸稿》，不知何年作。乾道八年歲暮，陸游至成都，淳熙五
年出川，前後七年，中間常至成都，當爲此期中的作品。上闋寫成都春
遊，男女雜遝。下闋惆悵年華二句點出時光的虛度，逗起成都的生活。
鏡奩掩月三句不諱言冶遊；但是身在天涯三句點出在輕歌妙舞之中，自
己却繫念亂山孤壘，因此看到年華暗換，殺敵無日，更感到刻骨的悵恨。
陸游在這首詞裏用婉約的手法把滿腔悲憤傳達出來。

文選

代乞分兵取山東劄子

　　臣等恭覩陛下特發英斷，進討京東，以爲恢復故疆，牽制川陝之謀。臣等獲侍清光，親奉睿旨，不勝欣忭，然亦有惓惓之愚，不敢隱默者。竊見傳聞之言，多謂虜兵困於西北，不復能保京東，加之苛虐相承，民不堪命，王師若至，可不勞而取。若審如此說，則弔伐之兵，本不在衆，偏師出境，百城自下，不世之功，何患不成。萬一未至盡如所傳，虜人尚敢旅拒，遺民未能自拔，則我師雖衆，功亦難必。而宿師于外，守備先虛，我猶知出兵京東以牽制川陝，彼獨不知侵犯兩淮、荊、襄以牽制京東耶？爲今之計，莫若戒敕宣撫司以大兵及舟師十分之九固守江淮，控扼要害，爲不可動之計；以十分之一，遴選驍勇有紀律之將，使之更出迭入，以奇制勝。俟徐、鄆、宋、亳等處撫定之後，兩淮受敵處少，然後漸次那大兵前進。如此，則進有闢國拓土之功，退無勞師失備之患，實天下至計也。蓋京東去虜巢萬里，彼雖不能守，未害其疆；兩淮近在畿甸，一城被寇，尺地陷沒，則朝廷之憂，復如去歲。此臣所以夙夜憂懼，寢不能瞑，而爲陛下力陳其愚也。且富家巨室，

未嘗不欲利也,然其徒欲賈于遠者率不肯以多貲付之,其
意以爲山行海宿,要不可保,若傾囊而付一人,或一有得
失,悔其可及哉！此言雖小,可以諭大,願陛下留神察焉。
臣等誤蒙聖慈,待罪樞筦,攻守大計,實任其責,伏惟陛下
照其愚忠。臣等不勝幸甚,取進止。

〔《代乞分兵取山東劄子》〕本篇代兼樞密使陳康伯、知樞密院事葉義問等
作。劄子,宋代官員進對時所用,略同發言提綱。劄音札(zhá)。
〔英斷〕英明的決定。　　〔京東〕宋代有京東路,其地當今河南省開封、
商丘一帶,江蘇省徐州以北,及山東省黃河以南全境。東京淪陷後,地爲
金人所據,改稱山東路。　　〔故疆〕當作故疆,原有的疆土。　　〔川
陝〕指四川省及陝西省南部,當時受到金人的威脅。　　〔清光〕清明的
光輝。　　〔睿旨〕聖智的主意。　　〔欣忭〕快樂。忭字華氏本誤作
抃。　　〔惓惓〕忠謹。惓音拳(quán)。　　〔苛虐〕苛刑虐政。
〔弔伐〕弔民伐罪的簡括;安慰苦難中的人民,討伐有罪行的敵人。
〔偏師〕部分軍隊。　　〔百城自下〕廣大的地區自動地回到祖國的懷
抱。　　〔旅拒〕聚衆抗拒。　　〔遺民〕淪陷區的人民。　　〔宿師于
外〕在外地駐紮大軍。　　〔兩淮〕宋有淮南路,後分爲淮南東路,淮南
西路,略當今江蘇、安徽兩省長江以北、淮水以南的地區,略稱兩淮。
〔荊、襄〕今湖北省荊州、襄陽一帶。　　〔戒敕〕指令。敕音斥(chì)。
〔宣撫司〕宋代在準備對外作戰的時期,臨時置宣撫使,其機構稱爲宣撫
司。　　〔遴選〕挑選。　　〔更出迭入〕不斷地或出或入。　　〔徐、
鄆、宋、亳〕宋京東路地。徐州,故治在今江蘇省徐州市。鄆州,宋升爲東
平府,故治在今山東省鄆城縣東十六里。宋州,宋升爲南京應天府,故治
在今河南省商丘市。亳州,故治在今安徽省亳州市。　　〔漸次〕逐步。
〔那〕移動。　　〔虜巢〕指金上京會寧府,地在今黑龍江阿城。　　〔兩
淮近在畿甸〕皇帝都城千里以內曰王畿,其外方五百里曰侯服,又其外方
五百里曰甸服。南宋以臨安(杭州)爲皇帝所在地,因此淮南東西兩路,

都在畿甸之内。　〔朝廷之憂，復如去歲〕指紹興三十一年（一一六一）金完顏亮發動戰爭，大軍南侵，直至瓜洲及采石磯，準備渡江事。〔夙夜〕朝夕。　〔瞑〕閉目。　〔賈〕音古（gǔ），進行貿易。　〔樞筦〕筦音管（guǎn），管鑰。陳康伯等領導樞密院，對於國家軍事計劃負責，因此自稱待罪樞筦。　〔取進止〕聽候決定。

　　紹興三十二年（一一六二）陸游三十八歲，任樞密院編修官時作。這是一篇代樞密院長官所擬的文件。那一年正在計議由兩淮向京東進軍，篇中提出必須以重兵扼守江淮，然後以十分之一的兵力，對敵後方進行奇襲，俟奇襲得手，後方鞏固後，方能調遣大軍，向前推進。全篇命意遣辭，都非常沉着、鄭重。

上二府論都邑劄子

　　某自頃奏記，迄今累月，自顧賤、愚、不肖，無尺寸可以上補聰明，而徒以無益之事，上勤省閱，實有罪焉，故久不敢以姓名徹左右。今者偶有拳拳之愚，竊謂相公所宜聞者，伏冀少留觀覽，幸甚幸甚。伏聞北虜累書請和，仰惟主上聖武，相公威名震疊殊方，足以致此，而天下又方厭兵，勢且姑從之矣。然某聞江左自吳以來，未有捨建康他都者。吳嘗都武昌，梁嘗都荆渚，南唐嘗都洪州，當時爲計，必以建康距江不遠，故求深固之地，然皆成而復毀，居而復徙，甚者遂至於敗亡。相公以爲此何哉？天造地設，山川形勢，有不可易者也。車駕駐蹕臨安，出於權宜，本非定都，以形勢則不固，以餽餉則不便，海道逼近，凜然常有意外之憂,至於讖緯俗語,則固所不論也。今一和之後,盟誓已立,動有拘礙,雖欲營繕,勢將艱難。某竊謂及今當與之約:建康、臨安皆係駐蹕之地,北使朝聘,或就建康,或就臨安。如此則我得以閒暇之際,建都立國,而彼既素聞,不自疑沮,黠虜欲借以爲辭,亦有不可者矣。今不爲,後且噬臍;至於都邑措置,當有節目。若相公以爲然,某且有以繼進其説。不一、二年,不拔之基立矣。某智術淺短,不足以議大計,然受知之深,不敢自以疏遠爲疑,干冒鈞聽,下情恐懼之至。

〔二府〕指中書省及樞密院。當時中書省主持政事,樞密院主持兵事,是行政上的最高領導機構。　〔某〕作者自稱,原文當作游,陸游之子子通編定《渭南文集》時,諱父名,以某代之。　〔頃〕不久以前。　〔奏記〕上書。　〔賤、愚、不肖〕陸游自稱之詞。官位不高曰賤,資質不聰明曰愚,不能繼承祖、父遺業曰不肖。不肖,不能類似之意。　〔省閲〕省音醒(xǐng),視察。　〔徹左右〕通知左右的侍者。　〔拳拳〕同惓惓,忠謹。　〔北虜〕北方的敵人,指金人。　〔震疊殊方〕震懾遠方。　〔建康〕見《記夢》注。　〔吳嘗都武昌〕三國時吳大帝孫權曾建都武昌,今湖北省鄂州市。嘗,一度。　〔梁嘗都荆渚〕南朝時梁元帝蕭繹建都江陵,又稱荆渚。今湖北省江陵縣。　〔南唐嘗都洪州〕五代時南唐中宗李璟曾建都南昌,又稱洪州,今江西省南昌市。　〔成而復毁〕指吳。　〔居而復徙〕指南唐。　〔至於敗亡〕指梁。　〔相公〕自五代起始有此稱。丞相位同古代三公,因稱相公。　〔車駕駐蹕〕車駕指皇帝。蹕音畢(bì),原意爲停止通行,肅清道路。其後借用爲皇帝駐駕之意。　〔權宜〕一時之計。　〔餽餉〕供應。　〔海道兩句〕臨安由杭州灣可以通海。金人南侵中,曾在山東沿海,訓練海軍,準備進攻杭州,故有此兩句。　〔讖緯〕緯書盛行於西漢之初,假託孔子的遺説,傳佈預言,因與經書相配,故稱緯書。讖音襯(chèn),預言。

宋代相傳有"一汴二杭,三閩四廣"的預言,因此建都杭州,帶有準備逃跑的意義。 〔營繕〕工程建設。 〔北使朝聘〕北使指金的使者。金宋雙方,雖處在不平等的關係下,但是除特使外,相互間歲初有賀正旦使,皇帝生日有賀生辰使。朝聘指使者的進行訪問。 〔黠〕音瑕(xiá),狡猾。 〔噬臍〕噬音世(shì),口咬。《左傳》莊公六年:"若不早圖,後君噬齊(臍),其及圖之乎?"這是說,"倘不設法應付,日後您遇到咬着肚臍,那還來得及應付嗎?"噬臍有大難突至,無法應付的意義。〔節目〕程序。 〔不拔〕不可動搖。 〔干冒〕冒犯。 〔鈞聽〕偉大的聽覺。尊稱。 〔下情〕卑下的情感,謙稱。

　　隆興二年(一一六四)陸游四十歲,任通判鎮江軍府事時作。這時宋人在北伐失敗以後,正在準備和金人重新訂立和約。陸游主張在和約中,聲明建康、臨安,兩個都城同時並建的意義。南宋時代,關於建都本來有兩個主張:主戰派主張建都建康,作爲收復中原的準備;主和派主張建都臨安,作爲和約破裂後,再行逃跑的打算。陸游建議時在主戰的張浚已經失敗,主和的湯思退正在掌權的時候,雖然陸游和湯思退有一定的私人關係,不至因此遭到湯思退的排斥,但是也正看到他主張的堅決和立言的勇敢。

賀黃樞密啟

　　恭審顯膺制書,進貳樞府,威望之重,宗社所憑。天其相有求之圖,日以冀中興之治。竊以朝廷之政,屬在帷幄之臣。方無事之時,雍容坐談,則夫人而皆可;應一旦之變,酬酢曲當,非有道者不能。歷觀昔人,蓋鮮全美。王導之襟量而學不至;德裕之術略而器未優:故晉卒安於江東，唐莫追於正觀。有志之士，太息於斯。恭惟某官心正意誠，任重道遠，躬卓行於苟且自恕之俗，推絕學於散缺不全之經，凜然一家之言，發乎千載之閟。加之博極墳史，得興亡治亂之由，綜練典章，識沿革始終之際，氣足以懾姦慝，明足以察忽微。其在掖垣，惟公議是達；其侍經幄，惟王道是陳。果由師錫之同，入總本兵之寄。然而方時多故，爲計實難。夷狄鴟張，肆猖狂不遜之語；邊障狼顧，懷震擾弗寧之心。東有淮、江之衝，西有楚、蜀之塞。降附踵至，人心雖歸而強弱尚殊；踴躍請行，士氣雖揚而勝負未決。堅壁保境，則曷尉后來之望；闢國復土，則又有兵連之虞。竊惟明公，素已處此。某頃聯官屬，獲侍燕居，每妄發其戇愚，輒誤蒙於許可，雖輟食竊憂於謀夏，而荷戈莫効於防秋，敢誓糜捐，以待驅策。

〔黃樞密〕名祖舜，福州福清人，紹興三十一年自給事中除同知樞密院事。〔膺〕承受。　〔制書〕皇帝的命令。　〔貳〕動詞，作爲次官。樞府指樞密院，宋代主管軍事的最高機構。　〔宗社〕宗廟和社稷。〔憑〕依靠。　〔天其相句〕相，協助。有求用《詩經·時邁》："我求懿德。"這句說天意協助了追求賢臣的意圖。　〔帷幄〕軍帳。幄音握(wò)。　〔雍容〕有威儀的形態。　〔夫人〕那一個人，每人。夫，讀陽平聲。　〔酬酢〕應付。酢音作(zuò)。　〔曲當〕委曲得當。〔蓋鮮全美〕大概很少十全十美的。　〔王導〕東晉時丞相，以氣度寬宏得名。　〔襟量〕襟指胸前的衣衿，借用以指氣度。量，度量。〔德裕〕李德裕，唐武宗時丞相，以幹練得名。　〔器〕器度，即度量。〔正觀〕見《觀大散關圖有感》注。　〔太息〕同嘆息。　〔某官〕原文當用黃祖舜全副官銜，編集時從略。　〔心正意誠〕《大學》："意誠而後心正"，指修養的醇正。　〔任重道遠〕《論語》："士不可以不弘毅，任重而道遠。”指責任的遠大。　　〔躬卓行〕親自樹立卓絶的行爲。躬，動詞。　　〔自恕〕自我原諒。　　〔凜然〕可敬畏的。　　〔閟〕同祕。〔墳史〕相傳爲古代三皇時代的紀録，其書不傳。　　〔慴〕音折(zhé)，威慴。　　〔姦慝〕姦邪的壞人。慝音特(tè)。　　〔忽微〕忽，一兩的十萬分之一。微，一兩的百萬分之一。　　〔掖垣〕唐時門下，中書省在皇宫的左右掖，故稱掖垣。祖舜曾官給事中，爲諫議之官，屬門下省，故言在掖垣。　　〔侍經幄〕經幄，講帳，向君主進講的所在。祖舜曾官侍講，進《論語講義》。　　〔師錫〕《尚書·堯典》：“師錫帝曰。”師，衆人。錫，給與。原文指衆人的共同推舉。　　〔本兵〕主管軍事的最高機構。〔夷狄〕指金的統治者。　　〔鴟張〕和鴟鴞高張兩翼一樣。鴟音癡(chī)。　　〔邊障狼顧〕邊障的敵人和兇狼回顧一樣。障，碉堡。〔東有兩句〕淮、江指淮水、江水的中間地區，當時敵人的進軍要道，故稱爲衝。楚、蜀指湖北及漢中、四川一帶，交通不便，故稱爲塞。　　〔踵至〕接踵而至。踵，脚後跟。　　〔強弱尚殊〕金強宋弱，還有懸殊。〔尉〕同慰。　　〔后來之望〕見《感興二首》〔來蘇〕注。　　〔竊惟〕私心考慮。　　〔明公〕對祖舜的尊稱。　　〔某頃聯官屬〕其原文當作游，陸游自稱。祖舜曾權刑部侍郎兼詳定敕令司，陸游曾官敕令所删定官，故有此言。頃，最近。　　〔燕居〕退朝的居處。　　〔戇〕音撞(zhuàng)，愚暗。　　〔輟食、謀夏〕進食時停下來，考慮國家的大事。夏，華夏，借用和秋字作對。　　〔荷戈、防秋〕負着武器，防備秋後敵人的進攻。

　　紹興三十一年(一一六一)九月作。這是一篇四六文。宋代制、令、表、啓這一類的應用文，多用四六，因此一般文人都能作四六文，古文家如歐陽修、王安石也不例外。南宋的汪藻、洪邁且專以四六文得名。宋四六文的特點，在於能運用對偶的形式，傳達單行的氣勢，使人讀了以後，不覺其爲駢文。陸游這一篇就是一個明顯的例子。降附踵至以下二聯，委曲流暢，無纖毫不達之情，而字句穩稱，對偶精切，不愧高手。

知嚴州謝王丞相啓

　　故里浮沉,竊玉局再期之祿,公朝拔拭,付桐江千里之民。瓜戍非遙,竹符甚寵,感淪病骨,愧溢衰顏。伏念某元祐黨家,紹興朝士,池魚瀺灂,本思自放於江湖,社櫟支離,久已難施於斤斧,緣治生之素拙,因從官以忘歸。頃自吳中,久留劍外,顧彼衣冠之所萃,頗以文字而相從,方深去國之悲,敢有擇交之意。流偶殊於涇渭,風自隔於馬牛。睅眦見憎,本出一朝之忿,排擠盡力,幾如九世之讎。藐是羈孤,孰爲別白?縱免投荒之大罰,亦宜置散以終身。且定遠未歸,惟望玉關之生入,輕車已老,猶護北平之盛秋,豈有朝爲閭閻廢斥之人,暮竊畿輔承宣之寄!茲蓋伏遇某官學窮交奧,勳塞堪輿,南山巖巖,冠公師之重任;赤舄几几,同宗社之閟休。念人才之實難,悼士氣之不振,挺陶至廣,收拾無遺。方與物以皆春,憫向隅之獨泣,變和輿論,闊略彝章。起安國於徒中,校恩未大,還管寧於海外,爲力尚輕。而某少非列於通才,晚徒專於樸學,棄雞肋而猶惜,雖仰戴於深仁,續鳧脛則自悲,恐難逃於薄命。

〔知嚴州〕孝宗淳熙十三年,陸游知嚴州,十五年改軍器少監。　〔王丞相〕王淮,婺州金華人。淳熙八年,除右丞相。改左丞相。十五年罷。〔故里二句〕故里指山陰。淳熙七年,陸游除提舉江南西路常平茶鹽公事,次年以“主管成都府玉局觀”的名義,罷官還鄉。在家連續支取祠祿。〔拔拭〕見《漢書·朱博傳》。朱博爲左馮翊太守,欲用大豪尚方禁,和他説:"扙拭用禁,能自效不?"扙拭是摩去污染的意義。　〔桐江〕浙江經桐廬縣境,稱爲桐江。桐廬屬嚴州,桐江千里指嚴州境內。　〔瓜戍〕《左傳》莊公八年:"齊侯使連稱、管至父戍葵邱,瓜時而往,曰:'及瓜而代。'"瓜戍非遥,有任期將滿未滿的意義。　〔竹符〕古代出使者以竹爲符,剖而爲二,使者及衙署各持其一,到官後必合符,始得就職。〔某〕原文當作游。　〔元祐黨家〕陸游祖父陸佃,師事王安石,官至尚書右丞,持論平正,爲新黨所不喜,列爲元祐黨人。　〔瀺灂〕音産濯(chán zhuó),小魚出没貌。　〔櫟〕音立(lì),殻斗科,落葉喬木。〔劍外〕劍閣以南。陸游以孝宗乾道六年入川,至淳熙五年出川,前後八年。　〔涇渭〕二水名,皆在今陝西省。《詩·谷風》:"涇以渭濁,湜湜其沚。"毛傳:"涇、渭相入而清濁異。"　〔風自隔於馬牛〕用《左傳》僖公四年句:"君處北海,寡人處南海,唯是風馬牛不相及也。"杜註:"牛馬風逸,蓋末界之微事。"　〔藐〕音秒(miǎo),小貌。　〔羈孤〕寄居孤立的人。　〔定遠二句〕班超,後漢時人,封定遠侯,官至西域都護。年老思歸,上書自言:"臣不敢望到酒泉郡,但願生入玉門關。"　〔輕車二句〕李廣,漢時人,武帝時拜右北平太守。武帝賜書曰:"將軍其率師東轅,彌節白檀,以臨右北平盛秋。"廣嘗爲驍騎將軍,從弟李蔡爲輕車將軍。　〔閭閻〕里巷。閻音延(yán)。　〔畿輔〕京城的鄰郡。嚴州與臨安相近,故有此稱。　〔承宣〕官名,宋時改方鎮留後爲承宣使,管理民事。　〔某官〕原文當用王淮全副官銜,編集時從略。　〔交奥〕交,華氏本誤作突。室之東南隅曰交,音杳(yǎo),西南隅曰奥。全句説王淮的學識,深入到每個角落。　〔堪輿〕《淮南子·天文》許慎註:"堪,天道。輿,地道也。"全句説他的功勳塞滿天地之間。　〔南山巖巖〕用《詩·節南山》:"節彼南山,維石巖巖,赫赫師尹,民具爾瞻。"毛傳:"師,大師,周之三公也。"　〔赤舄几几〕用《詩·狼跋》:"公孫碩膚,赤舄几几。"此詩本意用以歌頌周公。舄音昔(xī),木底鞋。几几,安重貌。〔閎休〕閎同宏,休,美也。　〔挺陶〕挺音延(yán),對於黏土的捶擊。陶,製造陶器。二字連用,有培養人才的意義。　〔燮和〕燮音泄(xiè),和也。　〔闊略彝章〕闊略,疏略。彝音夷(yí);彝章,法制。四字連用,有放寬尺度的意義。　〔起安國二句〕韓安國,漢時人,因罪下獄,漢使使者拜安國爲梁内史,起徒中至二千石。　〔還管寧〕管寧,後漢人,漢末避亂渡海至遼東,依公孫度。魏黄初四年,通過華歆的推薦,自海外還魏。　〔雞肋〕無用的比喻。後漢末楊修説:"夫雞肋棄之如可惜,食之無所得。"語見《三國志·魏武帝紀》注引《九州春秋》。〔鳬脛〕《莊子·駢拇》:"長者不爲有餘,短者不爲不足,是故鳬脛雖短,續之則憂,鶴脛雖長,斷之則悲。"

淳熙十三年(一一八六)陸游六十二歲作。在政治生活中,經過多次的挫折,這一年起用爲知嚴州,因此在謝啓中充滿悲憤,從"元祐黨家,紹興朝士"以下,直至班超、李廣兩聯,提出對於政敵的控訴。他對於王淮的起用自己,固然感激,但是没有解除對於政敵的怨憤。

謝周樞使啓

起由散地,付以名州。朝迹久疏,忽喜長安之近;戍期未及,先寬方朔之飢。靖言孤蹤,可謂過望。伏念某簞瓢窮巷,土木殘骸。早已孤危,馬一鳴而輒斥,晚尤顛沛,龜六鑄而不成。羽翮摧傷,風波震蕩。薄禄作無窮之祟,虚名結不解之讎。酈生自謂非狂,甚矣見知之寡;韓愈何恃敢傲,若爲取怒之深。乘下澤之車,忽過半生;掛神武之冠,今無多日。偶然未死,得此少伸。制出西垣,地連右輔,顧視必恭之梓,阡陌相望;封培勿翦之棠,鄉閭太息。此蓋伏遇樞使丞相學優聖域,道覺民先,卓爾爲衆正之宗,毅然開孤進之路。自太公已久望子,仰關宗廟之靈;有夷吾可無復憂,盡釋薦紳之慮。方廣求於雋傑,乃首記其姓名。生物功深,奚啻吹律召東風之妙;回天力大,未覺挾山起北海之難。而某少頗激昂,老猶矍鑠。志士弗忘在溝壑,固當堅馬革裹尸之心;薄福難與成功名,第恐有援臂不侯之相。

〔周樞使〕名必大,廬陵人。淳熙十一年自知樞密院事進樞密使。十四年除右丞相。 〔散地〕在知嚴州發表已前,陸游還是用“主管成都玉局觀”的名義,支取祠禄,因此稱爲散地。 〔名州〕指嚴州。 〔成期未及〕見前篇〔瓜戍〕注。指連任玉局觀主管尚未滿期。 〔方朔之飢〕見《漢書·東方朔傳》。東方朔,漢時人,待詔公車,俸禄薄,上書自言:“朱儒長三尺餘,奉一囊粟,錢二百四十;臣朔長九尺餘,亦奉一囊粟,錢二百四十。朱儒飽欲死,臣朔飢欲死。” 〔簞瓢窮巷〕用顏回事。《論語·雍也》:“子曰:‘賢哉回也。一簞食,一瓢飲,在陋巷,人不堪其憂,回也不改其樂。賢哉回也。’” 〔土木殘骸〕用《莊子·齊物論》。顏成子游和南郭子綦説:“形固可使如槁木,而心固可使如死灰乎?” 〔馬一鳴句〕見《唐書·李林甫傳》。林甫居相,諫官無敢直言。杜璡説:“君等獨不見立仗馬乎?終日無聲而飫三品豆,一鳴則斥之矣。” 〔龜六鑄句〕古代命官,先鑄印。印以銅爲之,其上有作龜形者。“王瑩拜將軍,印工鑄其印,六鑄而龜六毀。”見《梁書·王瑩傳》。這裏有政治生活中屢遭挫折的意義。 〔酈生二句〕用酈食其的故事。有人對高祖説:“臣里中有酈生,年六十餘,長八尺,人皆謂之狂生,生自謂我非狂生。”見《史記·酈生傳》。酈音立(lì)。 〔乘下澤之車〕用馬援弟少游事。〔掛神武之冠〕《南史·陶弘景傳》:“永明十年,脱朝服,掛神武門,上表辭禄。” 〔今無多日〕自言年已衰老。 〔制出西垣〕制,詔書。西垣,中書省所在地。 〔右輔〕嚴州在臨安西南,故有此稱。 〔顧視句〕嚴州去山陰不遠。古稱家居所在爲桑梓。《詩·小弁》:“維桑與梓,必恭敬止。” 〔勿翦之棠〕《詩·甘棠》:“蔽芾甘棠,勿翦勿伐,召伯所茇。”

詩中歌頌古代的召伯，在他去職多年之後，人民對於他在其下休息的甘棠，還不忍損壞。陸游的高祖父陸軫，一百四十年以前，曾在嚴州做過知州，故有此句。 〔樞使丞相〕原文當用周必大全副官銜，編集時因必大曾任丞相，故連稱。 〔學優聖域〕《漢書·賈捐之傳》："禹入聖域而不優。" 〔道覺民先〕《孟子·萬章上》："予，天民之先覺者也。"〔自太公已久望子〕《史記·齊太公世家》記西伯出獵，遇呂望於渭水之陽，和他說："吾太公望之久矣。" 〔有夷吾可無復憂〕晉溫嶠爲劉琨使，過江見丞相王導，既出，高興地說起："江左自有管夷吾，此復何憂。"見《世說新語》。 〔薦紳〕官僚。 〔生物功深二句〕《文選》注引劉向《別錄》："鄒衍在燕，燕有谷，地美而寒，不生五穀，鄒子居之，吹律而溫氣至，五穀生。" 〔挾山起北海〕《孟子·梁惠王上》："挾大山以超北海，語人曰：'我不能。'是誠不能也。" 〔矍鑠〕音決朔（juéshuò），顧盼自雄之貌。 〔志士弗忘在溝壑〕見《孟子·滕文公下》。此言志士甘心窮困，常念死無棺槨，棄在溝壑，不以此爲遺恨。 〔馬革裹尸〕見《獵罷夜飲示獨孤生》注。 〔第〕但。 〔猨臂不侯〕猨同猿。李廣猿臂善射，與匈奴七十餘戰，功多，終不得封侯，見《史記·李廣列傳》。

這一篇和前篇同時作。周必大是陸游親密的朋友，因此在這一篇中，陸游更酣暢地訴說自己的感慨；對於本人，也作了無保留的估計。前篇比較含蓄，但是這一篇卻更激昂，這裏正見到陸游和王淮、周必大二人的關係，有所不同。

東 樓 集 序

余少讀地志，至蜀、漢、巴、僰，輒悵然有遊歷山川，攬觀風俗之志。私竊自怪，以爲異時或至其地以償素心，未可知也。歲庚寅,始泝硤,至巴中,聞《竹枝》之歌。後再歲,北遊山南,憑高望鄠、萬年諸山,思一醉曲江、渼陂之間,其勢無繇,往往悲歌流涕。又一歲,客成都、唐安,又東至于漢嘉,然後知昔者之感,蓋非適然也。到漢嘉四十日,以檄得還成都,因索在笥,得古、律三十首,欲出則不敢,欲棄則不忍,迺叙藏之。乾道九年六月二十一日山陰陸某務觀叙。

〔蜀、漢、巴、僰〕蜀今四川省西部,漢今陝西省漢中一帶,巴今四川省東部,僰音伯(bó),今四川省西南部。　〔異時〕將來。　〔素心〕平日的志願。　〔歲庚寅〕乾道六年(一一七〇)。　〔硤〕同峽,峽江指長江自夔州以下荆州以上的一段。　〔《竹枝》之歌〕即《竹枝詞》,四川流行的民歌。　〔山南〕終南山以南。　〔鄠〕音戶(hù),縣名。今陝西省鄠縣。　〔萬年〕古縣名,今併入陝西省西安市。　〔渼陂〕渼音美(měi),渼陂,在今陝西省鄠縣西。　〔其勢無繇〕繇同由。其地時爲金人侵佔,故不可往。　〔唐安〕古縣名,在今四川省崇州市東南。〔漢嘉〕古縣名,在今四川省樂山市境。　〔適然〕偶然。　〔笥〕竹篋。　〔乾道九年〕公元一一七三年。

　　乾道九年陸游在成都作。這是陸游的一本選集的自序。他説:"欲出則不敢,欲棄則不忍。"正因爲如此,這部作品終于散失了。在這篇自序裏,我們看到他的憤慨和鬱塞,洋溢着沸熱的感情。

澹齋居士集序

　　《詩》首《國風》,無非變者,雖周公之《豳》亦變也。蓋人之情,悲憤積於中而無言,始發爲詩,不然,無詩矣。蘇武、李陵、陶潛、謝靈運、杜甫、李白,激於不能自已,故其詩爲百代法。國朝林逋、魏野以布衣死,梅堯臣、石延年棄不用,蘇舜欽、黃庭堅以廢絀死。近時江西名家者,例以黨籍禁錮,乃有才名。蓋詩之興本如是。紹興間,秦丞相檜用事,動以語言罪士大夫,士氣抑而不伸,大抵竊寓於詩,亦多不免。若澹齋居士陳公德召者,故與秦公有學校舊,自揣必不合,因不復與相聞,退以文章自娛,詩尤中律呂,不怨不怒,而憤世疾邪之氣,凜然不少回撓。其不坐此得禍,亦僅脫爾。及秦氏廢,始稍起爲吏部郎,爲國子司業、祕書少監,遽没于官。後四十餘年,有子知津爲高安守,最其詩得三卷,屬某爲序。某少識公於山陰,方公召還,嘗以詩贈別,及公爲郎時,故相湯岐公一日語公曰:“陸務觀別君詩方傳世,非公之賢,何以發其語如此?”時紹興己卯歲也。因高安之請,重以感歎,某於是年八十有一矣。開禧元年九月太中大夫、寶謨閣待制、致仕、山陰縣開國子、食邑五百户、賜紫金魚袋陸某序。

〔《詩》首《國風》二句〕《詩經》三百〇五篇,其中《國風》百六十篇,相傳《周南》、《召南》二十五篇爲正風,其他百三十五篇爲變風。陸游認爲全部《國風》都是變風。這是他的特有的見解。 〔周公之《豳》〕《豳風》七篇,《國風》的一部分;相傳其中三篇爲周公所作,四篇則爲時人美周公而作。 〔蘇武〕西漢人,出使匈奴,回國後官至典屬國,相傳有與李陵贈答詩。 〔李陵〕西漢人,北伐匈奴,爲敵所得,相傳有與蘇武贈答詩。〔陶潛〕東晉詩人,有《陶淵明集》。 〔謝靈運〕南朝宋詩人,有《謝靈運集》。 〔杜甫〕唐詩人,有《杜工部集》。 〔李白〕唐詩人,有《李太白集》。 〔林逋〕宋詩人,有《林逋詩》。 〔魏野〕宋詩人,有《東

觀集》。　　〔梅堯臣〕宋詩人,有《宛陵集》。　　〔石延年〕宋詩人,有
《石延年詩》。　　〔蘇舜欽〕宋詩人,有《蘇舜欽集》。　　〔黃庭堅〕宋
詩人,有《黃庭堅集》。　　〔江西名家者〕指以黃庭堅、陳師道爲首的江
西派詩人。　　〔黨籍禁錮〕宋哲宗紹聖四年(一〇九四)親政後,罷斥舊
派,黨爭復起。徽宗崇寧三年(一一〇四),蔡京當政,立元祐黨人碑,凡
三百〇九人,分別貶斥,並不得與在京差遣。所謂禁錮者指此。　　〔故
與秦公有學校舊〕陳德召與秦檜同在太學,舊指舊日交誼。　　〔中律
呂〕符合詩的規律。　　〔回撓〕違心屈就。　　〔最其詩〕收集他的詩
篇。最同撮。　　〔故相湯岐公〕湯思退,處州人,官至左僕射、同平章
事,封岐國公。　　〔紹興己卯歲〕紹興二十九年(一一五九)。　　〔開
禧元年〕公元一二〇五年。

　　開禧元年陸游八十一歲,家居山陰作。他指出,由於詩人具有強烈
的情感,因此詩必須變,也不得不變,自古以來之詩,沒有不經過變的。
這只是一家之言,但是正因爲陸游處於階級矛盾和民族矛盾都非常尖銳
的時代,具有不同尋常的強烈情感,因此獲得這樣的認識。

傅給事外制集序

　　國家自崇寧來,大臣專權,政事號令不合天下心,卒
以致亂。然積治已久,文風不衰,故人材彬彬,進士高第
及以文辭進於朝者,亦多稱得人。祖宗之澤猶在,黨籍諸
家爲時論所貶者,其文又自爲一體,精深雅健,追還唐元
和之盛。及高皇帝中興,雖披荊棘,立朝廷,中朝人物悉
會於行在,雖中原未平,而詔令有承平風。識者知社稷方
永,太平未艾也。故給事中傅公以是時典西省文書,得名

尤盛。公天資忠義絶人，自東夷寇逆滔天，建炎中，大駕南渡，虜吞噬不遺力，幾犯屬車之塵，公眇然書生，位未通顯，獨涕泗感激，請提孤軍横遏虜衝，衛乘輿，論功埒諸大將。及駐蹕會稽，公遂爲浙東帥，始隱然有大臣望。雖擯斥不容而士論愈歸。及在東省，御史力詆去之，然猶知公爲一代大儒，蓋公論不可揜如此。公遺文百餘卷，嗣孫穪貧甚，手自鈔録，以傳後世。未能竟，乃先緝外制數百篇，屬某爲序。公之文，固天下所願見而取法。某未成童時，公過先少師，每獲出拜侍立，被公教誨，詎今七十餘年，幸猶後死，得論序公文，亦幸矣。某聞文以氣爲主，出處無媿，氣乃不橈，韓柳之不敵，世所知也。公自政和訖紹興，閲世變多矣，白首一節，不少屈於權貴，不附時論以苟登用，每言虜、言畔臣，必憤然扼腕裂眥，有不與俱生之意。士大夫稍有退縮者，輒正色責之若讎，一時士氣爲之振起，今觀其制告之詞，可槩見也。公諱崧卿，字子駿。於虖賢哉！開禧元年九月某日太中大夫、充寶謨閣待制、致仕、山陰縣開國子、食邑五百户、賜紫金魚袋陸某謹序。

〔傅給事〕即傅崧卿，浙江山陰人。《古今圖書集成·文學典》卷七十九“文學名家列傳”引《浙江通志》：“崧卿字子駿，省試第一，擢甲科，累遷考功員外郎。方士林靈素得幸，造符書。自輔臣以下，皆從靈素師授，崧卿與曾幾獨不行。被譖，出爲蒲圻縣丞。高宗召爲中書門下省檢正諸房公事。詔問建都孰便？崧卿言建康建國，宜定基本以濟中興。金師渡江，上自越幸四明，崧卿殿後，乘障盡死力，拜浙東防遏使。明年，知越州。上自永嘉還越，崧卿乞減供億、省用度，雖中旨，有不便輒執奏，賜可乃已。後金師復大舉入犯，上將親征，崧卿入對，言留都管籥，旁郡輔翼，當及鑾輿未發，亟圖之，庶無後慮。上稱善，進給事中，未及大用而卒，時人惜之。所著有《樵風溪堂集》六十卷,《西掖制誥》三卷,其《夏小正傳》最行於世。" 〔《外制集》〕除拜百官之制誥宣布於外,稱爲外制。這是傅崧卿代擬制誥的專集。 〔崇寧〕宋徽宗年號(一一〇二——一〇六)。〔大臣專權〕指蔡京。崇寧元年七月蔡京入相,在相位先後凡十九年。〔黨籍諸家〕指列名元祐黨人碑者及其子孫。 〔元和〕唐憲宗年號(八〇六—八二〇)。 〔高皇帝〕宋高宗。 〔行在〕古代稱天子出行所在之處爲行在。宋自東京陷落,高宗南渡後,常在臨安,因稱臨安爲行在。 〔未艾〕未止。 〔典西省文書〕崧卿爲中書門下省檢正諸房公事,所言指此。 〔東夷〕指女真族,國號曰金。 〔建炎〕宋高宗年號(一一二七——一三〇)。 〔幾犯屬車之塵〕屬車,皇帝隨從的車子。金兵幾乎把高宗都俘擄了,本文故意隱諱,説是幾乎觸犯了皇帝隨從車子的塵土。 〔埒〕音烈(去聲)(liè),等同。 〔駐蹕會稽〕指金軍南下,高宗避居山陰事。 〔爲浙東帥〕爲浙東防遏使。〔有大臣望〕具有大臣的威望。 〔在東省〕指崧卿爲給事中事。〔揜〕音掩(yǎn),掩蔽。 〔成童〕年十五以上曰成童,見《禮·内則》注。 〔先少師〕指陸游父陸宰。宰官僅至京西路轉運副使而卒,及游貴後,宰贈官至少傅,再遷少師。 〔詎〕當作距。 〔橈〕屈。〔韓柳之不敵〕陸游説柳宗元的不及韓愈,這是世人所共知的,提示柳宗元的所以不及韓愈,正因爲宗元出處有媿,氣受到委屈,文章也做不好。陸游對於柳宗元爲人的評價,不符合歷史真相,因此對於柳宗元爲文的評價,也不符合藝術標準。 〔政和〕宋徽宗年號(一一一一——一一七)。 〔紹興〕宋高宗年號(一一三一——一一六二)。〔白首一節〕至老不變。 〔不苟登用〕不肯苟且追求高位。 〔言虜、言畔臣〕虜指女真族統治者,畔臣指畔國的張邦昌、劉豫。 〔於虖〕同嗚呼。

開禧元年,陸游八十一歲,家居山陰作。

德 勳 廟 碑

　　自古王者經綸草昧，戡定亂略，必有熊羆之士，不貳心之臣，内任心膂之寄，外宣股肱之力，而廟謨國論，密賴以決，實兼將相之任者。在我高宗皇帝時，有若太師循忠烈王張公，實維其人。粵自高宗，歷試于外，開大元帥府，總天下兵，首以山西豪傑，入侍帷幄。龍飛順動，避狄南渡，公則有扶天夾日之□功；蕭牆釁起，羣公暗拱，公則唱勤王復辟之大策。氛祲内侵，戎馬冢突，公則奮却敵禦侮之奇略；巨盜乘間，羣兇和附，公則建剪除安輯之成績。由是不數年間，國勢安強，夷虜奪氣請和，而一二重將，未還宿衛，論者咸以爲非長久計。公則率先請罷宣撫使事、奉朝請，章再上，引義懇欵，於是議始定。士大夫咸謂其得大臣體，而高宗亦每謂之腹心舊將；又曰，"從來待卿如家人"；又曰，"是人與他功臣相去萬萬。"蓋高宗蹈履艱危，身濟大業，沉機獨智，燭微察遠，以爲方海内橫流，巡幸四方，暴衣露蓋，周衛單寡，非如中都高拱，蝸蛞螻蠛之居；江流阻艱，海道阽危，非如平時安行清蹕馳道之中：不有如公者協心同德，均禍福，共安危，譬之一家，父兄有急，子弟不召而自至；譬之一身，頭目有患，手足不令而自力，則天下之計將以誰諉？爰盍謂絳侯功臣，非社稷臣，則社稷臣與功臣果異。建炎以來功臣則有矣，至可名社稷臣者，非公而誰？故國家所以襃表崇異，常出等夷之上，非私恩也。及配享高宗廟庭，其次偶居其後，或者疑焉。是不然。唐名將前曰英、衛，後曰李、郭，衛公，汾陽之勳德，巍如泰山，終不以姓名次序爲歉。欽宗皇帝下詔褒顯故老，而范文正實次司馬文正之下，司馬公之賢不肖，不過與范公等，范公輔政先數十年，聲詩所載，以配夔禼，而顧乃居次，世豈以此爲有抑揚之意哉。公之曾孫鎡，三世傳嫡長，始築廟於居第之東，廟成，以高宗御書"德勳"二大字爲廟之名。自忠烈以下爲三室。忠烈之配曰秦國夫人魏氏、漢國夫人章氏。第二室曰少傅公諱子厚，配曰漢國夫人蕭氏。第三室曰少師公諱宗元，配曰楚國夫人劉氏。維忠烈王勳業之詳，與夫世諱、字系、官爵，葬有碑，謚有誥，史有傳，此不復載。顧廟祭宜有歌詩，刻于麗牲之碑，乃作詩曰：

宋傳九聖，高宗是承，化龍渡江，天開中興。維忠烈王，翼從帝旁，捐身棄孥，獨當豺狼。烟塵未息，變生肘腋，首倡義師，氣沮金石。大業復隆，退不矜功，雪涕引罪，身衛行宮。國有大難，我則出捍，功成愈謙，將士畏嘆。既空盜藪，麛虜淮右，柘皋之捷，梁、楚無寇。河維將平，虜畏乞盟，亟上虎符，就第王城。茂勳明德，爛然史冊，燕及家國，匪王孰克！築廟作主，三室同宇，歲時奉享，豐豆碩俎。國有世臣，家有元孫，咨爾後人，祗栗廟門。

〔經綸草昧〕經綸，經營。草昧指荒亂晦塞的時代。　　〔戡定〕戡亂平定。　　〔膂〕音旅(lǚ)，脊骨。　　〔廟謨〕國家大計。　　〔太師循忠烈王張公〕張俊，高宗時大將，封清河郡王，拜太師，死後追封循王，謚忠烈。　　〔粵〕句首語詞。　　〔高宗歷試于外二句〕欽宗靖康元年（一〇二六)十一月,詔康王構使河北,尊金主爲伯,上尊號。至磁州,不得進。閏十一月,金兵再次出動,進圍東京。欽宗拜康王爲河北兵馬大元帥。十二月開大元帥府。　〔山西豪傑〕張俊,鳳翔府成紀人。成紀,今甘肅省天水市,地在華山以西,故稱山西豪傑。　〔龍飛順動〕《易·乾卦》:"九五,飛龍在天,利見大人。"又《革卦》:"順乎天而應乎人。"這句說高宗順時而動,立爲皇帝。　〔避狄〕狄指金人。　〔扶天夾日之□功〕據句法,功字上脱一字,姑作□。　〔蕭牆釁起〕《論語·季氏》:"吾恐季孫之憂,不在顓臾而在蕭牆之内也。"注:"蕭之言肅也,牆謂屛也,君臣相見之禮,至屛而加肅敬焉,是以謂之蕭牆。"其時季氏將伐顓臾,孔子以爲季氏之憂在内不在外,故其言如此,後人因言禍之起於内者曰蕭牆之禍。建炎三年(一一二九)三月,扈從統制苗傅、御營右軍副都統制劉正彥殺簽書樞密院事王淵,迫高宗退位,擁太子旉爲帝,改元明受。蕭牆之釁指此。　〔羣公喑拱〕羣公指大臣。喑音音(yīn),不發言。拱,拱手。此句言大臣拱手無言。　〔勤王復辟〕出兵輔佐天子,使其復位。《宋史·張俊傳》:"苗傅、劉正彥反,俊時屯兵吳江縣,傅等矯詔,加俊捧日、天武四廂都指揮使,以三百人赴秦、鳳,命他將領餘兵。俊知其僞,拒不受。三軍洶洶,俊諭之曰:'當詣張侍郎求決。'即引所部八千人至平江。張浚語俊以傅等欲危社稷,泣數行下,俊大慟。浚諭以決策起兵問罪。俊泣拜,且曰:'此須侍郎濟以權術,毋驚動乘輿。'呂頤浩至,俊見之,亦涕泣曰:'今日惟以一死報國。'劉光世以所部至,俊釋舊憾。韓世忠來自海上,俊借一軍與之俱。世忠爲前軍,俊以精兵翼之,光世次之。戰于臨平,傅等兵敗,開城以出。世忠、俊、光世入城,見於内殿,帝嘉勞久之。"　〔氛祲内侵二句〕氛,兇氣;祲,妖氛,總指兇妖的氣氛,指女真族的敵軍。　〔巨盜乘間二句〕巨盜指李成,羣兇指成黨馬進等。張俊爲江淮路招討使,親冒矢石,賊衆數萬俱潰,馬進被殺,李成北走,降劉豫。軍中號俊爲張鐵山。　〔一二重將未還宿衛〕高宗用秦檜策,決定對金人請和,三大將張俊、韓世忠、岳飛等三人在軍中,手握兵權,爲檜所深忌。　〔請罷宣撫使〕張俊爲淮南西路宣撫使,首先請求解職。　〔奉朝請〕諸侯覲見天子,春曰朝,秋曰請。奉朝請指入朝覲見。　　〔懇欵〕華氏本欵字誤作疑。懇欵，誠懇深切。　　〔身濟大業〕親成大功。　　〔燭微〕看出最精微的問題。燭，動詞。　　〔暴衣露蓋〕衣服和帳幕都暴露在外。　　〔蝛蜎蠖濩〕音淵娟護獲(yuānjuānhuòhuò)。《漢書‧楊雄傳》"蝛蜎蠖濩之中。"顏師古注："蝛蜎蠖濩，言屋中之深廣也。"　　〔艱〕古艱字。　　〔阽〕音店(diàn)，危。　　〔清蹕〕清道。〔馳道〕皇帝大駕經行的道路。　　〔爰盎〕絳侯周勃，漢文帝時爲丞相，文帝待他極恭敬。爰盎問文帝道："丞相何如人也?"文帝説："社稷臣。"爰盎説："絳侯所謂功臣，非社稷臣。社稷臣，主在與在，主亡與亡。"這是説社稷臣必須把個人的利益完全服從國家的利益。見《漢書‧爰盎傳》。《史記》爰盎作袁盎。　　〔等夷之上〕同類人之上。　　〔配享高宗廟庭二句〕孝宗時定高宗配享用文臣二人，呂頤浩、趙鼎;武臣二人，韓世忠、張俊。張俊在韓世忠之下。　　〔英、衛〕唐太宗時名將李勣，封英國公;李靖，封衛國公。　　〔李、郭〕唐肅宗時名將李光弼、郭子儀。子儀封汾陽王。　　〔范文正〕宋仁宗時名臣范仲淹。　　〔司馬文正〕宋哲宗時名臣司馬光。　　〔賢不肖〕偏義複詞，側重賢字。　　〔聲詩〕詩之可以配樂者稱爲聲詩。　　〔夔、离〕古帝堯、舜時名臣。离一作契。〔世諱、字系、官爵〕指張俊祖先的名字、世次、居官、爵位等項。　　〔諡有誥〕張俊追贈循王，諡忠烈。皇帝賜諡，必另頒誥命。　　〔九聖〕北宋太祖、太宗、真宗、仁宗、英宗、神宗、哲宗、徽宗、欽宗，凡九帝。〔化龍渡江〕晉惠帝時童謠："五馬浮渡江，一馬化爲龍"，見《晉書‧五行志》。西晉之亂，司馬氏之族琅邪、汝南、西陽、南頓、彭城五王渡江，其後琅邪王睿稱帝，史稱東晉元帝。此處借指高宗。　　〔變生肘腋〕指苗傅、劉正彥叛變事。　　〔氣沮金石〕沮，壞也。此句言張俊氣壯，可使金石銷鑠。　　〔柘皋〕在安徽省巢湖市西北六十里。建炎十一年(一一四一)二月淮西宣撫使張俊、淮北宣撫使楊沂中、宣撫判官劉錡大敗金兀朮十餘萬衆於柘皋。　　〔虎符〕虎形的兵符，發兵時所用。亟上虎符指張俊自請罷淮南西路宣撫使，解除兵權事。　　〔王城〕國都所在，指臨安。〔三室同宇〕此言張俊及子、孫三代各有祭室，同在一所屋宇之下。〔豆俎〕豆，祭享時用以盛肉之器，以木爲之，形圓。俎，祭享時用以載牲之器。　〔祗栗〕敬慎悚惕。

　　此文不知何年作。孝宗淳熙中（一一七四——一一八九）始定高宗配享功臣名次，文中辨名次事，此作當在淳熙末年或更後，陸游六十以後了。陸游和張鎡交遊甚密，此文當係應張鎡之請而作，因此對於張俊有曲爲迴護之處。南宋初年三大將：韓世忠、岳飛都是正面人物；他們不是沒有缺點，但從整個看，都是應當肯定的；張俊迎合秦檜，首請罷宣撫使，及岳飛被殺，噤口不言，是應當批判的，但是在南宋初年，直至柘皋之捷，張俊不但有功，而且多次起了帶頭的作用；所部王德、田師中、劉寶、李横受到張俊的熏陶，其後都成爲名將，因此張俊有必須肯定的一面。陸游之作，肯定張俊應當肯定的地方而略去應當批判的所在。在古代碑傳文中，這樣的局限不是罕見的。篇首練字練句，一氣貫注。龍飛順動以下十二句，在單行文中運用駢偶，四柱相承，氣勢噴薄。暴衣露蓋以下六句兩股，譬之一家以下也是六句兩股，説理透切，而不見堆砌之跡。則天下之計將以誰諉，以問句總結上文，無懈可乘。銘文亦整肅勁健，從藝術方面看，這是一篇苦心經營的作品。

烟　艇　記

　　陸子寓居得屋二楹，甚隘而深，若小舟然，名之曰烟艇。客曰："異哉！屋之非舟，猶舟之非屋也。以爲似歟，舟固有高明奧麗逾於宫室者矣，遂謂之屋，可不可耶？"陸子曰："不然。新豐非楚也，虎賁非中郎也，誰則不知？意所誠好而不得焉，粗得其似，則名之矣。因名以課實，子則過矣，而予何罪？予少而多病，自計不能效尺寸之用於斯世，蓋嘗慨然有江湖之思，而飢寒妻子之累劫而留之，則寄其趣於烟波洲島蒼茫杳靄之間,未嘗一日忘也。使加數年,男勝鉏犁,女任紡績,衣食粗足,然後得一葉之舟,伐荻釣魚,而賣芰茨,入松陵,上嚴瀨,歷石門沃洲而還,泊於玉笥之下,醉則散髮扣舷,爲吳歌,顧不樂哉!雖然,萬鍾之禄,與一葉之舟,窮達異矣,而皆外物,吾知彼之不可求而不能不眷眷於此也。其果可求歟?意者使吾胸中浩然廓然,納煙雲日月之偉觀,攬雷霆風雨之奇變,雖坐容膝之室而常若順流放櫂,瞬息千里者,則安知此室果非烟艇也哉!"紹興三十一年八月一日記。

〔烟艇〕雲烟杳靄中的小舟。 〔寓居〕陸游這一年在杭州租房居住,因此稱爲寓居。 〔楹〕音盈(yíng),計屋標準,一般都以屋一列爲一楹。 〔新豐非楚〕漢高祖劉邦,楚豐縣人。高祖稱帝,都長安,太上皇念豐縣故人,悽愴不樂。高祖乃作新豐,把豐縣的故人一齊搬來,太上皇乃悦。新豐故城在今陝西省臨潼縣東。 〔虎賁中郎〕蔡邕,後漢名士,官至中郎將,爲王允所殺。他的朋友孔融看到虎賁士(武士)的面貌和邕相似,酒酣,引與同座。他説:"雖無老成人,且有典型。"見《後漢書·孔融傳》。 〔課實〕求實。 〔杳靄〕深遠。 〔荻〕禾本科,多年生草本,生水邊及原野。 〔芰茨〕芰實一名菱角。茨實一名雞頭。 〔松陵〕地名,在浙江省紹興、桐廬間。 〔嚴瀨〕水流沙上曰瀨,在浙江省桐廬縣南。 〔石門〕山名,在浙江省青田縣西七十里。〔沃洲〕山名,在浙江省嵊州市。 〔玉笥〕山名,在浙江省紹興市東南十五里。 〔萬鍾〕六斛四斗爲一鍾。萬鍾之禄,古代高官的俸禄。〔眷眷〕反顧之貌。 〔容膝之室〕極小之室。

　　紹興三十一年(一一六一)陸游三十七歲,在臨安任敕令所删定官時作。這時期陸游初入仕途,一邊做官,一邊懷念着故鄉的生活。這篇作品正寫出複雜的心理矛盾。

東屯高齋記

少陵先生晚遊夔州，愛其山川不忍去，三徙居皆名高齋。質於其詩：曰"次水門"者，白帝城之高齋也；曰"依藥餌"者，瀼西之高齋也；曰"見一川"者，東屯之高齋也。故其詩又曰："高齋非一處。"予至夔數月，弔先生之遺迹，則白帝城已廢爲丘墟百有餘年，自城郭府寺，父老無知其處者，況所謂高齋乎！瀼西蓋今夔府治所，畫爲阡陌，裂爲坊市，高齋尤不可識。獨東屯有李氏者，居已數世，上距少陵，財三易主，大曆中故券猶在，而高齋負山帶谿，氣象良是。李氏業進士，名襄，因郡博士雍君大椿屬予記之。予太息曰：少陵，天下士也，早遇明皇、肅宗，官爵雖不尊顯而見知實深，蓋嘗慨然以稷、卨自許。及落魄巴、蜀，感漢昭烈、諸葛丞相之事，屢見於詩，頓挫悲壯，反覆動人，其規模志意豈小哉？然去國寖久，諸公故人熟睨其窮，無肯出力。比至夔，客於柏中丞、嚴明府之間，如九尺丈夫、俛首居小屋下，思一吐氣而不可得。予讀其詩，至"小臣議論絶，老病客殊方"之句，未嘗不流涕也。嗟夫，辭之悲乃至是乎！荆卿之歌，阮嗣宗之哭，不加於此矣。少陵非區區於仕進者，不勝愛君憂國之心，思少出所學佐天子，興正觀、開元之治，而身愈老，命愈大謬，坎壈且死，則其悲至此，亦無足怪也。今李君初不踐通塞榮辱之機，讀書絃歌，忽焉忘老，無少陵之憂而有其高，少陵家東屯不浹歲，而君數世居之。使死者復生，予未知少陵自謂與君孰失得也。若予者仕不能無媿於義，退又無地可耕，是直有慕於李君爾，故樂與爲記。乾道七年四月十日山陰陸某記。

〔少陵先生〕唐詩人杜甫，自稱杜陵野客，或少陵野老。　〔次水門〕杜甫《宿江邊閣》：“暝色延山徑，高齋次水門。”　〔白帝城〕見《晚晴聞角有感》注。　〔依藥餌〕杜甫《暮春題瀼西新賃草屋五首》：“高齋依藥餌，絶域改春華。”　〔瀼西〕瀼音攘(rǎng)，山間之水通江者，四川人稱之爲瀼。瀼西，地名，今重慶市奉節縣治。　〔見一川〕杜甫《自瀼西荆扉，且移居東屯茅屋四首》：“道旁奉都使，高齋見一川。”陸游認爲這是杜甫的高齋，但是仇兆鰲《杜少陵集詳註》指出“今按‘高齋見一川’緊接‘道北馮都使’，則高齋當屬馮氏之居。”仇説較可信。　〔東屯〕在四川省奉節縣。公孫述曾在此墾田，號爲東屯，去白帝城不足五里，田可萬畝，宋時認爲東屯稻米，四川第一。　〔高齋非一處〕杜甫《雲》：“高齋非一處，秀氣豁煩襟。”　〔至夔數月〕乾道六年(一一七〇)十月二十七日，陸游到達夔州，到作記時，共四個半月。　〔畫爲阡陌〕阡陌即道路，南北曰阡，東西曰陌。　〔裂爲坊市〕裂，劃分。居民所在曰坊，交易所在曰市。　〔財三易主〕財通纔，其地僅換過三次地主。　〔大曆〕唐代宗年號(七六六—七七九)。大曆元年春，杜甫自雲安至夔州，居白帝城；次年三月遷居瀼西，秋後遷高屯，不久，又自東屯仍歸瀼西。三年正月去夔州。　〔業進士〕以讀書爲業。　〔郡博士〕夔州教官。〔明皇〕唐玄宗。　〔以稷、离自許〕离同契。杜甫《自京赴奉先縣詠懷五百字》：“杜陵有布衣，老大意轉拙，許身一何愚，竊比稷與契。”　〔柏中丞〕柏茂琳，大曆元年爲夔州都督，帶中丞銜。　〔嚴明府〕嚴某爲雲安縣令，故稱明府。　〔俛首〕同俯首。　〔小臣議論絶二句〕見杜甫《壯遊》。　〔荆卿之歌〕見《感憤》《悲傷句》注。荆卿即荆軻。〔阮嗣宗〕即阮籍，魏人。他因爲政治混亂，深感痛苦，有時駕車獨行，每至窮途，輒慟哭而返。　〔區區於仕進〕愛好做官。　〔正觀〕見《觀大散關圖有感》注。　〔開元〕唐玄宗年號(七一三—七四一)。

〔坎壈〕困窮。壈音凜(lǐn)。　　〔不踐通塞榮辱之機〕李君以讀書爲業，不求仕進，故言此。　　〔絃歌〕以琴瑟配合詩歌稱爲絃歌。　　〔不浹歲〕不滿一年。

乾道七年(一一七一)陸游在夔州，任通判夔州軍府事時作。陸游未到夔州以前，在仕途上受到不少的挫折，到夔州以後，依然感到内心的憤悶。因此對於杜甫飄泊的生活，發出共鳴。這一篇是在這樣的情緒之下寫出的。

銅 壺 閣 記

天下郡國，自譙門而入，必有通逵達於侯牧治所，惟成都獨否。自劍南、西川門以北，皆民廬、市區、軍壘。折而西，道北爲府，府又無臺門，與他郡國異。考其始，蓋自孟氏國除，矯霸國之僭侈而然。至蔣公堂來爲牧，乃南直劍南、西川門西北，距府五十步，築大閣曰銅壺，事書於史。崇寧初，以火廢。政和中，吳公拭因其矩，復侈大之，雄傑閎深，始與府稱。淳熙二年夏六月，今敷文閣直學士范公以制置使治此府。始至，或以閣壞告，公曰：“失今不營，後費益大。”於是躬自經畫，趣令而緩期，廣儲而節用，急吏而寬役。一旦崇成，人徒駭其山立翬飛，嶪然摩天，不知此閣已先成於公之胸中矣。夫豈獨閣哉？天下之事，非先定素備，欲試爲之，事已紛然，始狼狽四顧，經營勞弊，其不爲天下笑者鮮矣。方閣之成也，公大合樂，與賓佐落之。客或舉觴壽公曰：“天子神聖英武，蕩清中原，公且以廊廟之重，出撫成師，北舉燕、趙，西略司、并，挽天河之水以洗五六十年腥羶之污，登高大會，燕勞將士，勒銘奏凱，傳示無極，則今日之事蓋未足道。"識者以此知公舉大事不難矣，其可闕書！四年四月己卯朝奉郎主管台州崇道觀陸某記。

〔郡國〕指州城及府城。　〔譙門〕城門之上有高樓可以瞭望敵兵的稱爲譙門。譙音喬(qiáo)。　〔通逵〕大道。逵音奎(kuí)。　〔侯牧治所〕地方長官的公署。　〔府〕公署。　〔臺門〕上有高臺之門。〔孟氏〕後唐應順元年(九三四)，孟知祥據成都，稱帝，傳子衍，至宋乾德三年(九六五)亡國。　〔霸國〕割據一方者稱霸國。　〔蔣堂〕宜興人，宋真宗時知益州。　〔直〕對值。　〔崇寧〕宋徽宗年號(一一〇二——一〇六)。　〔政和〕宋徽宗年號(一一一一——一一一七)。〔吳拭〕拭，當作栻。吳栻甌寧人，徽宗時再帥成都。　〔淳熙〕宋孝宗年號(一一七四——一一八九)。　〔范公〕范成大，吳郡人，孝宗時任四川制置使。　〔趣令三句〕趣同促。下令迅速但是限期從容，準備充足但是用度節約，對官吏要求嚴格但是對人民役使從寬。這三句指出范成大善於掌握工作的規律。　〔山立翬飛〕山立，指建築的高聳；翬飛，指漆彩的美麗。翬音灰(huī)，本意爲五色齊備的野雞。　〔業然〕高聳貌。業音業(yè)。　〔大合樂〕舉行盛大的宴會。　〔落之〕行落成的典禮。　〔壽公〕對范公敬酒。　〔廊廟之重〕中央行政的重任。上古國家大事，必須在太廟決定，廊是廟的兩廊。　〔燕、趙〕見《劉太尉挽歌辭二首》注。　〔司、并〕見《蒸暑思梁州述懷》注。　〔挽天河之水〕用杜甫《洗兵馬》二句："安得壯士挽天河，净洗甲兵長不用。"〔五六十年腥羶之污〕靖康元年(一一二六)金軍陷東京，至此凡五十二年。

　淳熙四年(一一七七)陸游五十三歲，罷官居成都作。范成大是陸游的朋友，一度是他的上級官。他們之間有着深厚的友誼，可是在思想意識上却存在着一定的距離。范成大是詩人，有愛國思想，但是沒有收復失地的迫切願望。銅壺閣的修建，主要的還是爲地方上粧點門面，因此陸游把收復失地的意義點清，提出他對於成大的希望。

書 巢 記

陸子既老且病，猶不置讀書，名其室曰書巢。客有問曰：“鵲巢於木，巢之遠人者；燕巢於梁，巢之襲人者。鳳之巢，人瑞之；梟之巢，人覆之。雀不能巢，或奪燕巢，巢之暴者也。鳩不能巢，伺鵲育雛而去，則居其巢，巢之拙者也。上古有有巢氏，是爲未有宮室之巢。堯民之病水者，上而爲巢，是爲避害之巢。前世大山窮谷，中有學道之士，棲木若巢，是爲隱居之巢。近時飲家者流，或登木杪，酣醉叫呼，則又爲狂士之巢。今子幸有屋以居，牖戶牆垣，猶之比屋也，而謂之巢，何耶？”陸子曰：“子之辭辯矣，顧未入吾室。吾室之内，或栖於櫝，或陳於前，或枕藉於床，俯仰四顧，無非書者。吾飲食起居，疾痛呻吟，悲憂憤嘆，未嘗不與書俱。賓客不至，妻子不覿，而風雨雷雹之變有不知也。間有意欲起而亂書圍之，如積槁枝，或至不得行，則輒自笑曰：‘此非吾所謂巢者耶？’”乃引客就觀之。客始不能入，既入又不能出，乃亦大笑曰：“信乎其似巢也。”客去，陸子嘆曰：“天下之事，聞者不如見者知之爲詳，見者不如居者知之爲盡。吾儕未造夫道之堂奥，自藩籬之外而妄議之,可乎?"因書以自警。淳熙九年九月三日甫里陸某務觀記。

〔梟之巢〕梟,鳥名,猛禽類。古人以爲不祥之鳥,故覆其巢。 〔有巢氏〕傳説中的古代君主,教民爲巢。 〔堯民之病水者〕相傳古代帝堯之時,天下大水。病水,把水患看成災禍。 〔飲家者流〕《漢書·藝文志》對於古代作家,分別流派,故有"儒家者流"、"道家者流"之稱。此處用其意。飲家指好飲酒者,流指這個流派。 〔杪〕樹頭。 〔比屋〕鄰舍。 〔枕藉〕相枕而臥。 〔覿〕音笛(dí),見。 〔藩籬〕以竹木編織的屏障。 〔甫里〕地名,今江蘇蘇州東南五十里。陸游祖籍所在地。

淳熙九年(一一八二)陸游五十八歲,家居山陰作。

居 室 記

陸子治室於所居堂之北,其南北二十有八尺,東西十有七尺。東、西、北皆爲窗,窗皆設簾障,視晦明寒燠爲舒卷啓閉之節。南爲大門,西南爲小門,冬則析堂與室爲二,而通其小門以爲奧室,夏則合爲一而闢大門以受涼風。歲暮必易腐瓦、補罅隙以避霜露之氣。朝晡食飲,豐約惟其力,少飽則止,不必盡器。休息取調節氣血,不必成寐;讀書取暢適性靈,不必終卷。衣加損,視氣候,或一日屢變。行不過數十步,意倦則止,雖有所期處,亦不復問。客至,或見或不能見。間與人論説古事,或共杯酒,倦則嘔捨而起。四方書疏,略不復遣。有來者,或嘔報,或守累日不能報,皆適逢其會,無貴賤疏戚之間。足跡不至城市者率累年。少不治生事,舊食奉祠之祿以自給,秩滿,因不復敢請,縮衣節食而已。又二年,遂請老,法當得分司祿,亦置不復言。舍後及旁,皆有隙地,蒔花百餘本,當敷榮時,或至其下,方羊坐起,亦或零落已盡,終不一往。有疾,亦不汲汲近藥石,久多自平。家世無年,自曾大父以降,三世皆不越一甲子,今獨幸及七十有六,耳目手足未廢,可謂過其分矣。然自計平昔,於方外養生之說,初無所聞,意者日用亦或默與養生者合。故悉自書之,將質於山林有道之士云。慶元六年八月一日山陰陸某務觀記。

〔燠〕音玉(yù),煖。 〔奧室〕密室。 〔晡〕日暮之時。 〔期處〕預期之處。 〔書疏〕信札。 〔或守累日不能報〕古代通信,常有專人送達,待取得復信後方回。此言聽候回信者有時坐待累日,亦不能復。 〔疏戚〕疏,關係不密。戚,休戚相關。 〔不治生事〕不治家產。 〔奉祠之祿〕宋代罷官後,多帶某地某宮觀的職銜,領取半俸,稱爲祠祿。每兩年一任,任滿可以連任。 〔請老〕亦稱致仕。致仕後仍有物質待遇,分司之祿指此。 〔蒔〕音時(shí),栽培。 〔敷榮〕開花。 〔方羊〕一本作徜徉。 〔久多自平〕日久自然痊愈。〔家世無年〕祖先沒有長壽。 〔越一甲子〕超過六十。 〔方外〕此處指道家。

慶元六年(一二〇〇)陸游七十六歲,家居山陰作。

廬帥田侯生祠記

開禧二年八月詔以開封田侯琳爲淮南西路安撫使兼知廬州,節制淮西軍馬。時虜方入塞,侯既受命,謂廬州爲淮西根本,而古城又爲州之襟要,堅守廬州則淮西有太山之安,修復古城則廬州有金城湯池之固。異時議者知守南城而已,古城不復繕治,一日有警,如有太阿之利而不持鐏柄,七尺之軀而授人腰領,幾何其不敗也。古城雖不甓而其實峭堅,利以禦寇,且西北堅城多止用土,雖潼關及赫連氏統萬城,亦土爾。乃躬臨視之,芟夷草棘則城果屹如石壁,戈戟皆廢,衆始駭服。於是增陴浚壕,大設樓櫓。又有月城,亦得地利而卑不可恃,則又爲築羊馬城,厚六尺,高倍之,且爲重塹,設釣橋,而月城亦不可復犯矣。然自興役至訖事,不三閱月,將士爭奮,民不與知,一旦巍然,若役鬼神,可謂奇偉不世之功矣。城甫畢,虜果大入,道執鄉民,問知侯在是,相顧曰:"殊不知乃鐵面將軍也。"蓋虜自王師攻蔡州時,已習知侯名,未戰氣先奪矣。乘城,拒守甚力。夜遣偏將自屯所攻其營,殺傷數千人,萬戶死者二人。侯聞捷曰:"是且伏兵東門,夜攻吾水柵以幸一勝。"乃提親兵隨所向禦之,莫不摧破。虜知廬州不可近,遂解而趨和州。侯又亟遣親信,間道督光州戍將,斷橋梁,燒賊艦,絕其饟道,奪俘虜,復取安豐軍,又遣萬騎由梁縣援和州。會和州亦堅壁,虜窮乃盡遯。侯又出兵濠州,以戰車敗虜屯兵。戰車久不用,侯以意爲之,果取勝。策勳、真拜達州刺史,且以車制頒之諸軍。侯猶不敢自以爲功,方益修水門之備。濠河深二丈,乃得昔人撒星椿,橫亘兩城間,始知昔固有此舉,遂益植新椿而城之。其崇五丈有奇,樓櫓稱焉。將吏士民聚而謀曰:“侯之所立如此,郡人無以報萬一,則不可。”相與築生祠於城中而移書於予,請書歲月。予以衰疾辭,比書復來,則侯捐館舍矣。請既益堅,予亦痛若人之不淑而不獲卒大勳業也,故采之僉論以叙其始末。昔劉滬城水洛,趙立城山陽,滬所遇非堅敵,立雖死事而不能全其城,猶皆廟食,載在祀典,況如侯之功光明卓絕如此,則祀典之請,必有任其事者。尚繼書之,以垂示後世,爲忠義之勸云。嘉定元年春二月己巳謹記。

〔盧帥〕淮南西路安撫使兼知盧州。　　〔生祠〕祠是古代的紀念堂。所紀念的人還生存的時候,稱爲生祠。　　〔開禧二年〕公元一二〇六年。〔盧州〕今安徽省合肥市。　　〔虜方入塞〕開禧二年五月宋下詔伐金,戰事大起。虜指金人。　　〔古城〕當時盧州州治在南城,南城之外另有古城。　　〔金城湯池〕見《江上對酒作》注。　　〔太阿〕古代名劍。〔鐏柄〕戈下的銅柄。鐏音尊(zūn)。　　〔甓〕音譬(pì),磚。　　〔赫連氏統萬城〕東晉安帝義熙三年(四〇七),赫連勃勃建國號曰夏,自稱大夏天王。統萬城在今陝西省榆林縣西南白城子。　　〔戈戟皆廢〕言古城極堅,戈戟皆不能攻。　　〔陴〕城上女牆。　　〔櫓〕音魯(lǔ),城上望樓。　　〔月城〕甕蔽於城外的小城。　　〔羊馬城〕《通典·兵典》:“於城外去城十步,壕內更立小隔城,高六尺,厚五尺,仍立女牆,謂之羊馬城。”　　〔蔡州〕見《估客有自蔡州來者感悵彌日》注。　　〔乘城〕升城,指宋軍。　　〔萬戶〕金軍的武職官名。　　〔以幸一勝〕徼倖求得一次勝利。　　〔和州〕故治在今安徽省和縣。　　〔光州〕故治在今河南省潢川縣。　　〔饟道〕供應糧食的路線。饟音餉(xiǎng)。
〔安豐軍〕故治在今安徽省壽縣西南。　　〔梁縣〕故治在今安徽省合
肥市東北。　　〔濠州〕故治在今安徽省鳳陽縣東北。　　〔達州〕故
治在今四川省達縣。　　〔車制〕戰車的設計圖,及其在作戰中佈陣的
陣圖。　　〔撒星椿〕未詳。當因下椿之點星羅棋布而名。　　〔稱
焉〕與新城之高相稱。　　〔捐館舍〕逝世。　　〔不淑〕不弔,亦即不
幸。　　〔僉論〕一般人的議論。　　〔劉滬〕宋仁宗時名將,與西夏作
戰中,築水洛城。水洛故城在今甘肅省莊浪縣東南。　　〔趙立〕宋高
宗時名將,與金人作戰中,築山陽城。後爲金人所圍,援兵不至,戰死。
山陽城在今江蘇省淮安縣。　　〔廟食〕立祠祭祀。　　〔祀典〕祭祀
的規定。

　　嘉定元年(一二○八)陸游八十四歲,家居山陰作。這一年,南宋政
權,在史彌遠領導下,對金屈服,開禧年代對金作戰的功業已經被否定
了,但是從這一篇記載裏,還看到在金人進軍淮西時,宋人在戰爭中的努
力。也在這一年二月,陸游受到統治者的誣蔑,不但剝奪了應得的半俸,
甚至還説他在開禧的主戰,止是"蔽于不義之浮雲"。陸游這篇作品,記
錄了作戰中的一位名將,同時也給與統治者一個響亮的答復。他説:"祀
典之請,後必有任其事者。"他把是非曲直的判定,交給遙遠的將來。這
裏正看到他的不屈的意志和戰鬥的精神。

南　園　記

　　慶元三年二月丙午,慈福有旨,以別園賜今少師平原
郡王韓公。其地實武林之東麓,而西湖之水匯于其下,天
造地設,極湖山之美。公既受命,乃以禄入之餘,葺爲南

園，因其自然，輔以雅趣。方公之始至也，前瞻卻視，左顧
右盼，而規模定；因高就下，通窒去蔽，而物象列。奇葩美
木，爭效于前，清流秀石，若顧若揖。於是飛觀傑閣，虛堂
廣廳，上足以陳俎豆，下足以奏金石者，莫不畢備。高明
顯敞，如蛻塵垢而入窈窕，邃深疑于無窮。既成，悉取先
德魏忠獻王之詩句而名之。堂最大者曰許閒，上爲親御
翰墨以榜其顏。其射廳曰和容，其臺曰寒碧，其門曰藏
春，其閣曰淩風。其積石爲山曰西湖洞天，其瀦水藝稻，
爲囷爲場，爲牧羊牛、畜雁鶩之地曰歸耕之莊。其它因其
實而命之名，則曰夾芳，曰豁望，曰鮮霞，曰矜春，曰歲寒，
曰忘機，曰照香，曰堆錦，曰清芬，曰紅香。亭之名則曰遠
塵，曰幽翠，曰多稼。自紹興以來，王公將相之園林相望，
莫能及南園之髣髴者，公之志豈在於登臨游觀之美哉。
始曰“許閒”，終曰“歸耕”，是公之志也。公之爲此名，皆
取於忠獻王之詩，則公之志，忠獻之志也。與忠獻同時，
功名富貴略相埒者，豈無其人，今百四五十年，其後往往
寂寥無聞，韓氏子孫，功足以銘彝鼎、被絃歌者，獨相踵
也。逮至于公，勤勞王家，勳在社稷，復如忠獻之盛，而又
謙恭抑畏，拳拳志忠獻之志，不忘如此；公之子孫，又將嗣
公之志而不敢忘，則韓氏之昌，將與宋無極，雖周之齊、
魯，尚何加哉！或曰：“上方倚公如濟大川之舟，公雖欲遂
其志，其可得哉？”是不然。知上之倚公而不知公之自處，
知公之勳業而不知公之志，此南園之所以不可無述。游
老病謝事，居山陰澤中，公以手書來曰：“子爲我作南園
記。”游竊伏思，公之門才傑所萃也，而顧以屬游者，豈謂
其愚且老，又已挂衣冠而去，則庶幾其無諛辭，無侈言，而

足以道公之志歟。此游所以承公之命而不獲辭也。中大夫、直華文閣、致仕、賜紫金魚袋陸游謹記。

〔慈福〕指高宗吳皇后。寧宗即位後，累加尊號，爲壽聖隆慈備德光佑太皇太后，居慈福宮。　　〔韓公〕韓侂冑。　　〔武林〕山名，杭州靈隱、天竺諸山之總名。　　〔上足以陳俎豆〕俎豆，供祭品的用具。園中有家廟，可以祭祖。　　〔下足以奏金石〕有廳堂，可以奏樂會客。　　〔蛻塵垢〕脱去世俗的污穢。蛻音退(tuì)。　　〔窈窕〕深遠之地。　　〔魏忠獻王〕侂冑的曾祖韓琦，宋仁宗、英宗、神宗三朝名臣，官至司徒兼侍中。死後贈魏郡王，諡忠獻。　　〔顏〕眉目之間曰顏。此指堂之前。〔鶩〕音務(wù)，鴨。　　〔銘彝鼎〕彝，盛酒之器。鼎，烹飪之器。商、周時代以青銅爲之。有時王朝對於立有大功之臣，賜以彝、鼎，並把他的功績刻在器上。　　〔被絃歌〕絃歌指詩歌，古詩都能配合音樂，故稱絃歌。此句言把功績在詩歌中流傳下來。　　〔相踵〕踵，脚跟。相踵是脚跟相接，連續不斷。　　〔抑畏〕謙虛和警惕。　　〔拳拳〕忠謹貌。〔齊、魯〕周初呂望封於齊，姬旦封於魯，皆有大功。其後二國皆傳世數百年。　　〔才傑所萃〕英才人傑會聚之地。　　〔挂衣冠〕古代稱致仕爲挂冠。陸游時已致仕，故稱挂衣冠。　　〔庶幾〕希望。　　〔諛辭〕阿諛之辭。　　〔侈言〕浮誇之言。

　　慶元五年(一一九九)陸游七十五歲，家居山陰作(可能是次年作)。從這篇作品裏，看到陸游和韓侂冑的初步接近。有人以爲這是他結交權貴的罪證，因此在侂冑失敗後，這篇不收入《渭南文集》，僅從《放翁逸藁》可以看到。讀的時候，可以看出陸游立言的得體。他提出韓琦的事業，要求侂冑向他的曾祖學習；同時他也點出自己已挂衣冠而去，對於侂冑，無所希冀。葉紹翁《四朝聞見錄》認爲陸游這裏有微詞，雖然有意爲作者開脱，其實還沒有體會到作者當時的心理。

閲 古 泉 記

　太師平原王韓公府之西，繚山而上，五步一磴，十步一壑，崖如伏黿，徑如驚蛇，大石磊磊，或如地踊以立，或如翔空而下，或翩如將奮，或森如欲搏。名葩碩果，更出互見，壽藤怪蔓，羅絡蒙密。地多桂竹，秋而華敷，夏而籜解，至者應接不暇。及左顧而右盼，則呀然而江橫陳，豁然而湖自獻，天造地設，非人力所能爲者。其尤勝絶之地曰閲古泉，在溜玉亭之西，繚以翠麓，覆以美蔭，又以其東向，故浴海之日，既望之月，泉輒先得之。袤三尺，深不知其幾也，霖雨不溢，久旱不涸，其甘飴蜜，其寒冰雪，其泓止明静，可鑒毛髪，雖遊塵墮葉，常若有神物呵護屏除者。朝暮雨暘，無時不鏡如也。泉上有小亭，亭中置瓢，可飲可濯，尤於烹茗釀酒爲宜，他石泉皆莫逮。公常與客倘佯泉上，酌以飲客，游年最老，獨盡一瓢。公顧而喜曰：“君爲我記此泉，使後知吾輩之遊，亦一勝也。”游按泉之壁，有唐開成五年道士諸葛鑑元八分書題名。蓋此泉湮伏弗耀者幾四百年，公乃復發之時，閲古蓋先忠獻王以名堂者，則泉可謂榮矣。游起於告老之後，視道士爲有媿，其視泉尤有媿也。幸旦暮得復歸故山，幅巾短褐，從公一酌此泉而行，尚能賦之。嘉泰三年四月乙巳山陰陸游記。

〔太師平原王韓公〕即韓侂胄。慶元五年九月加侂胄少師，六年十月進太傅，嘉泰三年進太師。平原王即平原郡王。　　〔繚〕繞。　　〔磴〕音鄧(dèng),石級。　　〔礧礧〕大石重疊之貌。礧音累(lěi)。　　〔壽藤〕古藤。　　〔華敷〕花開,指桂。　　〔籜解〕筍殼脱落,指竹。籜音脱(tuō)。　　〔江〕錢塘江。　　〔湖〕西湖。　　〔繚以翠麓〕爲青翠的山麓所繚繞。　　〔袤〕音冒(mào),廣。　　〔其甘飴蜜〕泉水之甘同於麥芽糖和蜂蜜。飴音夷(yí)。下句句法同。　　〔泓止〕深沉安定。〔呵護〕保護。　　〔屏除〕掃除。　　〔暘〕音陽(yáng),晴天。〔濯〕音卓(zhuó),洗滌。　　〔逮〕音代(dài),及。　　〔開成五年〕公元八四〇年。開成,唐文宗年號。　　〔八分書〕書體名,隸書之初形。〔告老〕致仕。嘉泰二年(一二〇二)陸游起爲中大夫、直華文閣、提舉祐神觀、兼實録院同修撰、兼同修國史。　　〔幅巾短褐〕隱者之服。褐音赫(hè),粗毛布。

嘉泰三年(一二〇三),陸游七十九歲,在臨安擔任同修國史的職務,作此篇。這時陸游和韓侂胄已經很接近了,記中語氣自在,和《南園記》有很大的不同,寫景處深入細緻,爲當時所少有。本篇收入《放翁逸藁》。

金 崖 硯 銘

我遊三峽,得硯南浦,西窮梁益,東掠吳楚。渾灑淋漓,鬼神風雨,百世之下,莫予敢侮。

〔三峽〕西陵峽、巫峽、瞿唐峽,在今重慶、湖北兩省市間。　　〔梁、益〕見《樓上醉書》注。　　〔莫予敢侮〕莫敢侮予。

此文不知何年作。言"東掠吳楚",可能是在出川以後作的。全篇氣勢噴薄,有尺幅千里之意。

放 翁 自 贊 四篇録一

進無以顯於時,退不能隱於酒,事刀筆不如小吏,把鋤犂不如健婦。或問陳子何取而肖其像?曰:是翁也,腹容王導輩數百,胸吞雲夢者八九也。陸游自注:陳伯予命畫工爲放翁記顔,且屬作讚。時開禧丁卯翁年八十三。

〔腹容王導輩數百〕《世説新語·排調》:"王丞相(導)枕周伯仁(顗)郄,指其腹曰:'卿此中何所有?'答曰:'此中空洞無物,然容卿輩數百人。'"
〔胸吞雲夢者八九〕見《寓言》〔胸吞句〕注。

開禧三年(一二○七)陸游八十三歲,家居山陰作。這年十一月韓侂胄被殺,南宋的統治者決計對金屈服,但是陸游還是堅持他的政治立場,"自讚"五十五字,卓立紙上,令人神往。

姚平仲小傳

姚平仲字希晏,世爲西陲大將。幼孤,從父古養爲子。年十八,與夏人戰臧底河,斬獲甚衆,賊莫能枝梧。宣撫使童貫召與語,平仲負氣不少屈,貫不悦,抑其賞,然關中豪傑皆推之,號"小太尉"。睦州盜起,徽宗遣貫討賊,貫雖惡平仲,心服其沉勇,復取以行。及賊平,平仲功冠軍,乃見貫曰:"平仲不願得賞,願一見上耳。"貫愈忌之。他將王淵、劉光世皆得召見，平仲獨不與。欽宗在東宮，知其名，及即位，金人入寇，都城受圍，平仲適在京師，得召對福寧殿，厚賜金帛，許以殊賞。於是平仲請出死士斫營，擒虜帥以獻。及出，連破兩寨，而虜已夜徙去。平仲功不成，遂乘青騾亡命，一晝夜馳七百五十里，抵鄧州，始得食。入武關，至長安，欲隱華山，顧以爲淺，奔蜀，至青城山上清宮，人莫識也。留一日復入大面山，行二百七十餘里，度采藥者莫能至，乃解縱所乘騾，得石穴以居。朝廷數下詔物色求之，弗得也。乾道淳熙之間始出，至丈人觀道院，自言如此。時年八十餘，紫髯鬱然，長數尺，面奕奕有光，行不擇崖塹荆棘，其速若奔馬，亦時爲人作草書，頗奇偉，然祕不言得道之由云。

〔夏人〕西夏軍隊。　〔臧底河〕未詳。　〔睦州盜〕指方臘。宣和二年（一一二〇）方臘起義，主張"劃江而守，輕徭薄賦，以寬民力"。次年戰敗被俘，在東京就義。睦州改名嚴州。　〔在東宮〕時爲太子。〔鄧州〕故治在今河南省鄧州市。　〔武關〕在陝西省商南縣西北。〔青城山〕在四川省都江堰市西南，其上有上清宮。　〔大面山〕未詳。〔度〕音舵（duò），揣度。　〔物色求之〕物色即形貌。按照形貌求其人。　〔乾道〕年號（一一六五——一一七三）。　〔淳熙〕年號（一一七四——一一八九）。　〔奕奕〕盛美貌。奕音意（yì）。

　　此文不知何年作。北宋末期在陝西對西夏作戰中的名將二人种師道和姚古，在金兵進攻時，都調到東京附近作戰。平仲主張率兵斫營，進行一次奇襲，是一項大膽果斷的軍事行動。因爲事機不密，敵人做好準備，因此功敗垂成，平仲隻身亡命，從此成爲傳奇式的人物。陸游這篇小傳，流露了景仰英雄人物的心情。他又有詩一首，附記於此。

姚將軍靖康初以戰敗亡命建炎中下詔求之不可得後五十年乃從吕洞賓劉高尚往來名山有見之者予感其事作詩寄題青城山上清宫壁間將軍儻見之乎

造物困豪傑，意將使有爲，功名未足言，或作出世資。姚公勇冠軍，百戰起西陲，天方覆中原，殆非一木支。脱身五十年，世人識公誰，但驚山澤間，有此熊豹姿。我亦志方外，白頭未逢師，年來幸廢放，儻遂與世辭。從公遊五嶽，稽首餐靈芝，金骨換綠髓，欻然松杪飛。

祭富池神文

　　某去國八年，浮家萬里，從慕古人之大節，每遭天下之至窮。登攬江山，徘徊祠宇，九原孰起，孤涕無從。雖薄奠之不豐，冀英魂之來舉。

〔富池〕今湖北省陽新縣東六十里長江西岸。宋時其地有昭勇廟，祀吳大帝時折衝將軍甘寧。陸游《入蜀記》卷四記："舟人云：'若精虔致禱，則神能分風以應往來之舟。'"這是一種傳說，也反映了旅客和船户的迫切願望。　　〔去國〕指自臨安入川前後八年事。　　〔九原〕用《禮記·檀弓》趙文子與叔譽觀乎九原的故事。參見《前有樽酒行》注。全句有古人不可復見的沉痛意義。　　〔孤涕無從〕言外透露知音難得的感情。

　　淳熙五年（一一七八），陸游五十四歲，出川東歸時作。前半篇叙述生活的遭遇，後半篇叙述知音的難得。在短短五十一字中，寫出深刻的感受，氣勢磅礴。

戊申嚴州勸農文

蓋聞爲政之術,務農爲先,使衣食之粗充,則刑辟之自省。當職自蒙朝命,來剖郡符,雖誠心未格於豐穰,然拙政每存於撫字。觴酒豆肉,曷嘗妄蠹於邦財?銖漆寸絲,不敢輒營於私利。所冀追胥弗擾,墾闢以時,春耕夏耘,仰事俯育。服勞南畝,各終蔈蓘之功;無犯有司,共樂舒長之日。今者土膏既動,稼事將興,敢延見於耆年,用布宣於聖澤。清心省事,固守令之當爲;曠土游民,亦父兄之可恥。歸相告戒,恪務遵承,上以寬當宁之深憂,下以成提封之美俗。

〔戊申〕淳熙十五年(一一六八)。　〔刑辟〕刑法。　〔當職〕陸游自稱。　〔格〕致。　〔穰〕音攘(ráng),熟。　〔撫字〕愛育。
〔銖〕音朱(zhū),一兩的二十四分之一。　〔追胥〕追租的公差。
〔南畝〕古代耕作,從向陽的土地入手,《詩·大田》言"俶載南畝",指此。及至土地全部開闢後,"南畝"泛指一般田地。　〔蔈蓘〕蔈一作穮。《左傳》昭公元年:"譬如農夫,是穮是蓘。"杜注:"穮,耘也。壅苗爲蓘。"蔈蓘音漂滾(piǎogǔn)。　〔土膏〕墒氣。　〔耆年〕老年。耆音奇(qí)。　〔當宁〕指皇帝。《禮·曲禮》:"天子當宁而立。"宁音注(zhù),在門屏之間,上古君主視朝時所立之處。　〔提封〕諸侯封地,這裏借指嚴州的境內。

淳熙十五年,陸游在嚴州任內作。

書 通 鑑 後 二篇

司馬丞相曰："天地所生，財貨百物，止有此數，不在民則在官。"其説辯矣，理則不如是也。自古財貨，不在民又不在官者，何可勝數。或在權臣，或在貴戚近習，或在強藩大將，或在兼并，或在老釋。方是時也，上則府庫殫乏，下則民力窮悴。自非治世，何代無之。若能盡去數者之弊，守之以悠久，持之以節儉，何止不加賦而上用足哉！雖捐賦以予民，吾知無不足之患矣。彼桑洪羊輩何足以知之？然遂以爲無此理，則亦非也。

〔《通鑑》〕《資治通鑑》。 〔司馬丞相〕司馬光。神宗時，光與王安石論理財。安石説："善理財者不加賦而國用足。"光説："天下安有此理。天地所生，財貨百物不在民則在官。彼設法奪民，其害乃甚於加賦。此蓋桑羊(即桑弘羊，宋人諱弘字，此處缺。)欺武帝之言，太史公書之以見其不明耳。"語見《宋史·司馬光傳》。 〔貴戚近習〕皇帝的外戚和左右。 〔兼并〕集中土地的大地主。 〔桑洪羊〕即桑弘羊，漢武帝時爲治粟都尉，主張設立平準制，掌握全國的貨物，貴即賣之，賤則買之。《史記·平準書》記平準制行，"民不益賦而天下用饒"。

此文不知何年作。這裏看到陸游對於財政的認識。

周世宗既服江南，諭使修守備。《通鑑》以爲近於"大邦畏其力，小邦懷其德"，是比之文王也。方是時世宗將有事於燕、晉，其謀以爲若南方有變，雖不能爲大害，然北伐之師，勢亦不得不還，故先思有以安江南之心，又疲其力於大役，使不得動，比北伐成功，江南折簡可致矣。此世宗本謀也，遽謂之近於文王，豈不過哉！然世宗之謀，則誠奇謀也。蓋先取淮南，去腹心之患，不乘勝取吳、蜀、楚、粵，而舉勝兵以取幽州，使幽州遂平，四方何足定哉？甫得三關而以疾歸，則天也。其後中國先取蜀、南粵、江南、吳越、太原，最後取幽州，則兵已弊於四方，而幽州之功卒不成。故雖得諸國而中國之勢終弱。然後知世宗之本謀爲善也。

〔周世宗〕柴榮，在位六年(九五四—九五九)。 〔江南〕南唐中主李璟與周世宗戰敗後，割江北十四州，去帝號，稱江南國主。 〔大邦畏其力，小邦懷其德〕見《僞周書・武成》。兩句指周文王的成就。〔燕、晉〕燕指遼，時入據燕、雲十六州，今河北省北部及山西省部分地區。晉指北漢。 〔折簡〕發出通知書。 〔吳、蜀、楚、粵〕吳指南唐；蜀指後蜀；楚，時爲周行逢所據；粵指南漢。 〔幽州〕指遼人所據地。〔三關〕瓦橋關、益津關、高陽關。關北爲遼，關南爲宋地。瓦橋在今河北省雄縣，益津在今河北省霸州市，高陽在今河北省高陽縣東。 〔吳越〕吳越國在今浙江省及江蘇、福建兩省部分地區，國主錢俶以地歸宋。〔太原〕指北漢，國主劉繼元爲宋所滅。

　　此文不知何年作。周世宗柴榮和宋太祖趙匡胤有不同的戰略思想。世宗主張先收復燕雲十六州，然後爭取全國統一，不幸中道身死，沒有完成他的計劃。宋太祖主張先爭取全國統一，然後收復失地。在宋人手裏，全國獲得基本上的統一，但是失地始終沒能收復。從這篇文章裏看到陸游對於戰略的認識。

書空青集後

建中靖國元年，景靈西宮成，詔丞相曾公銘於碑，以詔萬世。碑成，天下傳誦，爲宋大典，且嘆曾公耆老白首，而筆力不少衰如此。建炎後，仇家盡斥，曾公文章，始行於世，而獨無此文。或謂中更喪亂，不復傳矣。淳熙七年，某得曾公子寶文公遺文於臨川，然後知其寶文公代作。蓋上距建中八十年矣。嗚呼！文章巨麗閎偉至此，使得用於世，代王言，頌成功，施之朝廷，薦之郊廟，孰能先之。而終寶文公之世，士大夫莫知也。汪翰林平生故人，及銘其墓，惟曰："始爲家賢子弟，中爲時勝流，晚爲能吏。"是豈足以言公哉？公家世固以文章名天下，又自少時所交，皆諸父客，天下偉人，出入試用，亦數十年，朋舊滿朝。然世猶不盡知之如此。況山林之士，老於布衣，所交不出閭巷，其埋沒不耀，抱材器以死者，可勝數哉！可勝嘆哉！九月十九日，山陰陸某書。

〔《空青集》〕宋曾布作，今不傳。　〔建中靖國〕宋徽宗年號（一一〇一），次年改號崇寧。　〔景靈西宮〕宋大内宮殿名。建中靖國元年十二月奉安神宗神御於景靈西宮大明殿，見《宋史》卷一九。　〔丞相曾公〕曾布，南豐人。徽宗初，以韓忠彦爲尚書左僕射，布爲尚書右僕射。崇寧元年，宗彦罷；布獨相，未幾亦罷。　〔建炎〕宋高宗年號（一一二七——一一三〇）。　〔仇家〕指蔡京、王黼等。　〔中更喪亂〕指宣和七年（一一二五）金兵南下事。　〔淳熙〕宋孝宗年號，七年即一一八〇。　〔臨川〕今江西省撫州市。　〔寶文公〕宋有寶文閣，以藏先世諸帝遺著。其官有學士、直學士、待制等。此指曾布之子官寶文閣者,名未詳。 〔汪翰林〕名未詳。 〔諸父〕伯、叔父,指曾鞏、曾肇等。鞏官至中書舍人,古文家,有《元豐類稿》。肇官至翰林學士,有《曲阜集》、《西掖集》。

此文不知何年作,當在淳熙七年以後,爲陸游晚年作品。徽宗即位之初,新舊兩派並用,及崇寧後,不獨舊派被斥,新派中曾布自右僕射出知潤州,游祖陸佃亦自尚書左丞出知亳州,蔡京擅權,國事遂不可問。陸游嘗言"熙寧、元祐所任大臣,蓋有孟、楊之學,稷、离之忠,而朋黨反因之而起,至不可復解。"曾布、陸佃同爲新派中之賢者,故陸游之言感慨深切如此。

書浮屠事

浮屠師宗杲,宛陵人,法一,汴人,相與爲友,資皆豪傑,負氣好遊,出入市里自若。已乃折節同師蜀僧克勤,相與磨礱浸灌,至忘寢食。遇中原亂,同舟下汴。杲數視其笠。一怪之,伺杲起去,亟視笠中,果有一金釵,取投水中。杲還,亡金,色頗動。一叱之曰:"吾期汝了生死,乃爲一金動耶? 吾已投之水矣。"杲起,整衣作禮曰:"兄真宗杲師也。"交益密。於虖! 世多詆浮屠者,然今之士有如一之能規其友者乎? 藉有之,有如杲之能受者乎? 公卿貴人謀進退於其客,客之賢者不敢對,其不肖者則勸之進。公卿亦以適中其意而喜。謀於子弟,亦然。一旦得禍,其客其子弟則曰:"使吾公早退,可不至是。"而公卿亦嘆曰："向有一人勸吾退,豈至是哉!"然亦晚矣。

〔浮屠師〕佛教僧人。　　〔杲〕音稿(gǎo)。　　〔宛陵〕今安徽省宣城縣。　　〔資皆豪傑〕都具有豪傑的氣概。　　〔折節〕轉變。　　〔磨礱〕琢磨。礱音龍(lóng)。　　〔浸灌〕灌輸。　　〔同舟下汴〕同船沿汴水東下。　　〔期汝了生死〕期待你認識生世是無常的。　　〔於虖〕同嗚呼。　　〔規〕勸導。　　〔藉〕假使。　　〔向〕同嚮,往時。

　　此文不知何年作。通過這篇作品,陸游指出朋友相處之道,附帶地對於當時達官貴人的熱中禄位,也給與有含蓄的諷刺。

書 渭 橋 事

　　中大夫賈若思宣和中知京兆櫟陽縣。夏夜以事行三十里至渭橋,夜漏欲盡,忽見二三百人馳道上,衣幘鮮華,最後車騎旌旄,傳呼甚盛。若思遽下馬,避於道傍民家,且使從吏詢之。則曰："使者來按視都城基,漢唐故城王氣已盡,當求生地。此十里内已得之,而水泉不壯,今又舍之矣。"語畢,馳去如飛。時方承平,若思大駭,明日還縣,亟使人訪諸府,則初無是事也。若思,河朔人,自櫟陽從蔡靖辟,為燕山安撫司管勾機宜文字,靖康中自燕遜歸,入尚書省為司封郎而卒。陸某曰:河渭之間,奥區沃野,周、秦、漢、唐之遺迹,隱轔故在。自唐昭宗東遷,廢不都者三百年矣。山川之氣鬱而不發,藝祖、高宗皆嘗慨然有意焉,而羣臣莫克奉承。予得此事於若思之孫逸祖。

豈關中將復爲帝宅乎！虜暴中原積六七十年，腥聞于天。王師一出，中原豪傑必將響應。決策入關，定萬世之業，茲其時矣。予老病垂死，懼不獲見，故私識若思事以示同志。安知士無脫輓輅以進説者乎！

〔中大夫〕宋時有中大夫，文散官，從四品。　〔宣和〕徽宗年號（一一一九——一一二五）。　〔京兆櫟陽〕宋縣名，故地在今陝西省西安市，宋時屬京兆府。櫟音藥（yào）。　〔渭橋〕見《投梁參政》注。　〔夜漏〕古代以漏器計時，夜漏指夜間的時刻。　〔幘〕音則（zé），包髮的帕子。〔旌旄〕旗幟。　〔王氣〕帝王建都所在的生氣。　〔生地〕新地。〔不壯〕不盛。　〔承平〕和平。　〔訪諸府〕訪此事於京兆府。〔河朔〕河北。　〔從蔡靖辟〕宣和五年（一一二三）九月蔡靖知燕山府。辟，舉用。　〔管勾機宜文字〕幕僚官名。　〔靖康〕年號（一一二六）。　〔司封郎〕官名，吏部有司封郎中及員外郎。　〔奧區沃野〕腹心的地區，肥美的田野。　〔隱轔〕車聲。　〔唐昭宗東遷〕天祐元年（九○四），昭宗遷都洛陽。　〔藝祖〕見《聞鼓角感懷》注。〔奉承〕奉命執行。　〔識〕音志（zhì），記載。　〔脫輓輅以進説〕用劉敬事。漢五年（前二○二）婁敬脫輓輅，衣其羊裘，勸高祖建都關中。高祖大喜，賜姓劉。輅音路（lù），車前橫木。脫輓輅，解除拖車前進的工作。

　　這一篇大約是淳熙十六年（一一八九）陸游六十五歲罷官以後的作品。他叙述了一個民間的傳説，從這裏引申出建都關中，收復失地的主張。最後一段，充分地暴露了他的愛國熱忱。

跋傅正議至樂庵記

　　伏波將軍困於壺頭，曳病足土室中以望夷賊，左右哀之,莫不爲流涕。定遠侯在西域三十年,年老思土,上書自言願生入玉門關,詞指甚哀。彼封侯富貴矣,然戚戚無聊乃如此。其他盈滿骩脆,畏禍憂誅,願爲布衣不可得者又何可勝嘆。然則,富貴果不如貧賤之樂耶?曰:此自富貴者言之耳。貧賤之士,仕則無路,處則無食,自非有道君子,其憂又有甚者矣。正議傅公,在學校二十年,聲震京師。同舍生去爲公卿者袂相屬,而公始僅得一第。既仕矣,適時艱難,妄男子往往起閭巷,取美官,公又棄不用,則亦何自樂哉!及讀所作《至樂庵記》,自道其胸中恢疏磊落,所以樂而忘憂者,文辭辯麗動人,有列禦寇、莊周之遺風,然後知公蓋有道者。或曰:"使天以富貴易公之樂,公其許之乎?"予曰:公所以處貧賤者,則其所以處富貴也。顏回之簞瓢,周公之袞繡,一也。觀斯文者,盍以是求之。淳熙十一年七月十六日山陰陸某謹書。

〔傅正議〕名佇,官至南劍州通判,死後累贈正議大夫。陸游有《傅正議墓誌銘》,見本書。　〔伏波將軍〕馬援,後漢時人。建武二十四年(四八)征武陵五溪蠻夷。次年進軍壺頭,爲敵所困。　〔壺頭〕山名,在湖南省沅陵縣東北一百三十里。　〔定遠侯〕班超,後漢時人,爲西域都護。〔西域〕華氏本誤作西城。　〔戚戚〕憂懼貌。　〔無聊〕聊的本義爲樂,無聊即不樂。　〔骩脆〕音臬兀(niè wù),動搖不安。　〔學校〕指太學。　〔袂〕音妹(mèi),袖。　〔妄男子〕無知男子。　〔恢疏〕寬弘。　〔列禦寇、莊周〕列子、莊子,古代道家。　〔顏回之簞瓢〕顏回,孔子高足弟子,居陋巷,一簞食,一瓢飲。　〔袞繡〕袞音滾(gǔn),繡有團龍的衣服,上公的服色。《詩·九罭》:"我覯之子,袞衣繡裳。"之子指周公。　〔盍〕何不。

淳熙十一年(一一八四),陸游六十歲,在山陰作。

跋李莊簡公家書

李丈參政罷政歸鄉里時,某年二十矣。時時來訪先君,劇談終日。每言秦氏,必曰“咸陽”,憤切慨慷,形於色辭。一日平旦來共飯,謂先君曰:“聞趙相過嶺,悲憂出涕。僕不然,謫命下,青鞋布襪,行矣,豈能作兒女態耶!”方言此時,目如炬,聲如鍾,其英偉剛毅之氣,使人興起。後四十年,偶讀公家書,雖徙海表,氣不少衰,丁寧訓戒之語,皆足垂範百世,猶想見其道青鞋布襪時也。淳熙戊申五月己未笠澤陸某題。

〔李莊簡公〕李光,紹興八年(一一三八)除參知政事,九年(一一三九)罷。十一年(一一四一)責授建寧軍節度副使,藤州安置。四年後移瓊州。居瓊州八年,始北還。孝宗時賜諡莊簡。　〔李丈〕李光爲陸游父輩,故稱爲丈。　〔秦氏〕秦檜。　〔咸陽〕古代秦國故都,借指秦檜。〔趙相〕趙鼎,爲秦檜所陷,責授清遠軍節度副使,潮州安置。在潮不食而死。　〔海表〕海外,指瓊州。　〔青鞋布襪〕用杜甫《奉先劉少府新畫山水障歌》句:“吾獨胡爲在泥滓,青鞋布襪從此始。”鞵、鞋二字通用。〔淳熙戊申〕淳熙五年(一一七八)。　〔笠澤〕太湖。陸游祖籍甫里,地濱太湖,故稱此。

淳熙五年,陸游五十四歲,罷官居成都作。

跋東坡諫疏草

天下自有公論，非愛憎異同能奪也。如東坡之論時事，豈獨天下服其忠，高其辯，使荊公見之，其有不撫几太息者乎？東坡自黄州歸，見荊公於半山，劇談累日不厭，至約卜鄰以老焉。公論之不可揜如此，而紹聖諸人，乃遂其忮心，投之嶺海必死之地，何哉？此疏藏馮氏三世，八十年矣，真可寶哉。嘉泰壬戌二月七日笠澤陸某謹書。

〔荊公〕王安石，封荊國公。　　〔半山〕在今江蘇省南京市，本王安石故宅，自請捨爲寺，賜名報恩禪寺，有半山亭。　　〔揜〕同掩。　　〔紹聖〕宋哲宗年號（一〇九四——一〇九七）。當時章惇、曾布等執政。　　〔忮心〕嫉害之心。忮音志（zhì）。　　〔投之嶺海必死之地〕紹聖四年（一〇九七）蘇軾責授瓊州別駕，移送昌化軍安置。　　〔笠澤〕見前篇注。嘉泰二年（一二〇二）陸游七十八歲，家居山陰作。

跋蔡忠懷送將歸賦

予讀《送將歸》之賦，爲之流涕，不爲蔡氏也。宋興百餘年，累聖政治之美，庶幾三代，熙寧、元祐所任大臣，蓋有孟、楊之學，稷、卨之忠，而朋黨反因之以起，至不可復解。一家之禍福曲直，不足言也。爲之子孫者，能力學進德，不爲偏詖，則承家報國皆在其中矣。嘉泰二年五月十

259

五日山陰陸某書于浙江亭。

〔蔡忠懷〕名確,以新黨進,官至尚書右僕射,元祐初貶英州別駕,新州安置,卒於貶所。紹聖二年贈太師,謚忠懷。　〔熙寧元祐所任大臣〕指王安石、司馬光等。　〔孟、楊〕孟軻、楊雄。　〔稷、卨〕古代堯、舜時大臣。　〔詖〕音譬(pì),不正。

　　嘉泰二年作。從這一篇可以見到陸游對於北宋新舊兩黨的看法。他認爲王安石、司馬光的學術和忠忱都是突出的,但是正由於他們之間的矛盾,無法調和,以致造成東京陷亂,中原覆亡的大禍。這樣的認識,當然有他的家庭和時代的背景,但是和當時一般的認識比,還是較爲妥當的。語句中也透露他的無限的沉痛。

跋 韓 幹 馬

　　大駕南幸,將八十年,秦兵洮馬不復可見,志士所共嘆也。觀此畫使人作關輔河渭之夢,殆欲賈涕矣。嘉泰甲子十月二十一日山陰陸某書。

〔韓幹〕唐代畫家,善畫人物及鞍馬。　〔大駕南幸〕指高宗南遷事,至此七十八年。　〔秦兵洮馬〕北宋中期以後,關中的軍隊,因爲不斷和西夏作戰,比較強悍。洮水出甘肅省臨潭縣西北,入黃河。其流域出良馬,故稱秦兵洮馬。　〔不復可見〕南宋後,秦嶺以北及洮水流域已經淪陷,故不可見。　〔關輔〕見《獵罷夜飲示獨孤生》注。　〔賈〕同隕。

嘉泰四年（一二〇四）陸游八十歲，家居山陰作。

跋 花 間 集 二篇録一

《花間集》皆唐末五代時人作。方斯時，天下岌岌，生民救死不暇，士大夫乃流宕如此，可嘆也哉！或者亦出於無聊故耶。笠澤翁書。

〔岌岌〕危殆。岌音擊(jí)。　　〔流宕〕放蕩。　　〔笠澤〕見《跋李莊簡公家書》注。

此文不知何年作。《跋花間集》凡兩篇，另一篇作於開禧元年，但不能據此證明這篇也作於那一年。從這篇可以看到陸游對於創作的要求。

跋曾文清公奏議稿

紹興末賊亮入塞，時茶山先生居會稽禹跡精舍。某自敕局罷歸，略無三日不進見，見必聞憂國之言。先生時年過七十，聚族百口，未嘗以爲憂，憂國而已。後四十七年，先生曾孫黯以當日疏稿示某。於今某年過八十，仕忝近列，又方王師討殘虜時，乃不能以塵露求補山海，真先生之罪人也。開禧二年歲在丙寅五月乙巳門生山陰陸某謹書。

〔曾文清公〕名幾,世稱茶山先生,官終權禮部侍郎,卒後諡文清。
〔賊亮入塞〕紹興三十一年(一一六一)金主完顏亮率大軍南下。 〔禹跡精舍〕禹跡寺,在紹興城南。 〔勅局〕即勅令所。陸游曾任該所刪定官。 〔仕忝近列〕陸游官至寶謨閣待制,故有此言。 〔不能以塵露求補山海〕不能以塵補山,以露補海,極言不能以自己的點滴貢獻,有補於國家。 〔開禧二年〕公元一二○六年。

開禧二年,陸游八十二歲,家居山陰作。

跋曾文清公詩稿

河南文清公早以學術文章擅大名,爲一世龍門,顧未嘗輕許可,某獨辱知,無與比者。士之相知,古蓋如此。方西漢時,專門名家之師,衆至千餘人,然能自見於後世者寡矣。楊子惟一侯芭,至今誦之,故識者謂千人不爲多,一人不爲少。某何足與乎此,讀公遺稿,不知衰涕之集也。開禧丙寅歲五月乙巳門生笠澤陸某謹識。

〔河南〕曾幾,贛州人,徙居河南府。 〔龍門〕《後漢書·李膺傳》:“士有被其容接者,名爲‘登龍門’。”爲一世龍門,猶言爲一世領袖。 〔衆至千餘人〕徒衆至千餘人。 〔侯芭〕楊雄弟子。 〔開禧丙寅〕開禧二年(一二○六)。

開禧二年,陸游八十二歲,家居山陰作。

跋周侍郎奏稿

　　某生於宣和末，未能言而先少師以畿右轉輸餉軍，留澤潞，家寓滎陽。及先君坐御史徐秉哲論罷，南來壽春，復自淮徂江，間關兵間，歸山陰舊廬，則某少長矣。一時賢公卿與先君遊者，每言及高廟盜環之寇，乾陵斧柏之憂，未嘗不相與流涕哀慟，雖設食，率不下咽引去。先君歸，亦不復食也。伏讀侍郎周公論事牓子，猶想見當時忠臣烈士憂憤感激之餘風。於虖，建炎、紹興間，國勢危蹙如此，而内平羣盜，外捍強虜，卒能披草莽，立社稷者，諸賢之力爲多。某故具載之以勵士大夫。儻人人知所勉，則北平燕趙，西復關輔，實度内事也。開禧丁卯歲正月丁亥故史官陸某謹書。

〔周侍郎〕周葵，常州宜興人，宣和六年進士。孝宗即位，除兵部侍郎，官至參知政事，有文集三十卷，奏議五卷。未知即此人否。　　〔先少師〕陸游父陸宰，歿後累贈少師。　　〔畿右轉輸〕時陸宰任京西路轉運副使。　　〔澤潞〕澤州，故治在今山西省晉城市。潞州，故治在今山西省長治市。　　〔滎陽〕今河南省滎陽市。　　〔徐秉哲〕時爲御史。張邦昌奉金人意旨稱楚帝，秉哲，官至權中書侍郎，領樞密院。建炎元年，責授昭化軍節度副使，梅州安置。　　〔壽春〕今安徽省壽縣。　　〔間關〕穿過。　　〔高廟盜環〕高廟，漢高祖廟，在長安。文帝時，有人盜高廟坐前玉環，見《史記·張釋之傳》。　　〔乾陵斧柏〕乾陵，唐高宗陵墓，在今陝西省乾縣西北梁山。《淵鑑類函》引《本草經》：“乾陵之柏，異於他處，其文多爲菩薩、雲氣、人物、鳥獸狀，極分明可見。有盜一株徑尺者值萬錢,關陝人家多以爲貴。"宋王朝南渡後,祖宗陵墓皆在洛陽,地已淪陷,士大夫對此,深感悲憤。　〔建炎〕高宗年號(一一二七——一一三〇)。〔紹興〕高宗年號(一一三一——一一六二)。　〔燕趙〕見《劉太尉挽歌辭二首》注。　〔關輔〕見《獵罷夜飲示獨孤生》注。

　　開禧三年(一二〇七)陸游八十三歲,家居山陰作。南宋初年,士大夫間深厚的愛國感情,在這篇作品中,歷歷可見。

跋周侍郎尋姊妹帖

　　方建炎多故,羣盜如林,士大夫家罹禍,有盡室不知存亡者。觀周公此書,可爲流涕。六七十年來,在仕在野,皆安其生、養老者、字幼者、藏死者,可不知所自耶?尚勉思所以報。開禧三年正月丁亥山陰陸某書。

〔帖〕招貼或書簡。　〔罹〕音離(lí),遭遇。

　　開禧三年作。開禧初年發動了對金的戰爭,在這年正月間,戰事正在膠着中。這一篇和前一篇,都直接聯繫到時事,帶有一定的鼓動愛國思想的意義。

跋傅給事帖

　　紹興初,某甫成童,親見當時士大夫相與言及國事,或裂眥嚼齒，或流涕痛哭，人人自期以殺身翊戴王室，雖醜裔方張，視之蔑如也。卒能使虜消沮退縮，自遣行人請盟。會秦丞相檜用事，掠以爲功，變恢復爲和戎，非復諸公初意矣。志士仁人抱憤入地者可勝數哉！今觀傅給事與呂尚書遺帖，死者可作，吾誰與歸。嘉定二年七月癸丑陸某謹識。

〔傅給事〕傅崧卿，陸游有《傅給事外制集序》，見本書。 〔成童〕童年稍長者曰成童。《禮記·內則》：“成童舞象學射御。”注：“成童十五以上。” 〔翊〕音意(yì)，擁護。 〔醜裔〕醜惡的夷狄。 〔蔑如〕微細。 〔行人〕使者。 〔和戎〕南宋初年用作對敵屈服的替代詞。 〔呂尚書〕名祉，建州建陽人。紹興七年，遷兵部尚書。

嘉定二年(一二〇九)陸游八十五歲，家居山陰作。這一年，正是在史彌遠領導下，對敵屈服的年代。陸游認爲南宋初年，宋金間的和平，是由於決心對敵作戰，獲得勢力平衡，不是對敵屈服的結果。他的議論，雖然有過於重視士大夫而忽視了人民力量的偏向，但是基本上是有一定的認識的。他指出對於投降派的憤懣；對史彌遠，正同對秦檜，他是極端痛恨的。

費夫人墓誌銘

故建平守蜀費公樞有女子子曰法謙，字海山。年十有七，歸于今右宣教郎晉張君珫。三十有八年，年五十五而沒。沒百二十三日而葬。葬再歲而銘，銘之歲，實乾道八年，而作銘者，君之友吳陸某也。君少爲進士，有場屋聲。既壯，屢屈於禮部，乃以從父任入官，又蹭蹬幾二十年，故時同爲進士者，今丞相葉公自大司馬使西鄙，奏君爲其屬。君顧太夫人春秋高，將辭不行。夫人曰："行矣！妾在側，君奚憂？"於是盡斥奩中之藏，具滫髓滑甘，以時進饋，奉盥授帨，比平日加謹。雖有疾，強自持不怠，至疾平，太夫人或終不知。君得夙夜王事而無內憂者，夫人力也。君嘗自楚歸蜀，上忠州獨珠灘，觸石舟敗，舟人皆失魂魄，夫人獨不動，徐謂君曰："與君平生皆俯仰無愧，何至溺死！"已而果全，上下交慶，而夫人乃澹然無甚喜色。某曰：夫人篤孝君姑以成其夫之賢，蓋有古列女風，至臨死生之變而不以動心，則雖學士大夫，有弗及者。然求其所以能至是者，亦自孝敬始而已。夫人生四子：男曰宗望、宗康；女曰海月、海雲。海雲先夫人四十餘日卒。孫，祖義。銘曰：嗚呼，有宋孝婦費夫人之墓。

〔建平〕地名，今安徽省郎溪縣。　　〔女子子〕所生者曰子，男爲男子子，女爲女子子。　　〔右宣教郎〕宋制，宣教郎從八品官，不由進士出身者加"右"字。　　〔少爲進士〕少爲學進士業者，即少爲士人。　　〔有場屋聲〕在試場中有名。　　〔壯〕三十曰壯。　　〔屢屈於禮部〕屢次在禮部舉行的進士考試中失敗。　　〔以從父任入官〕從父，伯父或叔父。宋時有門廕制度，官階較高者其子、孫、姪皆得入官。　　〔蹭蹬〕音曾（去聲）登（cèngdēng），失意。　　〔葉公〕葉衡，自樞密都承旨調知成都府。　　〔滫髓〕《禮記·內則》"滫髓以滑之。"注："秦人溲曰滫，齊人滑曰髓。"滫髓是調和食物的方法，將食物用淘米水浸過，使其柔滑。滫音休（xiū）。　　〔滑甘〕柔滑的和甜美的食物。　　〔盥〕音冠（guàn），洗面盆。　　〔帨〕音稅（shuì），佩巾。　　〔王事〕王朝的工作。〔忠州〕故治在今重慶市忠縣。　　〔俯仰無愧〕孟子指出"仰不愧於天，俯不怍於人"是人生的樂事。　　〔澹然〕淡漠。　　〔君姑〕姑,即婆婆。

　　乾道八年(一一七二)陸游四十八歲,在四川作。這篇作品寫一位尋常家庭婦女,在尋常的言行中透出堅強的性格。

曾文清公墓誌銘

　　公諱幾,字吉父,其先贛人,徙河南之河南縣。曾祖識,泰州軍事推官;妣祖氏,寧晉縣君李氏。祖平,衢州軍事判官,贈朝散大夫;妣慈利縣君劉氏。考準,朝請郎、贈少師;妣魏國太夫人孔氏。公有器度,舅禮部侍郎孔武仲,祕閣校理平仲,嘆譽以爲奇童。未冠,從兄官鄆州,補試州學爲第一。教授孫緦亦贛人,異時讀諸生程試,意不滿,輒曰:"吾江西人屬文不爾。"諸生初未諭。及是持公所試文,矜語諸生曰:"吾江西人之文也。"乃皆大服。已而入太學,屢中高等,聲籍甚。會兄弼提舉京西南路學事,按部溺死,無後,特恩補公將仕郎。公以太夫人命,不敢辭,試吏部銓,中優等,賜上舍出身,擢國子正、兼欽慈皇后宅教授,遷辟雍博士、兼編修《道史》檢閱官。時禁元祐學術甚厲,而以剽剝頹闒熟爛爲文,博士弟子更相授受,無敢異。一少自激昂,輒擯弗取,曰:"是元祐體也。"公獨憤嘆,思一洗之。一日得經義絕倫者,而他場已用元祐體見黜。公爭之,不可。明日會堂上,出其文誦之,一坐聳聽稱善,爭者亦奪氣,及啓封,則内舍生陳元有也。

元有遂釋褐，文體爲少變，學者相賀。改宣義郎，入祕書爲校書郎。道士林靈素以方得幸，尊寵用事，作符書，號《神霄籙》。自公卿以下，羣造其廬拜受，獨故相李綱、故給事中傅崧卿及公俱移疾不行。出爲應天少尹，尹故相徐處仁敬待公。公嘗決疑獄，徐公謝曰："始徒謂君儒者，乃精吏道如是邪？"一日有中貴人傳中旨取庫金而不齎文書。徐公用府寮議，將姑許之，公力爭，至謁告不出。徐公雖不果用而尤以此服公。丁內艱，服除，主管南外宗室財用。靖康初，提舉淮南東路茶鹽公事。女真入寇，都城受圍，太府鹽鈔無自得，商賈不行。公乃便宜爲太府鈔給之。比賊退，得緡錢六十萬，喪亂之餘，國用賴是以濟，而公不自以爲功也。改提舉荆湖北路茶鹽公事。羣盜大起，湖北諸郡皆破，獨辰、沅、靖三州僅存，有封椿鹽。公以與蠻獠貨易，得錢數鉅萬，間道上行在所。賊孔彥舟據鼎州，川陝宣撫使司幕官有傅雱者，輒假彥舟湖北副總管。彥舟因自稱官軍而殺掠四出自若也。俄以總管檄檄公，求鹽給軍食。官屬震恐，請與以紓禍。公卒拒不予。其後有爲鼎澧鎮撫使者，怙權暴橫，復欲得鹽，公曰："使吾畏死，則輸彥舟矣。"亦卒不予。以疾乞閑，主管臨安府洞霄宮。起爲福建路轉運判官，未赴，改廣南西路。廣南支郡賦入悉隷轉運司，歲度所用給之，吏緣爲姦。公獨親其事，吏不得與。文書下，諸郡愜服。徙江南西路提點刑獄公事，改兩浙西路。故太師秦檜用事，與虜和，士大夫議其不可者輒斥。公兄爲禮部侍郎，爭尤力，首斥，而公亦罷。時秦氏專國柄未久，猶憚天下議，復除公廣南西路轉運副使，以慰士心。徙荆湖南路。賊駱科起郴州宜章縣，郴、道、桂陽皆警，且度嶺。詔湖北宣撫司遣將逐捕。賊引歸宜章之臨武峒，宣撫司遂以平賊聞。公獨奏其實，朝廷始命他將討平之。主管台州崇道觀，起提舉湖北茶鹽，未赴，改廣西轉運判官。公雖益左遷，然於進退從容自若，人莫能窺其涯。復主管崇道觀，寓上饒七年，讀書賦詩，蓋將終焉。紹興二十五年，檜卒，太上皇帝當宁，慨然盡斥其子孫姻婭，而收用耆舊、與一時名士。十一月，起公提點兩浙東路刑獄。公老矣而精明不少衰，去大猾吏張鎬，一路稱快。明年，知台州。公娶錢氏，有郡酒官者夫人族子也，大爲姦利，且恣橫，患苦里閭，公亟捕繫獄，奏廢爲民。黃巖令用兩吏爲囊橐以受賕，吏持之。令不勝怒，械吏置獄，一夕皆死。公發其罪。或以書抵公曰：“令，左丞相客也。”公治益急，亦坐廢。逾年召赴行在所，力以疾辭。除直祕閣、歸故官。數月復召，既對，太上皇帝勞問甚渥，曰：“聞卿名久矣。”公因論“士氣不振既久，陛下興起之於一朝，矯枉者必過直，雖有折檻、斷鞅、牽裾、還笏，若賣直沽名者，願皆優容獎激之”。時太上懲秦氏專政之後，開言路，獎孤直，應詔論事者衆。公懼或有以激訐獲戾者，故先事反覆極論以開廣上意。太上大悅，除祕書少監。先是少監選輕，士至不樂入館。公既以老臣自外超用，名震京都，及入朝，鬚須皓然，衣冠甚偉，雖都人老吏，皆感歆以爲太平之象。於是公去館中三十有八年矣，舉故事，與同舍賦詩飲酒，縱談前輩言行、臺閣典章，從容每竟日。故相湯思退嘗語客曰：“恨進用偶在前，不得當斯時從曾公遊也。”其爲薦紳歆慕如此。擢尚書禮部侍郎。初公兄楙歷禮部侍郎，至尚書，兄開亦爲禮部侍郎，至是，公復繼之，衣冠尤以爲盛事。二十七年，吳越大水地震，公極論消復災變之道，及言賑濟之令，當以時下，太上皆嘉納。時將郊祀，公力請對，言"臣老，筋力弗支矣。陛下郊天，若禮官失儀，亦足辱國"。太上曰："卿氣貌不類老人，姑爲朕留。"公再拜，謝曰："臣無補萬分一，惟進退有禮，尚不負陛下拔擢，不然，且爲清議罪人。"乃以集英殿修撰提舉洪州玉隆觀。又三歲，除敷文閣待制。元顏亮盜塞下，詔進討。已而虜大人，或欲通使以緩其來。公方病臥，聞之，奮起上疏曰："遣使請和，增幣獻城，終無小益而有大害。爲朝廷計，當嘗膽枕戈，專務節儉，整軍經武之外，一切置之。如是，雖北取中原可也。且前日陛下降詔，諸將傳檄，數金人君臣，如罵奴耳，何詞復和耶？"今上初受內禪，公又上疏累數千言，大概如前疏而加詳。既封奏，具衣冠溯闕再拜，乃發。公自宣義郎十一遷爲左中大夫，至是以即位恩，遷左太中大夫。執政欲起公入侍經筵，度不可致，乃以公子逮爲提點浙西刑獄以便養。隆興二年，公上章謝事，遷左通議大夫，致仕。莊文太子立，羣臣爲父後者得加封其親。公子逢請于朝而有司疑公官高。詔特遷左通奉大夫。乾道二年五月戊辰，卒於平江府逮之官舍，享年八十三，爵至河南縣開國伯，食邑至七百戶。公平生燕居，莊敬如齊，至没不少變。九月辛酉，逢等葬公於紹興府山陰縣鳳凰山之原。詔贈左光禄大夫。有司謚曰文清。娶故翰林學士錢勰之孫、朝請郎東美之女，封魯國太夫人。男三人：逢，朝散大夫、尚書左司郎中；逮，朝奉大夫、充集英殿修撰，知湖州；迅，通直郎、主管台州崇道觀。女一人，嫁右朝散郎、知吉州呂大器。孫男七人：槃，迪功郎、監户部贍軍烏盆酒庫；
櫐，承務郎、新知平江府長洲縣；梁，從政郎、監户部贍軍
諸暨酒庫；榮，迪功郎、監建康府提領所激賞酒庫；榘，宣
教郎；菜，修職郎、監明州支鹽倉；棠，迪功郎、新湖州長興
縣尉。孫女九人：長適從事郎、衢州江山縣丞李孟傳；次
適通直郎、新通判揚州軍州事朱輅；次適宣義郎、新浙東
提舉常平司幹辦公事詹徽之；次適從政郎、新婺州金華縣
丞邢世材；次適宣教郎、幹辦行在諸軍審計司葉子强；次
適修職郎吕祖儉；次適文林郎、湖州長興縣丞丁松年；次
適迪功郎、前明州慈谿縣主簿王中行；次適迪功郎、監衢
州比較務張震。曾孫男女十三人。公貫通《六經》，尤長
於《易》、《論語》。夙興，正衣冠，讀《論語》一篇，迨老不
廢。孝悌忠信，剛毅質直，篤於爲義，勇於疾惡，是是非
非，終身不假人以色詞。少師捐館舍，公才十餘歲，已能
執喪如禮，終喪不肉食。及遭内艱，則既祥猶蔬食，凡十
有四年，至得疾顛眴乃已。每生日拜家廟，未嘗不流涕
也。平生取與，一斷以義，三仕嶺外，家無南物。或求沉
水香者，雖權貴人，不與。守台州，以屬縣並海，產蚶菜，
比去官，終不食。初佐應天時，元祐諫臣劉安世亡恙，鄘
禁方厲，仕者不敢闖其門，公獨日從之遊，論經義及天下
事，皆不期而合。避亂寓南嶽，從故給事中胡安國，推明
子思、孟子不傳之絶學。後數年，時相倡程氏學，凡名其
學者不歷歲取通顯，後學至或矯託干進。公源委實自程
氏，顧深閉遠引，務自晦匿，及時相去位，爲程氏學者益
少，而公獨以誠敬倡導學者，吳越之間，翕然師尊。然後
士皆以公篤學力行，不譁世取寵爲法。公治經學道之餘，

發於文章，雅正純粹，而詩尤工，以杜甫、黃庭堅爲宗，推而上之，縣黃初、建安以極於《離騷》、《雅》、《頌》、虞、夏之際。初與端明殿學士徐俯、中書舍人韓駒、呂本中游，諸公繼歿，公巋然獨存，道學既爲儒者宗而詩益高，遂擅天下。有文集三十卷、《易釋象》五卷，他論著未詮次者尚數十卷。某從公十餘年，公稱其文辭有古作者餘風，及疾革之日，猶作書遺某，若永訣者，投筆而逝。故公之子以銘屬某，會某客巴蜀，久乃歸，銘之歲實淳熙五年，去公之歿十二年矣。銘曰：

聖人既没，道裂千歲，士誦遺經，用鮮弗戾。孰如文清，得於絶傳，耄期躬行，知我者天。秉禮蹈義，篤敬以終，病不惰媮，《大學》之功。仕豈不逢，施則未究，刻銘于丘，維以詔後。

〔贛〕音干(gàn)，宋江南西路的簡稱，今江西省除東北部分外，皆其地。
〔河南縣〕今河南省洛陽市。　　〔泰州〕故治在今江蘇省泰州市。
〔妣祖氏，寧晉縣君李氏〕妣，母也。貫上文曾祖考爲曾祖母。曾祖母二人，元配祖氏，未贈封；繼配李氏，生祖平，贈寧晉縣君。寧晉，縣名，在今河北省。宋時婦女封贈有縣君、郡君、國夫人等稱，所綴地名，皆虛銜。
〔衢州〕故治在今浙江省衢縣。　　〔贈〕死後加官。　　〔慈利〕今湖南省慈利縣。　　〔鄆州〕故治在今山東省鄆城縣。鄆音運(yùn)。
〔補試州學〕曾幾隨兄在鄆州，因此在鄆州州學補試。　　〔程試〕試卷。
〔未諭〕不解。　　〔矜語〕鄭重告語。　　〔太學〕宋時最高學府，當時稱國子監。　　〔籍甚〕極盛。　　〔京西南路〕今河南省西南、湖北省西北及陝西省東南地區。　　〔按部〕巡視所屬地區。　　〔特恩補公將仕郎〕曾弼溺死，宋王朝給曾幾官職。將仕郎，從九品。　　〔不敢辭〕宋時以進士出身爲榮，爲將仕郎，不參加進士試，非曾幾所願，但有太夫人命,故不敢辭。 〔吏部銓〕試進士由禮部主持,試官吏由吏部主持,當時稱爲吏部銓。 〔上舍〕宋時國子監,自三舍法行後,定額:外舍生二千人,内舍生三百人,上舍生百人。 〔國子正〕國子監官名,主執行學規。 〔欽慈皇后〕徽宗母陳皇后。 〔辟雍博士〕辟雍即國子監。博士,官名,主分經講授。 〔元祐學術〕崇寧元年(一一〇二)詔:"諸邪説陂行,非先聖之書,并元祐學術政事,不得教授學生。"元祐學術指蘇氏父子及黄庭堅、秦觀、范祖禹、劉攽等人著述。 〔頏闒〕音推(陽平)他(tuítā),頏唐。 〔經義〕以經文爲題而作之文字。 〔釋褐〕脱去平民的毛布衣,從此爲官。 〔宣義郎〕正七品。 〔祕書〕祕書省,掌古今經籍、圖書、國史、實録、天文、曆數之事。 〔應天〕宋應天府,在今河南省商丘市。 〔吏道〕政治刑法之事。 〔中貴人〕宦官。 〔中旨〕内廷密旨。 〔齎〕音基(jī),具。 〔府寮〕屬官。 〔謁告〕請假。 〔丁内艱〕母死曰丁内艱。古代父母死即罷官治喪。 〔服除〕父母死,守喪三年,期滿曰服除。 〔南外宗室〕徽宗崇寧三年(一一〇四)置南外宗正司於南京應天府。 〔淮南東路〕今江蘇省淮河以南及安徽省淮河以南部分地區。 〔太府鹽鈔〕宋有太府令,掌國家財貨之政令及庫藏出納、商税、平準、貿易之事。鹽鈔爲宋時行鹽之證書,猶明清時代之鹽引。 〔便宜〕臨時。 〔緔錢〕成本税。 〔荆湖北路〕今湖北省大部及湖南省西北地區。〔辰州〕故治在今湖南省沅陵縣。 〔沅州〕故治在今湖南省芷江縣。〔靖州〕故治在今湖南省靖縣。 〔封椿鹽〕庫存鹽。 〔蠻獠〕指境内兄弟民族。 〔鉅萬〕案《漢書·食貨志》注,鉅萬爲萬萬。但以上下文推之,本文當指十萬。 〔行在所〕臨安。 〔鼎州〕故治在今湖南省常德市。 〔川陝宣撫使〕張浚。 〔鼎澧鎮撫使〕程昌寓。〔福建路〕今福建省。 〔廣南西路〕今廣西壯族自治區及廣東省雷州半島海南島等地。 〔兩浙西路〕今浙江省西部及江蘇省江南部分地區。 〔荆湖南路〕今湖南省大部地區。 〔郴州〕故治在今湖南省郴縣。郴音琛(chēn)。 〔宜章〕今湖南省宜章縣。 〔道州〕故治在今湖南省道縣。 〔桂陽〕今湖南省桂陽縣。 〔上饒〕今江西省上饒市。　　〔太上皇帝當宁〕太上皇帝指高宗。《禮記·曲禮》:"天子當宁而立,諸公東面,諸侯西面曰朝。"注:"門屏之間謂之宁。"此言秦檜既死,高宗親自掌握政權。宁音著(zhù)。　　〔婣黨〕姻黨。黨音黨(dǎng)。　　〔兩浙東路〕今浙江省東部地區。　　〔台州〕故治在今浙江省臨海市。　　〔黃巖〕今浙江黃巖。　　〔囊橐〕收藏財物的工具。橐音駝(tuó)。　　〔賕〕音求(qiú),賄賂。　　〔左丞相〕沈該。〔甚渥〕甚厚。　　〔折檻〕漢成帝時槐里令朱雲上書請斬安昌侯張禹,帝令御史牽雲下,雲攀殿檻,檻折。見《漢書·朱雲傳》。　　〔斷鞅〕春秋時齊侯駕將走郵棠,太子抽劍斷鞅,乃止。見《左傳》襄公十八年。〔牽裾〕三國時魏文帝欲徙冀州十萬戶,辛毗諫,帝不答而起,毗隨而引其裾。見《魏志·辛毗傳》。　　〔還笏〕唐高宗將立武昭儀,褚遂良諫,帝不聽。遂良致笏殿階,叩頭流血曰:"還陛下此笏。"見《唐書·褚遂良傳》。　　〔激訐獲戾〕激烈直致以至得罪。　　〔祕書少監〕祕書省有監及少監,掌古今經籍、圖書、國史、實録、天文、曆數之事。　　〔選輕〕人選得不到重視。　　〔薦紳〕即搢紳,指士大夫。　　〔衣冠〕指士大夫。　　〔消復災變〕解除自然災禍。　　〔郊祀〕祀天大禮。　　〔元顏亮〕即金主完顏亮,被殺後史稱海陵王亮。紹興三十一年(一一六一)率領大軍南犯,號稱六十萬。　　〔嘗膽〕用越王勾踐事。　　〔枕戈〕《晉書·劉琨傳》:"吾枕戈待旦,志梟逆虜。"　　〔今上初受内禪〕紹興三十二年(一一六二)高宗傳位太子昚。"今上"指此,後世稱爲孝宗。〔隆興二年〕公元一一六四年。　　〔上章謝事〕上書請求致仕。〔莊文太子〕孝宗長子愭,乾道元年(一一六五)立爲皇太子,三年病死。〔疑公官高〕認爲曾幾官階已高,無須加封。　　〔平江府〕今江蘇省蘇州市。　　〔燕居〕退朝閒居。　　〔如齊〕同如齋,和齋戒時一樣。〔湖州〕故治在今浙江省舊吳興縣,在今湖州市。　　〔吉州〕故治在今江西省吉安市。　　〔長洲縣〕今江蘇省蘇州市。　　〔建康府〕今江蘇省南京市。　　〔明州〕故治在今浙江省寧波市。　　〔長興縣〕今浙江省長興縣。　　〔衢州〕故治在今浙江省衢縣。　　〔江山縣〕今浙江省江山市,屬衢州。　　〔揚州〕故治在今江蘇省揚州市。　　〔婺州〕故治在今浙江省金華市。　〔慈谿〕今浙江省慈谿縣。　〔是是非非〕是其所是,非其所非。　〔不假人以色詞〕不以態度和言語對人遷就。〔捐館舍〕去世。　〔執喪如禮〕按照規定執行喪禮。　〔既祥〕喪事二十五月以後。　〔顛眴〕同顛眩,昏厥。　〔沉水香〕交阯有蜜香樹,取其老木根,浸水中經年,取出晾乾,可以薰香。　〔並海〕並讀傍。〔蚶菜〕蚶子。蚶音酣(hān)。　〔劉安世〕司馬光弟子,元祐時官至諫議大夫,爲新黨所嫉,號爲殿上虎。　〔鄜禁〕即黨禁。　〔闖〕突入。　〔南嶽〕衡山。　〔胡安國〕二程私淑弟子,著《春秋胡氏傳》。〔時相〕指趙鼎。鼎學於邵伯溫,爲程顥再傳弟子,在南宋初年,推行程氏學。　〔誠敬〕程顥常以此教人。他說:"執事須是敬。"又說:"知至則使意誠,若有知至不誠者,皆知未至爾。"見《語錄》。　〔翕然〕一致。〔黄初〕魏文帝年號(二二〇—二二六)。其時詩人有曹丕、曹植等。〔建安〕漢獻帝年號(一九六—二一九)。其時詩人有王粲、劉楨、徐幹、陳琳等。　〔徐俯、韓駒、呂本中〕皆南宋初年江西派詩人。　〔巋然〕高峻獨立貌。巋音窺(kuī)。　〔疾革〕病危。革音急(jí)。　〔淳熙五年〕公元一一七八年。　〔耄期〕七十或八十以上皆稱耄,音冒(mào)。　〔知我者天〕指曾幾躬行實踐,不求人知。　〔病不惰媮〕病中猶不放鬆。媮同偷。　〔《大學》〕《禮記》篇名,言"大學之道,在明明德,在新民,在止於至善"。其學在於格物致知、正心誠意、修身齊家、治國平天下。　〔仕豈不逢,施則未究〕兩句指出曾幾雖有官位,但是沒有能把抱負全部施展的機會。　〔丘〕邱墓。　〔詔後〕告知後世。

淳熙五年,陸游五十四歲,任提舉福建常平茶鹽公事時作。陸游對於曾幾有深刻的情感,因此立言深切,對於曾幾的一生大節,能夠抓住要點,敘述詳盡。全文二千八百字,標幟着宋代散文進一步的發展。陸游《老學庵筆記》言銘文中記曾幾駁斥賜錢張邦昌家屬事,曾言"橫恩如此,不知朝廷何以待伏節死事之家!"陸游所記至詳,爲曾幾後人削去,極以爲恨。

傅正議墓誌銘

公諱某，字凝遠，其先爲北地、清河著姓，後徙光州爲固始人。唐廣明之亂，光人相保聚，南徙閩中，今多爲大家。而傅氏之祖曰□□府君，實與其夫人林氏始居泉州晉江縣。生五子，長子卒，謀葬，有異人告以葬聖姑山之右而徙其居仙遊羅山之麓。林夫人有高識，悉用其言。宋興，仙遊隸興化軍，而傅氏鉅公顯人始繼出矣。若夫德修于家，教行于鄉，而身不及用者，亦在其子孫，如公是也。公之大父程，父嵩，以累舉進士推恩，閉門教子不肯仕，累贈奉直大夫。公，奉直第二子，幼有美質，讀書日數千言，學爲文輒驚其長老。崇寧中甫年十八，入太學，聲名籍甚，試中高等，然猶幾二十年，乃以上舍登第，調滄州無棣縣主簿。會女真陷全燕，乘虛南下，兩河皆震。吏士相顧無人色，或委官去。郡檄公餉軍。公南方書生，平生不習金鼓，初咸意公難之，而公得檄即行，不暇秣馬，冒兵往來，軍賴以無乏。虜出塞，會公亦遭奉直憂，始南歸。終喪，得南劍州順昌縣尉。時所在盜起，縣民亦相挺爲亂。公素得士心，徐設方略，窮其窟穴，未幾悉平。部使者欲言之朝，公辭而出。弓手有謀叛者，語其徒曰：“奈累傅公何！”比公罷去，盜遂作，殺掠暴甚，邑人以不留公爲悔。調泉州安溪縣丞，改宣教郎，猶安其官，不求徙。有自吏部擬注來代者，始徙南安縣丞，其恬於仕進如此。南安大饑，民棄子者相屬。公請于州，出常平錢米，設安養

院於延福僧舍，乳湩、糜粥、湯液，皆不失其宜。明年歲
豐，悉訪其所親歸之。曩時縣之貧民鬻業者，輒減其户產
以求速售，或業盡而賦獨存，官責之急，至死徙相踵。公
既得其弊，一切以肥磽定賦，民之寃失職者皆得直，治最
一路。遷知晉江縣，會詔造戰艦，他郡縣吏多並緣煩擾，
事亦不時集。公獨不以誘吏，躬督其役，勞費視他邑省殆
半，而事獨先期辦。安撫使張忠獻公聞于朝，特減磨勘
年，遂爲茶事市幹辦公事。公於是行能已爲時所知，秩滿
造行在所，顧不數見公卿，赴銓得通判南劍州而歸。將之
官，以紹興二十一年六月十一日感疾不起，享年六十有
八。積寄禄官至左朝奉大夫，累贈正議大夫。公亡羌時，
自發書卜葬於白石之南，雖月日莫不有治命。至殁，悉遵
用焉。娶林氏，正議大夫豫之女，封宜人，今累封太淑人。
六子：淶，奉議郎、知漳州漳浦縣；汶，朝散郎、江南西路提
舉常平茶鹽公事；淇，朝散大夫、直龍圖閣，兩浙西路提點
刑獄公事；沟、淩、洧，舉進士。奉議莅官有家法，不幸與
沟、淩皆早世。常平以材望擢使一道，而龍圖嘗位列卿，
實中朝宿德，皆且柄用矣，士大夫以爲公積行累功之報。
四女：長適進士林維，次適龍溪縣尉陳希錫，次適進士林
若思，次適進士林若公。初，龍圖使浙東，實治會稽，而某
爲郡人，始從龍圖遊，獲觀公文章，豪邁絶人，而其詩尤
工。龍圖又爲某言，公當官至廉，爲縣時，有小吏持官燭
入中闈，公顧見，立遣出。仕宦三十年，先疇無一壟之增。
老猶力學不厭，行其所知，未嘗以窮達累心。飢者，輟食
濟之；病者，治藥療之。所居之傍，有路達泉州，而林谷阻
險者四十餘里，行旅告病。公率親黨壍山伐石，易爲夷

途，人至今誦焉。疾革，猶戒諸子曰：“吾平生無愧俯仰，殁後，汝曹居官主清，治家主嚴，奉先主敬，收族主恩，造次顛沛必主忠信。能用吾言，雖貧賤猶爲有德君子，不然，獵取光顯奚爲哉！”語終遂瞑。方龍圖言此時，固已屬某以發揚潛德，會徙節浙西，後逾年，乃以狀來請銘。銘曰：

築野肖夢相武丁，死不泯亡騎列星。後世繼起三千齡，峩冠相望列漢廷。公入太學奮由經，蹭蹬晚乃駕箳篂。抱才不試歸泉扃，二妙山立尚典刑。公雖埋玉有餘馨，印綬三品告諸冥。馬鬛之封栢青青，咨爾雲來視斯銘。

〔正議〕全銜當爲正議大夫。　〔諱某〕當作諱佇。　〔北地〕秦郡名，治義渠，在今甘肅省寧縣西北。　〔清河〕漢郡名，故治在今河北省清河縣東。　〔光州〕故治在今河南省潢川縣。　〔廣明〕唐僖宗年號(八八〇)。是年黄巢入長安稱帝。　〔□□府君〕□□當爲府君之名，原本脱去。　〔泉州晋江縣〕泉州治晋江縣，今福建省晋江縣。〔仙遊〕今福建省仙遊縣。　〔興化軍〕治興化縣，今福建省莆田縣。〔推恩〕因其子孫舉進士，推恩，給以官位。　〔崇寧〕宋徽宗年號(一一〇二—一一〇六)。　〔滄州〕故治在今河北省滄縣東南四十里。〔無棣〕今山東省無棣縣。　〔女真陷全燕乘虚南下〕宣和七年(一一二五)十二月金人南下，圍東京。　〔委官去〕棄官而去。　〔郡檄公餉軍〕知滄州事命傅佇供應軍餉。　〔金鼓〕指軍事。　〔秣馬〕飼馬。　〔虜出塞〕靖康元年二月和議成，金軍撤退。　〔南劍州〕故治在今福建省南平市。　〔順昌縣〕今福建省順昌縣。　〔相挻〕相引。挻音延(yán)。　〔部使者〕中央特派的長官。　〔弓手〕長於射箭的民兵。　〔安溪縣〕今福建省安溪縣。　〔擬注〕分配。〔南安〕今福建省南安縣。　〔常平錢米〕宋時州縣有常平倉。此言倉中所有的錢米。　〔安養院〕救濟所。　〔延福僧舍〕延福寺。
〔乳潼〕乳汁。潼音凍(dòng)。　〔湯液〕指中醫常用的藥物,如柴胡
湯等。　〔曩時〕舊時。　〔鬻業〕出賣田産。鬻音玉(yù)。
〔減其户産以求速售〕把保留的田地,再貼出一部分,以求出賣的田産易
於成交。　〔或業盡而賦獨存〕有時把保留的田地,陸續貼盡,但是田
賦的賦額猶在,成爲無田有税的情況。　〔官責之急〕官吏急切地追求
賦税。　〔死徙相踵〕自殺和逃亡相繼不絶。　〔肥磽定賦〕案照土
地的肥瘠確定税額。　〔寃失職〕受到委屈,不能繼續務農。　〔得
直〕申寃。　〔治最一路〕政治工作在(福建)路爲第一。　〔並緣〕
緣此。　〔不時集〕不能按時完成。　〔張忠獻公〕張浚。　〔磨
勘年〕宋時對於在職官吏,有考驗之法,稱爲磨勘,期限不等,可以延長或
縮短,期滿進級。　〔赴銓〕赴吏部聽候分配。　〔寄禄官〕亦稱階
官,按品食禄,但是没有具體工作。　〔發書〕發葬書。古代專言葬墓
吉凶之書稱爲葬書。　〔治命〕正確的指示。　〔漳州〕宋時治漳浦
縣,今福建省漳浦縣西南。　〔擢使一道〕提拔爲江南西路提舉常平茶
鹽公事。　〔龍溪縣〕在今福建省龍海市。　〔閫〕音玉(yù),門限。
〔親黨〕親戚、鄰居。　〔塹山伐山石〕開山鑿石。　〔夷途〕平路。
〔奉先〕祭祀祖先。　〔收族〕收養同姓。　〔造次顛沛〕倉猝艱難。
〔潛德〕潛在的美德。　〔徙節浙西〕改官兩浙西路提點刑獄公事。
〔築野肖夢相武丁〕商王武丁夢得賢臣,使人按其形象求之,得傅説,築於
傅巖,用以爲相。傅説爲傅氏之祖。　〔死不泯亡騎列星〕相傳傅説騎
箕尾上天,比於列星。見《莊子‧大宗師》。　〔峩冠〕高冠。　〔奮
由經〕由經學起家。　〔箒箸〕音屏星(píngxīng),通判所乘之車曰箒
箸。　〔泉扃〕地下有水曰泉,常閉不啓曰扃,音窘(jiǒng)。歸泉扃,猶
言歸黄泉,死也。　〔二妙〕指汶、淇二子。　〔尚典刑〕尚有父親的
典型。典刑同典型,語本《後漢書‧孔融傳》。　〔埋玉〕名貴之物埋於
地下,指葬身九泉。　〔印綬三品〕正議大夫,三品官。綬是佩印的帶
子。　〔馬鬣之封〕墳堆之上狹如刃者。《禮記‧檀弓》引孔子語:"見
若斧者矣。從若斧者焉,馬鬣封之謂也。"　〔雲來〕六世孫爲來孫,九

世孫爲雲孫。

　　文不知何年作。傳佇州縣小官，所敘庸言庸行，足以令人起敬。銘用七字句，聲調與七古截然不同，尤爲難得。

何 君 墓 表

　　詩豈易言哉！一書之不見，一物之不識，一理之不窮，皆有憾焉。同此世也而盛衰異，同此人也而壯老殊，一卷之詩有淳漓，一篇之詩有善病，至於一聯一句而有可玩者，有可疵者，有一讀再讀，至十百讀，乃見其妙者，有初悅可人意，熟味之使人不滿者。大抵詩欲工而工亦非詩之極也；鍛鍊之久，乃失本旨，斲削之甚，反傷正氣。雖曰名不可幸得，以名求詩，又非知詩者。纖麗足以移人，夸大足以蓋衆，故論久而後公，名久而後定。嗚呼艱哉。予固不足爲知此道者，亦致其意久矣，顧每不敢易於品藻。蓋彼皆廣求約取，極數十年之力僅得其所謂自喜者以示人，而我乃欲一覽而盡，其可乎？何君名逮，字思順，能詩，終身不自足而卒。卒後，予友人曾樂道、鞏仲至，始介思順之子羨以遺稿屬予表墓，且言思順平生欲見予而不果，故有斯請。予年近九十，病臥鏡湖上，凡以文章來者，積架上不能省。一日取思順詩讀之，不覺起坐太息曰：今世豈無從事於此者，如思順蓋未易得也。不以字害其成句，不以句累其全篇，超然於世俗毀譽之外，予之恨不一見其人，甚於其人之願見予也。思順曾大父諱粹中，大父諱汝能，父諱松，東陽東陽人，以嘉泰三年九月十一日卒，年五十有一。兩娶郭氏，皆先卒，以開禧元年十一月二十日合葬于仁壽鄉陂頭山之原。子一人，女長適進士郭櫟，次尚幼。開禧二年四月戊寅，太中大夫、寶謨閣待制、致仕、山陰縣開國子、食邑五百户、賜紫金魚袋陸某表。

〔淳漓〕厚薄。漓音梨(lí)。　　〔移人〕動人。　　〔易於品藻〕輕於評論。　　〔鏡湖〕見《春陰》詩注。　　〔不能省〕不能展覽。　　〔東陽東陽〕東陽，郡名，治東陽縣，今浙江東陽市。　　〔嘉泰三年〕公元一二〇三年。　　〔開禧元年〕公元一二〇五年。　　〔開禧二年〕公元一二〇六年。

　　開禧二年陸游八十二歲，家居山陰作。在這篇作品中，他指出詩固然要工，但是更重要的在於讀書、識物、窮理。這裏正看到他從江西詩派的主張，大大地踏進了一步。

祭劉樞密文

　　嗚呼公乎！有文有武，有仁有智，立朝無助，以直自遂，聲氣不動而折萬里之衝，從容一言而決盈庭之議；蓋人□所難，公之所易。仰天俯地，一念不愧。秋毫未安，寢食忘味，輕失富貴而重朋友之責，自屈達尊而伸白屋之士；蓋人之所忽，公之所畏。昔歲癸未，某始去國，見公西省，凜然正色，顧雖不肖，竊師公直。流落得歸，公與有力。舟過金陵，公疾已亟，命之不淑，旋聞易簀。祭不及時，實負盛德，尚想平生，出涕橫臆。

〔劉樞密〕劉珙，官至同知樞密院事，兼參知政事。　〔自遂〕自行其道。　〔折衝〕《晏子春秋》：“夫不出於尊俎之間，而知千里之外，可謂折衝矣。”折衝是決定勝負的意義。　〔□〕原缺一字，按下文當作之。〔達尊〕《孟子》：“天下有達尊三：爵一，齒一，德一。”達尊指一般人共同尊崇之事。　〔白屋〕貧賤所居。　〔癸未〕隆興元年（一一六三），陸游自樞密院編修官改通判鎮江軍府事。　〔易簀〕逝世。用曾子易簀事，見《禮記·檀弓》。　〔臆〕胸。

　　淳熙五年（一一七八）陸游五十五歲，任提舉福建常平茶鹽公事時作。陸游和劉珙有知己之感，對他的立身處事，極其傾服。祭文全篇用韻，而生動跳盪，使人不覺。

祭朱元晦侍講文

　　某有捐百身起九原之心，有傾長河注東海之淚，路修齒耄，神往形留。公歿不亡，尚其來饗。

〔朱元晦侍講〕朱熹，官至侍講，寶文閣待制。　〔捐百身〕《詩·秦風·黃鳥》：“苟可贖兮，人百其身。”　〔九原〕見《前有樽酒行》注。〔傾長河注東海〕《世說新語》記顧愷之拜桓温墓：“聲如震雷破山，淚如傾河注海。”　〔路修齒耄〕路遠年老。　〔公歿不亡〕言朱熹身歿，精神不死。《老子》：“死而不亡者壽。”

慶元六年(一二〇〇)陸游七十六歲,家居山陰作。文僅三十五字,但是感情真摯,熱忱洋溢,古人所謂"尺幅千里"。

尤延之尚書哀辭

帝藝祖之初造兮紀號建隆,焕乎文章兮躡揖遜之遐蹤。詔冊施於朝廷兮萬里雷風,灝灝噩噩兮始掃五季之雕蟲。閱世三傳兮車書大同,黄麾繡仗兮駕言東封。繼七十二后於邃古兮勒崇垂鴻,吾宋之文抗漢唐而出其上兮震耀無窮。柳、張、穆、尹,歐、王、曾、蘇,名世而間出兮巍如華嵩。雖宣和之蠱弊,與建炎之軍戎,文不少衰兮殷殷霳霳,太平之象兮與六龍而俱東。余自梁益歸吴兮愴故人之莫逢,後生成市兮摘裂剽掠以爲工。遇尤公於都城兮文氣如虹,落筆縱横兮獨殿諸公。晚乃契遇兮北扉南宫,塗改《雅》、《頌》兮蹈躪軻、雄。余久擯於世俗兮公顧一見而改容,相期江湖兮斗粟共舂。别五歲兮晦顯靡同,書一再兮奄其告終。於虖哀哉!孰抗衣而復公兮呼伯延甫於長空?孰誦些以招公兮使之捨四方而歸徠乎郢中?孰酹荒丘兮露草霜蓬?孰闖虚堂兮寒燈夜蛩?文辭益衰兮奇服龍茸,天不慭遺兮黼黻火龍。嗟局淺之一律兮彼寧辨夫瓦釜黄鍾?話言莫聽兮孰知我衷?患難方殷兮孰恤我躬?君薨不返兮吾黨孰宗?死而有知兮惟公之從!

〔尤延之〕尤袤,官至禮部尚書,有文名,與楊萬里、范成大、陸游齊名,稱爲南宋初年四大詩人。　〔帝藝祖〕《書·舜典》:"歸格於藝祖,用特。"後世開國之君,亦可稱藝祖。"帝藝祖"猶"帝太祖",指宋太祖。　〔初造〕初立。　〔建隆〕宋太祖年號(九六〇—九六二)。　〔揖遜〕相傳帝堯禪位於舜。揖遜即禪位。此句言宋太祖受周禪,追堯舜之遠跡。〔灝灝噩噩〕揚雄《法言·問神》:"《商書》灝灝爾;《周書》噩噩爾。"李軌注:"灝灝,夷曠也。噩噩,不阿借也。"灝灝意爲平遠曠達;噩噩意爲直言其事,不加假借。　〔五季〕五代。　〔雕蟲〕見揚雄《法言·吾子》。他把早年所作的賦稱爲"雕蟲篆刻"。雕蟲指食葉的毛蟲。　〔閱世三傳〕宋自太祖、太宗至真宗爲三傳。　〔車書大同〕全國統一。〔駕言東封〕真宗大中祥符元年(一〇〇八),東封泰山。駕指皇帝的車駕;言,語助詞。　〔七十二后〕《史記·封禪書》:"管仲曰:古者封泰山、禪梁父者七十二家。"后,君主,指七十二個部族的君主。　〔勒崇垂鴻〕勒碑崇山,垂傳鴻業。　〔柳、張、穆、尹〕柳開、張景、穆修、尹洙四人,都是宋初有名的文士。　〔歐、王、曾、蘇〕歐陽修、王安石、曾鞏及蘇洵、蘇軾、蘇轍父子兄弟,都是北宋古文家。　〔宣和〕宋徽宗年號(一一一九—一一二五)。當時蔡京、王黼爲相,童貫、朱勔等柄用,政治腐朽,故稱爲"蠱弊"。蠱音古(gǔ),毒害人之物。　〔建炎〕宋高宗年號(一一二七—一一三〇)。其時金人南侵,戰爭不息,故稱爲"軍戎"。〔殷殷靁靁〕形容聲響之大。靁音隆(lóng)。　〔六龍俱東〕天子之車,駕六馬曰六龍。俱東指高宗南渡。　〔梁益〕見《樓上醉書》注。〔摘裂〕扶裂。摘音逖(tì)。　〔剽掠〕掠奪。　〔獨殿諸公〕殿,後也,言能爲宋代古文家之後勁。　〔契遇〕遇合。　〔北扉南宮〕北扉猶北省,即尚書省,尤袤曾爲禮部尚書。南宮,太子宮,尤袤曾爲左諭德,太子宮官名。　〔塗改《雅》、《頌》〕用李商隱詩:"塗改《清廟·生民》詩。"此言摹做《詩經》的作品。　〔蹈躐軻、雄〕跨越孟軻、揚雄。躐音吝(lìn)。　〔斗粟共春〕淮南民歌:"一斗粟,尚可春。"見《漢書·淮南王傳》。指共同生活。　〔晦顯靡同〕晦,政治上的失敗;顯,政治上的成功。靡,無。此句言兩人政治上的遭遇,沒有相同的。　〔奄其告終〕奄,遽。此句言忽然結束。　〔抗衣〕振衣。　〔復〕始死招魂曰復。見《禮記·曾子問》:"公館復"注。　〔呼伯延甫於長空〕古言人死則魂散,故初死必招魂。招魂則呼其名,伯延即延之,尤袤之字。甫,男子美稱。　〔誦些二句〕相傳宋玉作《招魂》,招屈原之魂使來郢中。徠同來,郢音影(yǐng)。郢中,楚都,今湖北省江陵縣。文中多用語助"些"字,故曰誦些。　〔酹酹荒丘二句〕以酒祭地曰酹,音泪(lèi)。二句言荒丘之上,主祭者惟有露草霜蓬;虛堂之中,闖入者惟有寒燈夜蚤。〔龍茸〕即尨茸,亂貌。尨音旁(páng)。　〔憖〕願,音尹(yǐn)。〔黼黻火龍〕白與黑相交謂之黼(音府 fǔ)。青與黑相交謂之黻(音弗 fú)。火,畫火。龍,畫龍也。《左傳》桓公二年:"火龍黼黻,昭其文也。"〔瓦釜黃鍾〕《楚辭·卜居》:"黃鍾毀棄,瓦釜雷鳴。"黃鍾,古代重要的樂器。此言好的被拋棄了而沒有價值的卻大聲轟動。　〔焄蒿〕香氣發越。《禮記·祭義》:"焄蒿悽愴,此百物之精也,神之著也。"因此焄蒿不返,有英靈不返之意。焄音熏(xūn)。

紹熙五年(一一九四)陸游七十歲,家居山陰作。在這篇作品中,陸游運用《楚辭》的形式,抒寫悲哀的感情,語極沉痛。

入蜀記卷六

六日，過荊門十二碚，皆高崖絶壁，嶄巖突兀，則峽中之險可知矣。過碚，望五龍及雞籠山，嵯峨正如夏雲之奇峯。荊門者當以險固得名。碚上有石穴，正方，高可通人，俗謂之荊門，則妄也。晚至峽州，泊至喜亭下。峽州在唐爲硤州，後改峽，而印文則爲陝州。元豐中，郎官何洵直建言陝與陝相亂，請改鑄印文從山。事下少府監，而監丞歐陽發言湖北之陝州從阜從夾夾從兩人，陝西之陝州從阜從夾夾从兩入，偏旁不同，本不相亂，恐四方謂少府監官皆不識字。當時朝士之議皆是發而卒從洵直言改鑄云。《至喜亭記》歐陽公撰，黃魯直書。

〔六日〕乾道六年十月六日。　　〔碚〕音培(péi)。字同培塿之培。培，小阜也。以多石，作碚。　　〔嶄巖〕音斬巖(zhǎn yán)，峻險。　　〔五龍、雞籠〕山名。　　〔嵯峨〕音嵯俄(cuó é)，峻險突兀之貌。　　〔峽州〕故治在今湖北宜昌西北。　　〔元豐〕宋神宗年號(一〇七八——一〇八五)。　　〔少府監〕官名，掌百工伎巧之政令。　　〔歐陽發〕歐陽修之子。　　〔陝州〕今河南陝縣。歐陽發之説，爲楷書而發，故不易明。説文：䧻，陝西之陝，从兩入；陝，湖北之陝，从兩人。

七日，見知州右朝奉大夫葉安行，字履道。以小舟遊西山甘泉寺，竹橋石磴，甚有幽趣。有靜練、洗心二亭，下

臨江山，頗疏豁。法堂之右，小徑數十步，至一泉曰孝婦
泉，謂姜詩妻龐氏也。泉上亦有龐氏祠，然歐陽文忠公不
以爲信，故其詩曰："叢祠已廢姜祠在，事迹難尋楚語訛。"
又此篇首章云"江上孤峯蔽綠蘿"，初讀之，但謂孤峯蒙藤
蘿耳，及至此，乃知山下爲綠蘿谿也。又至漢景帝廟及東
山寺。景帝不知何以有廟於此。歐陽公爲令時，有祈雨
文，在集中。東山寺亦見歐陽公詩，距望京門五里，寺外
一亭臨小池，有山如屏環之，頗佳。亭前冬青及柏皆百餘
年物。遂至夷陵縣，見縣令左從政郎胡振。廳事東至喜
堂，郡守朱虞部爲歐陽公所築者，已焚壞，柱礎尚存，規模
頗雄深。又東則祠堂，亦簡陋，肖像殊不類，可嘆。聽事
前一井，相傳爲歐陽公所浚，水極甘寒，爲一郡之冠。井
旁一枏，合抱，亦傳爲公手植。晚郡集於楚塞樓，遍歷爾
雅臺、錦障亭。亭前海棠二本，亦百年物。爾雅臺者圖經
以爲郭景純注《爾雅》於此。又有絳雪亭，取歐陽公《千葉
紅梨》詩，而紅梨已不存矣。

〔姜詩妻龐氏〕後漢時人，《後漢書》有傳。　〔歐陽文忠公〕歐陽修。
〔此篇首章〕題作《和丁寶臣遊甘泉寺》，見《居士集》卷一。歐陽修自注：
"寺有清泉一泓，俗傳爲姜詩泉，亦有姜詩祠。案詩，廣漢人，疑泉不當在
此。"　〔枏〕同楠，植物名，樟科，常綠喬木。　〔郡集〕州衙宴會。
〔郭景純注《爾雅》〕《爾雅》，古代訓詁之書。郭璞，字景純，晉人，曾注此
書。　〔《千葉紅梨》詩〕歐陽修《居士集》卷一有《千葉紅梨花》一首，中
云："風輕絳雪罇前舞，日暖繁香露下聞。"

　　八日，五鼓盡，解船過下牢關，夾江千峯萬嶂，有競起
者，有獨拔者，有崩欲壓者，有危欲墜者，有橫裂者，有直

坼者,有凸者,有窪者,有罅者,奇怪不可盡狀。初冬草木皆青蒼不彫,西望重山如闕,江出其間,則所謂下牢谿也。歐陽文忠公有《下牢津》詩云:"入峽江漸曲,轉灘山更多",即此也。繫船與諸子及證師登三游洞。躡石磴二里,其險處不可着脚。洞大如三間屋,有一穴通人過,然陰黑峻嶮尤可畏。繚山腹,傴僂自巖下,至洞前,差可行,然下臨溪潭,石壁十餘丈,水聲恐人。又一穴後,有壁可居,鍾乳歲久,垂地若柱,正當穴門。上有刻云:"黄大臨、弟庭堅、同辛紘、子大方,紹聖二年三月辛亥來遊。"旁石壁上刻云:"景祐四年七月十日夷陵歐陽永叔",下缺一字。又云:"判官丁",下又缺數字。丁者寶臣也,字元珍。今"丁"字下二字,亦髣髴可見,殊不類"元珍"字。又永叔但曰夷陵,不稱令。洞外溪上,又有一崩石偃仆,刻云:"黄庭堅,弟叔向、子相、姪橄,同道人唐履來游,觀辛亥舊題,如夢中事也。建中靖國元年三月庚寅。"按魯直初謫黔南,以紹聖二年過此,歲在乙亥,今云辛亥者誤也。泊石牌峽,石穴中有石如老翁持魚竿狀,略無少異。

〔坼〕音徹(chè),裂。　　〔窪〕音蛙(wā),低下。　　〔罅〕音夏(xià),裂。　　〔證師〕僧了證。八月二十九日附舟,見《入蜀記》卷五。〔傴僂〕音玉婁(yǔlóu),曲背。　　〔鍾乳〕地下水所含之碳酸鈣,沉澱游離,自上而下,結成下垂之冰柱。　　〔紘〕音宏(hóng)。　　〔紹聖二年〕公元一〇九五年。　　〔景祐四年〕公元一〇三七年。　　〔橄〕音情(qíng)。　　〔建中靖國元年〕公元一一〇一年。

九日,微雪,過扇子峽,重山相掩,政如屏風扇,疑以此得名。登蝦蟆碚,《水品》所載第四泉是也。蝦蟆在山麓,臨江,頭鼻吻頷絕類,而背脊皰處尤逼真,造物之巧有如此者。自背上深入,得一洞穴,石色綠潤。泉泠泠有聲,自洞出,垂蝦蟆口鼻間,成水簾入江。是日極寒,巖嶺有積雪而洞中溫然如春。碚洞相對。稍西有一峯孤起侵雲,名天柱峯。自此山勢稍平,然江岸皆大石堆積彌望,正如濬渠積土狀。晚次黃牛廟,山復高峻。村人來賣茶菜者甚衆。其中有婦人,皆以青斑布帕首,然頗白皙,語音亦頗正。茶則皆如柴枝草葉,苦不可入口。廟靈感,神封嘉應保安侯,皆紹興以來制書也。其下即無義灘。亂石塞中流,望之可畏,然舟過乃不甚覺,蓋操舟之妙也。傳云:神佐夏禹治水有功,故食于此。門左右各一石馬,頗卑小,以小屋覆之。其右馬無左耳,蓋歐陽公所見也。廟後叢木,似冬青而非,莫能名者。落葉有黑文,類符篆,葉葉不同,兒輩亦求得數葉。歐詩刻石廟中。又有張文忠一贊,其詞曰:“壯哉黃牛,有大神力,輦聚巨石,百千萬億。劍戟齒牙,礧砢江側,壅激波濤,險不可測。威脅舟人,駭怖失色,刲羊釃酒,千載廟食。”張公之意,似謂神聚石壅流以脅人,求祭饗。使神之用心果如此,豈能巍然廟食千載乎? 蓋過論也。夜,舟人來告,請無擊更鼓,云:“廟後山中多虎,聞鼓則出。”

〔政如〕同正如。　〔《水品》〕品論水味之書,今不傳。　〔皰〕音泡(páo)。手足臂肘暴起之處,形如水泡者。　〔濬〕音俊(jùn),浚。〔皙〕音夕(xī),白。　〔故食于此〕因此在此立廟,享受祭祀。　〔張文忠〕張商英。　〔劍戟齒牙〕形容灘石的險惡。　〔礧砢〕音累危

(lěiwēi)，聳立。　　〔刲〕音奎(kuí)，割殺。　　〔釃〕音思(sī)，注下。

十日，早以特豕壺酒祭靈感廟，遂行。過鹿角、虎頭、史君諸灘，水縮已三之二，然湍險猶可畏。泊城下，歸州秭歸縣界也。與兒曹步沙上，回望正見黃牛峽廟後山，如屏風疊，嵯峨插天。第四疊上有若牛狀，其色赤黃。前有一人，如著帽立者。昨日及今早，雲冒山頂，至是始見之。因至白沙市慈濟院，見主僧志堅，問地名城下之由。云："院後有楚故城，今尚在。"因相與訪之。城在一岡阜上，甚小，南北有門，前臨江水，對黃牛峽。城西北一山，蜿蜒回抱，山上有伍子胥廟。大抵自荆以西，子胥廟至多。城下多巧石，如靈壁、湖口之類。

〔特豕〕豬一頭。　　〔歸州〕治秭歸縣，今湖北省秭歸縣。　　〔靈壁〕今安徽省靈壁縣。　　〔湖口〕今江西省湖口縣。

十一日，過達洞灘。灘惡，與骨肉皆乘轎陸行過灘。灘際多奇石，五色粲然可愛，亦或有文成物象及符書者。猶見黃牛峽廟後山。太白詩云："三朝上黃牛，三暮行太遲，三朝又三暮，不覺鬢成絲。"歐陽公云："朝朝暮暮見黃牛，徒使行人過此愁，山高更遠望猶見，不是黃牛滯客舟。"蓋諺謂"朝見黃牛，暮見黃牛，一朝一暮，黃牛如故"，故二公皆及之。歐陽公自荆渚赴夷陵而有《下牢》、《三游》及《蝦蟆碚》、《黃牛廟》詩者，蓋在官時來游也。故《憶夷陵山》詩云："憶嘗祇吏役，鉅細悉經覯。"其後又云："荒烟下牢戍，百仞塞溪漱，蝦蟆噴水簾，甘液勝飲酎。亦嘗到黃牛，泊舟聽猿狖"也。晚泊馬肝峽口，兩山對立，修聳摩天，略如廬山。江岸多石，百丈縈絆，極難過。夜小雨。

〔骨肉〕至親。　　〔太白詩〕李白詩：《上三峽》。　　〔歐陽公云〕歐陽修詩：《黃牛峽祠》。　　〔荊渚〕指荊州，治江陵，今湖北省江陵縣。〔《憶夷陵山》詩〕歐陽修《居士集》作《憶山示聖俞》。　　〔漱〕音恕(shù)，水衝石上爲漱。　　〔酎〕音晝(zhòu)，三蒸醇酒。　　〔狖〕音右(yòu)，長尾猿。　　〔廬山〕山名，在江西省星子縣西北。　　〔百丈〕舊時牽船上行的篾纜。

十二日，早過東灢灘，入馬肝峽。石壁高絶處，有石下垂如肝，故以名峽。其傍又有獅子巖。巖中有一小石，蹲踞張頤，碧草被之，正如一青獅子，微泉泠泠，自巖中出。舟行急，不能取嘗，當亦佳泉也。溪上又有一峯孤起，秀麗略如小孤山。晚抵新灘，登岸，宿新安驛。夜雪。

〔灢〕音伶(líng)。　　〔頤〕音夷(yí)，下頷曰頤。

十三日，舟上新灘，由南岸上，及十七八，船底爲石所損，急遣人往拯之，僅不至沉，然銳石穿船底，牢不可動。蓋舟人載陶器多所致。新灘兩岸，南曰官漕平聲，北曰龍門。龍門水尤湍急，多暗石；官漕差可行，然亦多銳石，故爲峽中最嶮處，非輕舟無一物，不可上下。舟人冒利以至此，可爲戒云。遊江瀆北廟，廟正臨龍門，其下石罅，中有溫泉，淺而不涸，一村賴之。婦人汲水，皆背負一全木盎，長二尺，下有三足。至泉旁，以杓挹水，及八分，即倒坐旁石，束盎背上而去。大抵峽中負物，率着背，又多婦人，不

獨水也。有婦人負酒賣,亦如負水狀。呼買之,長跪以
獻。未嫁者率爲同心髻,高二尺,插銀釵,至六隻,後插大
象牙梳,如手大。

〔差可行〕比較可行。　　〔杓〕音勺(sháo),挹水器。　　〔率着背〕一
般都放在背上。　　〔同心髻〕連環髻。髻音迹(jì)。

　　十四日,留驛中。晚以小舟渡江南,登山至江瀆南
廟,新修未畢。有一碑,前進士曾華旦撰,言因山崩石壅,
成此灘,害舟不可計,於是著令,自十月至二月禁行舟。
知歸州尚書都官員外郎趙誠聞于朝,疏鑿之,用工八十日
而灘害始去,皇祐三年也。蓋江絕於天聖中,至是而復
通。然灘害至今未能悉去。若乘十二月、正月,水落石盡
出時,亦可併力盡鑱去銳石。然灘上居民皆利于敗舟,賤
賣板木,及滯留買賣,必搖沮此役,不則賂石工,以爲石不
可去。須斷以必行,乃可成。又舟之所以敗,皆失於重
載,當以大字刻石置驛前,則過者必自懲創。二者皆不可
不講,當以告當路者。

〔皇祐三年〕公元一〇五一年。　　〔天聖〕宋仁宗年號(一〇二三——一
〇三一)。

　　十五日,舟人盡出所載,始能挽舟過灘,然須修治。
遂易舟,離新灘,過白狗峽,泊舟興山口。肩輿遊玉虛洞,
去江岸五里許,隔一溪,所謂香溪也。源出昭君村,水味
美,録於《水品》,色碧如黛。呼小舟以渡,過溪又里餘,洞

門小纔袤丈，既入則極大，可容數百人，宏敞壯麗，如入大宮殿中，有石成幢蓋、旛旗、芝草、竹笋、仙人、龍、虎、鳥、獸之屬，千狀萬態，莫不逼真。其絕異者東石正圓如日，西石半規如月。予平生所見巖竇，無能及者。有熙寧中謝師厚、岑巖起題名，又有陳堯咨所作記，叙此洞本末，云：“唐天寶中獵者始得之。”比歸已夜，風急不可秉燭炬，然月明如晝，兒曹與全師皆杖策相從，殊不覺崖谷之險也。

〔肩輿〕乘轎。　〔黛〕青黑石顏料，古時婦女用以畫眉。　〔幢〕音床(chuāng)，旌旗之屬。　〔熙寧〕宋神宗年號(一〇六八——一〇八五)。　〔天寶〕唐玄宗年號(七四二—七五五)。　〔全師〕僧世全，八月二十九日附船。

十六日，到歸州，見知州右奉議郎賈選子公，通判左朝奉郎陳端彥民瞻。館於報恩光孝寺，距城一里許，蕭然無僧。歸之爲州，纔三四百家，負臥牛山，臨江。州前即人鮓甕。城中無尺寸平土，灘聲常如暴風雨至。隔江有楚王城，亦山谷間，然地比歸州差平。或云：楚始封於此。《山海經》：“夏啓封孟除於丹陽城。”郭璞注云：“在秭歸縣南。”疑即此也。然《史記》：“成王封熊繹於丹陽。”裴駰乃云“在枝江”。未詳孰是。

〔人鮓甕〕地名，在秭歸縣西二里。　〔郭璞〕晉人，注《山海經》。
〔裴駰〕南朝宋人，有《史記集解》。　〔枝江〕縣名，今并入湖北省宜都縣。

293

十七日，郡集於望洋堂玩芳亭，亦皆沙石犖确之地。賈守云：州倉歲收夏秋二料，麥、粟、杭米共五千餘石，僅比吳中一下戶耳。

〔犖确〕音洛角(luòjiǎo)，山多大石貌。　　〔賈守〕知州賈選。　　〔下戶〕下級糧戶。由此可見南宋時江浙一帶土地集中的駭人。

十八日，初得艬船，差小，然底闊而輕，於上灘爲便。

〔艬〕音產(chán)，船屬。

十九日，郡集於歸鄉堂，欲以是晚行，不果。訪宋玉宅，在秭歸縣之東，今爲酒家。舊有石刻"宋玉宅"三字，近以郡人避太守家諱，去之。或遂由此失傳，可惜也。

〔太守家諱〕太守家中有名玉者，郡人指爲家諱。

二十日早離歸州，出巫峯門，過天慶觀，少留。觀唐天寶元年碑載明皇夢老子事。巴東太守劉瑫所立，字畫頗清逸，碑側題當時郡官吏胥姓名，字亦佳。又有周顯德中，荊南判官孫光憲爲知歸州高從讓所立碑。從讓，蓋南平王家子弟，光憲亦知名，國史有事迹。蓋五代時歸、峽皆隸荊渚也。殿前有柏，數百年物。觀下即吒灘，亂石無數。飯于靈泉寺，遂登舟。過業灘，亦名灘也，水落舟輕，俄頃遂過。

〔天寶元年〕公元七四二年。　　〔瑫〕音滔(tāo)。　　〔吏胥〕官衙中公務人員。　　〔顯德〕周世宗年號(九五四—九五八)。　　〔南平〕又稱荊南,國名,五代時十國之一。始祖高季興,後唐莊宗時封爲南平王,據有荊、歸、峽三州地,傳四世、五主,五十七年,爲宋太祖所併。　　〔孫光憲〕初仕南平,入宋爲檢校祕書監。　　〔荊渚〕指荊州,南平國都此。〔吒〕音乍(zhà)。

二十一日,舟中望石門關,僅通一人行,天下至險也。晚泊巴東縣,江山雄麗,大勝秭歸,但井邑極於蕭條,邑中纔百餘户,自令廨而下,皆茅茨,了無片瓦。權縣事秭歸尉右迪功郎王康年,尉兼主簿右迪功郎杜德先來,皆蜀人也。謁寇萊公祠堂,登秋風亭,下臨江山。是日重陰,微雪,天氣颼飄,復觀亭名,使人悵然,始有流落天涯之嘆。遂登雙柏堂、白雲亭。堂下舊有萊公所植柏,今已槁死。然南山重複,秀麗可愛。白雲亭則天下幽奇絶境,羣山環擁,層出間見,古木森然,往往二三百年物。欄外雙瀑,瀉石澗中,跳珠濺玉,冷入人骨,其下是爲慈溪,奔流與江會。予自吴入楚,行五千餘里,過十五州,亭榭之勝,無如白雲者,而止在縣廨聽事之後。巴東了無一事,爲令者可以寢飯於亭中,其樂無涯,而關令動輒二三年,無肯補者,何哉?

〔巴東〕今湖北省巴東縣。　　〔令廨〕縣公署。廨音謝(xiè)。　　〔茅茨〕草蓋。　　〔寇萊公〕寇準,北宋人,曾爲知巴東縣事,後官至同中書門下平章事,封萊國公。　　〔颼飄〕高風回旋。颼音聊(liáo)。　　〔聽事〕大廳。

二十二日,發巴東,山益奇怪。有夫子洞者,一竇在

峭壁絕高處，人迹所不可至，然髣髴若有欄楯，不知所謂
"夫子"者何也。過三分泉，自山竇中出，止兩派。俗云：
"三派有年，兩派中熟，一派或絕流，饑饉。"泊疲石，夜雨。

〔楯〕音吮(shǔn)，欄干。

　　二十三日，過巫山凝真觀，謁妙用真人祠。真人即世
所謂巫山神女也。祠正對巫山，峯巒上入霄漢，山脚直插
江中，議者謂太華、衡、廬，皆無此奇。然十二峯者不可悉
見，所見八九峯，惟神女峯最爲纖麗奇峭，宜爲仙真所託。
祝史云："每八月十五夜月明時，有絲竹之音，往來峯頂，
山猿皆鳴，達旦方漸止。"廟後，山半有石壇，平曠。傳云：
"夏禹見神女，授符書於此。"壇上觀十二峯，宛如屏障。是
日，天宇晴霽，四顧無纖翳，惟神女峯上有白雲數片，如鸞鶴
翔舞裴徊，久之不散，亦可異也。祠舊有烏數百，送迎客舟。
自唐夔州刺史李貽詩已云："羣烏幸胙餘"矣。近乾道元年，
忽不至，今絕無一烏，不知其故。泊清水洞，洞極深，後門自
山後出，但黮闇，水流其中，鮮能入者。歲旱祈雨，頗應。權
知巫山縣左文林郎冉徽之，尉右迪功郎文庶幾來。

〔巫山〕地名，今重慶市巫山縣。　　〔祝史〕祠中主持祭祀者。　　〔夔
州〕地名，故治在今重慶市奉節縣。　　〔羣烏幸胙餘〕羣烏以啄食祭餘
食品爲幸。胙音作(zuò)，祭祀的肉品。　　〔乾道元年〕公元一一六五
年。　　〔黮闇〕不明。黮音坦(tǎn)。　　〔頗應〕頗有靈感。

　　二十四日，早抵巫山縣，在峽中亦壯縣也。市井勝
歸、峽二郡。隔江南陵山極高大，有路如線，盤屈至絕頂，

謂之一百八盤。蓋施州正路。黃魯直詩云："一百八盤攜手上,至今歸夢繞羊腸",即謂此也。縣廨有故鐵盆,底銳似半甕,狀極堅厚,銘在其中,蓋漢永平中物也。缺處鐵色光黑如佳漆,字畫淳質可愛玩。有石刻魯直作《盆記》,大略言"建中靖國元年,予弟叔向嗣直自涪陵尉攝縣事,予起戎州,來寓縣廨。此盆舊以種蓮,予洗滌乃見字云"。遊楚故離宮,俗謂之細腰宮。有一池,亦當時宮中燕遊之地,今堙没略盡矣。三面皆荒山,南望江山奇麗。又有將軍墓,東晉人也。一碑在墓後,趺陷入地,碑傾前欲壓,字纔半存。

〔壯縣〕大縣。　　〔歸、峽二郡〕歸、峽二州。　　〔施州〕故治在今湖北省恩施市。　　〔永平〕漢明帝年號(五八—七五)。　　〔涪陵〕今重慶涪陵。涪音扶(fú)。　　〔戎州〕故治在今四川省宜賓市。　　〔趺〕音夫(fū),碑下端。

二十五日,晡後至大溪口泊舟。出美梨,大如升。

〔晡〕音逋(bū),日入時。

二十六日,發大溪口,入瞿唐峽。兩壁對聳,上入霄漢,其平如削成。仰視天如疋練然。水已落,峽中平如油盎。過聖姥泉,蓋石上一罅。人大呼於旁則泉出,屢呼則屢出,可怪也。晚至瞿唐關,唐故夔州,與白帝城相連。杜詩云:"白帝、夔州各異城",蓋言難辨也。關西門正對灩澦堆。堆,碎石積成,出水數十丈。土人云:"方夏秋水漲時,水又高於堆數十丈。"肩輿入關,謁白帝廟,氣象甚古，松柏皆數百年物，有數碑，皆孟蜀時所立。庭中石笋，有黄魯直建中靖國元年題字。又有越公堂，隋楊素所創。少陵爲賦詩者，已毀。今堂，近歲所築，亦甚宏壯。自關而東，即東屯，少陵故居也。

〔瞿唐關〕〔灩澦堆〕均見《晚泊松滋渡口》注。　〔白帝城〕見《晚晴聞角有感》注。　〔杜詩〕杜甫《夔州歌十絕句》。其二：“白帝、夔州各異城，蜀江、楚峽混殊名，英雄割據非天意，霸王并吞在物情。”　〔孟蜀〕五代十國之一。孟知祥於後唐應順元年（九三四）據四川稱帝，傳二世、二主，共四十一年，爲宋所併。　〔楊素〕隋司徒，封越國公。　〔少陵爲賦詩者〕杜甫有《陪諸公上白帝城頭，宴越公堂之作》。　〔東屯〕見《東屯高齋記》注。

二十七日，早至夔州。州在山麓沙上，所謂魚復永安宮也。宮今爲州倉，而州治在宮西北、甘夫人墓西南，景德中轉運使丁謂、薛顏所徙，比白帝頗平曠，然失關險，無復形勢。在瀼之西，故一曰瀼西。土人謂山間之流通江者曰瀼云。州東南有八陣磧，孔明之遺迹，碎石行列如引繩，每歲江漲，磧上水數十丈，比退，陣石如故。

〔魚復〕浦名，在奉節縣東南二里。　〔永安宮〕在今奉節縣治。〔景德〕宋真宗年號（一〇〇四——一〇〇七）。

乾道六年（一一七〇），陸游四十六歲，官通判夔州軍府事時作。《入蜀記》共六卷，記乾道五年十二月得報通判夔州，次年閏五月十八日，自山陰啓程，十月二十七日抵夔州止。記中言山川景物，政事興廢，人情風俗，無不周悉，而個人情感，撫今懷昔，一一錯綜於其間，爲宋代筆記上乘文字。這裏選録第六卷，取其叙述三峽景色，自成體系。

老學庵筆記九則

　　李莊簡公泰發奉祠還里，居於新河。先君築小亭曰千巖亭，盡見南山。公來必終日，嘗賦詩曰："家山好處尋難遍，日日當門只臥龍，欲盡南山巖壑勝，須來亭上少從容。"每言及時事，往往憤切興嘆，謂秦相曰"咸陽"。一日來坐亭上，舉酒屬先君曰："某行且遠謫矣。'咸陽'尤忌者，某與趙元鎮耳。趙既過嶠，某何可免？然聞趙之聞命也，涕泣別子弟；某則不然，青鞋布襪即日行矣。"後十餘日，果有藤州之命。先君送至諸暨，歸而言曰："泰發談笑慷慨，一如平日。問其得罪之由，曰：'不足問，但"咸陽"終誤國家耳。'"

〔李莊簡公〕見《跋李莊簡公家書》注。　　〔奉祠還里〕奉祠，指李光參知政事官罷後，支取祠祿。還里，還鄉。　　〔南山〕在山陰南。　　〔臥龍〕山名，在山陰縣治後。　　〔行且遠謫〕行，不久。謫音折(zhé)，貶竄。　　〔趙元鎮〕即趙鼎，為秦檜所忌，責授清遠軍節度副使，潮州安置。　　〔嶠〕音轎(qiáo)，高山。過嶠即過嶺，指貶竄潮州事。　　〔諸暨〕縣名，今浙江省諸暨市。暨音寄(jì)。

　　葉相夢錫嘗守常州。民有比屋居者忽作高屋，屋山覆蓋鄰家。鄰家訟之，謂他日且占地。葉相判曰："東家屋被西家蓋，子細思量無利害，他時拆屋別陳詞，如今且以壁爲界。"

〔葉相〕葉衡，字夢錫，官至右丞相。　　〔比屋〕兩家房屋相接。
〔屋山〕屋脊。　　〔別陳詞〕另行起訴。

　　故都李和爊栗，名聞四方，他人百計效之，終不可及。
紹興中，陳福公及錢上閣愷出使虜廷，至燕山，忽有兩人
持爊栗各十裹來獻。三節人亦人得一裹。自贊曰："李和
兒也。"揮涕而去。

〔爊〕同炒。　　〔陳福公〕陳康伯，官至左僕射，封福國公。　　〔上閣〕
宋有東上閣門、西上閣門使各三人，副使各二人，掌朝會、宴幸、供奉、贊
相禮儀之事，見《宋史・職官志》。　　〔燕山〕遼置燕京，入宋改爲燕山
府，後陷於金。其地即今之北京。　　〔十裹〕十包。　　〔三節人〕隨
從人員。南宋樓鑰《北行日錄》記當時出使金國的使者及副使"依例，就
皇華館犒三節人"。　　〔自贊〕自我介紹。

　　范寥言魯直至宜州，州無亭驛，又無民居可僦，止一
僧舍可寓而適爲崇寧萬壽寺，法所不許。乃居一城樓上，
亦極湫隘，秋暑方熾，幾不可過。一日忽小雨，魯直飲薄
醉，坐胡牀，自欄楯間伸足出外以受雨，顧謂寥曰："信中，
吾平生無此快也。"未幾而卒。

〔范寥〕字信中，黃庭堅羈管宜州時，從在宜州，後官至福建兵鈐。
〔魯直〕黃庭堅字魯直。　　〔宜州〕州名，故治在今廣西壯族自治區宜
山縣東。　　〔僦〕音就(jiù)，租借。　　〔崇寧萬壽寺〕崇寧，宋徽宗年
號(一一〇二——一一〇六)。萬壽寺，爲皇帝祝壽的佛寺。　　〔湫隘〕潮
溼狹小。湫音秋(biū)。

姚平仲謀劫虜寨,欽廟以詢种彝叔,彝叔持不可甚堅。及平仲敗,彝叔乃請速再擊之,曰:"今必勝矣。"或問:"平仲之舉,爲虜所笑,奈何再出?"彝叔曰:"此所以必勝也。"然朝廷方上下震懼,無能用者。彝叔可謂知兵矣!

〔姚平仲〕見《姚平仲小傳》,事在靖康元年(一一二六)。　〔欽廟〕宋欽宗。　〔种彝叔〕种師道,河北河東制置使,時以重兵入援。

今人解杜詩,但尋出處,不知少陵之意,初不如是。且如《岳陽樓》詩:"昔聞洞庭水,今上岳陽樓,吳楚東南坼,乾坤日夜浮。親朋無一字,老病有孤舟,戎馬關山北,憑軒涕泗流。"此豈可以出處求哉?縱使字字尋得出處,去少陵之意益遠矣。蓋後人元不知杜詩所以妙絕古今者在何處,但以一字亦有出處爲工。如《西崑酬倡集》中詩,何曾有一字無出處者,便以爲追配少陵可乎?且今人作詩,亦未嘗無出處,渠自不知;若爲之箋注,亦字字有出處,但不妨其爲惡詩耳。

〔少陵〕杜甫,自稱"少陵野老"。　〔《岳陽樓》詩〕原題爲《登岳陽樓》。〔吳楚東南坼〕坼,分裂。洞庭湖在古代吳國之南,楚國之東。　〔《西崑酬倡集》〕北宋詩人楊億、劉筠、錢惟演等唱和的總集,以工整典麗得名。崑一作昆,倡一作唱。

東坡先生省試《刑賞忠厚之至論》有云:"皋陶爲士,將殺人。皋陶曰:'殺之!'三。堯曰:'宥之!'三。"梅聖俞爲小試官,得之以示歐陽公。公曰:"此出何書?"聖俞曰:"何須出處?"公以爲皆偶忘之,然亦大稱嘆;初欲以爲魁,終以此不果。及揭榜,見東坡姓名,始謂聖俞曰:"此郎必有所據,更恨吾輩不能記耳。"及謁謝,首問之,東坡亦對曰:"何須出處?"乃與聖俞語合。公賞其豪邁,太息不已。

〔省試〕宋時試貢士於尚書省,由禮部主其事,故稱省試。此事在嘉祐二年(一○五七),時歐陽修爲主試官。　〔皋陶〕古帝堯時的法官。陶音姚(yáo)。　〔士〕法官。　〔三〕連續三次。　〔宥〕音右(yòu),赦免。　〔梅聖俞〕梅堯臣字聖俞。　〔歐陽公〕歐陽修。下文公字皆指修。　〔魁〕第一名。　〔終以此不果〕終以不知此言出處,未便執行。　〔揭榜〕出榜。宋時試卷用彌封制,待出榜後,始知出於蘇軾。　〔郎〕漢代,出仕之初,皆先爲郎官。因此推重青年者稱爲郎。〔謁謝〕拜謝。

　　紹興末,予見陳魯公,留飯;未食而楊郡王存中來白事,魯公留予便坐而見之。存中方不爲朝論所與,予年少意亦輕之,趨幕後聽其言。會魯公與之言及邊事。存中曰:"士大夫多謂當列兵淮北,爲守淮計,即可守,因圖進取中原,萬一不能支,即守大江未晚。此説非也。士惟氣全,乃能堅守,若俟其敗北,則士氣已喪,非特不可守淮,亦不能守江矣。今據大江之險以老彼師,則有可勝之理。若我師克捷,士氣已倍,彼奔潰不暇,然後徐進而北,則中原有可取之理,然曲折尚多,兵豈易言哉!"予不覺太息曰:"老將要有所長。"然退以語朝士,多不解也。

〔紹興末〕事在紹興三十一年(一一六一),時金主完顏亮正在發動大軍向南宋進攻。　〔陳魯公〕陳康伯,時爲左僕射同中書門下平章事。後封福國公,進封魯國公。　〔楊郡王存中〕楊存中時爲殿前都指揮使,後罷爲醴泉觀使，封同安郡王。 〔不爲朝論所與〕存中居官久，權寵日盛，太常寺主簿李浩、司封員外郎王十朋、殿中侍御史陳俊卿及陸游攻之，乃罷官領祠祿。 〔會〕適值。 〔以老彼師〕以疲勞敵軍。〔朝士〕朝廷的士大夫。

紹聖、元符之間，有馬從一者，監南京排岸司。適漕使至，隨衆迎謁。漕一見怒甚，即叱之曰："聞汝不職，本欲按汝，何以不亟去？尚敢來見我耶！"從一皇恐，自陳湖湘人，迎親竊祿，求哀不已。漕察其語，南音也，乃稍霽威云："湖南亦有司馬氏乎？"從一答曰："某姓馬，監排岸司耳。"漕乃微笑曰："然則，勉力職事可也。"初蓋誤認爲溫公族人，故欲害之。自是從一刺謁，但稱監南京排岸而已。傳者皆以爲笑。

〔紹聖、元符〕宋哲宗年號（一〇九四——一〇九七，一〇九八——一一〇〇），時章惇爲相，新黨執政。 〔監南京排岸司〕南京，歸德府（今河南省商丘市）。排岸司，主持水運的公署。 〔漕使〕轉運使。下文又略稱漕。〔不職〕不負責任。 〔按〕處分。 〔皇恐〕惶恐。 〔湖湘〕洞庭湖及湘水區域。 〔迎親〕迎養父母。 〔竊祿〕濫取俸祿，自謙之辭。 〔霽威〕息威。霽音寄（jì）。 〔誤認爲溫公族人〕溫公，司馬光封號。馬從一名片原作"監南京排岸司馬從一"，漕使誤認爲司馬從一。 〔刺〕名片。刺謁，投名片進見。

筆記十卷，紹熙年間（一一九〇——一一九四）陸游六十五至六十九歲，家居山陰作。這是一部隨筆的記載，每條自二三十字至三四百字，文筆極簡練，所記有時關涉時事及文學，可供探討。葉夢錫條、馬從一條，語極雋永，對於人情世故，以詼諧的筆調寫出，可以發人深省。

附録　陸游簡歷

　　陸游字務觀,五十二歲後自號放翁,越州山陰人。祖父陸佃,官至尚書右丞。父陸宰,官至直祕閣、京西路轉運副使。

宋徽宗宣和七年乙巳(一一二五)一歲

　　十月十七日(一一二五年十一月十三日)在陸宰溯淮進京的途間,生於舟中。

欽宗靖康元年丙午(一一二六)二歲

　　金人分兩路向東京進軍,陸宰赴澤潞一帶轉運糧餉,寓家滎陽。

高宗建炎元年丁未(一一二七)三歲

　　東京陷落。高宗在南京即位。陸宰舉家南歸,在壽春稍住後,逕回山陰。

建炎四年庚戌(一一三〇)六歲

　　金人繼續南下。高宗在建炎元年十月間至揚州,三年至臨安,此後由越州赴明州,乘船入海。四年元旦泊溫州海上。三月間,金人北撤,高宗回越州。紹興二年正月復回臨安。陸宰舉家至東陽避亂,紹興二三年間始回山陰。

紹興十二年壬戌(一一四二)十八歲

　　紹興十一年,高宗用秦檜議,對金屈服,宋金和議成。十二年陸游從曾幾學詩。

304

紹興十三年癸亥(一一四三)十九歲

　　至臨安應試。

紹興十四年甲子(一一四四)二十歲

　　約在是年和唐琬結婚。唐琬是陸游舅舅的女兒,夫婦間感情極好,但是爲陸游的母親所不喜,一二年後,夫婦被迫離婚。

紹興十八年戊辰(一一四八)二十四歲

　　陸宰死,年六十一歲。陸游長子子虡生。娶子虡之母王氏當在紹興十六七年。

紹興二十年庚午(一一五〇)二十六歲

　　次子子龍生。

紹興二十三年癸酉(一一五三)二十九歲

　　赴臨安省試。考官兩浙轉運使陳子茂擢置第一。

紹興二十四年甲戌(一一五四)三十歲

　　赴禮部試,爲秦檜所黜。

紹興二十八年戊寅(一一五八)三十四歲

　　官福州寧德縣主簿。次年調福州決曹掾。

紹興三十年庚辰(一一六〇)三十六歲

　　除敕令所刪定官,遷大理司直兼宗正簿。

紹興三十一年辛巳(一一六一)三十七歲

　　金主完顏亮發動南侵,至采石磯渡江,不成;復至瓜洲,爲部下所殺。完顏雍在燕自立爲帝,金兵北撤。在完顏亮南下進攻中,陸游調任樞密院編修官,有《代乞分兵取山東劄子》。

紹興三十二年壬午(一一六二)三十八歲

　　六月,高宗傳位太子趙眘,史稱孝宗。十月,賜陸游進士出身。

孝宗隆興元年癸未(一一六三)三十九歲

　　正月,以張浚爲樞密使,都督江淮東西路,建康、鎮江府、江陰軍、江、池州屯駐軍馬,準備北伐。中書省和樞密院定議後,由陸游草《代二府與夏國主書》,爭取外援。四月,張浚發動對金戰爭,由李顯忠、邵宏淵率同大軍北進。五月十四日渡淮,十六日進圍宿州,隨即拿下。二十三日金將紇石烈志寧進攻宿州,李顯忠自宿州退出,二十四日至符離縣,兵潰。三月,陸游調太上皇帝聖政所檢討官,五月調鎮江府通判,次年二月到任。

隆興二年甲申(一一六四)四十歲

張浚敗後,仍往來建康、鎮江間,策劃軍事。陸宰和張浚曾在南鄭同事,因此張浚以通家子接待陸游,游和張浚之子張栻,及都督府幕僚官陳俊卿、馮方、查籥等往來甚密。四月,張浚奉命還朝,罷江淮都督府。

乾道元年乙酉(一一六五)四十一歲

調隆興府通判。

乾道三年丁亥(一一六七)四十三歲

言官論陸游“交結台諫,鼓唱是非,力說張浚用兵”,罷職。三月間,自南昌回山陰,定居三山。

乾道五年己丑(一一六九)四十五歲

十二月起爲夔州通判。

乾道六年庚寅(一一七〇)四十六歲

閏五月自山陰出發,十月抵夔州任所。

乾道八年壬辰(一一七二)四十八歲

四川宣撫使王炎辟爲幕僚官。春初從夔州出發,三月十七日到達南鄭宣撫司。官銜爲“左承議郎權四川宣撫使司幹辦公事兼檢法官”。王炎正在準備收復長安,陸游積極參加工作。在短短的半年之間,他在南鄭和前線中間,不斷來往。西邊他到過仙人原、兩當縣。向北他到過黃花驛、金牛驛。南鄭附近,他常到的有西縣、定軍山、孤雲、兩角。他到過大散關下的鬼迷店、廣元道上的飛石鋪。廣元向南的桔柏渡,更是他多次經過的地方。從南鄭畫一個圓圈,在半徑三百里以內,除了正東,他都去過。他參加過渭水的強渡和大散關的遭遇戰。正在王炎、陸游認爲長安唾手可下的當中,九月間臨安的命令下達了,王炎調回臨安樞密院,陸游調成都府路安撫司參議官。十一月陸游攜同家眷赴官成都,歲暮到達。

乾道九年癸巳(一一七三)四十九歲

春間自成都、唐安至嘉州,四十日後,復還成都。權通判蜀州事。夏季攝知嘉州事。

淳熙元年甲午(一一七四)五十歲

春離嘉州,返蜀州任。冬,攝知榮州事。除成都府路安撫使司參議官兼四川制置使司參議官。

淳熙二年乙未(一一七五)五十一歲

赴成都。六月,范成大來知成都府、權四川制置使。

淳熙三年丙申(一一七六)五十二歲

除知嘉州事。未到任,以言官指其前在嘉州任內燕飲頹放,罷免,改爲主管台州桐柏山崇道觀。是年自號放翁。

淳熙四年丁酉(一一七七)五十三歲

范成大還臨安,陸游送行,自成都歷青城、新津,直至眉州。

淳熙五年戊戌(一一七八)五十四歲

除知叙州事。未到任,奉孝宗詔,還臨安。二月間,自成都出發,秋,抵杭州,除提舉福建常平茶鹽公事。冬季就道,抵建安任所。

淳熙六年己亥(一一七九)五十五歲

秋,奉詔召見,未至臨安,改提舉江西常平茶鹽公事,十二月抵撫州任所。

淳熙七年庚子(一一八〇)五十六歲

十一月奉詔回臨安。行至嚴州,許免入奏。未幾,改給祠祿,家居山陰。

淳熙九年壬寅(一一八二)五十八歲

除朝奉大夫、主管成都府玉局觀。

淳熙十三年丙午(一一八六)六十二歲

除朝請大夫、知嚴州。赴臨安,入見孝宗。七月到嚴州任所。

淳熙十五年戊申(一一八八)六十四歲

嚴州任滿,七月,還山陰。冬,除軍器少監,復至臨安。

淳熙十六年己酉(一一八九)六十五歲

二月,孝宗傳位太子趙惇,史稱光宗。陸游除朝議大夫、禮部郎中。七月兼實録院檢討官。十一月詔罷官,是後常家居山陰。

光宗紹熙元年庚戌(一一九○)六十六歲

除中奉大夫、提舉建寧府武夷山冲祐觀。

紹熙三年壬子(一一九二)六十八歲

封山陰縣開國男,食邑三百户。

紹熙五年甲寅(一一九四)七十歲

六月,孝宗死,光宗不能治喪,皇子趙擴即位,史稱寧宗。

寧宗慶元六年庚申(一二○○)七十六歲

作《趙祕閣文集序》,繫銜稱中大夫、直華文閣、致仕、賜紫金魚袋。

嘉泰二年壬戌(一二○二)七十八歲

五月,寧宗宣召以原官提舉佑神觀、兼實録院同修撰、兼同修國史,免奉朝請。六月十四日入都。十二月除祕書監。

嘉泰三年癸亥(一二○三)七十九歲

四月,修史成。陞寶謨閣待制。上章固辭,並請致仕,授太中大夫、仍前寶謨閣待制、提舉江州太平興國宫。五月初歸山陰。

嘉泰四年甲子(一二○四)八十歲

作《常州奔牛閘記》,繫銜稱太中大夫、充寶謨閣待制、致仕、山陰縣開國子、食邑五百户、賜紫金魚袋。

開禧二年丙寅(一二○六)八十二歲

韓侂胄主持國事,自慶元六年後,積極準備北伐。四月,宋師圍壽春,五月,下詔伐金。陸游年老,雖然沒有參加這次對敵的戰爭,但他是極力支持的。

開禧三年丁卯(一二○七)八十三歲

　　戰事仍在膠着中,陸游晉封渭南縣開國伯,食邑八百戶。十一月,由於投降派的陰謀活動,韓侂胄被殺,宋王朝向金屈服,但是陸游始終堅持他的對敵作戰的主張。

嘉定二年己巳(一二○九)八十五歲

　　十二月二十九日(一二一○年一月二十六日)因病逝世。

《中國古典文學名家選集》已出書目